中國古典文學基本叢書

白居易文集校注

第二册

〔唐〕白居易 著
謝思煒 校注

中華書局

白居易文集校注卷第十一①

中書制誥一〔一〕　舊體〔二〕　凡二十七首②

張徹宋申錫並可監察御史制③〔三〕

勑：舊制，副丞相缺，中執憲得出入御史〔四〕。御史缺④，則於内外吏中考覈其實⑤，封奏其名以補之。今御史中丞僧孺奏〔五〕：某官張徹、某官宋申錫⑥，皆方直强白⑦，文中御史⑧〔六〕。章下丞相府，丞相亦曰可。朕其從之。並可監察御史。（2921）

【校】

①卷第十一　即《白氏文集》紹興本、馬本卷四十八，那波本、金澤本卷三十一。

②二十七首　金澤本作「二十八道」。

③題　「並可」紹興本等作「可並」，據金澤本改。《文苑英華》作「授張徹宋申錫等監察御史制」。

④御史　「御史」二字紹興本等不重，據金澤本補。

⑤内外吏　紹興本等作「内外史」，據金澤本改。外吏謂府縣官。

⑥某官　二「某官」《文苑英華》作「具官」。

⑦强白　馬本作「强毅」。

⑧文中御史　紹興本、那波本作「可中御史」，馬本作「可監察御史」。按，此處非授官詞，不當用「可」字。據金澤本改。

金澤本此篇後有「郭豐貶康州端溪尉制」、「第十二妹等四人各封長公主制」、「王建除秘書郎制」三篇，然前後有裁截接連痕跡。該卷卷題此三篇則在「李寘授咸陽令制」（本卷2936）後，亦有裁接痕跡。

【注】

朱《箋》：作於長慶元年（八二一），長安。羅聯添《白居易中書制誥年月考》（收入《唐代文學論集》下册）謂作於長慶元年三、四月間。

〔一〕中書制誥：賀復徵《文章辨體彙選》卷十九誥：「復徵曰：考《文苑英華》亦有中書制誥、翰林制詔之别，疑出中書者爲誥，出翰林者爲制。蓋誥止施於庶官，而大臣、諸王則稱制書也。後人一以爲制云。又曰：按宋亦有内制外制之别。《文鑒》内制曰制，多除授大臣，文用四六。外制曰誥，則俱屬庶司，常用散文，間亦有四六者。我明大夫曰誥命，郎官曰敕命，則是唐宋制重而誥輕，明則敕輕而誥重。合而觀之，可以知唐宋明三代之損益矣。」《文苑英華》卷三八〇至卷四一九爲「中書制誥」，卷四四二至卷四七二爲「翰林制詔」。岑仲勉《從〈文苑英華〉中書、翰林制詔兩門所收白氏文論〈白集〉》檢出《白氏文集》「翰林制詔」《歸登右常侍制》等十五篇，《文苑英華》入「中書制誥」；白集「中書制誥」《溫造充鎮州宣慰使制》一篇，《文苑英華》則入「翰林制詔」。

按，中書、翰林制誥分編不見於其他唐人文集，此分類略與宋人所謂内外制相當。《宋史·職官志一》中書舍人：「主行詞命，與學士對掌内外制。」王惲《玉堂嘉話》卷七：「内外制：翰林學士所撰者爲内制，中書舍人定撰者爲外制。」此爲宋代翰林學士與中書舍人職任之明確分別。唐代則自玄宗以後，中書舍人所掌職事漸移至差遣之翰林學士。《唐會要》卷五七《翰林院》：「至（開元）二十六年，始以翰林供奉改稱學士，由是别建學士院，俾掌内制。」《新唐書·百官志一》作「專掌内命」。元稹《翰林承旨學士記》：「大凡大誥令、大廢置，丞相之密畫，内外之密奏，上之所甚注意者，莫不專受專對，他人無得而參。」此專論承旨學士。《册府元龜》卷五五〇《詞臣部·總序》：「元和初，學士院别置書詔印，凡赦書、德音、立后、建儲、大誅討、拜免三公將相曰制，百官班於宣政殿而聽之。賜與徵召、宣索處分之詔，慰撫軍旅之書，祠饗道釋之文，陵寢薦獻之表，答奏疏，賜軍號，皆學士院主之，餘則中書舍人主之。」此分劃雖大體可信，但實際情況則非能一一吻合。大抵中書無預密命，翰林則或可代行中書之職。岑氏謂：「然唐代翰林官制，其權限順次發展，純依不成文的習慣而存在，翰林、中書顯無如此釐然之界畫……故就起草人之地位論之，更不能僅以中書、翰林畫分矣。」今白集「翰林制詔」亦有一般除官、贈官制，《文苑英華》入中書制誥之十五篇均屬此類；「中書制誥」授官則僅止尚書、侍郎，無拜相制及詔書等。《溫造充鎮州宣慰使制》以其近慰撫軍旅，故《文苑英華》歸入翰林制詔。蓋《文苑英華》「中書制誥」依授官職任分編，「翰林制詔」以制書、詔勅等爲類，於白集之具體情況不能盡合，故不惜改竄以牽合其體例。至於「制誥」、「制詔」二詞，或爲白氏有意分劃，泛稱其義亦無别。《唐六典》卷九中書令：「自魏晉已後因循，有册書、詔、敕，總名曰詔。皇朝因隋不改。天后天授元年，以避諱，改詔爲制。」故「制詔」者同義覆稱，爲總名。又同卷中書舍人：「自魏晉，詔誥皆中書令及中書侍郎掌之，至梁始舍人爲之。」唐中書舍人掌起草進畫，稱知制誥，以諸司官兼者謂之兼制誥，即前代所謂詔誥，亦爲總名。白居易以「中書制誥」、「翰林制詔」分列，除編排文集之需要外，亦昭示自己所歷職任，或有宋人每以歷掌内外制爲榮之意。

〔二〕舊體：白居易《餘思未盡加爲六韻重寄微之》（《白氏文集》卷二三 1522）：「制從長慶辭高古。」注：「微之長慶初知制誥，文格高古，始變俗體，繼者效之也。」元稹《制誥序》：「元和十五年，余始以祠部郎中知制誥，初約束不暇及此。上曰：『通事舍人不知書，便其宜，宣贊之外無不可。』自是司言之臣，皆得追用古道，不從中覆。然而余所宣行者，文不能自足其意，率皆淺近，無以變例。追而序之，蓋所以表明天子之復古，而張後來者之趣尚耳。」陳寅恪《元白詩箋證稿》第四章附《讀鶯鶯傳》：「恪案：今白氏長慶集中書制誥有『舊體』『新體』之分別。其所謂『新體』，即微之所主張，而樂天所從同之復古改良公式文字新體也。」朱《箋》沿其説。鈴木虎雄、花房英樹説同。平岡武夫《白氏文集》第二册《序説》謂：「舊體是散文體，新體是駢文體。」孫昌武《唐代古文運動通論》：「新體就是俗體、駢體；舊體則是改革後的散體，名之爲『舊』，是表示恢復『古道』的意思。」王運熙《白居易詩論的全面考察》説同。下定雅弘《〈白氏文集〉を讀む》：「《白氏文集》『舊體』可能是學《尚書》文體的古體的意思，『新體』是近來的新體即駢體的意思。」據各卷文字考察，當以平岡武夫等人之説爲確。

〔三〕張徹：韓愈《故幽州節度判官贈給事中清河張君墓誌銘》：「張君名徹，字某，以進士累官至范陽府監察御史。長慶元年，今牛宰相爲御史中丞，奏君名迹，中御史選，詔即以爲御史。其府惜不敢留，遣之。而密奏：『幽州將父子繼續，不廷選且久，今新收，臣又始至孤怯，須强佐乃濟。』發半遣，有詔以君還之，仍遷殿中侍御史，加賜朱衣銀魚。至數日，軍亂，怨其府從事，盡殺之，而囚其帥……衆畏惡其言，不忍聞，且虞生變，即擊君以死。」白居易少時居符離，與張徹同鄰里，有《醉後走筆酬劉五主簿長句之贈兼簡張大賈二十四先輩昆季》詩（《白氏文集》卷十二0581）。宋申錫：《舊唐書·宋申錫傳》：「宋申錫字慶臣……長慶初，拜監察御史。」後拜中書舍人，入相。大和五年被罪，貶開州司馬。

〔四〕副丞相：謂御史大夫。《漢書·百官公卿表上》：「御史大夫，秦官，位上卿。銀印青綬，掌副丞相。」《唐六典》卷十三御史大夫引此。中執憲：御史中丞。《通典》卷二四《職官六·御史中丞》：「初，漢御史大夫有兩丞，一曰御史丞，一曰中丞，亦謂中丞爲御史中執法。」唐常以執憲稱御史。本書卷十四《張諷等四人可兼御史中丞侍御史監察御史同制》（3016）：「御史府自中執憲暨察視之官，皆顯秩也。」中執憲得出入御史，謂御史大夫缺位，則御史中丞可代其推薦御史人選。其例如《舊唐書·李吉甫傳》：「（竇）群初拜御史中丞，奏請（羊）士諤爲侍御史。」《孔緯傳》：「御史中丞王鐸奏爲監察御史。」《陽嶠傳》：「長安中，桓彦範爲左御史中丞，袁恕己爲右御史中丞，爭薦嶠，請引爲御史。」《范傳正傳》：「御史中丞韋縚聞之，薦爲侍御史。」按，《舊唐書·憲宗紀》：「（元和十三年三月）庚子，以御史大夫李夷簡爲門下侍郎、同平章事。」《穆宗紀》：「（長慶元年九月己酉），以吏部侍郎崔羣爲御史大夫。」未言其所代者。蓋李夷簡拜相後，御史大夫或缺位。本書卷十二《崔琯可職方郎中侍御史知雜制》（2977）：「近歲已來，副相多缺，朝綱國紀，莫委中憲，而侍御史一人得總臺事以左右之。」卷十八《除柳公綽御史中丞制》（3207）：「今副相缺位，中司專席。」

〔五〕僧孺：牛僧孺。《舊唐書·穆宗紀》：「（元和十五年十二月）己丑，以庫部郎中、知制誥牛僧孺爲御史中丞」；「（長慶元年六月）甲申，賜御史中丞牛僧孺金紫。」

〔六〕文中御史：《宋書·百官志下》：「漢武帝納董仲舒之言，元光元年，始令郡國舉孝廉……限以四科……三曰明習法令，足以決疑，能案章覆問，文中御史。」《通典》卷十三《選舉一》所引略同。

揚子留後殷彪授金州刺史兼侍御史河陰令韋同憲授南鄭令韋弁授絳州長史三人同制①〔一〕

敕：某官殷彪等，今之郡守，古侯伯也。今之邑令，古子男也。於吏有君臣之道焉，於人有父母之道焉。介郡邑之間②，承上率下者，州長史也。凡此之官，與吾共理。使吾人安而無怨者，其在吏良而政平乎！金，秦之近郡也③〔二〕。奏告專達，得行異政。以彪清平信惠，臨事能守。小大之職④，率著名績。故仍憲簡，俾往牧之。南鄭，梁之大邑也⑤〔三〕。上有賢帥⑥，無憂掣肘。以同憲河陰有政，可以移用。故换銅印，俾往宰之。而絳爲名藩，弁實良士〔四〕。命之贊貳，亦叶其宜。宜各悉心，修舉三職。可依前件。（2922）

【校】

①題 「揚子」郭本作「揚州」。

②介　紹興本等無，據金澤本補。

③近郡　紹興本等無「近」字，據金澤本補。

④小大　馬本、郭本作「大小」。

⑤大邑　紹興本等無「大」字，據金澤本補。

⑥賢帥　馬本作「賢師」。

【注】

朱《箋》：約作於長慶元年（八二一）至長慶二年（八二二）。

〔一〕揚子留後：鹽鐵轉運使江淮使院長官，設於揚州。《新唐書·韓洄傳》：「乾元中，授睦州別駕，劉晏表爲屯田員外郎，知揚子留後。」《舊唐書·食貨志下》：「順宗即位，有司重奏鹽法，以杜佑判鹽鐵轉運使，理於揚州。元和二年三月，以李巽代之……又以程异爲揚子留後……（元和）八年，以崔倰爲揚子留後、淮嶺已來兩税使。」殷彪：《唐代墓誌彙編續集》開成〇二一《前大理評事薛元常妻弘農楊氏墓誌》：「元常與故明州刺史殷彪還舊，殷承外舅分至，因此託以姻媾。□長慶四年中暑，元常自東洛赴佳期。」《全唐文補遺》第七輯鄭傪《唐故朝散大夫使持節明州諸軍事守明州刺史上柱國陳郡殷府君墓誌銘》：「公□□，字文穆。其先陳郡人也……始弱冠，明經擢第，釋褐授亳州參軍……授楚州錄事參軍……尋拜試大理評事、知鹽鐵院嘉興監……歲滿，遷監察御史裏行，依前守職。尋遷□□□□□□中侍御史內供奉……拜申州刺史，毁逆賊吳少誠僞祠……奏授檢校都官郎中、兼侍御史，賜緋魚袋，知揚子留後……長慶初，拜金州刺史、兼侍御史。又遷明州刺史……以寶曆元年九月七日遘疾而終，春秋七十有七。」以文中所敍宦歷看，此人即殷彪。韋同憲：《新唐書·宰相世系表四上》東眷韋氏鄖公房：韋安石曾孫、駕部員外郎衮子：「同憲。」亦見《元和姓纂》卷二韋。

〔二〕金秦之近郡也：《舊唐書·地理志二》山南西道：「金州，隋西城郡……至德二年二月，改爲漢南郡。乾元元年，復爲金州。」

〔三〕南鄭梁之大邑也：《舊唐書·地理志二》山南西道梁州興元府：「南鄭，州所理。」

〔四〕絳爲名藩：《舊唐書·地理志二》河東道：「絳州，隋絳郡。」

馮宿除兵部郎中知制誥制〔一〕

勑：吾聞武德暨開元中，有顔師古、陳叔達、蘇頲輩稱大手筆①，掌書王命〔二〕。故二朝言語②，煥成文章。朕承祖宗，思濟其美。凡選一才，補一職，皆不敢輕易。其庶幾前事乎！刑部郎中馮宿，爲文甚正，立意甚明。筆力雄健，不浮不鄙。況立身守事，端方精敏。而我誥命忽思潤色之，聽諸人言曰：宿也可。宿自立朝來③，歷御史、博士、郡守、尚書郎，在仕進途不爲不遇。然不登兹選，未足其心。故吾于今歸汝職業，仍遷名秩爲五兵郎中④〔三〕。勉繼顏、陳，無辱吾舉。可尚書兵部郎中、知制誥。（2923）

【校】

①蘇頲輩　紹興本等無「輩」字，據金澤本補。

②二朝　紹興本等作「一朝」，據金澤本改。

③宿自立朝來　紹興本等作「宿立朝」，據金澤本改。

④遷名秩　紹興本等作「遷秩」，據金澤本改。

【注】

朱《箋》：作於長慶二年（八二二），長安。羅聯添《白居易中書制誥年月考》謂當作於長慶元年（八二一）。

〔一〕馮宿：《舊唐書·馮宿傳》：「馮宿，東陽人……入爲刑部郎中，（元和）十五年，權判考功……長慶元年，以本官知制誥。二年，轉兵部郎中，依前充職。」《穆宗紀》：「（長慶元年十二月戊寅）兵部郎中知制誥馮宿、庫部郎中知制誥楊嗣復各罰一季俸料，亦坐與景儉同飲，然先起，不貶官」；「（二年二月）丙戌，以兵部郎中、知制誥馮宿檢校左庶子，充山南道節度副使，權知襄州軍府事，以牛元翼在深州重圍故也。」據《穆宗紀》及《册府元龜》卷四八一《臺省部・譴責》，知馮宿元年已轉兵部郎中，《舊唐書》本傳「二年」爲衍文。按，元和、長慶以後，尚書省職事益殺，馮宿由刑部郎中轉兵部郎中，實爲侍從遷轉序位之官，不知本官事。元稹《授楊嗣復權知尚書兵部郎中制》：「兵部郎中二員，一在侍從，不居外省。旁求其一，頗甚難之。」嚴耕望《唐史研究叢稿・論唐代尚書省之職權與地位》：「中葉元和長慶以後，尚書省之職事益殺，即丞郎之位任益閑，惟其官清班崇，故漸以爲翰林學士資深者之底官……（元稹《授楊嗣復權知尚書兵部郎中制》）此制當行於元和末或長慶元年。侍從謂翰學也。則元和中以某官充學士即不知本官事矣。侍郎充翰學自不例外。故此時僕射、尚書既爲宰相序位之兼官，與方鎮之迴翔，六部侍郎除吏、禮外亦多充翰學，爲翰院序位之官，否則爲宰相資淺者及充度支諸使者之底官；皆有劇職，不理本司，則尚書省益空虛無職事可知矣。」

〔二〕顏師古：《舊唐書・顏師古傳》：「顏籀字師古，雍州萬年人，齊黄門侍郎之推孫也……轉起居舍人，再遷中書舍人，專掌機密。於時軍國多務，凡有制誥，皆成其手。師古達於政理，册奏之工，時無及者。」又《岑文本傳》：「初，武德中詔誥及軍國大事，文皆出於顏師古。」陳叔達：《舊唐書・陳叔達傳》：「陳叔達，字子聰，陳宣帝第十六子也……與記室溫大雅同掌機密，軍書、赦令及禪代文誥，多叔達所爲。」蘇頲：《舊唐書・蘇頲傳》：「瓌子頲，少有俊才，一覽千言……神龍中，累遷給事中，加修文館學士，俄拜中書舍人。尋而頲父同中書門下三品，父子同掌樞密，時以爲榮。機事填委，文誥皆出頲手。中書令李嶠歎曰：『舍人思如湧泉，嶠所不及也。』」《新唐書・蘇頲傳》：「自景龍後，與張説以文章顯，稱望略等，故時號燕許大手筆。帝愛其文，曰：『卿所爲詔令，別錄副本，署臣某撰。朕當留中。』後遂爲故事。其後李德裕著論曰：『近世詔誥，惟頲敍事外自爲文章』云。」

〔三〕五兵郎中：即兵部郎中。《通典》卷二三《職官五・兵部尚書》：「魏置五兵尚書，五兵謂中兵、外兵、騎兵、別兵、都兵也……至隋乃有兵部尚書。」

鄭覃可給事中制①〔一〕

敕：給事中之職，凡制敕有不便於時者得封奏之②，刑獄有未合於理者得駁正之，天下冤滯無告者得與御史糾理之③，有司選補不當者得與侍中裁退之〔二〕。率是而行，號爲稱職。固不專於掌侍奉、讚詔令而已④。中大夫、行諫議大夫、雲騎尉、滎陽縣開國男、食邑三百户鄭覃，清節直行，正色寡言⑤〔三〕。先臣之風，藹然猶在。自居首諫，益勵謇諤。擢領是職，必有可觀。亦欲天下聞之，知吾獎骨鯁之臣，來諫諍之道也⑥。可行給事中⑦，散官勳封如故⑧。（2924）

【校】

①題　《文苑英華》作「授鄭覃給事中制」。

②不便於　「不」金澤本、《文苑英華》作「未」，《文苑英華》校：「集作不。」

③無告　郭本作「無申」。

④詔令　金澤本作「詔命」。

⑤寡言　《文苑英華》作「審詞」，校：「集作寡言。」

⑥來諫諍　郭本作「浹諫諍」。

⑦可行　紹興本等無「行」字，據金澤本補。

⑧勳封　紹興本等無「封」字，據金澤本補。

朱《箋》：作於長慶元年（八二一），長安。

【注】

〔一〕鄭覃：《舊唐書·鄭覃傳》：「鄭覃，故相珣瑜之子……元和十四年二月，遷諫議大夫……長慶元年十一月，轉給事中。」

〔二〕給事中之職五句：《唐六典》卷八門下省給事中：「給事中掌侍奉左右，分判省事。凡百司奏抄，侍中審定，則先讀而署之，以駁正違失。凡制敕宣行，大事則稱揚德澤，褒美功業，覆奏而請施行；小事則署而頒之。凡國之大獄，三司詳決，若刑名不當，輕重或失，則援法例退而裁之。凡發驛遣使，則審其事宜，與黄門侍郎給之。其緩者給傳，即不應給，罷之。凡文武六品已下授職，所司奏擬，則校其仕歷深淺，功狀殿最，訪其德行，量其才藝。若官非其人，理失其事，則白侍中而退量焉。其弘文館圖書繕寫、讎校，亦課而察之。凡天下冤滯未申及官吏刻害者，必聽其訟，與御史及中書舍人同計其事而申理之。」顧炎武《日知録》卷九封駁：「唐制：凡詔敕皆經門下省，事有不便，得以封還，而給事中有駁正違失之掌，著於《六典》。如袁高、崔植、韋弘景、狄兼謩、鄭肅、韓佽、韋溫、鄭公輿之輩，並以封還敕書，垂名史傳。亦有召對慰諭，如德宗之于許孟容；中使嘉勞，如憲宗之于薛存誠者。而元和中，給事中李藩在門下，制敕有不可者，即于黄紙後批之。吏請别連白紙，藩曰：『别以白紙，是文狀也，何名批敕？』……人臣執法之正，人主聽言之明，可以並見。五代廢弛，宋太宗淳化四年六月戊寅，始復給事中封駁，而司馬池猶謂門下雖有封駁之名，而詔書一切，自中書以下，非所以防過舉也。」

〔三〕中大夫至食邑三百户：中大夫爲文散官，從四品下。諫議大夫爲職事官，正五品上。其散官階高於職事官，故用行字。雲騎尉爲勳階，正七品上。開國縣男爲爵位第十等，從五品上。食邑户數僅爲名義。

韋審規可西川節度副使御史中丞李虞仲崔戎姚向溫會等並西川判官皆賜緋紫各檢校省官兼御史制①〔一〕

勑：西南曰益部②，地有險，府有兵，礙戎屏華，號爲難理〔二〕。故吾命文昌爲師長③，俾鎮撫焉〔三〕。次命審規爲上介，俾左右焉。又命虞仲、戎、向、會等爲庶寮，俾咨度焉。進言者謂文昌賢而審規輩才，以才佐賢，蜀必理矣。夫輟三署吏④，贊丞相府，假憲職⑤，加臺郎暨一命再命之服以遣之〔四〕，其於張大光榮，與四方征鎮之賓寮不侔矣。爾等苟佐吾丞相以善政聞，使吾無一方之憂，吾寧久遺汝於諸侯乎？爾其勉之。可依前件。

（2925）

【校】

①題 「賜緋紫」紹興本等作「賜緋」，據金澤本改。《文苑英華》作「授韋審規西川節度副使御史中丞李虞仲崔戎姚向濕會等並西川判官皆賜緋各檢校省官兼御史制」。

②西南 紹興本等作「西川」，據金澤本改。《文苑英華》校：「一作南字。」

③師長 紹興本等作「帥長」，據金澤本、《文苑英華》改。

④夫輟 紹興本等無「夫」字，據金澤本、《文苑英華》補。

⑤憲職 紹興本等作「憲官職」，據金澤本改。

【注】

朱《箋》：作於長慶元年（八二一），長安。羅聯添《白居易中書制誥年月考》謂作於長慶元年二月。

〔一〕韋審規：《册府元龜》卷九六五《外臣部·封册》：「（長慶）三年九月，南詔遣使朝貢，以京兆少尹韋審規爲册立南詔使。」又見《新唐書·南蠻傳》。元稹有《授韋審規等左司户部郎中等制》、《贈韋審規父漸等制》。《新唐書·宰相世系表四上》韋氏西眷房，以審規爲漸弟淡之子，誤。亦見《元和姓纂》卷二韋。李虞仲：字見之，趙郡人。父端，工詩，與錢起等號大曆十才子。虞仲元和初登進士第，又以制策登科，授弘文校書。從事荆南，入爲太常博士，遷兵部員外、司勳郎中。寶曆中，轉兵部郎中、知制誥，拜中書舍人。見《舊唐書·李虞仲傳》。本書卷二三《論重考科目人狀》(3392)，結銜「重考定科目官、將仕郎、守尚書祠部員外郎、上護軍臣李虞仲」，時爲元和十五年十二月。崔戎：字可大。裴度領太原，署爲參謀。入爲殿中侍御史，累月拜吏部郎中，遷諫議大夫。尋爲劍南東西川宣慰使。還，拜給事中。改華州刺史。見《舊唐書·崔戎傳》。姚向：見《唐郎官石柱題名考》卷八户部員外郎、卷十二司勳員外郎。《酉陽雜俎》卷十九《廣動植類》茄子：「姚向曾爲南選使，親見之。」《唐詩紀事》卷五十録姚向《和登武擔寺西臺》、《奉陪段相公晚夏登張儀樓》詩，謂：「向爲節度判官，時長慶二年也。」均作於西川。溫會：《册府元龜》卷一〇一《帝王部·納諫》：「(元和十五年)十月，群臣入閤，既退，諫議大夫鄭覃、崔偃、補闕辛丘度、拾遺韋瓘、溫會等廷論得失。」又卷五四六《諫諍部·直諫》：「李珏爲拾遺，長慶元年，穆宗召邠寧節度使李光顔、徐州節度使李愬赴闕。或言欲及重陽節與百寮内宴。珏與宇文鼎、溫會、韋瓘、馮藥等上疏。」按，《舊唐書·穆宗紀》：「(元和十五年九月)辛丑，大合樂於魚藻宫，觀競渡，又召李愬、李光顔入朝，欲於重陽日宴群臣。拾遺李珏等上疏諫云。」知爲元和十五年秋事。《唐詩紀事》卷五十録溫會《和登武擔寺西臺》、《晚夏登張儀樓》詩，謂：「會以殿中侍御史爲安撫判官。」亦作於西川。《酉陽雜俎》卷十七《廣動植》：「溫會在江州，與賓客看打魚。」知其曾官江州。西川判官：判官有廣狹二義，狹義爲判官職之專名，廣義謂參佐幕僚。

《唐六典》卷二吏部：「凡别敕差事，事務繁劇要重者給判官二人，每判官並使及副使各給典二人。非繁劇者，判官一人，典二人，使及副使各給典一人。」參嚴耕望《唐史研究叢稿・唐代方鎮使府僚佐考》。此數人並爲西川判官，當爲廣義者。檢校省官兼御史：《廿二史考異》卷六十：「唐初檢校官乃任職未正授之稱，故《新史》《宰輔表》開元以前檢校左右僕射、侍中、中書令者，皆與正官同列。肅、代以後，檢校但爲虚銜，故檢校之三師、三公不入於表。」此檢校省官亦爲虚銜，爲使府僚佐遷轉之階。使府僚佐亦帶憲銜。《新唐書・百官志三》御史臺：「至德後，諸道使府參佐，皆以御史爲之，謂之外臺。復有檢校、裏行、内供奉，或兼或攝，諸使下官亦如之。」參岑仲勉《續貞石證史・左奉宸内供奉供奉檢校攝》。

〔二〕西南曰益部：漢置益州，又稱益部。《漢書・地理志上》：「至武帝攘却胡、越，開地斥境，南置交阯，北置朔方之州，兼徐、梁、幽，并夏、周之制，改雍曰涼，改梁曰益，凡十三部。」《後漢書・公孫述傳》：「由是威震益部……於是自立爲蜀王，都成都。」《舊唐書・地理志四》劍南道：「至德二年十月，駕回西京，改蜀郡爲成都府，長史爲尹。又分爲劍南東川、西川，各置節度使。廣德元年，黄門侍郎嚴武爲成都尹，復併東、西川爲一節度。自崔寧鎮蜀後，分爲西川，自後不改。」

〔三〕文昌：段文昌。《舊唐書・穆宗紀》：「（長慶元年二月）壬申，以中書侍郎、平章事段文昌檢校刑部尚書、同平章事、成都尹，充劍南西川節度等使。」《段文昌傳》：「段文昌，字墨卿，西河人。高祖志玄，陪葬昭陵，圖形凌煙閣……（元和）十五年，穆宗即位，正拜中書舍人，尋拜中書侍郎、平章事。長慶元年，拜章請退。朝廷以文昌少在西蜀，詔授西川節度使、同中書門下平章事。文昌素洽蜀人之情，至是以寬政爲治，嚴静有斷，蠻夷畏服。二年，雲南入寇，黔中觀察使崔元略上言，朝廷憂之，乃詔文昌禦備。文昌走一介之使以喻之，蠻寇即退。」

〔四〕三署吏：三署郎，指尚書省郎官。《宋書·百官志下》：「三署者，五官署、左署、右署也，各置中郎將以司之。郡舉孝廉以補三署郎。」《史記·天官書》正義：「郎位十五星，在太微中帝坐東北。周之元士，漢之光禄、中散、諫議，此三署郎中，是今之尚書郎。」岑參《和刑部成員外秋夜寓直寄臺省知己》：「列宿光三署，仙郎直五宵。」劉禹錫《歷陽書事七十韻》：「早忝登三署，曾聞奏六英。」韋審規、李虞仲、崔戎、姚向此前皆爲郎官。臺郎：尚書郎。《後漢書·虞詡傳》：「臺郎顯職，仕之通階。」杜甫《客堂》：「臺郎選才俊，自顧亦已極。」《唐會要》卷六十《御史臺》：「(長慶)二年正月，御史中丞牛僧孺奏：『諸道節度、觀察等使，請在臺御史充判官。臣伏見貞元二年敕：在中書、門下兩省供奉官，及尚書、御史臺見任郎官、御史，諸司諸使並不得奏請任使，仍永爲常式。近日諸道奏請，皆不守敕文。臣昨十三日已於延英面奏，伏蒙允許舉前敕，不許更有奏請。』制曰：可。時段文昌自宰相出鎮庸蜀，奏諫官、御史、南宮郎三人爲僚佐，以某職帶臺銨，上故可之。不逾年，又奏侍御史王申伯，監察蘇景裔，留中不下。中執法舉舊章，議者以爲當。」韋審規等人蓋即段文昌奏請以郎官、御史爲僚佐者。一命再命之服：《禮記·王制》：「大國之卿，不過三命。下卿再命。小國之卿與下大夫一命。」又《禮記·玉藻》：「一命緼戟幽衡，再命赤戟幽衡，三命赤戟蔥衡。」此指賜緋紫。據本卷《李虞仲可兵部員外郎崔戎可户部員外郎制》(2928)，李虞仲賜紫，崔戎賜緋。韋審規當亦賜紫。

魏博軍將呂晃等從弘正到鎮州各加御史大夫賓客等制〔一〕

勑：去年冬命侍中弘正建大將軍旗鼓①，移鎮於成德軍〔二〕。而晃以下四十有一人，實從魏來，或驅或殿，被堅執鋭，可謂有勞。宜以宫坊之寮，憲府之職，隨其名秩，序而寵之〔三〕。可依前件。（2926）

【校】

①大將軍　金澤本作「大將」。

【注】

朱《箋》：作於長慶元年（八二一），長安。

〔一〕魏博軍將呂晃等從弘正到鎮州：《舊唐書・穆宗紀》：「（元和十五年冬十月庚辰），成德軍節度使王承宗卒，其弟承元上表請朝廷命帥……乙酉，以魏博等州節度觀察等使、光祿大夫、檢校司徒、兼侍中、魏博大都督府長史、上柱國、沂國公、食邑三千户、實封三百户田弘正可檢校司徒、兼中書令、鎮州大都督府長史、成德軍節度、鎮冀深趙等州觀察處置等使」；「（十一月）辛亥，田弘正奏王承元以今月九日領兵二千人赴鎮滑州，成德軍徵賞錢頗急，乃命柏耆先往諭之……（戊午）是日，田弘正奏今月十六日入鎮州訖。」「（長慶元年八月）己巳，鎮州監軍宋惟澄奏：七月二十八日夜軍亂，節度使田弘正並家屬將佐三百餘口並遇害。軍人推衙將王廷湊爲留後。」《崔倰傳》：「倰性剛褊，恃其權寵，與奪任情。時朝廷以王承元歸國，命田弘正移帥鎮州。弘正之行，以魏卒二千爲帳下，又以常山之人久隔朝化，人情易爲變擾，累表請留魏卒爲綱紀，其糧賜請度支歲給。穆宗下宰臣議，倰固言魏、鎮各有鎮兵，朝廷無例支給，恐爲事例，不可聽從。弘正不獲已，遣魏卒還藩，不數日而鎮州亂，弘正遇害。」

〔二〕建大將軍旗鼓：《史記・淮陰侯列傳》：「信建大將之旗鼓，鼓行出井陘口。」

〔三〕宮坊之寮：指太子賓客。憲府之職：指御史大夫。此御史大夫、太子賓客亦爲虛銜，爲使府武將遷轉之階。

張平叔可户部侍郎判度支制①〔一〕

勑：事君使臣②，其道不一。或先施勞而後受賞③，或先加寵而後責功。蓋宜便有後先，時事有緩急故耳。朝議大夫、守鴻臚卿、兼御史大夫、判度支、上柱國、賜紫金魚袋張平叔，國之材臣也。計能析秋毫，吏畏如夏日，司會逾月，綱條甚張。況師旅未息，調食方急。倚成取濟，非爾而誰？故自大鴻臚換古人部④，造膝而授，不時而遷〔二〕。其要無他，是欲急吾事而望倚爾功也⑤。公卿以降，羣有司盈庭。然間日與吾坐而決事者，自丞相已下⑥，不過四五，而主計之臣在焉〔三〕。非智能則事不成⑦，非諒直則吾難近。噫！職局之外，得不思稱官望而厭我心乎？可守尚書户部侍郎、判度支，散官勳賜如故。時長慶二年三月制。（2927）

【校】

①題　馬本移文末注於題下。

②事君　紹興本等作「故事君」，據金澤本改。

③施勞　紹興本等無「施」字，據金澤本補。

④古人部　紹興本等作「居人部」，據金澤本改。

⑤倚爾功　金澤本作「倍爾功」。

⑥間日　紹興本等作「問曰」，又無「者自」二字，據金澤本改。

⑦不成　紹興本等作「不可成」，據金澤本、《管見抄》改。

【注】

朱《箋》：作於長慶二年（八二二），長安。

〔一〕張平叔：見卷四《唐故通議大夫和州刺史吳郡張公神道碑銘》(2856)注。《舊唐書・穆宗紀》：「（長慶二年正月甲寅），以鴻臚卿、兼御史大夫張平叔判度支」；「（十二月）丁未，判度支、户部侍郎張平叔貶通州刺史。」《韋處厚傳》：「時張平叔以便佞詼諧，他門捷進，自京兆少尹爲鴻臚卿，判度支，不數月，宣授户部侍郎。平叔以徼利中穆宗意，欲希大任。以榷鹽舊法，爲弊年深，欲官自糶鹽，可富國强兵，勸農積貨，疏利害十八條。詔下其奏，令公卿議。處厚抗論不可，以平叔條奏不周，經慮未盡，以爲利者返害，爲簡者至煩，乃取其條目尤不可者，發十難以詰之。時平叔傾巧有恩，自謂言無不允。及處厚條件駁奏，穆宗稱善，令示平叔。平叔詞屈無以答，其事遂寢。」《册府元龜》卷四八一《臺省部・輕躁》：「張平叔元和末爲户部侍郎、判度支。平叔狡險大言，因王播以進，既掌財用，常居公利，嬖倖多狎之。既有寵於上，進退便辟，雜以優諧，或自稱老奴，無復大臣之禮。因奏事畢，降階復昇，又有論奏，佻蕩輕脱，帝每爲笑容之。在班列間玩狎郎吏，嘩肆無忌。請變榷鹽法，請宰相爲之使，因以自求樞機之任。每有内制出，輒疑授己，整衣冠以候。人多笑之。前後散失官錢四十萬貫，御史按得其實，故貶之。」户部侍郎判度支：《唐會要》卷五八《户部侍郎》：「蘇氏駁曰：故事：度支案，郎中判入，員外郎判出，侍郎總統押案而已，官銜不言專判度支。至乾元元年十月，第五琦改户部侍郎，帶專判度支，自後遂爲故事，至今不改。若別官來判度支，即云知度支事，或云專判度支。」卷五九《別官判度支》：「貞元已前，他官來判者甚衆，自後多以尚書、侍郎主之，別官兼者希矣。故事，度支案郎中判入，員外郎判出，侍郎總統押案而已，官銜不言專判度支。開元以後，時事多故，遂有他官來判者，或尚書、侍郎專判，乃曰度支使，或曰判度支使，或曰知度支事，或曰句當度支使，雖名稱不同，其事一也。」度支司原屬户部，開元以後逐漸成爲重要財政使職，與判户部司、鹽鐵轉運使合稱三司使。元和時期基本形成户部侍郎判度支、刑部侍郎判鹽運、户部侍郎判户部的格局。參李錦繡《唐代財政史稿》下卷。

〔二〕古人部：人部即民部，周、隋設民部，唐改户部。《通典》卷二三《職官五・户部尚書》：「隋初，有度支尚書，則並後周民部之職。開皇三年，改度支爲民部，統度支、民部、金部、倉部四曹，國家修《隋志》，謂之户部，蓋以廟諱故也。大唐永徽初，復改民部爲户部，廟諱故也。」

〔三〕自丞相已下不過四五：蘇軾《東坡志林》卷二《張平叔制詞》：「樂天行《張平叔户部侍郎判度支》制誥云：『吾坐而決事，丞相以下不過四五，而主計之臣在焉。』以此知唐制，主計蓋坐而論事也。不知四五者悉何人？平叔議鹽法爲割剝，事見退之集。今樂天制誥亦云『計能析秋毫，吏畏如夏日』，其人必小人也。」吳曾《能改齋漫錄》卷六《張平叔贓吏》引蘇軾語，云：「以上皆東坡語。余讀唐《柳氏家訓》載：『柳公綽爲中丞日，張平叔以僥幸承寵，及罪發，鞫於憲司，吏引曰張侍郎，公綽叱曰：「贓吏豈可呼官！」據案復引曰：「因張平叔，繫於別囿。」遂窮竟其失官錢四萬緡，以具獄聞。』此事東坡蓋未之見耶？」按，白居易撰制詞殆無貶意，其爲張平叔先人撰碑銘，蓋因平叔請託，在朝或亦交好。

李虞仲可兵部員外郎崔戎可户部員外郎制①〔一〕

敕：劍南西川節度判官、朝散大夫、檢校尚書户部員外郎、兼侍御史、上柱國、賜紫金魚袋李虞仲②，劍南西川觀察判官、朝議郎、檢校尚書刑部員外郎、兼侍御史、雲騎尉、賜緋魚袋崔戎等③，去年春，朕憂西南事，授丞相文昌鉞，往鎮撫之④〔二〕。次選郎吏有才實如虞仲輩者，往贊理之。故其制云：「苟佐吾丞相以善政聞，吾寧久遺汝於諸侯乎⑤？」今蜀政成矣，蜀人乂矣⑥，是汝輩職修事舉而奉吾詔書甚謹也⑦。前言在耳，安可弭忘？並命爲郎，示吾信賞⑧。虞仲可行尚書兵部員外郎，戎可尚書户部員外郎⑨，散官勳賜各如故⑩。（2928）

【校】

①題《文苑英華》作「授李虞仲兵部員外郎崔戎户部員外郎制」。

②户部員外郎　各本作「户部郎中」，朱《箋》據《文苑英華》改正。
③劍南西川　紹興本等無「劍南」二字，據金澤本、《文苑英華》補。「尚書刑部」　紹興本等無「尚書」二字，據金澤本、《文苑英華》補。
④往鎮撫　紹興本等無「往」字，據金澤本、《文苑英華》補。
⑤吾寧　紹興本等無「吾」字，據金澤本補。
⑥乂矣　馬本作「安矣」。
⑦甚謹也　「也」《文苑英華》校：「一作矣，非。」
⑧示吾　紹興本等作「主吾」，據金澤本改。
⑨戎可　《文苑英華》作「戎可行」。
⑩勳賜各如故　紹興本等無「賜各」二字，據金澤本、《文苑英華》補。

【注】

朱《箋》：作於長慶二年（八二二），長安。

〔一〕李虞仲、崔戎：見本卷《韋審規可西川節度副使御史中丞李虞仲崔戎姚向溫會等並西川判官皆賜緋紫各檢校省官兼御史制》（2925）。李虞仲散官階爲朝散大夫，從五品下。崔戎階朝議郎，正六品上。散官階未及三品有賜紫，未及五品有賜緋。

〔二〕文昌：段文昌。見本卷《韋審規可西川節度副使御史中丞李虞仲崔戎姚向温會等並西川判官皆賜緋紫各檢校省官兼御史制》（2925）。

牛僧孺可户部侍郎制①〔一〕

勅：户部侍郎，周之地官小司徒也。掌天下田户之圖②，生齒之籍，㫗賦役貨幣之政令③，以待國用而質歲成〔二〕。元和以還，日益寵重。善其職者，多登大任〔三〕。中兹選者，莫匪正人。誰其稱之？我有邦彦。朝議郎、守御史中丞、上柱國、賜紫金魚袋牛僧孺④，自舉賢良，踐臺閣⑤，秉潤色筆，提糾繆綱，而書命無繁詞，決事無留獄，受寵有憂色，納忠多苦言。朕心知之，何用不可？夫以人曹之重如彼⑥〔四〕，僧孺之賢若此，俾居是職，不亦宜乎？可守尚書户部侍郎，散官勳賜如故⑦。（2929）

【校】

①題　《文苑英華》作「授牛僧孺户部侍郎制」。

②田户　「田」《文苑英華》作「口」，校：「集作田。」

③之籍枲　「籍」那波本作「衆」。金澤本原寫作「衆」，塗改爲「籍」，旁校補「枲」字，注：「與也。」《文苑英華》有「枲」字，校：「籍枲二字集作衆。」按，當以有「枲」字爲正，或誤識爲「衆」，並誤奪「籍」字。

④朝議郎　《文苑英華》作「朝議大夫」，校：「集作朝議郎。」

⑤踐臺閣　《文苑英華》作「踐歷臺閣」。

⑥人曹　紹興本等作「人會」，據金澤本、《文苑英華》改。

⑦勳賜如故　紹興本等無「賜」字，據金澤本、《文苑英華》補。

【注】

朱《箋》：作於長慶二年（八二二），長安。羅聯添《白居易中書制誥年月考》謂作於長慶二年二月。

〔一〕牛僧孺：《舊唐書·牛僧孺傳》：「牛僧孺，字思黯……穆宗即位，以庫部郎中知制誥。其年十一月，改御史中丞。以州府刑獄淹滯，人多冤抑，僧孺條疏奏請，按劾相繼，中外肅然……（長慶）二年正月，拜户部侍郎。三年三月，以本官同平章事。」《資治通鑑考異》長慶二年二月辛巳：「《實錄》：以御史中丞牛僧孺爲户部侍郎。」《舊唐書》作「正月」誤。參嚴耕望《唐僕尚丞郎表》。

〔二〕户部侍郎：《唐六典》卷三尚書户部：「侍郎二人，正四品下。周之地官小司徒、中大夫也……户部尚書、侍郎之職，掌天下户口井田之政令。凡徭賦職貢之方，經費賙給之算，藏貨贏儲之准，悉以咨之。」《通典》卷二三《職官五・户部尚書》：「按，今户部之職與地官之任，雖亦頗同，若徵其承受，考其沿襲，則户部合出於度支。度支，主計算之官也。算計之官，本出於《周禮・天官》之司會云。」

〔三〕善其職者多登大任：唐自武后時期，不任大臣，侍郎委任漸重，中唐時期尚書失職而侍郎當權。參嚴耕望《唐史研究叢稿・論唐代尚書省之職權與地位》。乾元時第五琦以户部侍郎專判度支，元和中多由户部侍郎判度支，掌財政。參本卷《張平叔可户部侍郎判度支制》(2927)注。元和時期，由户部侍郎拜相者有武元衡、裴垍、李絳、崔羣、皇甫鎛等。

〔四〕人曹：即周、隋之民部，唐改户部。

庾承宣可尚書右丞制①〔一〕

勑：朝議大夫、守尚書刑部侍郎、驍騎尉庾承宣，昔我太宗文皇帝嘗謂尚書丞百職綱維，事一失中，則天下有受其弊者。因命戴胄、魏徵及杜正倫、劉洎輩繼領是職，分居左右。官修事理②，人到于今稱之〔二〕。故吾前命崔從持左綱③，今命承宣操右轄〔三〕。衆口籍籍，頗爲得人④。況承宣端諒勤敏，周知典故，必能爲我紐有條之綱，柅妄動之輪。坐曹得出入郎官，立朝得奏彈御史〔四〕。會決政要⑤，扶樹理本，無俾戴、魏、劉、杜專美於貞觀中。可守尚書右丞，散官勳如故。（2930）

【校】

①題　《文苑英華》作「授庾承宣尚書右丞制」。

②官修　「官」《文苑英華》作「職」，校：「集作官。」

③崔從　馬本作「崔戎」。

④頗爲　「爲」《文苑英華》作「稱」，校：「集作爲。」

⑤會決政要　紹興本等作「會政決要」，《文苑英華》作「決會政要」，據金澤本改。

【注】

朱《箋》：作於長慶二年（八二二），長安。

〔一〕庾承宣：《舊唐書·穆宗紀》：「（長慶二年十一月）丁卯，尚書左丞庾承宣爲陝虢觀察使。」又：

「(長慶二年三月)丁巳,以左丞崔從檢校禮部尚書、鄜州刺史。」朱《箋》謂承宣即代崔者。嚴耕望《唐僕尚丞郎表》繫承宣之任於長慶二年春。按,制稱「前命崔從持左綱,今命承宣操右轄」,《舊唐書》以承宣爲左丞,誤。承宣亦非代崔者。《册府元龜》卷六四〇《貢舉部·條制》:「(元和)十三年十月,權知禮部侍郎庾承宣奏:臣有親屬應明經進士舉者。」《登科記考》卷十八考元和十三年、十四年庾承宣知貢舉。當於其後改刑部侍郎。

〔二〕昔我太宗文皇帝七句:《唐會要》卷五八《尚書左右丞》:「貞觀元年,左僕射蕭瑀免官,右僕射封德彝卒。太宗謂尚書左丞戴胄曰:『尚書省天下綱維,百司所稟,若一事有失,必受其弊。今無令僕,繫之於卿,當稱朕所望也。』」《貞觀政要》卷三《擇官》:「貞觀十一年,治書侍御史劉洎以爲左右丞宜特加精簡,上疏曰:『臣聞尚書萬機,實爲政本。伏尋此選,授任誠難。是以八座比於文昌,二丞方於管轄,爰至曹郎,上應列宿,苟非稱職,竊位興譏。伏見比來尚書省詔敕稽停,文案壅滯,臣誠庸劣,請述其源。貞觀之初,未有令僕,于時省務繁雜,倍多於今。而左丞戴胄,右丞魏徵,並曉達吏方,質性平直,事應彈舉,無所回避。陛下又假以恩慈,自然肅物。百司匪懈,抑此之由。及杜正倫續任右丞,頗亦厲下。比者綱維不舉,並爲勳親在位,器非其任,功勢相傾。凡在官寮,未循公道。雖欲自强,先懼囂謗。所以郎中予奪,惟事諮稟;尚書依違,不能斷也……將救兹弊,且宜精簡尚書左右丞及左右郎中。如並得人,自然綱維備舉,亦當矯正趨競,豈惟息其稽滯哉!』疏奏,尋以洎爲尚書左丞。」又見《舊唐書·戴胄傳》、《劉洎傳》。

〔三〕崔從：新舊《唐書》有傳，慎由父。《舊唐書・穆宗紀》：「（長慶元年十月己丑），以山南西道節度使崔從爲尚書左丞。」左綱、右轄：指尚書左右丞。《舊唐書・趙憬傳》：「遷尚書左丞，綱轄省務，清勤奉職。」《韋弘景傳》：「徵拜尚書左丞，駁吏部授官不當者六十人。弘景素以鯁亮稱，及居綱轄之地，郎吏望風修整。」

〔四〕坐曹得出入郎官二句：《唐六典》卷一尚書都省：「左、右丞掌管轄省事，糾舉憲章，以辨六官之儀制，而正百僚之文法，分而視焉。若左闕，則右兼知其事；右闕，則左亦如之。若御史有糾劾不當，兼得彈奏。」《唐會要》卷五七《尚書省》：「貞元八年……先是郎官缺，左右丞舉之。及趙憬、陸贄爲相，建議郎官不宜專於左右丞，宜令尚書及左右丞、侍郎各舉本司……從之。」左、右丞得出入郎官，其例如《舊唐書・杜正倫傳》：「尚書右丞魏徵表薦正倫，以爲古今難匹，遂擢授兵部員外郎。」《于公異傳》：「詔曰：祠部員外郎于公異……其舉公異官尚書左丞盧邁，宜奪兩月俸。」《元稹傳》：「入爲尚書左丞，振舉紀綱，出郎官頗乖公議者七人。」嚴耕望《唐史研究叢稿・論唐代尚書省之職權與地位》：「考白居易《庾承宣可尚書右丞制》……云得出入郎官，白氏當有所據……是兩丞亦得執退所轄諸曹郎吏之例也。兩丞能進退郎官，其權可謂至重。」

張聿可衢州刺史制〔一〕

勑：中散大夫、行尚書工部員外郎、上柱國、吳縣開國男、食邑三百户張聿，内外庶官，同歸共理；牧守之任，最親吾人。蓋弛張舉措由其心①，賞罰威福懸其手②。若一日失其職，一郡非其人，而未達於朝聽之間③，爲害已甚矣。選授之際，得不慎也④？以爾聿前領建谿有理行，次臨溦郡著能名〔二〕，用爾所長，副吾所急。宜輟郎署，往頒詔條。來暮之聲，佇入吾耳⑤。可使持節衢州刺史，散官勳封如故⑥〔三〕。（2931）

【校】

①弛張　馬本作「施張」。

②其手　金澤本作「乎手」。

③而未達　馬本作「而名未達」。

④慎也　金澤本作「慎耶」。馬本作「慎夫」。

⑤佇入　金澤本作「佇聞」。

⑥勳封　紹興本等無「封」字，據金澤本補。

【注】

朱《箋》：約作於長慶元年（八二一）至長慶二年（八二二），長安。羅聯添《白居易中書制誥年月考》謂作於長慶元年六、七月。

〔一〕張聿：貞元二十年九月自秘書省正字充翰林學士，見《重修承旨學士壁記》。《舊唐書·德宗紀》：「（貞元二十年）十一月丁酉，以監察御史李程、秘書正字張聿、藍田縣尉王涯並爲翰林學士。」又寶曆年間任睦州刺史，見《嚴州圖經》卷一。白居易有《歲暮枉衢州張使君書並詩因以長句報之》（《白氏文集》卷二十 1338）。

〔二〕建谿：建州。《舊唐書·地理志三》江南東道建州：「吴置建安縣，州所治，以建溪爲名。」郁賢皓《唐刺史考》繫張聿任建州刺史於元和十五年正月至長慶元年八月。溵郡：溵州。《舊唐書·地理志一》河南道蔡州郾城：「元和十二年，於縣置溵州。長慶元年，廢溵州，以郾城隸許州。」

〔三〕使持節衢州刺史：岡村繁《白氏文集》六謂當作「使持節衢州諸軍事、守衢州刺史」。《通典》卷三三《職官十五·郡太守》：「大唐武德元年，改郡爲州，改太守爲刺史，加號持節。後加號爲使持節諸軍事，而實無節，但頒銅魚而已。」注：「總管則加使持節。按魏晉制，有使持節、持節、假節。使持節得戮二千石以下，持節得戮無官人，若軍事得與使持節同，假節唯軍事得戮犯令者。皆是刺史兼總軍戎，若今採訪、節度使也。」此文或有意簡省，以存仿古之意。唐文亦有其例，如獨孤及《唐故尚書祠部員外郎贈陝州刺史裴公行狀》：「秋八月下詔曰……可贈使持節陝州刺史。」常衮《授論惟清朔方節度副使制》：「可使持節隰州刺史兼御史中丞。」韓翃《爲李希烈謝留後表》：「授臣使持節蔡州刺史兼御史中丞。」

辛丘度可工部員外郎李石可左補闕李仍叔可右補闕三人同制①〔一〕

勑：朝散大夫、右補闕内供奉、飛騎尉辛丘度等，朕詔丞相求方略忠讜之士，置于左右。而播等以石暨仍叔應詔②〔二〕，言其爲人厚實謇直，嘗以文行謀畫③，從容於幕府之間④。臨事敢言，當官能守。可使束帶，同升諸朝。又言丘度介潔靜專，不交勢利，宜加推獎⑤，以勸其徒。況久次者轉遷⑥，後來者登進，皆適所用，平章可之⑦。可依前件。（2932）

【校】

①題　《文苑英華》作「授辛丘度工部員外郎李石可左補闕李仍叔可右補闕等制」。

②暨　金澤本作「息」，字通。「應詔」　金澤本作「塞詔」，《文苑英華》作「應目塞詔」。

③嘗以　「嘗」《文苑英華》作「常」，校：「集作嘗。」

④從容　紹興本等脱「從」字，據《文苑英華》補。

⑤推獎　「獎」《文苑英華》校：「一作擢。」。

⑥況　《文苑英華》作「況又」，校：「集無又字。」

⑦平章　金澤本原寫「平章」，校改爲「下章」。

【注】

朱《箋》：約作於長慶元年（八二一）至長慶二年（八二二），長安。按，當作於元年十月至二年三月間。

〔一〕辛丘度：《册府元龜》卷一〇一《帝王部・納諫》：「（元和十五年）十月，群臣入閣，既退，諫議大夫鄭覃、崔倰、補闕辛丘度、拾遺韋瓘、溫會等廷論得失。」《大唐傳載》：「元和十五年，辛丘度、丘紓、杜元穎同時爲拾遺。」白居易《代書詩一百韻寄微之》（《白氏文集》卷十三 0604）：「笑勸迂辛酒，閑吟短李詩。」注：「辛大丘度，性迂嗜酒。」元稹有《病減逢春期白二十二辛大不至十韻》。李石：字中玉。新舊《唐書》有傳。元和十三年進士擢第。爲李聽從事，開成三年拜相。《卓異記・門生先於座主佩金紫》：「李石：按石元和十三年及第，後二年賜緋，後二年賜紫。自釋褐四年之内服金紫，量之前輩，實無其比。至長慶二年，座主庾公内難服闋，除尚書右丞，始賜金紫。石乃選紫衫金印以獻，議者榮之。」《唐摭言》卷十五：「庾承宣主文，後六七年方衣金紫。時門生李石，先於内庭恩錫矣。承宣拜命之初，石以所服紫袍金魚拜獻座主。」按，李石大和三年方爲鄭滑行軍司馬。開成三年拜相時爲朝議郎、賜紫金魚袋，見文宗《授李石平章事制》。《卓異記》、《唐摭言》記事恐不可信。李仍叔：字周美。元和五年進士，見《登科記考》卷十八。大和八年十二月由宗正卿出任湖南觀察使。《唐代墓誌彙編》元和一二〇有李仍叔撰《唐渤海王五代孫陳許潁蔡觀察判官監察御史裏行李仍叔四歲女德孫墓誌銘》，作於元和十三年七月。

〔二〕播：王播。《舊唐書·穆宗紀》：「（長慶元年十月）丙寅，太中大夫、守刑部尚書、騎都尉王播可中書侍郎、同中書門下平章事。」「（長慶二年三月戊午），以中書侍郎、平章事王播檢校右僕射，兼揚州大都督府長史，充淮南節度使。」

魏博軍將薛之縱等十四人各授官爵制

勅：薛之縱等，去年冬授愬鉞，俾自徐鎮潞，由潞入魏①〔一〕。而愬與其麾下同德②，食不求飽，席不暇煖，節制嚴定③，一如所委。此誠愬之忠略，然亦賴之縱等焦心戮力④，同濟厥功。而頒賞已逾時，進秩宜加等⑤。我有爵禄，分而命之。知吾不遺細大之功也⑥。可依前件。（2933）

【校】

①由潞入魏　四字紹興本等無，據金澤本補。

②而愬　此下紹興本衍「越」字，據他本删。「同德」　金澤本無此二字。

③節制　紹興本等作「節鎮」，據金澤本改。

④亦賴　紹興本等作「所賴」，據金澤本改。

⑤進秩　紹興本等無「進」字，據金澤本補。

⑥功也　紹興本等無「也」字，據金澤本補。

【注】

朱《箋》：作於長慶元年（八二一），長安。

〔一〕去年冬授愬鉞三句：李愬，晟子。《舊唐書・李愬傳》：「元和十五年九月，以愬檢校左僕射、同中書門下平章事、潞州大都督府長史、昭義節度使，仍賜興寧里第。十月，王承宗卒，魏博田弘正移任鎮州。愬至潞州四月，遷魏州大都督府長史、魏博節度使。長慶元年，幽、鎮復亂，愬聞之，素服以令三軍曰：『魏人所以富庶而能通知聖化者，由田公故也。天子以其仁而愛人，使理鎮、冀。且田公出於魏，撫師七年，一旦鎮人不道，敢兹殘害，以魏爲無人也。若父兄子弟食田公恩者，其何以報？』」……方有制置，會疾作，不能治軍，人違紀律，功遂無成。朝廷以田布代之。除太子少保，歸東都。是年十月，卒於洛陽。時年四十九。」

裴度李夷簡王播鄭絪楊於陵等各賜爵并迴授男爵制①〔一〕

勅：《禮》云：「臣下竭力盡忠以立功於國，君必報之以爵禄②。」〔二〕此言上之不虚取於下也。而司空度等，咸以忠力作股肱心膂之臣，大節大勞，書在甲令。然則功如是，忠如是③，高爵重秩，予何愛焉？故於統御之初④，先行信賞。詔主爵者合爲奏書。或加寵進封，或延恩任子。次勤第品，咸按舊章。行乎敬之⑤，無忝予一人之嘉命。可依前件。（2934）

【校】

①題　紹興本等無「男」字，據金澤本、《管見抄》補。

②國君　紹興本等作「國者」，據金澤本、《管見抄》改。

③功如是忠如是　金澤本、《管見抄》「功」、「忠」二字互乙。

④故於　紹興本等作「故能」，據金澤本、《管見抄》改。

⑤敬之　金澤本、《管見抄》作「敬之哉」。

【注】

朱《箋》：作於長慶元年（八二一）至長慶二年（八二二），長安。羅聯添《白居易中書制誥年月考》謂至遲作於長慶二年二月。

〔一〕裴度、李夷簡、王播、鄭絪、楊於陵：新舊《唐書》各有傳。元和十五年九月，加河東節度使裴度守司空、門下侍郎、同平章事。長慶二年二月，充東都留守。元和十三年七月，門下侍郎、同平章事李夷簡檢校左僕射、同平章事、揚州大都督府長史、淮南節度使。長慶二年三月，以前淮南節度使李夷簡爲右僕射，六月爲太子少保，分司東都，九月卒。王播見本卷《辛丘度可工部員外郎李石可左補闕李仍叔可右補闕三人同制》(2932)注。元和十三年三月，以同州刺史鄭絪爲東都留守。長慶元年十月，爲吏部尚書。元和十五年二月，以户部侍郎楊於陵爲户部尚書。長慶二年閏十月，轉太常卿。並見《舊唐書·憲宗紀》、《穆宗紀》等。迴授男爵：《唐六典》卷二司封郎中：「（封爵）至郡公，有餘爵，聽回授子孫。」《唐會要》卷八一《勳》：「神龍元年十月三日敕：『賜爵勳階與國公者，累至郡公外，餘爵聽回授子孫，若制敕四階。』先是三品已上者，每階回賜一級。如及郡公外，亦許回授。即計階至正六品上及正四品上，准格例未合入五品三品者，每一階回賜勳一轉。」同卷《階》：「元和十三年六月制書云：舊例皆云三品以上，賜爵三品，爲銀青光禄大夫、雲麾將軍已上。若職事官雖是三品，散官四品以下，並不得敍爵。但有三品以上散官，雖四品職事官，併合敍爵。其所敍爵，止於郡公。其郡公更蒙賜爵，即聽回授。其國公及封王，並須特恩，不在敍限。其國公及封王准賜爵，亦聽回授。」以上數人中，鄭絪吏部尚書、楊於陵户部尚書正三品，餘人皆三品以上。裴度爵晉國公，散官階李夷簡銀青光禄大夫從三品，王播（據文宗《加王播尚書左僕射制》）、鄭絪（據本書卷十七《除鄭絪太子賓客制》3157）、楊於陵（據鄭餘慶《祭杜佑太保文》）並銀青光禄大夫。敍爵當皆至郡公，以餘爵回授其子。

〔二〕禮云：《禮記·燕義》：「臣下竭力盡忠以立功於國，君必報之以爵禄，故臣下皆務竭力盡能以立功，是以國安而君寧。」

鄭餘慶楊同懸等十人亡母追贈郡國夫人制①〔一〕

勑：鄭餘慶亡母某氏等，夫德不旌則勸善之典缺矣，親不顯則揚名之道廢矣。凡今公卿大夫至于元士，濟濟然抱忠履信立吾朝者②，皆聖善之教、燕翼之謀所致也③〔二〕。自家刑國④，有所從來〔三〕。不大封崇，是忘報施。朕去年仲月統御之初，發號推恩，先降是命〔四〕。是命之降⑤，豈直光前慰後而已哉？亦欲使天下爲母者聞，庶幾乎善統其家⑥，慈訓其子，厚人倫而美教化也。可不務乎？（2935）

【校】

①題　「懸」金澤本所校本作「懸」。

②吾朝　馬本作「我朝」。

③之謀　紹興本等作「之方」，據金澤本改。

④刑國　金澤本作「形國」。

⑤是命之降　紹興本等無四字，據金澤本補。

⑥庶幾乎　金澤本作「庶乎」。

【注】

朱《箋》：作於長慶元年（八二一），長安。

〔一〕鄭餘慶：新舊《唐書》有傳。《舊唐書·鄭餘慶傳》：「及穆宗登極，以師傅之舊，進位檢校司徒，優禮甚至。元和十五年十一月卒……時年七十五，謚曰貞。」楊同懸：金澤本所校本作「同懸」。

《唐代墓誌彙編》大中〇一五李躔《唐故知鹽鐵福建院事監察御史裏行王府君墓誌銘》：「調補汝州郟城縣尉。秩滿，鄧之守楊公同遜以軍從事辟之。」又《全唐文補遺・千唐誌齋新藏專輯》盧景亮《唐朝議郎殿中侍御史内供奉賜緋魚袋弘農楊君夫人滎陽鄭氏墓誌銘》：「殿中侍御史内供奉弘農楊君同愻，高門名士，利用清規。曩余管記荆南，獲展楊君甚悦。夫人滎陽鄭氏，景亮叔舅子也……大曆末，愚求良婿，妹適夫君。」愻、遜字通，或爲同一人。此人當名同愻，作同遜者於義無取。追贈郡國夫人：《唐六典》卷二司封郎中：「外命婦之制……（文武官）一品及國公母、妻爲國夫人；三品已上母、妻爲郡夫人；四品若勳官二品有封，母、妻爲郡君；五品若勳官三品有封，母、妻爲縣君。散官並同職事。」

〔二〕聖善之教：《詩・邶風・凱風》：「凱風自南，吹彼棘薪。母氏聖善，我無令人。」燕翼之謀：《詩・大雅・文王有聲》：「詒厥孫謀，以燕翼子。」傳：「燕，安。翼，敬也。」

〔三〕自家刑國：《詩・大雅・思齊》：「刑于寡妻，至于兄弟，以御于家邦。」傳：「刑，法也。」箋：「文王以禮法接待其妻，至於宗族，以此又能爲政治於家邦也。」

〔四〕朕去年仲月三句：仲月，二月。穆宗於元和十五年二月御丹鳳樓，大赦天下。穆宗《登極德音》：「文武常參官及外官職事五品已上，有母者並加邑號，如已至郡太夫人者，許回授周親。」乃循例降恩。此制延及鄭餘慶等人亡母，屬加恩。宋之問《爲長安馬明府亡母請邑號狀》：「臣亡母屬在外戚，夙忝末姻。不蔭慶雲，早先朝露……母因子貴，幸者何多。祿不及親，臣獨含恨。」又韓翃有《謝追贈亡母表》，本書卷十四《楊造等亡母追贈太君制》(3027)，亦有例可循。

李寘授咸陽令制①〔一〕

敕：某官李寘，近者西夷犯塞②，詔諸將出師〔二〕。司計臣倰言寘有應辦才③〔三〕，可司餽餉，故自京府掾假臺郎憲職以命之。屬戎遁師旋，未展其用。況在公族，推有器幹。今授銅印，俾宰咸陽。夫庶官之理同歸，撫字之任爲急④。西郊咫尺，佇爾能聲。可京兆府咸陽縣令。(2936)

【校】

①題　「令」金澤本作「縣令」。《文苑英華》作「授李寘咸陽縣令制」。

②西夷　《文苑英華》作「西戎」，校：「集作夷。」

③倰　紹興本等作「俊」，據金澤本改。平岡校：「崔倰也。」「應辦」　紹興本作「應辯」，金澤本、馬本作「應辨」，郭本作「應變」，此據《文苑英華》。

④理同歸撫字之　六字紹興本等缺，據金澤本、《文苑英華》補。此二句郭本作「夫庶官之任於令爲急」。

【注】

朱《箋》：作於長慶元年（八二一）至長慶二年（八二二），長安。按，當作於長慶二年正月前。

〔一〕李寘：《新唐書·宗室世系表下》太宗子紀王慎房行禕孫：「當塗令寘。」又曹王房曹恭王明九世孫、壽椿子：「寘。」前者年代似較接近。行禕開元二十一年隨李暠入蕃，見《舊唐書·李暠傳》。

〔二〕近者西夷犯塞二句：《舊唐書·穆宗紀》：「（長慶元年十月）壬午，吐蕃寇涇州，命中尉梁守謙將神策軍四千人及八鎮兵赴援……乙酉，涇州奏吐蕃退去。時夏州節度使田縉貪猥，侵刻党項羌，羌引西蕃入寇，賴郝玼、李光顔奮命拒之，方退。」《吐蕃傳下》：「（元和十五年）三月，攻掠我青塞堡。七月，遣使來弔祭。十月，侵逼涇州。命右軍中尉梁守謙充左右神策京西京北行營都監，統神策兵四千人，并發八鎮全軍往救援……十一月，夏州節度使李佑自領兵赴長澤鎮，靈武節度使李聽自領兵赴長樂州，並奉詔討吐蕃也。十二月，吐蕃千餘人圍烏、白池。長慶元年六月，犯青塞堡，以我與回紇和親故也。鹽州刺史李文悦發兵進擊之。九月，吐蕃遣使請盟，上許之……乃命大理卿、兼御史大夫劉元鼎充西蕃盟會使……十月十日，與吐蕃使盟。」

〔三〕司計臣倓：崔倓。新舊《唐書》有傳。《舊唐書·憲宗紀》：「（元和十五年正月）壬午，以前湖南觀察使崔倰權知户部侍郎、判度支。」《穆宗紀》：「（長慶二年正月）甲寅，以工部尚書、判度支崔倰檢校禮部尚書、兼鳳翔尹、充鳳翔隴節度使。」

劉縱授秘書郎制①〔一〕

敕：某官劉縱②，徒步詣闕，上獻封章。又自敍其先臣陳、許問事③，皆歷歷可聽。公侯子弟，多溺於驕邪。爾能讀書學文，自可嘉獎。圖籍之府，命爾爲郎。豈唯振滯求能，且不欲使勳勞之後棲棲於塵土中也④。可秘書省秘書郎。（2937）

【校】

①題　《文苑英華》作「授劉縱秘書郎制」。此篇《文苑英華》明刊本誤杜牧撰，《全唐文》承其誤。

②某官　《文苑英華》作「具官」。

③陳許問事　郭本作「陳計問事」，誤。

④勳勞　《文苑英華》校：「一作勞能。」「塵土中也」　紹興本等無「也」字，據金澤本、《文苑英華》補。

【注】

朱《箋》：約作於長慶元年（八二一）至長慶二年（八二二），長安。

〔一〕劉縱：昌裔子。韓愈《檢校尚書左僕射右龍武軍統軍劉公墓誌銘》：「公諱昌裔，字光後，本彭城人……建中中，曲環招起之，爲環檄李納，指摘切刻。納悔恐動心，恒魏皆疑惑氣懈……環領陳許軍，公因爲陳許從事，以前後功，累遷檢校兵部郎中御史中丞營田副使。吳少誠乘環喪，引兵叩城，留後上官説咨公以城守，所以能擒誅叛將，爲抗拒，令敵人不得其便。圍解，拜陳州刺史……封彭城郡開國公，就拜尚書右僕射。元和七年，得疾，視政不時……子四人：嗣子光祿主簿縱，學於樊宗師，士大夫多稱之。」昌裔新舊《唐書》有傳。《唐代墓誌彙編》大中〇一六崔陟《唐滑州匡城縣尉博陵崔君故夫人彭城劉氏墓誌銘》：「祖諱昌裔，皇左僕射、陳許等州節度使、贈太尉。父諱縱，皇陵州刺史。皆儒術傳嗣，風烈光揚。」

程羣授坊州司馬制

勅：程羣嘗從事於鎮、冀之間，病免所職。垂老之歲，棄爲窮人。倀倀無歸，有足傷者。夫一夫不獲，若納諸隍〔一〕。此聖王用心，推己及物。今宜與羣祿食，使飽暖其身〔二〕，

亦猶晉君不能忘情於絳老也〔三〕。往佐中部，爾其念哉。可坊州司馬。（2938）

【注】

朱《箋》：作於長慶元年（八二一）至長慶二年（八二二），長安。

〔一〕一夫不獲若納諸隍：張衡《東京賦》：「人或不得其所，若己納之於隍。」《文選》李善注：「《孟子》曰：『伊尹思天下之民，匹夫匹婦不與被堯舜之澤者，若己推而納之於溝中也。』《説文》曰：城池無水曰隍。」

〔二〕今宜與羣祿食二句：州司馬爲寄俸祿、備閒員之職，見卷六《江州司馬廳記》（2828）注。

〔三〕晉君不能忘情於絳老：《左傳》襄公三十年：「晉悼夫人食輿人之城杞者。絳縣人或年長矣，無子，而往與於食。有與疑年，使之年，曰：『臣小人也，不知紀年。臣生之歲，正月甲子朔，四百有四十五甲子矣，其季於今三之一也。』吏走問諸朝……趙孟問其縣大夫，則其屬也。召之，而謝過焉，曰：『武不才，任君之大事，以晉國之多虞，不能由吾子，使吾子辱在泥塗久矣，武之罪，敢謝不才。』遂仕之，使助爲政。辭以老。與之田，使爲君復陶，以爲絳縣師，而廢其輿尉。」

海州刺史王元輔加中丞制①〔一〕

敕：海州刺史王元輔，漢制二千石有政績者，就加命秩②，不即改移。蓋欲使吏久於官，而人安於化也③〔二〕。今元輔爲郡，頗有理名。廉使上聞，奏課居最。宜加中憲④，旌而寵焉。庶使與吾共理者聞而知勸⑤。可兼御史中丞，餘如故⑥。(2939)

【校】

①題　「元輔」金澤本作「輔元」。正文同。

②就加　紹興本等作「就中加」，據金澤本改。

③而人　金澤本無「而」字。

④宜加　郭本作「宜居」。

⑤與吾　馬本作「與君」。

⑥餘如故　三字紹興本等無，據金澤本補。

朱《箋》：作於長慶元年（八二一）至長慶二年（八二二），長安。

【注】

〔一〕王元輔：本書卷十三有《王元輔可左羽林衛將軍知軍事制》（2990）。中丞：御史中丞。

〔二〕漢制二千石有政績者五句：《漢書·循吏傳》：「及至孝宣，由仄陋而登至尊，興於閭閻，知民事之艱難。自霍光薨後始躬萬機，厲精爲治，五日一聽事，自丞相已下各奉職而進。及拜刺史守相，輒親見問，觀其所由，退而考察所行以質其言，有名實不相應，必知其所以然。常稱曰：『庶民所以安其田里而亡歎息愁恨之心者，政平訟理也。與我共此者，其唯良二千石乎！』以爲太守，吏民之本也。數變易則下不安，民知其將久，不可欺罔，乃服其教化。故二千石有治理效，輒以璽書勉厲，增秩賜金，或爵至關内侯，公卿缺則選諸所表，以次用之。」《通典》卷十六《選舉四》引晉始平王文學李重議：「漢仍秦舊，倚丞相，任九卿。雖置五曹尚書令僕射之職，始於掌封奏以宣外内，事任尚輕，而郡守牧人之官重，故漢宣稱『所與爲理，唯良二千石』。其有殊政者，或賜爵進秩，諒得爲理大體，所以遠比三代也。及於東京，尚書雖漸猶重，然令僕出爲郡守，鍾離意、黄香、胡廣是也。郡守入爲三公，虞延、第五倫、桓虞、鮑昱是也。近自魏朝名守杜畿、滿寵、田國讓、胡質等，居郡或十餘年，或二十年，或加秩假節而不去郡，此亦古人『苟善其事，雖没代不徙官』之義也。」

楊潛可洋州刺史李繁可遂州刺史史備可濠州刺史三人同制①〔一〕

勑：朝散大夫、守尚書金部郎中、上柱國楊潛，溫厚靜專，有端士之操。朝議大夫、前使持節吉州諸軍事、守吉州刺史、上柱國、襄鄴縣開國侯李繁②，精强博敏，有才子之稱。將仕郎、前使持節光州諸軍事、守光州刺史、雲騎尉史備，變通健決，有良吏之用③。而皆能本於文學④，輔以政事。爲郎見其行，爲郡聞其聲。夫洋東梁之險⑤〔二〕，遂居蜀之腴〔三〕，濠控淮之要〔四〕，三者皆名郡也。今吾提三郡⑥，而委之三吏，得不思勤儉教導，勞來安緝⑦，膏雨吾土，而襦袴吾人者乎⑧？潛可使持節洋州諸軍事、守洋州刺史，散官勳如故。繁可使持節都督遂州諸軍事、守遂州刺史，散官勳封如故⑨。備可使持節濠州諸軍事、守濠州刺史、充本州團練渦口、西城等使⑩，散官勳如故⑪。（2940）

【校】

①題 「三人同」三字紹興本等無，據金澤本補。《文苑英華》作「授楊潛洋州刺史李繁遂州刺史史備濠州刺史等

制」。

②守吉州刺史　紹興本等無「守」字，據金澤本、《文苑英華》補。「襄鄴縣開國侯」　六字紹興本等無，據金澤本、《文苑英華》補。

③良吏　「良」《文苑英華》作「能」，校：「集作良。」

④皆能　紹興本等無「皆」字，《文苑英華》無「能」字，「皆」字校：「集作能。」此從金澤本。

⑤柬梁　紹興本等作「更梁」。據金澤本、《文苑英華》改。

⑥也今吾提三郡　六字紹興本等無，據金澤本、《文苑英華》補。

⑦安緝　《文苑英華》作「安輯」。

⑧而襦袴　紹興本等無「而」字，據金澤本、《文苑英華》補。

⑨散官勳封如故　六字紹興本等無，據金澤本、《文苑英華》補。

⑩本州　二字紹興本等無，據金澤本、《文苑英華》補。

⑪散官　紹興本等無「散」字，據金澤本、《文苑英華》補。

【注】

朱《箋》：作於長慶元年（八二一）至長慶二年（八二二），長安。

〔一〕楊潛：李涉有《寄河陽從事楊潛》。《宋高僧傳》卷十一《唐汾州開元寺無業傳》：「復振錫南下，至於西河……以長慶三年十二月二十一日安葬於練若之庭。業遷化之歲，州牧楊潛得僧錄準公具述其事，遂爲碑頌。」知其長慶三年爲汾州刺史。李繁：泌子。傳附新舊《唐書·李泌傳》。韓愈《處州孔子廟碑》：「獨處州刺史鄴侯李繁至官，能以爲先。」知其元和十五年爲處州刺史。又韓愈《送諸葛覺往隨州讀書》注：「李繁時爲隨州刺史。宰相泌之子也。」本書卷十六有《前吉州刺史李繁可依前吉州刺史制》(3141)。史備：《元和姓纂》卷六史：「河南：本姓阿史那，突厥科羅次汗子……晡生思元，右金吾大將軍。思元生震、晉、巽、泰。震右監門將軍，生弘寧、寂、容寧。寂生備。」《唐郎官石柱題名考》卷十六金部員外郎有史備。《唐代墓誌彙編續集》開成○○九《唐故秀士史府君墓誌銘》：「府君諱喬如，其先始自大隋……隋特進安西大都護。高祖獻，皇司農卿(下殘)國公。曾祖震，左監門大將軍。祖寂，皇(下殘)書監。監生二人，長供，次備。供不仕，早(下殘)畿佐，登柏臺，踐粉署，累從國相軍領光(下殘)考殊績，時謂良二千石。有二子，府君即濮州鯉庭之長也。」按，「畿佐」以下所敍當爲史備之宦歷。喬如當是其子。阿史那獻見郭元振《論闕啜忠節疏》。史震見張九齡《敕四鎮節度王斛斯書》。

〔二〕洋東梁之險：《舊唐書·地理志二》山南西道：「洋州下，隋漢川郡之西鄉縣。武德元年，割梁州三縣置洋州。」

〔三〕遂居蜀之腴：《舊唐書·地理志四》劍南道：「遂州中，隋遂寧郡。」

〔四〕濠控淮之要：《舊唐書·地理志三》淮南道：「濠州下，隋為鍾离郡。」

張洪相里友略並山南東道判官同制①〔一〕

敕：朝議郎、行太常博士、上柱國張洪②，前瀛莫等州都團練判官、朝議郎、侍御史内供奉、上柱國、賜緋魚袋相里友略等③，元翼以大節大忠，綽聞朝野，授鉞開府，殿我漢南〔二〕。而又求賢乞能，以自參貳，則其賓寀宜有以稱之④。故求吾俊造之英⑤，勳烈之胄⑥，達朝儀而練戎事者與焉。今以洪之知國禮，奉家聲，以友略之富藝文，飽軍旅，兩中是選，合而命之。優秩寵章，無所愛惜。時無今古，代有忠賢。苟致吾元翼於羊、杜間，則有陟明之典在⑦〔三〕。洪可檢校尚書職方員外郎、兼侍御史、充山南東道節度判官，仍賜緋魚袋，散官勳如故。友略可檢校尚書屯田員外郎、兼侍御史、充山南東道觀察判官，散官勳賜如故⑧。（2941）

【校】

①題　《文苑英華》作「授張洪相里友略等山南東道判官制」。

②行太常博士　「行」紹興本等作「守」，據金澤本、《文苑英華》改。《文苑英華》校：「集作守。」

③瀛莫　「莫」紹興本、那波本作「漠」，馬本作「漢」，據金澤本、《文苑英華》改。

④賓寀　金澤本作「賓寮」。

⑤求吾　《文苑英華》作「吾求」。

⑥勳烈　紹興本、那波本作「勳列」，據他本改。

⑦則有　紹興本等作「別有」，據金澤本、《文苑英華》改。

⑧勳賜　紹興本等無「賜」字，據金澤本補。

【注】

朱《箋》：作於長慶元年（八二一）至長慶二年（八二二），長安。羅聯添《白居易中書制誥年月考》謂作於長慶二年四月至七月。

〔一〕相里友略：《元和姓纂》卷五相里：「曾孫造，唐河南少尹……造弟迴，太子中允。生友略，試校書郎。」相里造見卷六《冷泉亭記》（2879）注。友略爲造姪。判官：《通典》卷三二《職官十四・節度府僚佐》：「判官二人，分判倉兵騎胄四曹事。」又《總論州佐》：「採訪使有判官二人，分判尚書六行事，及州縣簿書。」又自玄宗以降，觀察、招討、防禦、團練等凡立使名者，皆有判官。參嚴耕望《唐史研究叢稿·唐代方鎮使府僚佐考》。

〔二〕元翼：牛元翼。《新唐書·牛元翼傳》：「牛元翼，趙州人，材果而謀。王承宗時倚其計爲强雄，與傅良弼二人冠諸將。王廷湊叛，穆宗以元翼在成德，名出廷湊遠甚，自深州刺史擢爲深冀節度使，以攜其軍。廷湊怒，遣部將王位以鋭兵攻元翼，不勝，乃合朱克融共圍之。詔進元翼成德軍節度使，以宣武兵五百進援，元翼固守。長慶二年，詔赦廷湊罪，徙元翼山南東道，以深州賜廷湊，使中人促元翼南。廷湊恨之，已受詔，兵不解……淹月，元翼率十餘騎冒圍跳德、棣，朝京師。廷湊入，盡殺元翼親將臧平等百八十人……元翼聞平等死，憤恚卒，悉還所賜於朝，廷湊遂夷其家。」《舊唐書·德宗紀》：「（長慶二年二月）丙寅，以前成德軍節度使牛元翼檢校工部尚書、襄州刺史，充山南東道節度觀察、臨漢監牧等使……（三月戊午），牛元翼率十餘騎突圍出深州來朝。」「（三年五月），山南東道節度使牛元翼卒。」

〔三〕羊杜：晉羊祜、杜預。先後鎮襄陽。李虞仲《授崔群右僕射兼太常卿制》：「統荆衡之巨鎮，嗣羊杜之前聲。」

姚成節授右神武將軍知軍事制①〔一〕

勅：朝議郎、前使持節成州諸軍事、守成州刺史、充本州守捉使、賜紫金魚袋姚成節②，嘗爲天平軍裨將③〔二〕。當劉悟之立忠勳也，謀成事集，爾有助焉〔三〕。雖授一城，未足酬奬。況聞信厚勤恪，宜於爪牙肘腋間居之。昔漢文帝以宋昌忠勞，擢拜將軍，使掌環衛④〔四〕。今吾用汝，猶前志也。環拱之職，得不勉歟？可致果校尉、守右神武將軍知軍事⑤，賜如故⑥。（2942）

【校】

①題　「授」字紹興本等無，據金澤本補。「神武」紹興本等作「神策」，正文同，據金澤本及《文苑英華》改。《文苑英華》作「授姚成節右神武將軍兼知軍事制」，「武」校：「集作策。」

②朝議郎　「議」《文苑英華》作「請」，校：「集作議。」

③嘗爲　金澤本作「頃爲」。

④使掌環衛　紹興本作「掌離衛」，金澤本作「使掌離衛」，據《文苑英華》改。馬本作「掌宿衛」。

⑤致果　馬本作「毅果」。

⑥賜如故　《文苑英華》作「餘如故」。

朱《箋》：作於長慶元年（八二一）至長慶二年（八二二），長安。

【注】

〔一〕右神武將軍：《舊唐書·職官志三》：「左右神武軍，至德二年，肅宗在鳳翔置……肅宗在鳳翔，方收京城，以羽林軍減耗，寇難未息，乃置神武軍，同羽林制度官吏，謂之北衙六軍……乾元二年十月敕，左右羽林、左右龍武、左右神武官員並升同金吾四衛，置大將軍二人，將軍二人也。」又：「至貞元三年五月，敕左右神策將軍各加二員，左右神武將軍各加一員也。」

〔二〕天平軍：《舊唐書·穆宗紀》：「（元和十五年七月乙巳），鄆曹濮等州節度賜號天平軍，從馬總奏也。」「（長慶元年三月）癸丑，以幽州盧龍軍節度副大使、知節度事、押奚契丹兩蕃經略等使、檢校司空、同中書門下平章事、楚國公劉總可檢校司徒、兼侍中、天平軍節度、鄆曹濮等州觀察等使……（四月）丙子，以前天平軍節度使馬總復爲天平節度使。」

〔三〕當劉悟之立忠勳三句：《舊唐書·劉悟傳》：「劉悟，正臣之孫也……元和末，憲宗既平淮西，下詔誅（李）師道。（師道）遣悟將兵拒魏博軍，而數促悟戰。悟未及進，馳使召之。悟度使來必殺己，乃僞疾不出，令都虞候往迎之……悟於是立斬來使，以兵取鄆，圍其内城，兼以火攻其門。不數刻，擒師道並男二人，並斬其首以獻。擢拜悟檢校工部尚書、兼御史大夫、義成軍節度使，封彭城郡王……長慶元年，幽州大將朱克融叛，囚其帥張弘靖，朝廷求名將以鎮漁陽，乃加悟檢校司空、平章事，充盧龍軍節度使。悟以幽州方亂，未克進討，請授之節鉞，徐圖之。乃復以悟爲澤潞節度……自是悟頗縱恣，欲效河朔三鎮。朝廷失意不逞之徒，多投寄潞州以求援。往往奏章論事，辭旨不遜。寶曆元年九月病卒。」

〔四〕昔漢文帝以宋昌忠勞三句：《漢書·文帝紀》：「大臣遂使人迎代王，郎中令張武等議，皆曰：『……以迎大王爲名，實不可信。願稱疾無往，以觀其變。』中尉宋昌進曰：『……故大臣因天下之心而欲迎立大王，大王勿疑也。』……詣長安，至高陵止，而使宋昌先之長安觀變……皇帝即日夕入未央宮。夜拜宋昌爲衛將軍，領南北軍。」

高鉽等一十人亡母鄭氏等贈郡太君制①〔一〕

勑：起居郎高鉽亡母滎陽郡太君鄭氏等，予有侍臣十人②，咸士之秀者。或左右以書吾言動，或前後以補吾闕遺③。森然在庭，各舉其職。爰思乃教④，知所從來。豈非善稟於親，行成於内，徙鄰斷織，訓使然耶？不追封邑之榮，曷顯統家之慶？可依前件。

(2943)

【校】

①題「鉽」馬本作「鉞」，正文同，誤。「郡太君」紹興本等作「太君」，據金澤本改。

②十人　二字紹興本等無，據金澤本補。

③或前後　紹興本等無「或」字，據金澤本補。

④爰思乃教　金澤本作「思乃名教」。

【注】

朱《箋》：作於長慶元年（八二一）至長慶二年（八二二），長安。

〔一〕高釴：《舊唐書·高釴傳》：「釴，元和初進士及第，判入等，補秘書省校書郎……（元和）十五年，轉起居郎，依前充職……長慶元年，穆宗憐之，面賜緋於思政殿，仍命以本官充翰林學士。二年，遷兵部員外郎，依前充職。」亡母贈郡太君：參本卷《鄭餘慶楊同懸等十人亡母追贈郡國夫人制》（2935）注。

柳公綽可吏部侍郎制①〔一〕

敕：京兆尹兼御史大夫柳公綽，長吏數易，爲害甚多。爾來都畿，未免斯弊〔二〕。或苛急而人重困，或軟弱而姦不息②。得其中者其公綽乎！細大必躬親，剛柔不吐茹。

甚稱厥職，惜而不遷。然智者常憂，忠者常勞，亦非吾以平施御臣下之道也。尚書六職，天官首之。辯論官材，澄汰流品。比諸内史，選妙秩清〔三〕。詢衆用能，無易公綽。爾宜飾躬承命③，以裴、王、崔、毛爲心〔四〕。苟副吾言，用稱乃職④，而今而後，亦何往而不適哉？可尚書吏部侍郎。（2944）

【校】

①題　《文苑英華》作「授柳公綽吏部侍郎制」。

②軟弱　「軟」《文苑英華》作「懦」，校：「集作軟。」

③宜飾　金澤本作「宜飭」。「宜」《文苑英華》作「其」，校：「集作宜。」

④用稱　金澤本無「用」字。

【注】

朱《箋》：作於長慶元年（八二一），長安。按，當作於長慶元年十月。

〔一〕柳公綽：《舊唐書·穆宗紀》：「（長慶元年十月）甲申，以京兆尹、御史大夫柳公綽爲吏部侍郎。」《柳公綽傳》：「長慶元年，罷使，復爲京兆尹、兼御史大夫。時河朔復叛，朝廷用兵，補授行營諸將，朝令夕改，驛騎相望。公綽奏曰：『自幽、鎮用兵，使命繁並，館遞匱乏，鞍馬多闕。又敕使行李人數，都無限約。其衣緋紫乘馬者，二十三十匹，衣黄緑者，不下十匹五匹。驛吏不得視券牒，隨口即供。驛馬既盡，遂奪路人鞍馬。衣冠士庶，驚擾怨嗟，遠近喧騰，行李將絶。伏望聖慈，聊爲定限。』乃下中書條疏人數，自是吏不告勞。以言直爲北司所惡，尋轉吏部侍郎。」《王正雅傳》：「三遷爲萬年縣令。當穆宗時，京邑號爲難理，正雅抑强扶弱，政甚有聲。會柳公綽爲京兆尹，上前褒稱，穆宗命以緋衣銀章，就縣宣賜。」

〔二〕長吏數易四句：白居易《贈友五首》之四（《白氏文集》卷二 0088）：「京師四方則，王化之本根。長吏久於政，然後風教敦。如何尹京者，遷次不逡巡？請君屈指數，十年十五人。」言元和中事，議論同此。

〔三〕尚書六職六句：六職，尚書省六部。天官，吏部。武后時吏部尚書改天官尚書。《唐六典》卷二吏部：「吏部尚書、侍郎之職，掌天下官吏選授、勳封、考課之政令。凡職官銓綜之典，封爵策勳之制，權衡殿最之法，悉以咨之。」嚴耕望《唐史研究叢稿·論唐代尚書省之職權與地位》：「軍興前夕，又已收重要七品官員之銓選權由宰相奏授，不由吏部矣。軍興以後，宰相侵權益甚……是功狀授官，一方面由宰相直除，另方面又付諸道自授，兵、吏兩部但寫官告而已。大曆以後，諸道率自寫官告，吏、兵兩部更無所事於銓選矣。其後諸道節鎮日强，離心力日甚，奏授官者更日衆，而中央諸司諸使奏官判案之風亦熾……中葉以後既職爲重，官爲輕，職既不由吏部，是吏部之選權已大削弱，而官又爲諸司諸使諸道州府之長官所擅占，或自奏請敕授，或自差人假攝，吏部所能注擬者蓋甚少。」內史，指京兆尹。《通典》卷三一《職官十三・歷代王侯封爵》：「武帝改漢內史、中尉、郎中令之名，內史爲京兆尹，中尉爲執金吾，郎中令爲光祿勳。」

〔四〕飾躬：《漢書・成帝紀》：「朕親飭躬，郊祀上帝。」顏師古注：「飭，整也。」然文獻多有作「飾躬」者。《藝文類聚》卷二八引班彪《游居賦》：「嘉孝武之乾乾，親飾躬於伯姬。」裴王崔毛：晉裴楷、王戎，魏崔琰、毛玠。《世説新語・賞譽》：「吏部郎闕，文帝問其人於鍾會，會曰：『裴楷清通，王戎簡要，皆其選也。』於是用裴。」《三國志・魏書・毛玠傳》：「玠嘗爲東曹掾，與崔琰共典選舉。其所舉用，皆清正之士，雖於時有盛名而行不由本者，終莫得進。務以儉率人，由是天下之士莫不以廉節自勵，雖貴寵之臣，輿服不敢過度。」

孔戣可右散騎常侍制①〔一〕

敕：昔齊桓公心體懈怠②，則隰朋侍〔二〕。漢成帝親重儒術③，則劉向從〔三〕。今之常侍，是其選矣④〔四〕。稱其任者，唯正人乎⑤！吏部侍郎孔戣⑥，言行謹直，風操端莊。肅然禮容，清廟之器。始自筮仕，迄于天官⑦。虛舟爲心，利刃在手。全才具美⑧，時論多

之。可使珥貂，立吾左右⑨。從容侍從，以備顧問。隰朋、劉向豈遠乎哉？可右散騎常侍。（2945）

【校】

①題　《文苑英華》作「授孔戣右散騎常侍制」。

②懈怠　金澤本、《文苑英華》作「懈墮」。

③成帝　各本作「武帝」。《文苑英華》校：「衆本雖同，疑是成帝。」從馬本改。

④其選　「選」《文苑英華》作「任」，校：「集作選。」

⑤稱其任者唯正人乎　《文苑英華》作「中吾選者莫匪正人」，校：「集作稱其任者唯正人乎。」

⑥吏部侍郎　《文苑英華》作「大中大夫守尚書吏部侍郎上柱國賜紫金魚袋」。

⑦迄于　「迄」《文苑英華》作「至」，校：「集作迄。」「天官」　金澤本作「大官」。

⑧全才　金澤本作「全材」。

⑨立吾　「吾」《文苑英華》作「于」，校：「集作吾。」

【注】

朱《箋》：作於長慶元年（八二一），長安。

〔一〕孔戣：《舊唐書・孔戣傳》：「穆宗即位，召爲吏部侍郎。長慶中，或告戣在南海時家人受賂，上不之責，改右散騎常侍。二年，轉尚書左丞。」

〔二〕昔齊桓公心體懈怠則隰朋侍：《説苑・君道》：「齊景公問於晏子曰：『寡人欲從夫子而善齊國之政。』對曰：『嬰聞之，國具官而後政可善……昔先君桓公身體墮懈，辭令不給，則隰朋侍；左右多過，刑罰不中，則弦章侍。』」

〔三〕漢成帝親重儒術則劉向從：劉向侍宣帝、元帝、成帝，成帝即位，向以故九卿召拜爲中郎，遷光祿大夫。《漢書・劉向傳》贊：「自孔子後，綴文之士衆矣，唯孟軻、孫況、董仲舒、司馬遷、劉向、揚雄，此數公者，皆博物洽聞，通達古今，其言有補於世。傳曰：『聖人不出，其間必有命世者焉。』豈近是乎？」

〔四〕今之常侍是其選矣：《唐六典》卷八左散騎常侍：「貞觀初，置散騎常侍二員，隸門下省。顯慶二年，又置二員，隸中書省，始有左、右之號。並金蟬、珥貂。左散騎與侍中左貂，右散騎與中書令右貂，謂之八貂」；「左散騎常侍掌侍奉規諷，備顧問應對。」右散騎常侍所掌同左散騎常侍。

王公亮可商州刺史制〔一〕

勑：尚書司門郎中王公亮，茂於學，精於文。文學之外，有析毫剸鐘之用。自佐戎律，領郡符，持憲爲郎，皆稱厥職①。吾前命劉遵古、張平叔爲商州刺史〔二〕，繼有善政，人用乂安。今爾代之，守而勿失。況商土瘠，商人貧，可以静理而阜安，不宜改張而趨數②。以爾精敏，當自得中。可商州刺史。（2946）

【校】

①皆稱　郭本作「皆精」。

②趨數　馬本作「易轍」。

【注】

朱《箋》：作於長慶元年（八二一），長安。

〔一〕王公亮：《唐會要》卷三六《修撰》：「長慶元年十一月，商州刺史王公亮進新撰《兵書》一十八卷。」《册府元龜》卷五〇四《邦計部・榷酤》：「文宗大和四年七月，湖南觀察使韋詞奏：前使王公亮奏請榷麴，收其贏利。」《唐詩紀事》卷四十：「公亮，登貞元進士第，長慶初上《兵書》十八卷，自司門郎中爲商州刺史。」張籍《贈商州王使君》：「銜命南來會郡堂，却思朝裏接班行。才雄猶是山城守，道薄初爲水部郎。」王使君即公亮。《唐代墓誌彙編》咸通〇五六賈當《唐故滑州匡城縣令王公墓誌銘》：「公諱虔暢，字承休，其先琅耶人也……曰守貞，歷倉部、膳部、左司郎中。出爲萊渝博潤滄洪六州刺史。實生希儁，官隨遂綿相越五州刺史……謚貞公。貞公生炅、旻、暹，皆有官而才。炅襲華榮爵，是生曰雲、曰霞。曰雲長官同州白水丞，追贈太常少卿。少卿二子：長曰宗儒……歷左贊善大夫、壽州刺史。少曰公亮，貞元六年進士登第……官至潭州刺史、御史大夫、湖南都團練觀察使。」

〔二〕劉遵古：長慶二年六月爲京兆尹，見《舊唐書・元稹傳》；敬宗寶曆元年爲衛尉卿，二年正月爲湖南觀察使，文宗大和三年五月爲邠寧節度使，四年正月爲劍南東川節度使，八年六月以大理卿卒，見《敬宗紀》、《文宗紀》。又見《唐郎官石柱題名考》卷一左司郎中。張平叔：見卷四《唐故通議大夫和州刺史吳郡張公神道碑銘》(2856)、本卷《張平叔可户部侍郎判度支制》(2927)注。據卷十二《張平叔可京兆少尹知府事制》(2955)，其自商州刺史授官京兆少尹。

韋顗可給事中庾敬休可兵部郎中知制誥同制①〔一〕

敕：職之要，莫先乎駁正②〔二〕；文之選，莫難於司言。將使朝綱有條，朕命惟允，在二者得人而已。中大夫、使持節蘇州諸軍事、守蘇州刺史、上騎都尉韋顗，精微專直，通乎事典，可使評奏議而坐左曹③〔三〕。朝散大夫、守尚書禮部郎中、上柱國庾敬休④，溫裕端明，飾以辭藻，可使書誥命而專右席⑤〔四〕。而輪轅鑿枘⑥，各適所宜。夫惟刺史守列城，郎官應列宿。選任倚寄⑦，非不榮重。然吾左右前後，方求正人。如顗、敬休，不宜疎遠。亦猶有聲之玉，無纇之珠⑧〔四〕，不置於佩服掌握之間⑨，皆非其所也。宜自敬謹⑩，無忝吾言。顗可行給事中，散官勳如故。敬休可守尚書兵部郎中、知制誥⑪，散官勳如故。（2947）

【校】

①題　「韋顗」紹興本等作「韋覬」，據金澤本改。正文同。《文苑英華》作「授韋覬給事中庾敬休兵部郎中知制誥制」。

②先乎　《文苑英華》作「先於」。

③評　紹興本、那波本作「乎」，據金澤本改。《文苑英華》、馬本作「平」。「而」　金澤本無此字。「左曹」　《文苑英華》明刊本誤「右曹」。

④守尚書　紹興本等無「守」字，據《文苑英華》補。

⑤而專右席　金澤本無「而」字。「專右席」金澤本、《文苑英華》作「立西序」。《文苑英華》校：「集作而專右席。」

⑥而輪轅　金澤本無「而」字。

⑦倚注　金澤本作「倚寄」。《文苑英華》校：「一作寄。」

⑧無類　馬本誤「無纇」。

⑨佩服掌握之間　《文苑英華》作「佩服之中掌握之上」，校文同紹興本等。「之間」金澤本作「之中」。

⑩敬謹　金澤本作「儆重」，《文苑英華》作「敬重」。

⑪守尚書　紹興本等無「守」字，據金澤本補。

【注】

朱《箋》：作於長慶元年（八二一）至長慶二年（八二二），長安。羅聯添《白居易中書制誥年月考》謂作於長慶二年二月。

〔一〕韋顗：《舊唐書・韋見素傳》：見素子益，「益子顗，字周仁……善持論，有清譽。少以門蔭補千牛備身，自鄠縣尉判入等，授萬年尉，歷御史、補闕、尚書郎，累遷給事中、尚書左丞、户部侍郎、中丞、吏部侍郎。其在諫垣，與李約、李正辭迭申裨諷，頗回大政。宰相裴垍、李絳、崔群輩多與友善，而後進之有浮名者，亦遊其門，以是稱有時望。」《册府元龜》卷四六九《臺省部・封駁》：「韋顗爲給事中。長慶二年以絳州刺史崔弘禮爲河南尹、兼御史大夫、充東都畿汝州都防禦使。詔至門下，顗以弘禮位望素輕，未嘗在班列，不宜尹正都邑，乃抗表封還詔書。詔諭韋顗放崔弘禮敕下。」庾敬休：新舊《唐書》有傳。兵部郎中知制誥：參本卷《馮宿除兵部郎中知制誥制》(2923)。馮宿長慶二年二月以兵部郎中知制誥充山南道節度副使，庾敬休或爲其後任。

〔二〕職之要莫先乎駁正：參本卷《鄭覃可給事中制》(2924)注。

〔三〕左曹：指門下省。《初學記》卷十二《職官部》：「前代文士皆謂門下爲左曹，亦曰東寺。」蘇頲《授于經野給事中制》：「左曹顧問，宜接雙游之美。」賈至《授崔寓給事中制》：「左曹樞近，爰司駁正。」

〔四〕右席：指中書省。後唐明宗《授李愚中書侍郎制》：「久虚右席，俾運前籌。」

〔五〕無纇之珠：纇，瑕疵。《淮南子・氾論訓》：「明月之珠，不能無纇。」

白居易文集校注卷第十二①

中書制誥二　舊體　凡三十道

李愬贈太尉制〔一〕

敕：故特進、行太子少保、上柱國、涼國公、食邑三千户、食實封伍佰户李愬，在建中歲，泚賊叛換②，惟太師晟實仗大順③，翦而瀦之④〔二〕。在元和朝，蔡寇充斥，惟爾愬，實奮奇策，虜而戮之。父子之功，書于甲令，俱爲第一，焯煇當時。矧爾一登將壇，六换鈇鉞〔三〕。坐論巖廊之道，臥理保傅之事。方深倚望，奄忽淪謝。是用當食累歎，視朝三輟。豈不以爪牙之威缺於外，股肱之痛軫於中者乎？而弔奠之命，賵賻之數，雖加常等，未表殊恩。宜以太尉之秩贈，上公之衮斂，俾爾被哀榮，服忠孝，從先太師於九原也。不其盛歟！嗚呼！美終必復，禮無不答。昔爾之勤勞如彼，今吾之寵飾如此。君臣報施，可謂兩臻其極焉。爾靈有知，欽我追命。可贈太尉，仍令所司備禮册命，賜絹二千匹⑤，布七百端⑥，米粟一千石，委度支送。（2948）

【校】

①卷第十二　即《白氏文集》紹興本、馬本卷四十九，那波本卷三十二。

②叛換　郭本作「叛涣」。馬本作「叛逆」，顧校從改，誤。

③實仗　郭本作「協謀」。

④瀦之　馬本作「誅之」。

⑤二千匹　郭本作「二十疋」。

⑥七百端　郭本作「七十端」。

【注】

朱《箋》：作於長慶元年（八二一），長安。按，當作於長慶元年十月。

〔一〕李愬：見卷十一《魏博軍將薛之縱等十四人各授官爵制》（2933）注。《舊唐書·穆宗紀》：「（長慶元年十月戊子），太子少保李愬卒。」《李愬傳》：「除太子少保，歸東都。是年十月，卒於洛陽，時年四十九。穆宗聞之震悼，賵賻加等，贈太尉。」

〔二〕在建中歲四句：《舊唐書・李晟傳》：「是時朱泚盜據京城，（李）懷光圖爲反噬，河朔僭僞者三，李納虎視於河南，希烈鴟張於汴、鄭。晟内無貨財，外無轉輸，以孤軍而抗劇賊，而鋭氣不衰，徒以忠義感於人心，故英豪歸向……六月四日，晟破賊露布至梁州，上覽之感泣，群臣無不隕涕，因上壽稱萬歲，奏曰：『李晟虔奉聖謨，蕩滌凶醜。然古之樹勳，力復都邑者，往往有之；至於不驚宗廟，不易市肆，長安人不識旗鼓，安堵如初，自三代以來，未之有也。』上曰：『天生李晟，爲社稷萬人，不爲朕也。』……貞元九年八月薨，時年六十七……册贈太師，謚曰忠武。」叛換：左思《魏都賦》：「雲撤叛換，席捲虔劉。」《文選》劉逵注：「叛換，猶恣睢也。《漢書》曰：『項氏叛換。』」《漢書・敍傳》作「畔換」，顔師古注：「畔換，强恣貌，猶言跋扈。」翦而瀦之：《禮記・檀弓下》：「臣弑君，凡在宮者，殺無赦。子弑父，凡在宮者，殺無赦。殺其人，壞其室，洿其宮而豬焉。」注：「豬，都也。南方謂都爲豬。」疏：「案孔注《尚書》云：『都謂所聚也。』此經云：『洿其宮而豬焉』，謂掘洿其宮，使水聚積焉。故云『豬，都也』……豬是水聚之名。」瀦同豬。

〔三〕在元和朝十一句：《舊唐書・李愬傳》：「愬有籌略，善騎射。元和十一年，用兵討蔡州吳元濟……陳許節度使李光顔勇冠諸軍，賊悉以精卒抗光顔，由是愬乘其無備，十月，將襲蔡州……盡殺守門卒而登其門，留擊柝者。黎明，雪亦止，愬入，止元濟外宅……始晟克復京城，市不改肆；及愬平淮蔡，復踵其美。父子仍建大勳，雖昆仲皆領兵符，而功業不侔於愬，近代無以比倫。加以行己有常，儉不違禮，弟兄席父勳寵，率以僕馬第宅相矜，唯愬六遷大鎮，所處先人舊宅一院而已。」愬先後節度鄧州、襄州、鳳翔、徐州、潞州、魏博。

田布贈右僕射制〔一〕

敕：朕聞古之臣子有忍死効節爲忠者，有致身徇義爲忠者①，有不傷髮膚爲孝者，有不顧性命引決爲孝者②，但問所操所蹈何如耳，豈繫去就生死之間耶？噫！今有重義如泰山，輕生如鴻毛，死而不朽者，安得不褒揚寵飾，使天下聞之③，所以勸孝心，激忠腸，然後薄者敦，懦者立，幸生者恥格也？故魏博等州節度觀察處置等使、起復寧遠將軍、守右金吾衛大將軍、員外置同正員檢校工部尚書、兼魏州大都督府長史、御史大夫、賜紫金魚袋田布④，其父太尉，甚賢此子。鎮陽之亂，弘正歿焉。而布枕干嘗膽⑤，誓報冤恥。故吾以大將軍之旗鼓鈇鉞，先臣之土壤士卒，盡用委付，親加勉諭。人鬼之憤，期一洩而甘心焉。既而激發魏師，出疆臨敵。事有不得已者，布亦未如之何。卒至於刳心自明，遺疏自列。謝君於天上，報父於地下。可謂田氏有孝子，國家有烈臣。則吾之知臣，弘正之知子明矣。聳動人聽，晝傷我懷〔二〕。故廢臨朝，所以示哀也⑥。加禮命，所以示榮也。哀榮恩禮，至則至矣。嗚呼！曾未足以顯爾之節，而厭吾之心乎⑦？可贈尚書右僕射，賻布帛三百匹⑧，米粟二千石⑨，委度支逐便支遣⑩。（2949）

【校】

①有致身徇義爲忠者　紹興本等無八字，據《管見抄》補。

②爲孝者　紹興本等作「爲忠者」，據《管見抄》改。

③聞之　《管見抄》作「聞知」。

④右金吾衛　紹興本等無「衛」字，據《管見抄》補。

⑤枕干　馬本作「枕戈」。

⑥所以　紹興本、那波本作「可以」，據《管見抄》、蓬左本、馬本改。

⑦而厭　紹興本等作「不厭」，據《管見抄》改。

⑧賻　紹興本等作「贈」，據《管見抄》。顧校：「應作賜或賻。」「三百匹」《管見抄》作「三百段」。

⑨二千石　《管見抄》作「二佰碩」。

⑩支遣　《管見抄》、蓬左本作「支送」。

【注】

朱《箋》：作於長慶二年（八二二），長安。按，作於長慶二年正月。

〔一〕田布：弘正子。《舊唐書·穆宗紀》：「（長慶元年）鎮州監軍宋惟澄奏：七月二十八日夜軍亂，節度使田弘正並家屬將佐三百餘口並遇害……（八月）乙亥，以前涇原節度使田布起復檢校工部尚書，兼魏州大都督府長史，充魏博節度使。」「（長慶二年正月）戊申，魏博牙將史憲誠奪師，田布伏劍而卒。」《田布傳》：「長慶元年春，移鎮涇原。其秋，鎮州軍亂，害弘正，都知兵馬使王廷湊爲留後。時魏博節度使李愬病不能軍，無以捍廷湊之亂，且以魏軍田氏舊旅，乃急詔布至，起復爲魏博節度使……十二月，進軍，下賊二柵。時朱克融囚張弘靖，據幽州，與廷湊掎角拒命。河朔三鎮，素相連衡，（史）憲誠陰有異志。而魏軍驕侈，怯于格戰，又屬雪寒，糧餉不給，以此愈無鬥志，憲誠從而間之……布以憲誠離間，度衆終不爲用，歎曰：『功無成矣！』即日密表陳軍情，且稱遺表……奉表號哭，拜授其從事李石，乃入啓父靈，抽刀自刺，曰：『上以謝君父，下以示三軍。』言訖而絶……穆宗聞之駭歎，廢朝三日。」按，《舊唐書·田布傳》載穆宗詔，《全唐文》題「贈田布尚書右僕射詔」，非居易此制，爲另一詔。

〔二〕衋傷我懷：《書·酒誥》：「民罔不衋傷心。」《説文》：「衋，傷痛也。」

韋貫之可工部尚書制①〔一〕

敕：河南尹韋貫之，善馭者齊六轡，善理者正六官〔二〕。六官成則百事舉，故吾選賢任舊，以次第補之②。而六卿之材吾已得五③，闕一不可，待汝而成。貫之以正行明誠爲先朝輔，始以直進，終以直退。道有消長，德無緇磷。及帥湘潭，尹河洛，而廉平清壹之政繼聞于京師。名簡吾心，善入吾耳。宜置朝右，以之厚時風④。況今之尚書，漢公卿也⑤。言動可否，屬人耳目焉⑥。固不專率四屬，程百工，備位於冬官而已〔三〕。可工部尚書，餘如故⑦。（2950）

【校】

①題　《文苑英華》作「授韋貫之工部尚書制」。

②以次第　《文苑英華》無「以」字，校：「集有以字。」

③六卿之材　紹興本等無「之」字，據《文苑英華》補。

④以之　《文苑英華》作「以鎮」，校：「集作之。」

⑤漢公卿　《文苑英華》作「漢之公卿」。

⑥屬人　《文苑英華》其下有「之」字，校：「集無之字。」

⑦餘如故　紹興本等無三字，據《文苑英華》、蓬左本、林羅山本補。

【注】

朱《箋》：作於長慶元年（八二一），長安。按，作於長慶元年十月。

〔一〕韋貫之：《舊唐書・穆宗紀》：「（元和十五年三月壬子），以太子詹事分司東都韋貫之爲河南尹。」「（長慶元年十月戊寅），工部尚書韋貫之卒。」《韋貫之傳》：「貫之爲相，嚴身律下，以清流品爲先，故門無雜賓。有張宿者，有口辯，得幸于憲宗，擢爲左補闕，將使淄青，宰臣裴度欲爲請章服。貫之曰：『此人得幸，何要假其恩寵耶？』其事遂寢。宿深銜之，卒爲所構，誣以朋黨，罷爲吏部侍郎。不涉旬，出爲湖南觀察使……時兩河用兵，國用不足，命鹽鐵副使程异使諸道督課財賦。异所至方鎮，皆諷令捃拾進獻。貫之謂兩税外不忍横賦加人，所獻未滿异意，遂率屬内六州留錢以繼獻。由是罷爲太子詹事，分司東都。上即位，擢爲河南尹，徵拜工部尚書。未行，長慶元年卒於東都，年六十二，詔贈尚書右僕射。」

〔二〕善馭者齊六轡二句：六官，尚書六部。《通典》卷二三《職官五・尚書》：「大唐武太后遂以吏部爲天官，户部爲地官，禮部爲春官，兵部爲夏官，刑部爲秋官，工部爲冬官，以承周六官之制。」《孔子家語・執轡》：「故曰御四馬者執六轡，御天下者正六官。」

〔三〕固不專率四屬三句：《唐六典》卷七工部尚書：「工部尚書、侍郎之職，掌天下百工、屯田、山澤之政令。其屬有四：一曰工部，二曰屯田，三曰虞部，四曰水部。」

太子少詹事劉元鼎可大理卿兼御史大夫充西蕃盟會使右司郎中劉師老可守本官兼御史中丞充盟會副使通事舍人太僕丞李武可守本官兼監察御史充盟會判官三人同制①〔一〕

勑：太子詹事劉元鼎等，夫選可任而任之，則用無不適。擇可勞而勞之，則事無不成。蓋君使臣、臣事君之大端也。屬西夷乞盟，求可以莅之者。歷選多士，吾得三人。今以元鼎之博通，師老之誠諒，武之恭敏，合而爲用，不亦可乎！爾宜臨之以莊，示之以信。儀形辭氣，皆有可觀。必能率服彼戎，不獨益敬吾使。法卿憲秩，寵之以遺。可依前件。（2951）

【校】

①太子少詹事　紹興本等無「少」字。蓬左本、林羅山本作「太子小詹事」，「小」爲「少」之訛。正文同。據改。「兼御史中丞」五字紹興本等無，據蓬左本、林羅山本補。

【注】

朱《箋》：約作於長慶元年（八二一），長安。按，當作於長慶元年九月。

〔一〕太子少詹事劉元鼎：太子詹事三品，少詹事正四品，大理卿從三品，故劉元鼎當自少詹事遷大理卿。《舊唐書·吐蕃傳下》：「（長慶元年）九月，吐蕃遣使請盟，上許之……乃命大理卿、兼御史大夫劉元鼎充西蕃會盟使，以兵部郎中、兼御史中丞劉師老爲副，尚舍奉御、兼監察御史李武、京兆府奉先縣丞兼監察御史李公度爲判官。十月十日，與吐蕃使盟……預盟之官十七人，皆列名焉。其劉元鼎等與論訥羅同赴吐蕃本國就盟，仍敕元鼎到彼，令宰相已下各於盟文後自書名……（長慶二年六月）是月劉元鼎自吐蕃使迴，奏云：『去四月二十四日到吐蕃牙帳，以五月六日會盟訖。』」裴度《劉府君（太真）神道碑銘》：「於是門生之在朝廷者……慈州刺史劉元鼎。」作於貞元十八年。沈亞之《馮燕傳》：「元和中，外郎劉元鼎語予，貞元中有馮燕事。」《唐代墓誌彙編》會昌〇〇三《唐故太原府參軍贈尚書工部員外郎苗府君夫人河内縣太君玄堂誌銘》：「生子男三人，曰愔，曰惲，曰恪……故先擇今丞相司徒公隴西牛僧孺之長女爲愔娶，復選故絳守河間劉元鼎之次女爲惲妻，又選故溧陽令范陽盧揆次女爲愔婦。」《全唐文》卷七一六收劉元鼎《使吐蕃經見紀略》，蓋據新舊《唐書·吐蕃傳》所載。劉師老：《元和姓纂》卷五劉彭城：灣子，「師老。」又見《唐郎官石柱題名考》卷六司封員外郎。《劉賓客嘉話録》：「貞元末，太府卿韋渠牟、金吾李齊運、度支裴延齡、京兆尹嗣道王實皆承恩寵事，薦人多得名位。時劉師老、穆寂皆應科目，渠牟主持穆寂，齊運主持師老。會齊運朝對，上嗟其羸弱，許其致政而歸，師老失據。故無名子曰：『太府朝天升穆老，尚書倒地落劉師。』」元稹有《授劉師老尚書右司郎中郭行餘守秘書省著作郎制》。李武：《新唐書·宰相世系表二》趙郡李氏東祖房：趙州刺史翺子，「武，大理評事。」又見《唐郎官石柱題名考》卷十六金部員外郎。《册府元龜》卷五八《帝王部·勤政守法》：「（開成元年九月）丙午望日，帝御延英，對刑法官刑部員外郎紇干泉、王含，大理少卿李武、韋紓及大理正丞等。」

許季同可秘書監制①〔一〕

勑：大理卿許季同，國朝已來，有劉德威、張文瓘、唐臨爲大理卿②〔二〕，有魏徵、虞世南、顔師古爲秘書監〔三〕，則設官之重③，得賢之盛，人到于今稱之。今季同以明慎欽恤理刑獄，以文學博雅長圖籍④。由廷尉而長秘府，論者榮之。宜自重其官，自遠其道。又

思與劉、張、唐、魏、虞、顔爲比，不亦自多乎？ 可秘書監⑤。（2952）

【校】

①題　《文苑英華》作「授許季同秘書監制」。

②劉德威　馬本作「劉得威」。

③則設官　馬本無「則」字。

④長圖籍　郭本作「掌圖籍」。

⑤秘書監　此下《文苑英華》有「餘如故」三字。

【注】

朱《箋》：約作於長慶元年（八二一），長安。羅聯添《白居易中書制誥年月考》謂作於長慶元年四月。

〔一〕許季同：孟容弟。傳附《新唐書・許孟容傳》。《舊唐書・穆宗紀》：「（長慶元年十月乙丑，）以秘書監許季同爲華州刺史，充潼關防禦使、鎮國軍使。」又同年四月「甲戌，秘書監蔣乂卒。」羅聯添謂季同即代蔣乂者。《舊唐書・李渤傳》：「穆宗即位，召爲考功員外郎。十一月，定京官考，不避權幸，皆行升黜。奏曰：……大理卿許季同，任使于翬、韋道沖、韋正牧，皆以犯贓，或左降，或處死，合考中下。然頃者陷劉闢之亂，棄家歸朝，忠節明著，今宜以功補過，請賜考中中。」《册府元龜》卷六三六《銓選部・考課》繫其事於元和十五年十二月。本書卷十八有《前長安縣令許季同除刑部郎中前萬年縣令杜羔除户部郎中制》(3193)。

〔二〕劉德威：《舊唐書・劉德威傳》：「(貞觀)十一年，復授大理卿。太宗嘗問之曰：『近來刑網稍密，其過安在？』德威奏言：『誠在主上，不由臣下。人主好寬則寬，好急則急。律文失入減三等，失出減五等，今則反是，失入則無辜，失出便獲大罪。所以吏各自愛，競執深文，非有教使之然，畏罪之所致耳。陛下但捨所急，則寧失不經復行於今日矣。』太宗深然之。」張文瓘：《舊唐書・張文瓘傳》：「俄遷大理卿，依舊知政事。文瓘至官旬日，決遣疑事四百餘條，無不允當，自是人有抵罪者，皆無怨言。文瓘常有疾，繫囚相與齋禱，願其視事。當時咸稱其執法平和，以比戴冑。」唐臨：《舊唐書・唐臨傳》：「遷大理卿。高宗嘗問臨在獄繫囚之數，臨對詔稱旨……高宗又嘗親錄死囚，前卿所斷者號叫稱冤，臨所入者獨無言。帝怪問狀，囚曰：『罪實自犯，唐卿所斷，既非冤濫，所以絶意耳。』帝歎息良久曰：『爲獄者不當如此耶！』」

〔三〕魏徵：《舊唐書・魏徵傳》：「貞觀三年，遷秘書監，參預朝政。徵以喪亂之後，典章紛雜，奏引學者校定四部書。數年之間，秘府圖籍粲然並備。」虞世南：《舊唐書・虞世南傳》：「(貞觀)七年，轉秘書監，賜爵永興縣子。太宗重其博識，每機務之隙，引之談論，共觀經史。世南雖容貌懦愞，若不勝衣，而志性抗烈，每論及古先帝王爲政得失，必存規諷，多所補益。太宗嘗謂侍臣曰：『朕因暇日，與虞世南商略古今，有一言之失，未嘗不悵恨。其懇若此，朕用嘉焉。群臣皆若世南，天下何憂不理！』」顔師古：《舊唐書·顔師古傳》：「貞觀七年，拜秘書少監，專典刊正。所有奇書難字，衆所共惑者，隨疑剖析，曲盡其源……於是復以爲秘書少監，師古既負其才，又早見驅策，累被任用，及頻有罪譴，意甚沮喪。自是闔門守静，杜絶賓客，放志園亭，葛巾野服。然搜求古迹及古器，耽好不已。俄又奉詔與博士等撰定《五禮》，十一年《禮》成，進爵爲子。時承乾在東宫，命師古注班固《漢書》，解釋詳明，深爲學者所重。」

張元夫可禮部員外郎制①〔一〕

勑：殿中侍御史張元夫，官有秩清而選妙者，其儀曹員外郎之謂乎〔二〕！凡殿内御史，雖文才秀出，功課高等者，滿歲而授，猶曰美遷〔三〕。有如元夫，連膺二選②。歷彼踐此，僉以爲宜③。況怒飛青冥，翔集禁陛。由兹去者，十八九焉。汝知之乎？思有以稱。可尚書禮部員外郎。（2953）

【校】

①題　《文苑英華》作「授張元夫禮部員外郎制」。

②二選　那波本作「遷選」，郭本作「三選」。

③僉以　紹興本等作「遷以」，據《文苑英華》、《管見抄》、蓬左本、馬本改。

【注】

朱《箋》：作於長慶元年（八二一）至長慶二年（八二二），長安。

〔一〕張元夫：傳附《舊唐書·張正甫傳》：「初，正甫兄式，大曆中進士登第，繼之以正甫，式子元夫、傑夫、征夫又相次登第。大和中，文章之盛，世共稱之。元夫，大和初兵部郎中、知制誥，遷中書舍人，出爲汝州刺史。」《唐摭言》卷七：「大和中，蘇景胤、張元夫爲翰林主人，楊汝士與弟虞卿及弟漢公，尤爲文林表式，故後進相謂曰：欲入舉場，先問蘇張；蘇張猶可，三楊殺我。」元稹《貽蜀五首》之一有《張校書元夫》。薛濤有《寄張元夫》。

〔二〕儀曹：禮部。《通典》卷二三《職官五·禮部尚書》：「後魏爲儀曹尚書。」同卷《禮部郎中》：「魏尚書有儀曹郎，掌吉凶禮制。歷代多有，例在吏部篇……隋初爲禮部侍郎，煬帝除侍字，又改爲儀曹郎。武德初，改爲禮部郎中。」

〔三〕殿内御史：殿中侍御史。《通典》卷二四《職官六·殿中侍御史》：「隋初改曰殿内侍御史，置十二人，至煬帝省。大唐置六員，内供奉三員。」

楊嗣復可庫部郎中知制誥制〔一〕

勑：權知兵部郎中楊嗣復，朕聞前代制誥，中書令、侍郎、舍人通掌之〔二〕。國朝已來，或以他官兼領，惟其人是用，不限於資秩職署焉〔三〕。予以爲然，多繇是選。前所命者，時稱得人。研實覈名，次第及汝。汝嗣復根於義訓，播爲令器。文焕發而才秀出，不當汩没於郎吏間。況貞元中汝父爲中書舍人，甚稱厥職〔四〕。今使汝繼書吾命，成一家言。堂構國華①，在於此舉〔五〕。爾宜兢兢祇勵，無隕其名。可庫部郎中知制誥。（2954）

【校】

①堂構　馬本作「堂烜」。

【注】

朱《箋》：約作於長慶元年（八二一），長安。按，當作於長慶元年十月。

〔一〕楊嗣復：新舊《唐書》有傳。《舊唐書・穆宗紀》：「（長慶元年十月戊辰），兵部郎中楊嗣復爲庫部郎中、知制誥……（十二月戊寅），兵部郎中知制誥馮宿、庫部郎中知制誥楊嗣復各罰一季俸料，亦坐與（李）景儉同飲，然先起，不貶官。」參本書卷二三《舉人自代狀》（3393）。元稹有《楊嗣復授權知兵部郎中制》。

〔二〕朕聞前代制誥二句：《唐六典》卷九中書省：「魏中書典尚書奏事，若密詔下州郡及邊將，則不由尚書。晉氏監、令……掌贊詔命，記會時事，典作文書。舊尚書並掌詔奏，既有中書官，而詔悉由中書也」；「自魏晉，詔誥皆中書令及中書侍郎掌之，至梁始舍人爲之。」

〔三〕國朝已來或以他官兼領：《唐六典》卷九中書舍人：「其中書舍人在省，以年深者爲閤老，兼判本省雜事；一人專掌畫，謂之知制誥，得食政事之食。餘但分署制敕……其掌畫事繁，或以諸司官兼者，謂之兼制誥。」《新唐書・百官志二》中書舍人：「開元初，以它官掌詔敕策命，謂之兼知制誥。肅宗即位，又以它官知中書舍人事……先是，知制誥率用前行正郎，宣宗時，選尚書郎爲之。」按，尚書六部中兵部、吏部爲前行，庫部郎中屬兵部。

〔四〕貞元中汝父爲中書舍人：嗣復父於陵。《舊唐書・楊於陵傳》：「貞元八年始入朝，爲膳部員外郎，歷考功、吏部三員外，判南曹……遷右司郎中、復轉吏部郎中，改京兆少尹。出爲絳州刺史。

德宗雅聞其名，將辭赴郡，詔留之，拜中書舍人。時李實爲京兆尹，恃承恩寵，於陵與給事中許孟容俱不附協，爲實媒孽，孟容改太常少卿，於陵爲秘書少監。」李實爲京兆尹在貞元十九年至二十一年，楊於陵亦在其間爲中書舍人。

〔五〕堂構國華：《書·大誥》：「若考作室，既厎法，厥子乃弗肯堂，矧肯構？」傳：「以作室喻治政也。父已致法，子乃不肯爲堂基，況肯構立屋乎？」後以言子承父業。陳琳《檄吳將校部曲文》：「聞魏周榮、虞仲翔，各紹堂構，能負析薪。」

張平叔可京兆少尹知府事制①〔一〕

敕：商州刺史張平叔，爲人廉直，爲政簡惠。前後歷府掾、邑宰、郡守②，而去思來暮之謡，繼聞於人聽焉。及副鹽鐵官，刺商雒部③，會課報政，亦甲於他官。自貞元已來，用三科取士，奉詳明政術可以理人之詔，而得其名有其實者，幾何人哉？平叔居其一也〔二〕。能効若是，何用不臧？故事内史缺未補間，亞尹得行大京兆事，或假印綬④，試可而即真者，往往有之〔三〕。故其選任日益難重⑤。爾宜稱所舉，慎厥職。無墮大以勤小，無急弱以緩强。夕念朝行，遵吾約束。可京兆少尹知府事。

（2955）

【校】

①題　《文苑英華》作「授張平叔京兆少尹兼知府事制」。

②府掾　紹興本等無「府」字，據《文苑英華》、蓬左本、林羅山本補。

③商雒部　馬本作「商雒郡」。

④或假印綬　紹興本等無四字，據《文苑英華》、蓬左本、林羅山本補。

⑤難重　郭本作「惟重」。

【注】

朱《箋》：作於長慶元年，長安。羅聯添《白居易中書制誥年月考》謂作於長慶元年十月。

〔一〕張平叔：見卷十一《張平叔可户部侍郎判度支制》（2927）、《王公亮可商州刺史制》（2946）注。王公亮長慶元年十一月已在商州刺史任上，張平叔應於此前改授京兆少尹。

〔二〕自貞元已來用三科取士六句：三科，指制舉三科。《舊唐書·德宗紀》：「（貞元元年九月）乙巳，上御正殿，策賢良方正能直言極諫等三科舉人。」本書卷五《唐河南元府君夫人滎陽鄭氏墓誌銘》(2864)：「屬今天子始踐祚，策三科以拔天下賢俊。中第者凡十八人，稹冠其首焉。」張平叔貞元十年登詳明正術、可以理人科，見《登科記考》卷十三。按，制舉科目本無一定，貞元前以一科爲常。德宗建中元年多至六科，而貞元元年、四年、十年每舉均爲三科，爲一時之常。至元和元年元稹、白居易登制舉時，僅有才識兼茂明於體用、達於吏治可使從政二科，而居易仍稱「策三科以拔天下賢俊」，蓋從舊稱。詳參《唐會要》卷七六《制科舉》。

〔三〕故事内史缺五句：内史，指京兆尹。參卷十一《柳公綽可吏部侍郎制》(2944)注。京兆少尹權知府事，遷京兆尹，或爲慣例。如《舊唐書·代宗紀》：「(永泰元年)閏十月辛卯，以京兆少尹黎幹爲京兆尹。」《盧鸞傳》：「宰相楊炎遇之頗厚，召入左司郎中、京兆少尹，遷大尹。」《盧士玫傳》：「轉郎中、京兆少尹。奉憲宗園寢，刑簡事集，時論推其有才，權知京兆尹事。」《崔元略傳》：「尋除京兆少尹，知府事，仍加金紫。數月，真拜京兆尹。」《羅立言傳》：「用立言爲京兆少尹，知府事。」

康日華贈坊州刺史制①

勑：漢令：軍中士有不幸死者，得以棺斂傳送。若是而已，猶四方歸心焉〔一〕。矧吾褒贈以榮之，惻隱以將之，顯其忠，撫其後，亦所以激生者節，豈獨慰逝者魂乎？左神策

軍赴行營正將、試太常卿康日華〔三〕，領王師，死王事，軍書置奏②，朕甚悼焉。可贈坊州刺史。（2956）

【校】

①題　馬本脱「制」字。

②置奏　郭本作「報奏」。

【注】

朱《箋》：作於長慶元年（八二一）至長慶二年（八二二），長安。

〔二〕漢令軍中士有不幸死者四句：《漢書・高帝紀上》：「（四年八月）漢王下令：軍士不幸死者，吏爲衣衾棺斂，轉送其家。四方歸心焉。」

〔三〕左神策軍赴行營正將：《新唐書・兵志》：「上元中，以北衙軍使衛伯玉爲神策軍節度使，鎮陝州，中使魚朝恩爲觀軍容使，監其軍……永泰元年，吐蕃復入寇，朝恩又以神策軍屯苑中，自是寖盛，分爲左右廂，勢居北軍右，遂爲天子禁軍，非它軍比……十數歲，德宗即位，以白志貞代之。是時，神策兵雖處内，而多以裨將將兵征伐，往往有功……貞元二年，改神策左右廂爲左右神策軍，特置監句當左右神策軍，以寵中官，而益置大將軍以下……十四年，又詔左右神策置統軍，以崇親衛，如六軍。時邊兵衣饟多不贍，而戍卒屯防，藥茗蔬醬之給最厚。諸將務爲詭辭，請遥隸神策軍，稟賜遂赢舊三倍，繇是塞上往往稱神策行營，皆内統於中人矣，其軍乃至十五萬。」《舊唐書·穆宗紀》：「（長慶元年十月丙寅），以河東節度使裴度充鎮州四面行營招討使。以左領軍衛大將軍杜叔良充深、冀諸道行營節度使……（十一月）戊寅，以鳳翔節度使李光顔爲忠武軍節度使，代李遜，仍兼深、冀行營節度……辛巳，李光顔赴鎮，百僚餞於章敬寺。上御通化門臨送，賜玉帶名馬。仍敕神策副使楊承和充深、冀行營都監押。壬午，出内庫錢五萬貫以助軍。乙酉，以幽州都知兵馬使朱克融檢校左散騎常侍，充幽州盧龍軍節度使，其拘囚張弘靖、殺害府僚之罪，一切釋放。時朝議以克融能保全弘靖，王廷湊殺害弘正，可赦燕而誅趙，故有是詔。」其時用兵河北，康日華疑亦赴深、冀行營之神策軍將。正將：屢見唐貞元後墓誌。《唐代墓誌彙編》開成〇三三班溽《故紫金光禄大夫檢校太子詹事守右神策軍正將……陳府君墓誌銘》：「遷授押衙，及天威併於神策，以右厢隸屬西軍，領職如舊，仍加正將，乃元和九年矣。」《唐代墓誌彙編續集》咸通〇一七王行儒《故朝議郎守魏王府諮議參軍郭公墓誌銘》：「別敕授左神策軍同正將。」録文原校：「此處原刻衙□虞候四字，後磨去重刻同正將三字。」此可見正將之職尊於虞候、押衙。

張籍可水部員外郎制①〔一〕

敕：登仕郎、守國子博士張籍，文教興則儒行顯②，王澤流則歌詩作。若上以張教流澤爲意，則服儒業詩者宜稍進之。頃籍自校秘文而訓國胄〔二〕，今又聚名揣稱③，以水曹郎處焉〔三〕。前年已來，凡歷文雅之選三矣。然人皆以爾爲宜。豈非篤於學，敏於行，而貞退之道勝也④？與之寵名者，可以獎夫不汲汲於時者⑤。可守尚書水部員外郎，散官勳如故⑥。（2957）

【校】

①題　《文苑英華》作「授張籍水部員外郎制」。

②文教興　「興」《文苑英華》作「張」，校：「集作興。」

③聚名　紹興本等作「覆名」，據《文苑英華》、蓬左本、林羅山本改。「揣稱」《文苑英華》作「授稱」。

④勝也　《文苑英華》、蓬左本、林羅山本作「勝邪」。

⑤與之……獎夫　《文苑英華》作「不與之寵名何以獎夫」，校文同紹興本等。

⑥散官勳　《文苑英華》無「勳」字。

朱《箋》：作於長慶二年（八二二）三月間，長安。羅聯添《白居易中書制誥年月考》謂作於長慶二年二、三月間。

【注】

㈠張籍：《舊唐書·張籍傳》：「張籍者，貞元中登進士第。性詭激，能爲古體詩，有警策之句傳於時。調補太常寺太祝，轉國子助教、秘書郎。以詩名當代，公卿裴度、令狐楚，才名如白居易、元稹，皆與之遊，而韓愈尤重之。累授國子博士、水部員外郎，轉水部郎中，卒。」白居易有《喜張十八博士除水部員外郎》（《白氏文集》卷十九1268）。張籍有《新除水曹郎答白舍人見賀》。

㈡校秘文：謂爲秘書郎。班固《西都賦》：「又有承明金馬，著作之庭……啓發篇章，校理秘文。」元稹有《授張籍秘書郎制》，約作於元和十五年五月後。訓國冑：謂爲國子監博士。潘岳《閑居賦》：「兩學齊列，雙宇如一。右延國冑，左納良逸。」《文選》李善注：「國學教冑子，太學招賢良。《尚書》曰：『夔教冑子。』」韓愈《舉薦張籍狀》：「登仕郎守秘書省校書郎張籍，學有法師，文多古風。臣當司見闕國子監博士一員，乞授此官。」韓愈爲國子祭酒在元和十五年冬，薦張籍爲國子博士在此後。參羅聯添《張籍年譜》、傅璇琮主編《唐才子傳校箋》第二册。

㈢水曹郎：指水部郎官。張籍《同將作韋二少監贈水部李郎中》：「舊年同是水曹郎，各罷魚符自楚鄉。」白居易《江樓晚眺景物鮮奇吟玩成篇寄水部張員外》(《白氏文集》卷二十 1371):「好著丹青圖畫取,題詩寄與水曹郎。」

何士乂可河南縣令制①〔一〕

敕:漢朝郎官出宰百里,故今京邑令缺②,多命尚書郎補焉〔二〕。朝議郎、行尚書水部員外郎何士乂③,慎檢和易④,介然有常。守而勿失,可使從政。然能佩弦以自導,帶星以自勤⑤,則緩急勞逸之間必使適宜而會理矣〔三〕。以爾舒退,故吾進之。可守河南縣令,散官如故⑥。(2958)

【校】

①題 《文苑英華》作「授何士乂河南縣令制」。

②京邑令 《文苑英華》無「令」字,校:「集有令字。」

③行尚書 紹興本等無「行」字,據《文苑英華》、蓬左本、林羅山本補。

④慎檢 此下《文苑英華》校:「集作交。」

⑤帶星　郭本作「戴星」。

⑥散官　《文苑英華》其下有「勳」字。

【注】

朱《箋》：作於長慶二年（八二二），長安。羅聯添《白居易中書制誥年月考》謂作於長慶二年二、三月間。

〔一〕何士乂：朱《箋》疑爲張籍之前任。元稹有《授高釴守起郎依前充史館修撰何士乂尚書水部員外郎制》。

〔二〕漢朝郎官出宰百里三句：《漢書·明帝紀》：「館陶公主爲子求郎，不許，而賜錢千萬。謂群臣曰：『郎官上應列宿，出宰百里，苟非其人，則民受其殃，是以難之。』」李華《杭州刺史廳壁記》：「天寶中，朝廷以尚書郎人物之高選，二千石元元之性命，始以省郎臨大部。若密邇京師，或控壓衝會，萬商所聚，百貨所殖，將擇良吏，重難之。」本書卷十八《除孔戢萬年縣令制》（3212）：「京邑令缺，多擇尚書郎有才理者補之。」

〔三〕佩弦以自導：《韓非子·觀行》：「西門豹之性急，故佩韋以自緩；董安于之心緩，故佩弦以自急。」帶星以自勤：《呂氏春秋·察賢》：「宓子賤治單父，彈鳴琴，身不下堂，而單父治。巫馬期以星出，以星入，日夜不居，以身親之，而單父亦治。」

崔植一子官迴授姪某制〔一〕

勅：丞相植，典職樞務，亦既逾歲。而能明我目，達我聰，左右我躬，以厎于道。況屬郊祀，攝贊大儀。寵錫之間，植宜加等。而念其猶子，乞用推恩。既叶舊章，允膺新命。其姪某可某官。（2959）

【注】

朱《箋》：作於長慶元年（八二一），長安。

〔一〕崔植：字公修。新舊《唐書》有傳。《舊唐書・穆宗紀》：「（元和十五年八月）戊戌，以朝議郎、守御史中丞、武騎尉、賜紫金魚袋崔植爲朝散大夫、守中書侍郎、同中書門下平章事。」岡村繁《白氏文集》六引《册府元龜》卷一三一《帝王部・延賞》：「（長慶元年）七月大赦，制：撰册文官中書侍郎平章事崔植與一子正員官。」以當此制。按，制文云「典職樞務，亦既逾歲」、「況屬郊祀，攝贊大儀」，當作於長慶元年八月以後。崔植所攝贊郊祀，或爲冬至日祀昊天上帝於圜丘之大祀。

王起等賜勳制①〔一〕

敕：中書舍人王起，朕臨馭之始，慶賞遂行〔二〕。卿士大夫，遞加勳秩。自武騎尉以上十有二轉〔三〕，自起已下十有四人，咸賜以勳，舉書于籍。可依前件。（2960）

【校】

①題　紹興本等無「等」字，據蓬左本、林羅山本補。

【注】

朱《箋》：約作於長慶元年（八二一），長安。羅聯添《白居易中書制誥年月考》謂作於長慶元年正月。

〔一〕王起：字舉之，播弟。《舊唐書·王起傳》：「穆宗即位，拜中書舍人。」《穆宗紀》：「（長慶元年三月己未），敕今年錢徽下及第鄭朗等一十四人，宜令中書舍人王起、主客郎中知制誥白居易等重試以聞。」

〔二〕朕臨馭之始慶賞遂行：《舊唐書·穆宗紀》：「（長慶元年正月）辛丑，祀昊天上帝於圜丘，即日還宮，御丹鳳樓，大赦天下。改元長慶。内外文武及致仕官三品已上賜爵一級，四品已下加一階，陪位白身人賜勳兩轉，應緣大禮移仗宿衛御樓兵仗將士，普恩之外，賜勳爵有差。」

〔三〕自武騎尉以上十有二轉：《舊唐書·職官志一》：「勳官者，出於周、齊交戰之際。本以酬戰士，其後漸及朝流。階爵之外，更爲節級……武德初，雜用隋制。至七年頒令，定用上柱國、柱國、上大將軍、大將軍、上輕車都尉、輕車都尉、上騎都尉、騎都尉、驍騎尉、飛騎尉、雲騎尉、武騎尉，凡十二等，起正二品，至從七品。貞觀十一年，改上大將軍爲上護軍，大將軍爲護軍，自外不改，行之至今。」又《職官志二》司勳郎中：「凡勳，十有二轉爲上柱國，比正二品……一轉爲武騎尉，比從七品。」

蕭俛除吏部尚書制①〔一〕

敕：古者君使臣以禮，臣事君以忠〔二〕。季代已還，鮮由兹道。先皇帝創於是，故在位十五載，凡解相印者殆二十人，多寵爲大僚，或付以兵柄。矧予小子，宜有加焉。而輔弼之臣，嘗經一日造吾膝，沃吾心，則思與之始終，厚申恩禮。不唯勸感來者②，且不敢失墜先志也。尚書右僕射蕭俛，忠肅孝敬，佐吾爲理。以勤事國，以疾退身。本末初終，不失其道。既免樞務③，倚爲右揆④〔三〕。加恩超等⑤，復吾前言。而俛繼上讓章，至于三四。敦諭煩切⑥，陳乞彌堅。是用正命爲選部尚書⑦〔四〕，而冠六卿，統百職，尚可以表吾寵重，亦所以成爾謙光。爾宜欽厥止⑧，慎厥終，無忝我褒揚之命。可吏部尚書。

（2961）

【校】

①題　《文苑英華》作「授蕭俛吏部尚書制」。

②不唯勸　《文苑英華》其下有「能者」二字。

③既免　「免」《文苑英華》校：「《舊唐書》作罷。」

④倚爲右揆　《文苑英華》校：「《唐書》作俾居端揆。」

⑤加恩　《文苑英華》其上有「朕欲」二字。

⑥煩切　「煩」《文苑英華》作「頻」，校：「集作煩。」

⑦正命　「正」《文苑英華》作「改」，校：「集作正。」

⑧厥止　《文苑英華》作「厥始」，校：「集作止。」

【注】

朱《箋》：約作於長慶元年（八二一），長安。按，作於長慶元年二月。

〔一〕蕭俛：字思謙。新舊《唐書》有傳。《舊唐書・穆宗紀》：「（長慶元年正月）壬戌，制朝議大夫、守門下侍郎、同中書門下平章事、徐國公蕭俛爲尚書右僕射，累表乞罷政事故也……（二月）癸酉，以尚書右僕射蕭俛爲吏部尚書。」《蕭俛傳》：「時令狐楚左遷西川節度使，王播廣以貨幣賂中人權幸，求爲宰相。而宰相段文昌復左右之。俛性嫉惡，延英面言播之纖邪納賄，喧於中外，不可以汙臺司。事已垂成，帝不之省。俛三上章求罷相任。長慶元年正月，守左僕射，進封徐國公，罷知政事……俛性介獨，持法守正，以己輔政日淺，超擢太驟，三上章懇辭僕射，不拜……俛又以選曹簿書煩雜，非攝生之道，乞換散秩。其年十月，改兵部尚書。」按，《舊唐書》本傳節取此制。嚴耕望《唐史研究叢稿・論尚書省之職權與地位》：「代、德以後，惟吏部尚書尚稍有職事。《舊唐書・蕭俛傳》云：俛『以選曹簿書煩雜，非攝生之道，乞換散秩，其年十月，改兵部尚書』，即其證。」

〔二〕古者君使臣以禮二句：《論語・八佾》：「定公問：『君使臣，臣事君，如之何？』孔子對曰：『君使臣以禮，臣事君以忠。』」

〔三〕右揆：右丞相、右僕射。顔真卿《宋公神道碑銘》：「乃涉右揆，讜論泱泱。」

〔四〕選部尚書：吏部尚書。《唐六典》卷二尚書吏部：「漢末，又改吏部爲選部，專掌選舉事。靈帝以梁鵠爲選部尚書。」

溫堯卿等授官賜緋充滄景江陵判官制①〔一〕

敕：溫堯卿等，今之俊乂，先辟于征鎮，次升于朝庭。故幕府之選，下臺閣一等〔二〕。異日入爲大夫公卿者，十八九焉。荆門、景城②，南北大府。而堯卿等或已參軍要，或方受兵書③。各命以官，分試其事。名秩章綬，分而寵之。夫千里之行，始於足下。苟自强不息，亦何遠而不屈哉？可依前件④。（2962）

【校】

①題　《文苑英華》作「授溫堯卿等賜緋充滄景江陵判官制」。

②景城　紹興本等作「景域」，據《文苑英華》改。

③兵書　《文苑英華》、蓬左本、林羅山本作「徵書」。

④前件　此下《文苑英華》有「餘如故」三字。

【注】

朱《箋》：作於長慶元年（八二一）至長慶二年（八二二），長安。

〔一〕滄景：《元和郡縣圖志》卷十八：「滄州，景城。上。……今爲滄景節度使理所。管州二：滄州，景州。」《舊唐書·地理志二》河北道：「滄州上，漢渤海郡，隋因之。……天寶元年，改爲景城郡。乾元元年，復爲滄州。」《舊唐書·穆宗紀》：「（長慶二年三月己未），以德、棣節度使李全略復爲滄州節度使，仍合滄景、德棣爲一鎮。」江陵：《舊唐書·地理志一》：「荆南節度使，治江陵府。」《地理志二》山南東道：「荆州江陵府，隋爲南郡。……自至德後，中原多故，襄、鄧百姓，兩京衣冠，盡投江、湘，故荆南井邑，十倍其初，乃置荆南節度使。」《舊唐書·穆宗紀》：「（長慶元年正月癸卯），以涇原節度使王潛檢校兵部尚書、江陵尹，充荆南節度使。」

〔二〕今之俊乂五句：歐陽修《集古録》八《唐武侯碑陰記》：「唐方鎮以辟士爲高，故當時布衣韋帶之士，或行著鄉閭，或名聞場屋，莫不爲方鎮所取。」唐方鎮辟士或爲科第出身者，或爲正員官，亦有布衣之士。朝廷對辟署權限、資格等亦屢加限制。《册府元龜》卷七一六《幕府部·總序》：「（唐）節度使之屬有副使一人、行軍司馬一人、判官二人、掌書記一人、參謀無員、隨軍四人。觀察使有判官、支使。經略使有判官等員。其後節度、觀察使、防禦、團練，皆有推官、巡官之職，兼度支、營田、招討使者，又有度支、營田等判官，自是正爲幕府之職，皆奏請有出身人及六品以下正員官爲之。惟兩省供奉、尚書省、御史臺見任郎官不得奏請。其辟署未有官者，皆謂之攝。」權德輿《送李十兄判官赴黔中序》：「今名卿賢大夫，由參佐而升者十七八，蓋刷羽幕廷，而翰飛天朝。」

神策軍及諸道將士某等一千九百人各賜上柱國勳制（二）

敕：古之善爲國者，勞不忘而賞不濫。有賞一人而爲僭者，有賞千百人而不爲費者①。其要在當否而已，不繫於衆寡也。朕自統御已來，忽忽有念。念天下材力之將，勇敢之士，進有征討之苦，退有守捍之勤。藏之中心，何嘗暫忘？而亟因大慶，思洽普恩。某等若干人咸進勳級，並可上柱國。（2963）

【校】

①賞千百人　紹興本等無「賞」字，據蓬左本、林羅山本補。

【注】

朱《箋》：作於長慶元年（八二一）正月，長安。羅聯添《白居易中書制誥年月考》説同，均謂此爲長慶改元普恩之制。按，制云「亟因大慶」，亟，屢也，非確指元年正月之賞賜。

〔一〕神策軍：見本卷《康日華贈坊州刺史制》（2956）注。《舊唐書·穆宗紀》：「（長慶二年）三月壬辰朔，詔曰：『武班之中，淹滯頗久。又諸薦送大將，或隨節度使歸朝。自今已後，宜令神策六軍軍使及南衙常參武官，各具歷任送中書門下，素立大功及有才器者，量加獎擢。常參官依月限改轉，諸道軍府帶監察已上官者，限三周年即與改轉。軍士死王事者，三周年内不得停衣糧。先於留州使錢内每貫割二百文助軍，今後不用抽取。』上於馭軍之道，未得其要，常云宜姑息其臣。故即位之初，傾府庫頒賞之，長行所獲，人至巨萬，非時賜與，不可勝紀。故軍旅益驕，法令益弛，戰則不克，國祚日危。洎頒此詔，方鎮多以大將文符鬻之富賈，曲爲論奏，以取朝秩者，疊委於中書矣。名臣扼腕，無如之何。」此賜勳制專及武職，或與穆宗此詔有關。

李彤授檢校工部郎中充鄭滑節度副使王源中授檢校刑部員外郎充觀察判官各兼侍御史賜緋紫制①〔一〕

敕：萬年令李彤、侍御史王源中等②，舜以五長綏四國，若今之節制也〔二〕。周以十聯率諸侯，若今之廉察也〔三〕。國家合爲一柄，付有功諸侯，故其陪臣選任益重〔四〕。或輟朝籍，授簡書者，往往而有。況承元有大忠于國，受重任于外〔五〕。使其承上莅下，敬始善終，實在庶寮，叶力以濟。今以彤宰京邑，有理劇之用。如水在器，撓之不濁。以源中立憲府，有糾正之能。如刃發硎，割之無滯。一可以倅戎事，一可以佐軺車。二職交修，在此一舉。臺郎憲吏，金印銀章。加乎爾身，無忝我命。可依前件。（2964）

【校】

①題　「李彤授」《文苑英華》作「授李彤」。

②萬年令　《文苑英華》作「萬年縣令」。

【注】

朱《箋》：作於長慶元年（八二一），長安。

〔一〕李彤：權德輿《太原府司録事參軍李府君墓誌銘》：「君諱雍，字某，趙郡鄗人。曾祖萬安，皇鄒平郡丞。祖頊，贈鄭州刺史。父日知，皇銀青光禄大夫、黄門侍郎、侍中、户工刑三部尚書……有子玄之，仕至晉州洪洞縣令……洪洞之子曰鄧州新野令彬、萬年尉彤、陳州太康主簿彩、太公廟丞彣、前明經彧等。」《新唐書・宰相世系表二上》趙郡李氏：洪洞令玄之子，「彤，吏部尚書。」又見《唐郎官石柱題名考》卷十四度支員外郎。《舊唐書・敬宗紀》：「（長慶四年）三月庚戌朔，貶司農少卿李彤吉州司馬，以前爲鄧州刺史，坐贓百萬，仍自刻德政碑故也。」王源中：傳附《新唐書・盧景亮傳》，字正蒙，擢進士、宏辭，累遷左補闕，以直諫知名。轉户部郎中、侍郎，擢翰林學士，進承旨學士，出爲山南西道節度使，入拜刑部侍郎。《唐代墓誌彙編續集》大和〇二四有王源中撰《大唐故許府君墓誌銘》。

〔二〕舜以五長綏四國二句：《書・益稷》：「外薄四海，咸建五長。」傳：「諸侯五國立賢者一人爲方伯，謂之五長，以相統治，以奬帝室。」節制：指節度使。高適《酬秘書弟兼寄幕下諸公》：「將副節制籌，欲令沙漠空。」憲宗《授李逢吉劍南節度使制》：「非識度宏深，不可以付以節制。」

〔三〕周以十聯率諸侯二句：十聯同十連。《禮記・王制》：「五國以爲屬，屬有長；十國以爲連，連有帥。」注：「屬、連、卒、州，猶聚也。伯、帥、正，亦長也。」廉察：觀察使。《舊唐書・李巽傳》：「巽廉察江西，徇喜怒之情。」

〔四〕國家合爲一柄三句：《舊唐書・地理志一》：「開元二十一年，分天下爲十五道，每道置採訪使，檢察非法，如漢刺史之職……又於邊境置節度、經略使，式遏四夷。凡節度使十，經略守捉使三……至德之後，中原用兵，刺史皆治軍戎，遂有防禦、團練、制置之名。要衝大郡，皆有節度之額。寇盜稍息，則易以觀察之號。」至德之後，内地要衝增置節度使，採訪使雖停，然又改易爲觀察使。《唐會要》卷七八《採訪處置使》："乾元元年四月十一日，詔曰：『近緣狂寇亂常，每道分置節度。其管内緣徵發及文牒，兼使命往來，州縣非不艱辛，仍加採訪，轉益煩擾。其採訪使置來日久，並諸道黜陟使便宜且停。待後當有處分。』其年，改爲觀察處置使。"節度使節度軍鎮，觀察使督察州郡，故節度使往往兼任管内觀察使之職，其幕府機構亦合爲一。《新唐書·百官志四下》："節度使、副節度使知節度事……節度使封郡王，則有奏記一人；兼觀察使，又有判官、支使、推官、巡官、衙推各一人。"肅宗《封郭子儀爲汾陽郡王詔》："可封汾陽郡王，知朔方河中北庭潞儀澤沁等州節度行營，兼興平、定國等兵馬副元帥，仍充本管内觀察處置使。"代宗、德宗以後遂爲常制。

〔五〕況承元有大忠於國：承元，王承元。《舊唐書·穆宗紀》："（元和十五年十月庚辰），成德軍節度使王承宗卒，其弟承元上表請朝廷命帥，遣起居舍人柏耆宣慰之……（乙酉）以鎮冀深趙等觀察度支使、朝議郎、試金吾左衛胄曹參軍、兼監察御史王承元可銀青光禄大夫、檢校工部尚書、使持節滑州諸軍事、守滑州刺史、御史大夫，充成義軍節度、鄭滑等州觀察等使。""（長慶二年二月）癸酉，以鄜坊節度使韓充爲義成軍節度使，以代王承元。以承元爲鄜坊節度使……（三月）丁巳，以左丞崔從檢校禮部尚書、鄜州刺史、鄜坊節度使，以代王承元。以承元爲鳳翔、隴右節度使。"詳見《舊唐書·王武俊傳附承元》。

柳公綽父子溫贈尚書右僕射竇侔父叔向贈工部尚書薛伯高父憚贈尚書司封郎中元宗簡父鍩贈尚書刑部侍郎皇甫鏞父愉贈尚書右僕射韋文恪父漸贈太子少保王正雅父翃贈太子太師范季睦父彦贈禮部郎中八人亡父同制①〔一〕

敕：古人有云：樹欲靜而風不止，子欲養而親不待〔二〕。向無顯揚褒贈之事②，則何以旌先臣德③，慰後嗣心乎？故朕每施大恩，行大慶，而哀榮之命未嘗闕焉。銀青光禄大夫、行尚書吏部侍郎、上護軍、河東縣開國子柳公綽父子溫等④，咸有令子，集于中朝。資父事君，移忠自孝。本於嚴訓，酬以寵名。賜命追榮⑤，各高其等⑥。嗚呼！存者不匱⑦，往者有知，斯可以載揚蘭陔之光，少輟風樹之歎耳⑧〔三〕。可依前件。

（2965）

【校】

①題　「鍩」紹興本等作「鋸」，據《管見抄》改。

②向無　郭本作「倘無」。

③旌　《管見抄》作「顯」。

④子溫　紹興本等無「子」字，據《管見抄》、蓬左本、林羅山本補。

⑤賜命　《管見抄》作「錫命」。

⑥各高其等　《管見抄》作「各告其第」。

⑦不賣　《管見抄》作「不遺」。

⑧少輟　紹興本等無「少」字，據《管見抄》補。

【注】

朱《箋》：作於長慶元年（八二一）至長慶二年（八二二），長安。按，作於長慶元年十月至長慶二年二月間。

〔一〕柳公綽：見卷十一《柳公綽可吏部侍郎制》（2944）。《舊唐書·柳公綽傳》：「父子溫，丹州刺史。」竇侔：傳附新舊《唐書·竇羣傳》，侔作牟。《舊唐書·竇羣傳》：「父叔向，以工詩稱，代宗朝，官至左拾遺……（兄）牟，字貽周。貞元二年登進士第……入爲都官郎中，出爲澤州刺史，入爲國子祭酒。長慶二年卒，時年七十四。」褚藏言《竇牟傳》：「長慶二年春，寢疾告終於宣平里之私第，享年七十四。」薛伯高：《新唐書・宰相世系表三下》薛氏西祖房：懌子，「伯高，刑部郎中。」柳宗元《先君石表陰先友記》：「薛伯高，同郡（按指河東郡）人。好讀書，號爲長者。後至尚書卒。」其人即柳宗元《道州文宣王廟碑》所稱「儒師河東薛公伯高由尚書刑部郎中爲道州」者。《唐國史補》卷下：「大曆已後，專學者……章廷珪、薛伯高、徐潤並通經。」常衮《授薛伯高少府少監制》，核以年代亦其人。當卒於元和元年前，與居易此制之伯高恐非一人。本書卷十六有《薛伯高等亡母追贈郡夫人制》(3112)。元宗簡：見本書卷三一《故京兆元少尹文集序》(3596)，亦卒於長慶二年春。《全唐文補遺・千唐誌齋新藏專輯》周復《唐故楊州高郵縣河南元君墓誌銘》：「君諱邈……祖銛，皇河南府王屋縣令。父宗簡，皇京兆少尹。」宗簡父名，《元和姓纂》卷二二元亦作銛。皇甫鏞：傳附新舊《唐書・皇甫鎛傳》。《舊唐書・皇甫鎛傳》：「皇甫鎛，安定朝那人。祖鄰幾，汝州刺史。父愉，常州刺史……鎛弟鏞，端士也……時鎛爲宰相，領度支，恩寵殊異。鏞惡其太盛，每弟兄宴語，即極言之，鎛頗不悦。乃求爲分司，除右庶子。及鎛獲罪，朝廷素知鏞有先見之明，不之罪，徵爲國子祭酒，改太子賓客、秘書監。」按，鎛獲罪在元和十五年正月穆宗即位後。韋文恪：《新唐書・宰相世系表四上》韋氏平齊公房：陵州刺史漸子，「文恪字敬之，將作監，充内作使。」《舊唐書・史憲誠傳》：「憲誠喜得旄節，雖外順朝旨，而中與朱、王爲輔車之勢，長慶二年正月也。尋遣司門郎中韋文恪宣慰。」《嚴州圖經》卷一賢牧附題名：「韋文恪，長慶三年二月七日自司門郎中拜。」《册府元龜》卷四九七《邦計部・河渠》：

「(大和元年十一月)京兆府奏……今請差少尹韋文格充渠堰使。」元稹《永福寺石壁法華經記》有「刑部郎中睦州刺史韋文悟(恪)」,作於長慶四年四月。王正雅:《舊唐書·王正雅傳》:「王正雅,字光謙。其先太原尹東都留守翃之子……元和十一年,拜監察御史,三遷爲萬年縣令。當穆宗時,京邑號爲難理,正雅抑强扶弱,政甚有聲。會柳公綽爲京兆尹,上前褒稱,穆宗命以緋衣銀章,就縣宣賜。遷户部郎中,尋加知臺雜事。」王翃新舊《唐書》亦有傳。《舊唐書·德宗紀》:「(貞元十八年六月癸巳),前東都留守、檢校禮部尚書王翃卒。」《王鍔傳》:「鍔附太原王翃爲從子,以婚閥自炫,子弟多附鍔以致名宦。」范季睦:見《唐郎官石柱題名考》卷十八倉部員外郎。元稹有《授范季睦尚書倉部員外郎制》。

〔二〕樹欲靜而風不止二句:《韓詩外傳》卷九:「孔子行,聞哭聲甚悲。孔子曰:『驅驅!前有賢者。』至則臯魚也。被褐擁鐮,哭於道傍。孔子辟車與之言,曰:『子非有喪,何哭之悲也?』臯魚曰:『吾失之三矣。少而學,游諸侯,以後吾親,失之一也。高尚吾志,間吾事君,失之二也。與友厚而小絶之,失之三也。樹欲靜而風不止,子欲養而親不待也。往而不可得見者親也。吾請從此辭矣。』立槁而死。孔子曰:『弟子誡之,足以識矣。』於是門人辭歸而養親者十有三人。」

〔三〕蘭陔之光:束晳《補亡詩·南陔》:「循彼南陔,言采其蘭。眷戀庭闈,心不遑安。」序:「南陔,孝子相戒以養也。」

李宗何可渭南令李玘可京兆府户曹制①〔一〕

敕：李宗何等，夫綱一提則羣目舉，源一澄則衆流清。故朝廷命官師，選寮屬，亦得其人矣。按内史公綽奏宗何學古修己②，練達理道，乃乞爲甸縣令〔二〕。玘勵節佝公，通詳事典③，故乞爲天府掾〔三〕。况渭陰封圻之守邑④〔四〕，詞曹賦籍之要司⑤〔五〕。位雖未高，職亦不細。宜乎以三語自試〔六〕，以一同自効〔七〕。無俾爾長貽失舉之責焉。可依前件。

（2966）

【校】

①題　「李宗何」馬本作「李宗河」，正文同。

②内史　郭本作「右史」。

③事典　紹興本等無「事」字，據蓬左本、林羅山本補。

④渭陰　馬本作「渭南」。

⑤詞曹　紹興本、那波本、郭本作「祠曹」，馬本作「户曹」。盧校：「以渭南爲渭陰，户曹爲詞曹，此替字法也。晉以

羊祜改户曹爲辭曹，亦作詞曹。宋本作祠曹，訛。」從改。

朱《箋》：作於長慶元年（八二一），長安。

【注】

〔一〕李宗何：《新唐書・宗室世系表上》蔡王房：歆子，「宗何。」又見《唐郎官石柱題名考》卷十八倉部員外郎。按，《文苑英華》卷一八三載李宗和《平權衡賦》，爲貞元九年進士及第所作，疑爲同一人。李玘：《舊唐書・文宗紀》：「（開成四年正月）辛丑，以司農卿李玘爲福建觀察使，諫官論其不可，乃罷之。」《册府元龜》卷六九《帝王部・審官》：「開成元年四月壬申，帝御紫宸殿……又召……司農卿李玘等各問本司事。」卷六二三《卿監部・公正》：「李玘開成末爲司農卿，玘嫉惡太切，狡吏無所容瞞，遂加誣謗，謂之苛刻，除福建觀察使。諫官風聞，因有章疏。宰臣知其冤，累於文宗前明辨，故復舊官。」

〔二〕内史公綽：内史，京兆尹。公綽，柳公綽。見卷十一《柳公綽可吏部侍郎制》（2944）。朱《箋》：「柳公綽自京兆尹遷吏部侍郎在長慶元年十月，則此制必作於元年十月之前。」

〔三〕天府掾：天府指秦中。蘇頲《代家君讓侍中表》：「秦中帝里，天府之奥。」郭子儀《請車駕還京奏》：「臣聞雍州之地，古稱天府。」

〔四〕渭陰：渭南。封圻：指王圻之内。圻，疆也。《書・畢命》：「申畫郊圻，慎固封守，以康四海。」

傳：「京圻安，則四海安矣。」

〔五〕詞曹：户曹。《晉書・羊祜傳》：「荆州人爲祜諱名，屋室皆以門爲稱，改户曹爲辭曹焉。」《唐六典》卷三十京兆河南太原府：「户曹參軍事二人，正七品下……户曹、司户參軍掌户籍、計賬、道路、逆旅、田疇、六畜、過所、蠲符之事，而剖斷人之訴競。」

〔六〕宜乎以三語自試：《世説新語・文學》：「阮宣子有令聞，太尉王夷甫見而問曰：『老莊與聖教同異？』對曰：『將無同。』太尉善其言，辟之爲掾。世謂三語掾。」

〔七〕以一同自效：《左傳》襄公二十五年：「且昔天子之地一圻，列國一同。」杜預注：「方百里。」

兵部郎中知制誥馮宿侍御史裴注義武軍行軍司馬御史中丞蕭籍饒州刺史齊照鄧州刺史渾鐬並可朝散大夫同制〔一〕

敕：某官馮宿等，凡品秩之制有九，自五而上謂之貴階〔二〕。而宿司吾言，注持吾憲，籍、照以降，皆著勤慎①，由朝議郎一進而及此〔三〕。此之所以爲貴者，蔭及子，命及妻〔四〕，豈唯腰白金，服赤茀，從大夫之後而已？寵數既重，思有以稱之。並可朝散大夫。

（2967）

【校】

①勤慎　紹興本、那波本、馬本無「慎」字，據郭本補。

朱《箋》：作於長慶二年（八二二），長安。

【注】

〔一〕馮宿：見卷十一《馮宿除兵部郎中知制誥制》（2923）。裴注：《新唐書・宰相世系表一上》南來吴裴：户部侍郎腆子，「注。」元稹《授裴注等侍御史制》：「諸道鹽鐵轉運東都留後兼侍御史裴注等。」蕭籍：《新唐書・宰相世系表一下》蕭氏齊梁房：蕭瑀曾孫、守道子，「籍，襄州刺史。」《全唐文》卷六九五收蕭籍《祭權少監文》，爲權德輿門人。《全唐文補遺・千唐誌齋新藏專輯》蕭籍《唐故河南府兵曹參軍賜緋魚袋蘭陵蕭公（放）墓誌銘》，撰於大和己酉歲，署再從姪、中大夫、守太子右庶子分司東都上柱國賜紫金魚袋籍撰。《白氏文集》卷三三《開成二年三月三日祓禊洛濱詩序》（2458）中有「太子賓客蕭籍」，即其人。齊照：《新唐書・宰相世系表五下》瀛州齊氏：珏子，「照，池州刺史。」又見《元和姓纂》卷三齊。《唐郎官石柱題名考》卷十八倉部員外郎有「齊煚」。岑仲勉《元和姓纂四校記》謂「照」即「煚」之訛。元稹有《授齊煚饒州刺史王堪澧州刺史制》。《唐代墓誌彙編》貞元一一九《唐故相州臨河縣尉張府君墓誌銘》：「女三人，長適太原王氏，次適于高陽齊氏，次適太原王氏。齊氏有三子，長曰皞，試秘書省校書郎。次曰煚，監察御史，皆以文第于春官，並佐戎府。次曰煦，又膺秀士之選。」大和〇〇七崔周冕《唐故鄉貢進士京兆韋府君墓誌銘》：「夫人高陽齊氏，即衛尉少卿長女也……公舅㬇，早著冠時之名，爲儒者之軌範，故四方之士，□願爲婚援者，十有九焉。」又大中一六四齊孝曾《唐故京兆韋府君夫人高陽齊氏墓誌銘》：「皇祖餘敬，皇朝朝散大夫、滄州清池縣令、贈秘書監。祖玘，皇朝銀青光禄大夫、尚書工部郎中、贈太傅。烈考㬇，皇朝朝議大夫、衛尉少卿。」渾鐬：瑊子。《舊唐書·渾瑊傳》：「鐬，瑊第三子，以蔭起家爲諸衛參軍，歷諸衛將軍。元和初，出爲豐州刺史、天德軍使，坐贓貶袁州司户，憲宗思咸寧之勳，比例從輕。五年，徵爲袁王傅，復賜金紫，遷殿中監。」按《文宗紀》：「(大和四年九月)丁酉，前豐州刺史、天德軍使渾鐬坐贓七千貫，貶袁州司馬。」又見《册府元龜》卷一三四《帝王部·念功》。《渾瑊傳》誤。《册府元龜》卷四五五《將帥部·貪黷》亦稱「憲宗」，誤同《渾瑊傳》。

〔二〕自五而上謂之貴階：《唐律疏議》卷二《名例》「五品以上妾」疏：「議曰：五品以上之官，是爲通貴。」同卷「官當」疏：「議曰：九品以上官卑，故一官當徒一年。五品以上官貴，故一官當徒二年。」

〔三〕由朝議郎一進而及此：文散階從五品下爲朝散大夫，正六品上爲朝議郎。《舊唐書·職官志一》：「舊例，(文散官)開府及特進，雖不職事，皆給俸禄，預朝會，行立在於本品之次。光禄大夫已下，朝散大夫已上，衣服依本品，無禄俸，不預朝會。朝議郎已下，黄衣執笏，於吏部分番上下承使及親驅使，甚爲猥賤。每當上之時，至有爲主事令史守扃鑰、執鞭帽者。兩番已上，則隨番許簡，通時務者始令參選。一登職事已後，雖官有代滿，即不復番上。」

〔四〕蔭及子命及妻：《唐六典》卷二吏部郎中：「凡敍階之法……有以資蔭：謂一品子，正七品上敍；至從三品子，遞降一等。四品、五品有正、從之差，亦遞降一等。從五品子，從八品下敍。國公子，亦從八品下。三品以上蔭曾孫，五品已上蔭孫。孫降子一等，曾孫降孫一等。贈官降正官一等，散官同職事。」同卷司封郎中：「外命婦之制……一品及國公母、妻爲國夫人；三品已上母、妻爲郡夫人；四品若勳官二品有封，母、妻爲郡君；五品若勳官三品有封，母、妻爲縣君。散官並同職事。勳官四品有封，母、妻爲鄉君。」可見蔭子、命妻，皆以五品爲限。

太常博士王申伯可侍御史鹽鐵推官監察御史裏行高鍇河東節度參謀兼監察御史崔植並可監察御史三人同制①〔一〕

敕：某官王申伯，學優行茂，飾以詞藻。執禮定議，多得其中。某官高鍇，溫莊潔白，不交勢利②。某官崔植，外和内直，通知政典。在倫輩内，而人皆謂之滯淹。唯是二三子之才，吾得於御史中丞僧孺〔二〕。御史，吾耳目官也。非清明勁正、不泥不撓者③，安

可使辨淑慝，振紀律，廣吾之聰明焉？並命同升，無忝是舉。可依前件。（2968）

【校】

①高鍇　紹興本等作「高諧」，據蓬左本、林羅山本改。正文同。「崔植」　蓬左本、林羅山本作「崔楨」。

②勢利　馬本作「勢力」。

③勁正　郭本作「勁直」。

【注】

朱《箋》：約作於長慶元年（八二一），長安。

〔一〕王申伯：《新唐書·宰相世系表二中》琅邪王氏：國子祭酒權子，「申伯。」又見《唐郎官石柱題名考》卷四吏部員外郎、卷五司封郎中、卷八司勳員外郎。《唐會要》卷六十《御史臺》：「（長慶）二年正月，御史中丞牛僧孺奏：『諸道節度、觀察等使，請在臺御史充判官……伏蒙允許舉前敕，不許更有奏請。』制曰：可。時段文昌自宰相出鎮庸蜀，奏諫官、御史、南宮郎三人爲僚佐，以某職帶臺銜，上故可之。不逾年，又奏侍御史王申伯、監察蘇景裔，留中不下。中執法舉舊章，議者以爲當。」朱《箋》：「則王申伯爲侍御史必在長慶二年前。」高鍇：釴弟。傳附新舊《唐書・高釴傳》。元和九年登進士第，升宏辭科，累遷吏部員外。鹽鐵推官：《新唐書・百官志》載節度使、觀察使、團練使、防禦使均有推官一人。《唐會要》卷七八《諸使雜錄》：「（大曆十二年五月）十三日，諸道觀察都團練使，判官各置一人，支使一人，推官一人，餘並停。」據此制，鹽鐵使亦有推官。監察御史裏行：《新唐書・百官志三》御史臺：「至德後，諸道使府參佐，皆以御史爲之，謂之外臺。復有檢校、裏行、内供奉，或兼或攝，諸使下官亦如之。」崔植：與長慶中拜相之崔植顯非同一人。《全唐文補遺・千唐誌齋新藏專輯》有崔植撰《唐故河南府壽安縣隴西李公墓誌銘》，作於元和九年，署左補闕崔植。又岡村繁《白氏文集》六從蓬左本作「崔栯」。《新唐書・宰相世系表二下》博陵安平崔氏二房：淙子，「栯字茂孝。」《唐郎官石柱題名考》卷十二户部員外郎有崔栯。《唐代墓誌彙編》大和〇五八有崔栯《唐故朝議郎守尚書比部郎中……隴西李府君墓誌銘》，署朝散大夫守中書舍人上柱國崔栯。

〔二〕御史中丞僧孺：牛僧孺。見卷十一《張徹宋申錫並可監察御史制》（2921）、《牛僧孺可户部侍郎制》（2929）注。牛僧孺自御史中丞拜户部侍郎在長慶二年二月，此制亦當作於二年二月前。

溫造可起居舍人充鎮州四面宣慰使制〔一〕

勅：殿中侍御史温造，嘗糾天府，不曠官；馳軺車，不辱命〔二〕。況爲人外和内決，以兼濟爲心。拔居殿中①，以備時使。會吾憂兩河間事，求可諭朝旨、慰人心者使焉。揆効酌能，汝中吾選。故不待滿歲，擢爲右史〔三〕。出則銜吾命，入則記吾言。獎任不輕，思有所立。可依前件。（2969）

【校】

①拔居　《文苑英華》作「持橐」，校：「集作拔居。」

【注】

朱《箋》：作於長慶元年（八二一），長安。

〔二〕溫造：字簡輿。《舊唐書・溫造傳》：「長慶元年，授京兆府司錄參軍。奉使河朔稱旨，遷殿中侍御史。既而幽州劉總請以所部九州聽朝旨。穆宗選可使者，或薦造……乃拜起居舍人，賜緋魚袋，充太原、鎮州、幽州宣諭使。造初至范陽，劉總具櫜鞬郊迎，乃宣聖旨，示以禍福。」《資治通鑑》繫溫造充鎮州四面諸軍宣慰使於長慶元年八月丁亥。

〔三〕糾天府：謂溫造爲京兆府司錄參軍。天府，指京兆府。參本卷《李宗何可渭南令李玘可京兆府户曹制》（2966）注。《唐六典》卷三十三府督護州縣官吏：「司錄、錄事參軍掌付事勾稽，省署抄目，糾正非違，監守符印。」馳軺車：謂溫造奉使河朔。

〔三〕右史：指起居舍人。《唐六典》卷九起居舍人：「起居舍人因起居注而名官焉。古者人君言則右史書之，即其任也……龍朔二年改爲右史，咸亨元年復故。天授元年又改爲右史，神龍元年復故。」

高芳穎等四人各贈刺史制

敕：故某官高芳穎等，昔文王葬枯骨，骨無知也①，但惻隱之心不忍棄也②〔一〕。故天下皆歸仁焉。況捐軀之魂，死節之骨，見危併命③，朕甚憫之。深州故十將高某等四人④，皆從戰陣，連殁王事〔二〕。褒贈之數，宜其有加。並命追榮，以光地下。可依前件。（2970）

【校】

①骨無知　紹興本等作「之無知」，據《管見抄》改。

②弃也　《管見抄》作「弃耳」。

③併命　馬本作「授命」。

④十將　馬本作「小將」，郭本作「將」，誤。「高某」　《管見抄》、蓬左本、林羅山本作「高芳穎」。

【注】

朱《箋》：作於長慶元年（八二一）至長慶二年（八二二），長安。

〔一〕文王葬枯骨二句：《呂氏春秋·異用》：「周文王使人抇池，得死人之骸。吏以聞於文王，文王曰：『更葬之。』吏曰：『此無主矣。』文王曰：『有天下者，天下之主也；有一國者，一國之主也。今我非其主也？』遂令吏以衣棺更葬之。天下聞之曰：『文王賢矣。澤及髊骨，又況於人乎！』」《新論·言體》：「文王葬枯骨，無益於衆庶，衆庶悦之者，其恩義動人也。」

〔二〕深州故十將：此當爲牛元翼部下，在深州重圍中被王廷湊所殺。參卷十一《張洪相里友略並山南東道判官同制》（2941）注。十將：軍職，位低於將軍。《通典》一四九《兵二·法制》引大唐衛公李靖兵法：「列布訖，諸營十將一時即向大將處受處分……諸十將一時取大將賞罰進止。」《舊唐書·高仙芝傳》：「累勞至四鎮十將、諸衛將軍。」

崔咸可洛陽縣令制①〔一〕

勅：度支員外郎崔咸，漢以四科辟士，求多略不惑、强明決斷者，任三輔令〔二〕。故今四京令缺，亦擇尚書郎有才理者補之〔三〕。而咸在郎署中推爲利用，加以詞學，緣飾吏能。操割洛陽，必有餘刃②。然宰大邑如烹小鮮，人擾則疲，魚擾則餒③〔四〕。寬猛吐茹，其鑒于茲。可洛陽令④。（2971）

【校】

①題　《文苑英華》作「授崔咸洛陽縣令制」。「咸」郭本作「瑊」。

②餘刃　馬本作「餘力」。

③魚擾　《文苑英華》作「魚撓」，校：「集作擾。」

④洛陽令　《文苑英華》作「洛陽縣令」。

【注】

朱《箋》：作於長慶元年（八二一）至長慶二年（八二二），長安。

〔一〕崔咸：字重易。新舊《唐書》有傳。本書卷三三有《祭崔常侍文》（3629）。《唐郎官石柱題名考》卷十四度支員外郎有崔咸。

〔二〕漢以四科辟士三句：《後漢書·和帝紀》注引《漢官儀》：「建初八年十二月己未，詔書辟士四科：一曰德行高妙，志節清白；二曰經明行修，能任博士；三曰明曉法律，足以決疑，能案章覆問，文任御史；四曰剛毅多略，遭事不惑，明足照姦，勇足決斷，才任三輔令。」

〔三〕四京：唐以長安爲西京，洛陽爲東京。開元十一年於太原府置北都，天寶元年改北京。又至德二載十二月改蜀郡爲南京，鳳翔府爲西京，西京改爲中京。上元元年九月，南京復爲蜀郡。後鳳翔亦罷京名。此沿舊稱。

〔四〕然宰大邑如烹小鮮三句：《老子》六十章：「治大國若亨小鮮。」《韓非子·解老》：「烹小鮮而數撓之則賊其宰，治大國而數變法則民苦之。是以有道之君貴虛靜，而重變法，故曰治大國者若烹小鮮。」

周愿可衡州刺史尉遲鋭可漢州刺史薛鯤可河中少尹三人同制①〔一〕

勅：前復州刺史周愿等，夫勞者之思休息，病者之思救療，人之本情也②。今兵戈甫定，物力未豐〔二〕。如聞湘、衡、巴、漢之間③，人猶疲困。宜擇良二千石，俾休息而救療之。而愿、鋭、鯤等，前以符竹，分領三郡④。皆有善政，達于朝廷。舉課考能，無愧是選。息勞救病，其有望於汝乎！河東⑤，吾之股肱郡也〔三〕。貳尹職而佐府事者，亦在得人。命鯤處之，無荒厥職。可依前件。（2972）

【校】

①題　《文苑英華》作「授周愿衡州刺史尉遲鋭漢州刺史薛鯤河中府少尹等制」。

②本情　《管見抄》作「大情」。

③如聞　郭本無「如」字。

④分領　馬本作「分鎮」。

⑤河東　紹興本等作「河中」，據《管見抄》、蓬左本、林羅山本改。

【注】

朱《箋》：作於長慶元年（八二一），長安。羅聯添《白居易中書制誥年月考》謂作於長慶二年二月以後。

〔一〕周愿：顔真卿《湖州烏程縣杼山妙喜寺碑銘》有「後進周愿」，作於大曆七年。柳宗元《大理評事楊君文集後序》：「其爲《鄂州新城頌》、《諸葛武侯傳論》、梓潼陳仲甫、汝南周愿、河東裴泰、武都符義府、泰山羊士諤、隴西李諫凡六序。」《全唐文》卷六二〇收周愿《牧守竟陵因遊西塔著三感説》，小傳：「愿，汝南人，元和中官兵部員外郎。」文敍其前爲南海連率隴西李復從事，李復移滑臺，又爲其幕下賓。頻歲與太子文學陸羽同佐李復之幕，兄呼之。羽自傳竟陵人，己今牧竟陵而遊西塔。此制稱周愿爲「前復州刺史」，復州即竟陵。《舊唐書・穆宗紀》：「（長慶元年四月）辛卯，以衡州刺史令狐楚爲郢州刺史。」朱《箋》謂周愿當爲楚之後任。

〔二〕今兵戈甫定：羅聯添《白居易中書制誥年月考》謂指長慶二年二月朝廷詔雪王廷湊，任命其爲成德軍節度使，河北戰事暫息。

〔三〕河東吾之股肱郡也：《元和郡縣圖志》卷十二河東道：「河中府，河東。赤。元和户一萬九千六百。鄉六十五。今爲河中節度使理所……（漢）文帝時，季布爲河東守，文帝謂曰：『河東吾股肱郡，故特召君耳。』」語見《史記・季布欒布列傳》。

楊景復可檢校膳部員外郎鄆州觀察判官李緩可監察御史天平軍判官盧載可協律郎天平軍巡官獨孤涇可監察御史壽州團練副使馬植可試校書郎涇原掌書記程昔範可試正字涇原判官六人同制①〔一〕

敕：某官楊景復等②，士子不患無位③，患己不立。苟有所立，人必知之。惟爾等六人，藴才業文，咸士之秀者。果爲賢侯交辟，俾朕得聞其姓名〔二〕。是用各進其秩，分授以職。若修飾不已，籌謀有聞，則鴻漸之資，當從此始。而景復稟訓祗命，頗著令稱。故因滿歲，特假臺郎。古者公臣之良，入補王職。朝獎非遠，爾其勉之。可依前件。（2973）

【校】

①題　《文苑英華》作「授楊景復檢校膳部員外郎鄆州觀察判官李綬監察御史天平軍判官盧載協律郎天平軍巡官獨孤涇監察御史壽州團練副使馬植試校書郎涇原掌書記程昔範試正字涇原判官等制」。「李緩」馬本亦作「李綬」。

②某官　《文苑英華》作「具官」。

③士子　《文苑英華》作「士君子」。

【注】

朱《箋》：作於長慶元年（八二一）至長慶二年（八二二），長安。

〔一〕楊景復：《舊唐書·楊於陵傳》：「子四人：景復、嗣復、紹復、師復……景復位終同州刺史。」李翺《唐故金紫光祿大夫……贈司空楊公墓誌銘》：「子景復，衛尉卿。」盧載：穆員《陝虢觀察使盧公墓誌銘》：「府君諱岳，字周翰……三子載、戣、戢。」又見《新唐書·宰相世系表三上》盧氏，《唐郎官石柱題名考》卷五司封郎中。《舊唐書·文宗紀》：「（開成元年五月）丁未，以給事中郭承嘏爲華州防禦使。給事中盧載以承嘏公正守道，屢有封駁，不宜置之外郡，乃封還詔敕。」《全唐文補遺·千唐誌齋新藏專輯》有盧載《唐前黔中觀察推官試太常寺協律郎盧載妻鄭氏墓誌銘》，又同人《唐朝議郎守太子賓客分司東都上柱國賜紫金魚袋盧載墓誌銘並序自撰》：「載字子蒙。其門閥既承先大夫之後，不備書也。載性雖疏愚，言語方質……其迹坦然，爲舊相今賓客李公所知，引拔成就，自使府至諫議大夫。事文宗盡忠，嘗恨邊備不修，戎狄堪憂，親厚者感之。累遷同州刺史，擢拜兵部侍郎。雖祇命來赴闕庭，而脚疾不任朝對，遂自攬分，聿來成周。」孤子佩方等附記：「公開成五年爲太子賓客，分司東都。以常饌小減，遂自製此銘。後遷禮部尚書致仕，又轉兵部尚書致仕。至大中二年歲次戊辰五月己未朔十七日乙亥，棄養於東都正俗里，享年七十五。」當即其人。《白氏文集》卷三六《覽盧子蒙侍御舊詩多與微之唱和感今傷昔因贈子蒙題於卷後》(2704)，余考其人非九老會之「前侍御史内供奉盧貞」，詳參《白居易詩集校注》。今據墓誌，可知「盧子蒙侍御」即此盧載。敦煌寫本《字寶》載「白侍郎寄盧協律」詩，鄭阿財、朱鳳玉《敦煌蒙書研究》謂「盧協律」爲盧載，不可據。巡官：《新唐書·百官志四下》載，節度使、觀察使各置巡官一人。嚴耕望《唐史研究叢稿·唐代方鎮使府僚佐考》考其設置不遲於大曆末年。馬植：字存之。新舊《唐書》有傳。元和十四年進士，又登制策科，三遷饒州刺史。宣宗朝拜相。按，《舊唐書》本傳稱植「釋褐壽州團練副使，得秘書省校書郎」，不合選官之制。當因誤會此制題，以「壽州團練副使」銜誤屬下。掌書記：《通典》卷三二《職官十四·節度府僚佐》：「掌書記一人，掌表奏書檄。」《資治通鑑》乾寧二年胡三省注：「景龍元年，行軍府置掌書記。開元以後，諸節鎮皆置之。掌朝覲聘問慰薦祭祀祈祝之文，與號令升絀之事。」程昔範：《舊唐書·薛存誠傳附子廷老》：「又論逢吉黨人張權輿、程昔範不宜居諫列，逢吉大怒。」《李逢吉傳》：「朝士代逢吉鳴吠者，張又新、李續之、張權輿、劉棲楚、李虞、程昔範、姜洽、李仲言，時號八關十六子。」趙璘《因話錄》卷三：「廣平程子齊昔範，未舉進士日，著《程子中謩》三卷，韓文公一見大稱歎。及赴舉，言于主司曰：『程昔範不合在諸生之下。』當時下第，大振屈聲。庾尚書承宣知貢舉，程始登第，以試正字，從事涇原軍。李太師逢吉在相位，見其書，特薦拜左拾遺。竟因李公之累，湮厄而没。其立身貞苦，能清譚樂善，士多附之。惜其位不至耳。與堂舅李信州虞，相知最深，交契至厚。」賴瑞和《唐代基層文官》第五章《巡官、推官和掌書記》認爲此制昔範朝銜「試正字」較低，與其幕職「判官」不相配，故疑「判官」爲「巡官」之誤。

〔二〕惟爾等六人……果爲賢侯交辟：《舊唐書·穆宗紀》：「（長慶元年三月）癸丑，以幽州盧龍軍節度副大使、知節度事、押奚契丹兩蕃經略等使、檢校司空、同中書門下平章事、楚國公劉總可檢校司徒、兼侍中、天平軍節度、鄆曹濮等州觀察等使……（四月）丙子，以前天平軍節度使馬總復爲天平節度使。」時劉總上表歸朝，授天平軍節度，行至易州界暴卒。楊、李、盧三人皆從事天平軍，當與授劉總天平軍節度或馬總復爲天平軍節度有關。《舊唐書·穆宗紀》：「（長慶元年正月）癸卯，以河陽、懷節度使田布爲涇州刺史、充四鎮北庭行營、涇原節度使……（八月）辛未，以左金吾將軍楊元卿爲涇州刺史、充四鎮北庭行營、涇原節度使。」馬、程二人皆從事涇原，亦當與田布或楊元卿爲涇原節度使有關。

前廬州刺史殷祐可鄭州刺史制①

勅：某官殷祐，夫吏寬信則人人不偷，吏廉明則人人盡力。吾觀祐之爲政，其近之乎！前守廬江，能率是道。歲會課第，甲於他州。俾旌前功②，且佇來効③。宜換符竹，移牧鄭人。在春秋時，鄭爲侯國。武公善於其職④，子產遺愛於人㈠。人無古今，吏有能否。聽吾用汝，汝其嗣之。可鄭州刺史。（2974）

【校】

①題　「殷祜」馬本、郭本作「殷祐」。正文同。

②俾旌　紹興本等作「俾精」，據蓬左本、林羅山本改。

③且佇　郭本作「早伸」。

④善於　郭本作「善盡」。

【注】

朱《箋》：作於長慶元年（八二一）至長慶二年（八二二），長安。

㈠武公善於其職：武公，鄭武公。《詩·鄭風·緇衣》序：「美武公也。父子並爲周司徒，善於其職，國人宜之，故美其德。」子產遺愛於人：《左傳》昭公二十年：「及子產卒，仲尼聞之，出涕曰：『古之遺愛也。』」

李德修除膳部員外郎制①〔一〕

敕：尚書左士郎自奏議彌綸外②，凡邦之牲豆之品，醴膳之數，實糾理之〔二〕。今文昌長佐、春官卿③〔三〕，以朝散大夫、守秘書丞、上柱國李德修，籍訓于台庭，業官于書府〔四〕。揆才考第，得補爲郎。司膳缺員，爾宜專掌。可尚書膳部員外郎，餘如故。（2975）

【校】

①題　「李德修」紹興本等作「李德循」，正文同。據《文苑英華》、馬本改。《文苑英華》作「授李德修膳部員外郎制」。

②左士　《文苑英華》作「左曹」，校：「集作士。」馬本、郭本無二字。

③今　紹興本等作「命」，據《文苑英華》、蓬左本、林羅山本改。「佐」《文苑英華》校：「一作洎。」

【注】

〔一〕朱《箋》：作於長慶元年（八二一）至長慶二年（八二二），長安。

〔一〕李德修：吉甫長子。《新唐書·李吉甫傳》：「子德修，亦有志操，寶曆中爲膳部員外郎。張仲方入爲諫議大夫，德修不欲同朝，出爲舒、湖、楚三州刺史。」稱「寶曆中」，與此制不合。《唐代墓誌彙編》咸通一〇一李尚夷《唐故趙郡李氏女墓誌銘》：「小娘子曾祖諱吉甫，門下侍郎、同中書門下平章事，贈太師。祖諱德修，楚州刺史、兼御史中丞，贈禮部尚書。」

〔二〕尚書左士郎：指膳部郎。《唐六典》卷四膳部郎中：「後魏《職品令》：太和中改定百官，都官尚書管左士郎。北齊《河清令》：改左士郎爲膳部。隋亦號膳部郎，皇朝改爲郎中……膳部郎中、員外郎掌邦之牲豆、酒膳，辨其品數。」

〔三〕文昌長佐：尚書左右丞。文昌，尚書省。《唐六典》卷一尚書令：「光宅元年改爲文昌臺。」春官卿：禮部尚書。《唐六典》卷四禮部尚書：「後周依《周官》，置春官府大宗伯卿一人。隋更爲禮部尚書，皇朝因之……光宅元年爲春官尚書，神龍元年復故。」岡村繁《白氏文集》六謂此指韋綬，元和十五年四月爲尚書左丞，長慶元年三月轉禮部尚書。參卷十三《韋綬從右丞授禮部尚書……三人同制》（2980）。

〔四〕籍訓于台庭：台庭，丞相府。王勃《益州夫子廟碑》：「乃眷台庭，爰升衮職。」宋之問《自洪府舟行直書其事》：「濟濟同時人，台庭鳴劍履。」此指德修父吉甫，元和二年二月拜相。此用庭訓典。薛瑩《獻詩》：「過庭既訓，頑蔽難啓。」

張正甫可同州刺史制〔一〕

敕：馮翊，吾左輔也〔二〕。分理浩穰，率先風化〔三〕。故其選任，次內史一等①，而冠四方岳牧之首焉〔四〕。宜求吏課高、位望重者②，分部共理，以夾輔京師〔五〕。尚書右丞、賜紫金魚袋張正甫③，自登臺閣，爲人讜直。物論時望，敬而重之。及領藩部，爲政寬簡。將吏黎庶，信而愛之。所謂朝庭正臣，郡國良吏。常有惠政，加于是邦。迨兹五年，去思猶在。故輟臺轄，再委郡符〔六〕。宜敬服新命，增修舊政。俾吏畏如夏日，人歸如流水。慎于終始，典于厥官。可持節同州諸軍事、守同州刺史、充本州防禦使，散官勳如故。

（2976）

【校】

①選任次　紹興本等作「選次任」，郭本作「選次在」，據蓬左本、林羅山本、《全唐文》改。

②高位　郭本作「位高」。

③右丞　郭本作「左丞」。

朱《箋》：作於長慶元年（八二一）至長慶二年（八二二），長安。羅聯添《白居易中書制誥年月考》謂作於長慶元年。

【注】

〔一〕張正甫：字踐方。《舊唐書》有傳。嚴耕望《唐僕尚丞郎表》考正甫由尚書右丞出爲同州刺史，不能遲過長慶元年春。

〔二〕馮翊吾左輔也：同州舊爲左馮翊。《元和郡縣圖志》卷二同州：「及漢王定三秦，以爲河上郡，復罷爲内史。武帝更名左馮翊。魏除左字，但爲馮翊郡，晉因之。後魏永平三年，改爲同州。」

〔三〕分理浩穰率先風化：《漢書・張敞傳》：「京兆典京師，長安中浩穰，於三輔尤爲劇。」顔師古注：「浩，大也；穰，盛也。言人衆多。」《晉書・杜預傳》：「預以京師王化之始，自近及遠，凡所施論，務崇大體。」

〔四〕故其選任次内史一等：内史，京兆尹。參卷十一《柳公綽可吏部侍郎制》（2944）注。

〔五〕分部共理以夾輔京師：《左傳》僖公四年：「管仲對曰：『昔召康公命我先君大公曰：五侯九伯，女實征之，以夾輔周室。』」

〔六〕臺轄：指尚書左右丞。常衮《授崔倫尚書左丞制》：「總典綱紀，歸於臺轄。」

崔琯可職方郎中侍御史知雜制①〔一〕

敕：近歲已來，副相多缺，朝綱國紀，莫委中憲，而侍御史一人得總臺事以左右之〔二〕。今御史中丞德裕〔三〕，以中散大夫、行尚書吏部員外郎、上柱國崔琯守文無害，莅事惟精〔四〕。在郎署中，推有才理②。奏補是職，請觀其能。因而可之，仍加寵秩。操執舉措，爾無自輕。可行尚書職方郎中、兼侍御史知雜③，散官勳如故。（2977）

【校】

①題　《文苑英華》作「授崔琯職方郎中侍御史知雜事制」。

②推有　馬本作「推其」。

③知雜　此下《文苑英華》有「事餘」二字。

【注】

〔一〕朱《箋》：作於長慶二年（八二二），長安。羅聯添《白居易中書制誥年月考》謂作於長慶二年二月至七月間。

〔一〕崔瑄：字從津。傳附新舊《唐書・崔珙傳》。侍御史知雜：《唐六典》卷十三御史臺：「侍御史年深者一人判臺事，知公廨雜事等。」趙璘《因話錄》卷五：「御史臺三院，一曰臺院。其僚曰侍御史，衆呼爲端公。見宰相及臺長，則曰某姓侍御。知雜事，謂之雜端。見臺長，則曰知雜侍御。雖他官高秩兼之，其侍御號不改。見宰相，則曰知雜某姓某官。臺院非知雜者，乃俗號散端。」《新唐書・百官志三》：「侍御史六人……久次者一人知雜事，謂之雜端，殿中監察職掌、進名、遷改及令史考第，臺内事顓決，亦號臺端。」

〔二〕副相：副丞相，指御史大夫。中憲：中執憲，指御史中丞。見卷十一《張徹宋申錫並可監察御史制》(2921)注。《唐會要》卷六十《御史大夫》：「會昌二年十二月，檢校司徒、兼太子少保牛僧孺等奏狀：『……臣等伏據《六典》故事，御史大夫、御史中丞等官，歷代之制，位不常定，至於刑憲之所倚，則古今之任不殊……臣等又據故事，御史大夫總朝廷刑憲，掌邦國紀綱，峻其秩位，亦計所宜。御史中丞雖官貳大夫，與大夫多不並置。專席既稱獨坐，隔品豈合迭居？今命秩資升遷，實爲允當。臣等參詳事理，衆議僉同。伏請著於典章，永爲定制。』敕旨依奏。」

〔三〕御史中丞德裕：李德裕。《舊唐書・穆宗紀》：「(長慶二年二月辛巳)，以翰林學士、中書舍人李德裕爲御史中丞。」「(九月癸卯)，御史中丞李德裕爲潤州刺史、兼御史大夫、浙江西道都團練觀察處置等使，以代竇易直。」

〔四〕守文無害：《史記·蕭相國世家》：「以文無害爲沛主吏掾。」集解：「《漢書音義》曰：文無害，有文無所枉害也。律有無害都吏，如今言公平吏。一曰無害者如言無比，陳留間語也。」

白居易文集校注卷第十三①

中書制誥三　舊體　凡二十八道②

冊新迴鶻可汗文〔一〕

維長慶元年歲次辛丑，四月景寅朔③，二十一日景戌，皇帝若曰：唐有天下垂二百載④，列聖垂拱，八荒即敍。舟車之所及，日月之所照，威綏仁重⑤，罔不嚮化⑥。惟北之氣，積厚而靈。靈發象生，生爲豪傑。義信武烈，代爲名王。南西東方，亦有君長。較雄鬬智，莫之與京⑦。國朝已來，濅漬風澤⑧。或效功伐，或申婚媾。同和協比，以訖于今⑨。今朕不德，祗嗣大統。推義布信，以初爲常。矧乎柔遠申恩，睦鄰展禮。兹惟舊典，垂自祖宗。虔奉恭行，安敢失墜？咨爾九姓迴鶻君登里羅羽錄没密施句主錄毗伽可汗⑩〔二〕，地生奇特，天賜勇智。英姿所莅，雄略所加，諸戎雜虜，愛畏柔服。風靡山立，清寧一方。宜乎有人有土⑪，受天百祿。時惟代嗣⑫，實來告予。曰予一人，實降册命⑬。是用遣使朝議大夫、檢校左散騎常侍、兼少府監、御史大夫、雲騎尉、賜紫金魚袋裴通〔三〕，副使朝議大夫、守少府少監、兼御史中丞、襲魏國公、食邑三千户、賜紫金魚袋賈噒等〔四〕，持節備物，册爲君登里羅羽録没密施句主録毗伽可汗⑭。於戲！善必有鄰，德無不答。此崇恩禮，則彼竭信誠⑮。克保大義，永藩中夏。昭昭天地，實聞斯言。

（2978）

【校】

①卷第十三　即《白氏文集》紹興本、馬本卷五十，那波本、金澤本卷三十三。

②二十八道　金澤本作「卅道」。本卷實有二十八篇，金澤本所校本多「盧元輔可吏部郎中制」一篇。

③景寅　馬本誤「庚寅」，下「景戌」誤「庚戌」。郭本「景」回改爲「丙」，後文均同。朱《箋》據《二十史朔閏表》改「景寅」爲「丁卯」，「景戌」爲「丁亥」。不從。

④垂　金澤本作「餘」。

⑤仁重　紹興本等作「仁董」，據金澤本改。

⑥嚮化　紹興本、那波本作「響化」，據金澤本、馬本改。

⑦莫之　金澤本作「莫爾」。「與京」　郭本作「與勍」。

⑧湊漬　紹興本、那波本誤「湊清」，據金澤本、馬本改。

⑨以訖　紹興本等作「以託」，據金澤本改。

⑩没密　金澤本作「没蜜」，下文同。

⑪宜乎有人　紹興本等脱「乎有」二字，據金澤本補。

⑫時惟　紹興本等作「時推」，據金澤本改。

⑬實降　紹興本等作「實鄰」，據金澤本改。

⑭君登里　紹興本等無「君」字，據金澤本補。

⑮則彼　金澤本無「則」字。

【注】

朱《箋》：作於長慶元年（八二一），長安。

〔一〕册新迴鶻可汗：《舊唐書・穆宗紀》：「（長慶元年四月）丙戌，正衙命使册九姓迴紇爲登羅羽録没密施句主録毗伽可汗。」《迴紇傳》：「長慶元年，毗伽保義可汗薨，輟朝三日，仍令諸司三品已上官就鴻臚寺弔其使者。四月，正衙册迴鶻君長爲登羅羽録密施句主録毗伽可汗，以少府監裴通爲檢校左散騎常侍、兼御史大夫，持節册立、兼弔祭使。」

〔二〕九姓迴鶻：《舊唐書·迴紇傳》：「迴紇，其先匈奴之裔也。在後魏時，號鐵勒部落。其衆微小，其俗驍强，依託高車，臣屬突厥，近謂之鐵勒……有十一都督，本九姓部落：一曰藥羅葛，即可汗之姓；二曰胡咄葛；三曰咄羅勿；四曰貊歌息訖；五曰阿勿嘀；六曰葛薩；七曰斛嗢素；八曰藥勿葛；九曰奚耶勿。每一部落一都督。破拔悉密，收一部落；破葛邏祿，收一部落，各置都督一人，統號十一部落。」君登里羅羽録没密施句主録毗伽可汗：回鶻九世可汗，亦稱崇德可汗。《舊唐書》作「登羅羽録没密施句主録毗伽可汗」，《新唐書·回鶻傳》、《資治通鑑》作「登囉羽録没蜜施句主毗伽崇德可汗」，唯《册府元龜》卷九六七《外臣部·繼襲》與此制同。按，「登里羅」或作「登利」、「登里」，均爲突厥、回鶻君長稱號中 Tängridä 的音譯，意爲「授命自天」，新舊《唐書》所載其他可汗名未有省作「登羅」者。又新舊《唐書》並遺漏九世可汗稱號中之「君」字，《資治通鑑》作「册回鶻嗣君爲登囉羽録没蜜施句主毗伽崇德可汗」，顯系誤會。當以此制和《册府元龜》爲正。參劉義棠《維吾爾研究》「漠北回鶻可汗世系名稱考」。

〔三〕裴通：《舊唐書·李渤傳》：「穆宗即位，召爲考功員外郎。十一月，定京官考，不避權幸，皆行升黜。奏曰：……少府監裴通，職事修舉，合考中上。以其請追封所生母而捨嫡母，是明罔於君，幽欺其先，請考中下。」《册府元龜》卷六二五《卿監部·貪冒》：「裴通穆宗時爲少府監，長慶二年四月，御史臺奏：通前爲弔祭迴鶻使，賣一子官與之印坐王榮兄憬，僞稱外甥，取錢一千貫，奏授常州參軍。詔以通自絶域還，不之罪。其王憬亦依前授官。」《新唐書・宰相世系表一上》裴氏載回子、同州刺史通，士淹子檢校禮部尚書通字文玄（又見《新唐書・藝文志》，字作「又玄」），孝智子壽州刺史通，未詳孰是。又《唐會要》卷六六《國子監》載大和五年十二月國子祭酒裴通上奏。《册府元龜》卷六〇六《學校部・注釋》：「裴通爲詹事，著《易玄解》並總論二十卷，《易御寇》十三卷，《易洗心》十二卷。」《太平御覽》卷六〇九引《唐書》：「文宗時，裴通自祭酒改詹事，因中謝。上知通有《易》學，因訪以精義。」可知國子祭酒裴通與詹事裴通爲同一人，亦即《新唐書・藝文志》所著録者。

〔四〕賈瞵：德宗朝宰相賈耽子。權德輿《唐故金紫光禄大夫檢校司空兼尚書左僕射同中書門下平章事上柱國魏國公贈太傅賈公墓誌銘》：「次子瞵，太子司議郎。」亦見鄭餘慶《左僕射賈耽神道碑》。魏國公即賈耽，賈瞵襲其爵。《舊唐書・賈耽傳》：「耽好地理學，凡四夷之使及使四夷還者，必與之從容，訊其山川土地之終始。是以九州之夷險，百蠻之土俗，區分指畫，備究源流……至（貞元）十七年，又撰成《海内華夷圖》及《古今郡國縣道四夷述》四十卷。」

册迴鶻可汗加號文

維長慶元年歲次辛丑，某月朔某日，皇帝若曰：北方之强，代有君長。作殿玄朔①，賓于皇唐〔一〕。粤我祖宗，錫乃婚媾②〔二〕。五聖六紀，二邦一家〔三〕。此無北伐之師，彼無南牧之馬。兵匣鋒刃，吏長子孫③〔四〕。叶德保和，以至今日。咨爾迴鶻君登里羅羽録没密施句主録毗伽可汗④，義智忠肅，武決勇健。天之所授，時而後生。故東漸海夷，西亘山狄。惠寧威制，鱗恬草偃⑤。聲有聞於天下，氣無敵於荒外。而能事大圖遠，納忠貢誠。請仍舊姻，誓嗣前好〔五〕。朕惟睦鄰是務，柔遠爲心。既降和親之命，遂申飾配之禮。禮物大備，寵章有加。喜動陰山，光增昴宿〔六〕。夫以迴鶻雄傑如彼⑥，慶榮若此。雖自貴曰天驕子，未稱其盛⑦〔七〕。雖自尊曰天可汗，未稱其美〔八〕。宜賜嘉號，以大誇將來。今遣使某官某、副使某官某等，持節加册爲信義勇智雄重貴壽天親可汗。於戲！釐降展親，大德也。進册加號，大名也。宜乎思大德，稱大名，懋哉始終，欽若唐之休命。（2979）

【校】

①作殿　金澤本作「作奠」。

②婚媾　金澤本作「婚姻」。

③吏長　紹興本等作「使長」，據金澤本改。

④没密　金澤本作「没蜜」。

⑤鱗恬　紹興本等作「鱗帖」，據金澤本改。

⑥雄傑　金澤本作「傑雄」。

⑦未稱　金澤本作「未盡」。

【注】

朱《箋》：作於長慶元年（八二一），長安。

〔一〕作殿玄朔：《詩・小雅・采菽》：「樂只君子，殿天子之邦。」傳：「殿，鎮也。」玄朔，北方。《魏書・禮志》：「秦氏既亡，大魏稱制玄朔。」

〔二〕粤我祖宗錫乃婚媾：唐肅宗即位之初，遣燉煌王承寀使迴紇修好，可汗以女嫁承寀，遣使求和親，肅宗封迴紇公主爲毗伽公主。乾元元年以幼女封寧國公主，嫁葛勒可汗。此前唐朝與外蕃和親，皆以宗室女名爲公主，寧國公主爲皇帝親女出嫁之第一人。德宗貞元四年，又以咸安公主嫁武義成功可汗。並見《舊唐書・迴紇傳》、《新唐書・回鶻傳》。

〔三〕五聖六紀：五聖謂肅宗、代宗、德宗、順宗、憲宗。

〔四〕吏長子孫：《史記・平準書》：「至今上即位數歲，漢興七十餘年之間，國家無事……守閭閻者食粱肉，爲吏者長子孫，居官者以爲姓號。」言社會安定，爲官吏者在位久。

〔五〕請仍舊姻誓嗣前好：《唐會要》卷六《和蕃公主雜録》：「太和公主，長慶元年二月封爲公主，册爲迴紇可敦，出降愛登里邏骨没密施合毗伽保義可汗，以中書侍郎平章事崔植充册使，户部侍郎平章事杜元穎充五禮使。五月，詔緣改定太和公主出降迴紇事宜，令中書舍人王起赴鴻臚寺宣示迴紇等使：保義可汗既立，遣使求婚，遂封第九妹爲永安公主，將以降嫁焉。其年三月，保義可汗卒；四月，册九姓迴紇爲崇德可汗；五月，遣使請迎所許公主。朝廷已封第五妹爲太和公主以降。今迴紇雖狄人，固請永安，而終不許，故命中書舍人王起充鴻臚寺以宣諭焉。又詔左金吾大將軍胡証充送公主爲迴紇可敦歸國及加册可汗等使，光禄卿李憲充副使，太常卿李鋭充婚禮使。公主置府，官屬准親王例，仍鑄邑司印一面。及發，上以半仗御通化門送之，敕常參官于章敬寺前立班，儀衛甚盛。仍令京兆府權置公主幕次，暫駐受百寮之謁見，士女傾城觀焉。」《舊唐書·迴紇傳》、《册府元龜》卷九七九《外臣部·和親》以太和公主爲穆宗第十妹。

〔六〕陰山：《漢書·匈奴傳》：「臣聞北邊塞至遼東，外有陰山，東西千餘里，草木茂盛，多禽獸，本冒頓單于依阻其中，治作弓矢，來出爲寇，是其苑囿也。至孝武世，出師征伐，斥奪此地，攘之於幕北。」此代指北方遊牧民族所居。昴宿：《史記·天官書》：「昴曰髦頭，胡星也。」

〔七〕自貴曰天驕子：《漢書·匈奴傳》：「單于遣使遺漢書云：『南有大漢，北有强胡。胡者，天之驕子也。』」

〔八〕自尊曰天可汗：唐史僅載突厥、回鶻稱唐帝爲「天可汗」。然回鶻數世可汗稱號中均有「登里」

（Tängri）一詞，原義爲天、天神。葛勒可汗之子牟羽可汗，别號登里可汗，即「天可汗」之義。存世《九姓回鶻可汗碑》敍數世可汗事迹，亦稱「天可汗垂拱寶位」、「天可汗親統大軍」、「天可汗躬總師旅」云云。

韋綬從左丞授禮部尚書薛放從工部侍郎授刑部侍郎丁公著從給事中授工部侍郎三人同制①〔一〕

勑：尚書左丞韋綬等②，朕在東宫時③，先皇帝垂慈聖之德，念予沖蒙，選端士通儒，使講貫今古。自禮樂刑政暨君臣父子之道，博我約我，日就月將。俾予于今不至牆面④，克荷丕訓，大揚耿光，實綬、放、公著之力也〔二〕。故朕嗣位未逾時月，或自郡邸，或自省署，徵擢寵用爲丞郎、給事中⑤。官雖超拜，職亦俱舉⑥。師道光而心愈讓，人爵貴而心益恭⑦。宜更褒升，重酬輔導。以綬精粹辯博，有先儒之風，可作秩宗〔三〕。以放端明慎重，行君子之道，可居憲部〔四〕。以公著檢敬規度，得有司之體，可貳冬官〔五〕。於戲！貞百工，平五刑，典三禮，皆重任清秩，予無愛焉。蓋欲表二三子之道不虚行，而明予一

人德無不報也。綬可禮部尚書，放可刑部侍郎，公著可工部侍郎，餘並如故。（2980）

【校】

①題　「韋綬」金澤本作「韋綬」，「左丞」紹興本等作作「右丞」，正文同。《文苑英華》作「授韋綬禮部尚書薛放刑部侍郎丁公著工部侍郎等制」。

②左丞　紹興本等作「右丞」，據金澤本、《文苑英華》改。《文苑英華》校：「集作右。」平岡校：「時右丞有張正甫，此當從金澤本。」

③朕在　《文苑英華》作「朕以」，校：「集作在。」「東宮」　金澤本作「東朝」。

④于今　紹興本等無「于」字，據金澤本、《文苑英華》補。《文苑英華》校：「集無于字。」

⑤給事中　紹興本等無「中」字，據金澤本、《文苑英華》補。

⑥俱舉　金澤本、《文苑英華》作「具舉」。

⑦心益　金澤本、《文苑英華》作「身益」。

【注】

朱《箋》：作於長慶元年（八二一），長安。按，作於長慶元年三月。

〔一〕韋綬：字子章。新舊《唐書》有傳。《舊唐書·穆宗紀》：「（長慶元年三月）庚戌，以左丞韋綬爲禮部尚書。」《韋綬傳》：「穆宗即位，以師友之恩，召爲尚書右丞。」《新唐書》傳同。《册府元龜》卷一六二作「左丞」。嚴耕望《唐僕尚丞郎表》：「惟其年月與右丞張正甫衝突，蓋當從《舊紀》、《册府》作『左』。」薛放：薛戎弟，字達夫。《舊唐書·薛放傳》：「遇憲宗以儲皇好書，求端士輔導，選充皇太子侍讀。及穆宗嗣位，未聽政間，放多在左右，密參機命……轉工部侍郎、集賢學士。雖任非峻切，而恩顧轉隆。轉刑部侍郎，職如故。」丁公著：字平子。《舊唐書·丁公著傳》：「充皇太子及諸王侍讀，著《皇太子及諸王訓》十卷。轉駕部員外，仍兼舊職。穆宗即位，未及聽政，召居禁中，詢訪朝典，以宰相許之。公著陳情，詞意極切，超授給事中，賜紫金魚袋。未幾，遷工部侍郎，仍兼集賢殿學士，寵青宮之舊也。」

〔二〕不至牆面：《書·周官》：「不學牆面，莅事惟煩。」傳：「人而不學，其猶正牆面而立，臨政事必煩。」克荷丕訓：《書·君陳》：「爾惟弘周公丕訓。」傳：「汝爲政當闡大周公之大訓。」大揚耿光：《書·立政》：「以覲文王之耿光，以揚武王之大烈。」傳：「能使四夷賓服，所以見祖之光明，揚父之大業。」

〔三〕秩宗：《書·舜典》：「汝作秩宗。」傳：「秩序宗尊，主郊廟之官。」疏：「此秩宗，即《周禮》之宗伯也，其職云掌天神、人鬼、地祇之禮。」此指禮部尚書。《唐六典》卷四禮部尚書：「後周依《周官》，置春官府大宗伯卿一人，隋更爲禮部尚書，皇朝因之。」

〔四〕憲部：刑部。《唐六典》卷六刑部郎中：「（隋）置侍郎一人，煬帝除『侍』，又改爲憲部郎。皇朝因之。」

〔五〕冬官：工部。《唐六典》卷七工部尚書：「周之冬官卿也……光宅元年改爲冬官尚書，神龍元年復故。」

李諒除泗州刺史兼團練使當道兵馬留後兼侍御史賜紫金魚袋張愉可岳州刺史同制①〔一〕

敕：扼淮壓湘之列城曰泗與岳②〔二〕。舟車會焉，軍戎屯焉，是二郡守不易爲政③。先是分領者多會有故④，歲時罷去。長吏數易，人必重困。宜擇良二千石救而養之。以諒自澄城長訖尚書郎，中間又再爲州牧⑤〔三〕，三宰劇縣，皆苦心卹隱，煦嫗及物。操刃決滯，耆驍有聲⑥〔四〕。而愉亦學古入仕，甚自修飾。河西有政⑦，次於諒焉〔五〕。故命愉守岳，命諒守泗。仍以戎職留事、憲簡、章綬，一加於諒。諒其聽之哉！異日吾將以重官劇職處爾，爾安得不副吾所急，用爾所長，更宜以難理之郡自試爾⑧？各依前件。

（2981）

【校】

①題　《文苑英華》「李諒除」作「授李諒」，「張愉」下無「可」字，又無「同」字。

②壓湘　金澤本、《文苑英華》作「壓湖」。「與岳」　金澤本無「與」字。

③不易　紹興本等作「則易」，據金澤本、《文苑英華》改。

④有故　紹興本等作「有政」，據金澤本、《文苑英華》、郭本改。

⑤州牧　金澤本作「州將」。

⑥砉騞　紹興本、那波本作「𦒱騞」，馬本作「蠚騞」，據金澤本、《文苑英華》改。盧校：「砉騞二字，見《莊子·養生主》……宋本訛作𦒱騞。舊本有『霍虢切，出《莊子》』六字，宋人沿《集韻》所加，非本有也。」

⑦河西　郭本作「河内」。

⑧爾　金澤本、《文苑英華》作「耳」。

【注】

朱《箋》：作於長慶元年（八二一）至長慶二年（八二二），長安。按，當作於長慶元年。

〔一〕李諒：字復言。柳宗元有《爲王户部薦李諒表》，知王叔文任度支副使時曾任其爲巡官。《册府元龜》卷四八一《臺省部·遣責》：「崔逊爲右補闕，李諒爲左拾遺，元和二年，咸以交遊猥雜，逊貶爲長水縣令，諒貶爲澄城縣令。」《唐詩紀事》卷四三收其詩一首，長慶四年爲蘇州刺史時作。《白氏文集》卷十三有《華陽觀桃花時招李六拾遺飲》（0619），爲永貞年間作，即與李諒唱和。又居易、元稹與李諒有多首唱和之作。團練使：《新唐書·百官志四》：「乾元元年，置團練守捉使、都團練守捉使，大者領州十餘，小者二三州。代宗即位，廢防禦使，唯山南西道如故。元載秉政，思結人心，刺史皆得兼團練守捉使。楊綰爲相，罷團練守捉使，唯澧、朗、峽、興、鳳如故。建中後，行營亦置節度使、防禦使、都團練使。大率節度、觀察、防禦、團練使，皆兼所治州刺史。」兵馬留後：代行兵馬使職務。兵馬使爲節度使、觀察使屬下掌軍職者。《元和郡縣圖志》卷九河南道：「徐泗節度使……管州四：徐州，宿州、泗州、濠州。」張愉：韓愈《黄陵廟碑》：「長慶元年，刺史張愉自京師往，余與愉故善，因謂曰：『丐我一碑石，載二妃廟事，且令後世知有子名。』愉曰：『諾。』既至州，報曰：『碑謹具。』」黄陵廟在岳州，張愉即往任者。

〔二〕扼淮壓湘：《元和郡縣圖志》卷九河南道：「泗州，臨淮。上。……淮水，入縣境南，與楚州山陽縣分中流爲界。」卷二七江南道：「岳州，巴陵，下。……巴陵城，對三江口。岷江爲西江，澧江爲中江，湘江爲南江。……洞庭湖，在縣（巴陵）西南一里五十步。周回二百六十里。」

〔三〕諒自澄城長訖尚書郎：李諒元和二年貶澄城縣令。《白氏文集》卷十五有《獨樹浦雨夜寄李六郎中》（0896），元和十年赴江州時作。「李六郎中」即李諒。岑仲勉《郎官石柱題名新考訂》度支郎中補李諒：「任此在憲、穆間。」

〔四〕操刃決滯砉騞有聲：《莊子・養生主》：「庖丁爲文惠君解牛，手之所觸，肩之所倚，足之所履，膝之所踦，砉然嚮然，奏刀騞然，莫不中音。」

〔五〕河西有政：唐河東道河中府屬縣有河西，又關内道同州屬縣夏陽舊名河西，又唐置河西節度使，治涼州。此未詳所指。

裴廙授殿中侍御史制①

敕：某官裴廙②，貞觀初，張行成爲殿中侍御史，糾劾巡察，時以爲能③〔一〕。朕思弘貞觀之風，故選御史府官，亦先其精敏剛正者。以爾廙動循道理④，語必信直，勵其志節，有類行成。因授厥官，無忝吾舉⑤。可殿中侍御史。（2982）

【校】

①題　《文苑英華》作「授裴廙殿中侍御史制」。

②某官　《文苑英華》作「具官」。

③時以　《文苑英華》作「明以」，校：「集作時。」

④勤循　金澤本作「勤循」。
⑤吾舉　郭本作「吾命」。

【注】

朱《箋》：作於長慶元年（八二一）至長慶二年（八二二），長安。

〔一〕張行成：《舊唐書·張行成傳》：「秩滿，補殿中侍御史。糾劾不避權威，太宗以爲能，謂房玄齡曰：『觀古今用人，必因媒介，若行成者，朕自舉之，無先容也。』……自是每有大政，常預議焉。」

裴通除檢校左散騎常侍兼御史大夫充入迴鶻弔祭册立使制①〔一〕

敕：《語》曰：「使於四方，不辱君命，可謂士矣。」〔二〕況馳輶軒，奉璽書，稱天子之使以燿焜絶域者②，豈容易其選哉？少府監裴通，溫敬忠實③，加之謹敏④，有言語可任以專對，有辯識可委以便宜。屬北方君長來告代嗣，求可以將命展禮，申吾哀榮之恩者。其任不細，頗難其人。擇臣者君，而通可使。故命爲副丞相而加金貂之貴⑤，授册與節，

臨軒遣之〔三〕。庶乎遠而有光華，且欲使絶俗殊鄰益敬吾使也。可依前件。（2983）

【校】

①題　「入」字紹興本等無，據金澤本補。

②燿焜　金澤本作「焜燿」。

③忠實　金澤本作「中實」。

④謹敏　金澤本作「以敏」。

⑤故命　紹興本等無「故」字，據金澤本補。

【注】

朱《箋》：作於長慶元年（八二一），長安。

〔一〕裴通：見本卷《册新迴鶻可汗文》(2978)注。弔祭册立：謂弔祭毗伽保義可汗，並册立新可汗。

〔二〕語曰：《論語・子路》：「子貢問曰：『何如斯可謂之士矣？』子曰：『行己有恥，使於四方，不辱君命，可謂士矣。』」

〔三〕副丞相：指御史大夫。見卷十一《張徹宋申錫並可監察御史制》(2921)注。金貂之貴：指左散騎常侍。《唐六典》卷八左散騎常侍：「貞觀初，置散騎常侍二員，隸門下省。顯慶二年，又置二員，隸中書省，始有左右之號。並金蟬、珥貂，左散騎與侍中左貂，右散騎與中書令右貂，謂之八貂。」

元稹除中書舍人翰林學士賜紫金魚袋制①〔一〕

敕：仲尼曰：「志有之：言以足志，文以足言。言之無文，行而不遠。」〔二〕故吾精求雄文達識之士，掌密命，立内庭。甚難其人，爾中吾選。尚書祠部郎中、知制誥、賜緋魚袋元稹②，去年夏拔自祠曹員外③，試知制誥〔三〕。而能芟繁詞④，剗弊句⑤，使吾文章言語與三代同風〔四〕。引之而成綸綍，垂之而爲典訓。凡秉筆者，莫敢與汝爭能。是用命爾爲中書舍人⑥，以司詔令⑦。嘗因暇日，前席與語。語及時政，甚開朕心。是用命爾爲翰林學士⑧，以備訪問。仍以章綬，寵榮其身⑨。一日之中，三加新命。爾宜率素履⑩，思永圖⑪，敬終如初⑫，足以報我。可中書舍人、翰林學士、賜紫金魚袋⑬。

【校】

①題　《文苑英華》作「授元稹中書舍人翰林學士制」。

②尚書　《文苑英華》其上有「朝散大夫守」五字。「賜緋」　《文苑英華》其上有「上柱國」三字。

③員外　金澤本、《管見抄》作「員外郎」。

④芟　《文苑英華》校：「一作削。」

⑤弊句　《文苑英華》作「豔句」，校：「集作弊。」

⑥命爾　《文苑英華》作「命汝」，校：「集作爾。」

⑦詔令　金澤本作「詔命」。《文苑英華》此句校：「一作專司誥命。」

⑧命爾　《文苑英華》作「命汝」，校：「集作爾。」

⑨寵榮　「寵」《文苑英華》校：「一作貴。」

⑩率　《文苑英華》校：「一作守。」

⑪永圖　金澤本、《管見抄》作「玄圖」。

⑫如初　郭本作「如始」。

⑬可中書……魚袋　《文苑英華》「中書舍人」上有「守」字，「翰林學士」上有「充」字，「賜」上有「仍」字，「魚袋」下有「散官如故」四字。

朱《箋》：作於長慶元年（八二一），長安。

【注】

〔一〕元稹：字微之。見本書卷三三《河南元公墓誌銘》（3622）。元稹《承旨學士院記》附題名：「元稹，長慶元年二月十六日，自祠部郎中知制誥、行中書舍人翰林學士，仍賜紫金魚袋。」《白氏文集》卷二三《餘思未盡加爲六韻重寄微之》（1522）自注：「予除中書舍人，微之撰制。微之除翰林學士，予撰制詞。」即謂此制。

〔二〕仲尼曰：《左傳》襄公二十五年：「仲尼曰：『《志》有之：「言以足志，文以足言。」不言，誰知其志？言之無文，行而不遠。』」

〔三〕去年夏拔自祠曹員外試知制誥：本書卷三三《河南元公墓誌銘》（3622）：「長慶初，穆宗嗣位，舊聞公名，以膳部員外郎徵用。既至，轉祠部郎中，賜緋魚袋，知制誥。」新舊《唐書·元稹傳》略同，均未言其曾任祠部（祠曹）員外郎。元稹《同州刺史謝上表》：「元和十四年，憲宗皇帝開釋有罪，始授臣膳部員外郎。」岡村繁《白氏文集》六謂此制「祠曹員外」即「膳部員外」之誤。周相錄《元稹年譜》據此制，謂元稹約於元和十五年二月「遷祠曹員外郎試知制誥」。按，以他官知制誥稱兼知制誥，或省兼字，試知制誥即兼知制誥。詳此制文意，即謂元稹去年（元和十五年）夏轉任祠部郎中、試知制誥，非謂此前曾「試知制誥」，「祠曹員外」即膳部員外之誤。周説未確。

〔四〕使吾文章言語與三代同風：元稹《制誥序》：「元和十五年，余始以祠部郎中知制誥，初約束不暇及此。上曰：『通事舍人不知書，便其宜，宣贊之外無不可。』自是司言之臣，皆得追用古道，不從中覆。然而余所宣行者，文不能自足其意，率皆淺近，無以變例。追而序之，蓋所以表明天子之復古，而張後來者之趣尚耳。」白居易《餘思未盡加爲六韻重寄微之》（《白氏文集》卷二三1522）：「制從長慶辭高古。」注：「微之長慶初知制誥，文格高古，始變俗體，繼者效之也。」參本書卷十一題注。

孔戣授尚書左丞制①〔一〕

勅：漢詔丞相歲舉質直忠厚遜讓者②，蓋所以急賢俊，扶政教，厚風俗也〔二〕。然則退藏疏賤之士，苟有一善，尚搜而揚之。況任久位崇，才全望重，而不致於急官要職者，將何以紀綱庶政而羽儀朝廷焉③？正議大夫、守右散騎常侍、上柱國、賜紫金魚袋孔戣，自十年來，歷中臺、左曹、國庠、卿寺，洎藩守、近侍之職，各於其任④，皆有可稱〔三〕。矧又貞白端莊，淡然自立⑤。進無矜滿之色，居無憧替之容。求之周行，不可多得。若戣者，宜當扶政教、厚風俗之選也⑥。尚書丞掌會決百事⑦，樞轄六曹〔四〕。晉、魏已還，右卑於左⑧〔五〕。惟有立者可以糾吏，惟無瑕者可以律人〔六〕。無以易戣，往恭乃位⑨。可尚

書左丞，散官勳賜如故⑩。(2985)

【校】

①題　《文苑英華》作「授孔戣尚書左丞制」。

②歲舉　《文苑英華》作「歲貢」，校：「集作舉。」

③將何　紹興本等作「安可」，據金澤本、《管見抄》、《文苑英華》改。《文苑英華》校：「集作安可。」

④各於　馬本誤「各以」。

⑤淡然　《文苑英華》、《管見抄》作「澹然」。

⑥宜當　紹興本等作「宜尚」，據金澤本、《管見抄》、《文苑英華》改。

⑦尚書丞　紹興本「丞」誤「承」，據他本改。「會決」　紹興本等無「會」字，據金澤本、《管見抄》補。

⑧右卑　金澤本、《管見抄》、《文苑英華》作「右減」，《文苑英華》校：「集作卑。」

⑨乃位　「乃」《文苑英華》校：「一作爾。」

⑩如故　《文苑英華》作「並如故」。

【注】

朱《箋》：作於長慶二年（八二二），長安。羅聯添《白居易中書制誥年月考》謂作於長慶二年三月。

〔一〕孔戣：見卷十一《孔戣可右散騎常侍制》（2945）注。韓愈《正議大夫尚書左丞孔公墓誌銘》：「長慶元年改右散騎常侍，二年而爲尚書左丞。」《舊唐書·穆宗紀》：「（長慶二年三月）丁巳，以左丞崔從檢校禮部尚書、鄜州刺史、鄜坊節度使。」朱《箋》、羅聯添文均以孔戣爲崔從之後任。

〔二〕漢詔丞相歲舉質直忠厚遜讓者：《漢書·元帝紀》：「（永光元年）二月，詔丞相、御史舉質樸敦厚遜讓有行者，光禄歲以此科第郎從官。」

〔三〕歷中臺左曹國庠卿寺洎藩守近侍之職：韓愈《正議大夫尚書左丞孔公墓誌銘》：「公始以進士佐三府，官至殿中侍御史。元和元年，以大理正徵，累遷江州刺史、諫議大夫。事有害於正者，無所不言。加皇太子侍讀，改給事中……權知尚書右丞，明年，拜右丞，改華州刺史……而以華州刺史爲大理卿。十二年，自國子祭酒拜御史大夫、嶺南節度等使……十五年，遷尚書吏部侍郎。」中臺，謂尚書省。《唐六典》卷一尚書都省：「然後漢尚書稱臺，魏晉已來爲省，皇朝因之。龍朔二年改爲中臺，咸亨元年復舊。光宅元年改爲文昌臺，長安三年又爲中臺，神龍初復舊。」左曹，門下省。給事中爲門下省屬官。參卷十一《韋顗可給事中庾敬休可兵部郎中知制誥同制》（2947）注。國庠：指國子監。

〔四〕尚書丞掌會決百事樞轄六曹：《唐六典》卷一尚書令：「尚書令掌總領百官，儀形端揆。其屬有六尚書，法周之六卿。一曰吏部，二曰户部，三曰禮部，四曰兵部，五曰刑部，六曰工部。凡庶務皆會而決之。」唐自太宗以後，不置尚書令。中葉以後，僕射用以酬勳，左右丞職權地位漸隆。故此制徑移《六典》之語於尚書丞。參嚴耕望《唐史研究叢稿·論唐代尚書省之職權與地位》。

〔五〕晉魏已還右卑於左：《唐六典》卷一尚書左右丞：「魏晉已來，左丞主臺内禁令、宗廟祠祀、朝儀禮制，選用置吏，糾諸不法，無所回避。右丞掌庫藏、廬舍，凡諸器用之物、刑獄兵器。然則右減于左，其來尚矣……皇朝左丞正四品上，右丞正四品下。」

〔六〕惟有立者可以糾吏：左右丞掌糾彈、出入郎官，參卷十一《庾承宣可尚書右丞制》（2930）注。

授柳傑等四人官充鄭滑節度推巡制〔一〕

敕：試太子司議郎柳傑等，古者公府得自選吏屬，今仍古制，亦命領征鎮者必先禮聘①，而後升聞〔二〕。矧鄭滑帥承元，輸忠仗順②，炳焉有大節於國〔三〕。奉上莅下③，實藉寮寀以左右之。而傑等或緣飾詞華④，或貯畜才行⑤，揣摩思試⑥，以待己知。宜展籌謀⑦，用光慰薦。傑等可某官、充鄭滑節度推官⑧。（2986）

【校】

①禮聘　金澤本、《文苑英華》作「慎東」，《文苑英華》校：「集作禮聘。」

②仗順　金澤本作「杖順」。

③奉上莅下　金澤本、《文苑英華》作「奉其上莅其下」。

④或緣　金澤本作「或琢」。

⑤才行　金澤本、《文苑英華》作「材行」。

⑥思試　紹興本、那波本作「思誠」，馬本作「思誠」，此據金澤本、《文苑英華》。

⑦宜展　《文苑英華》作「宜振」，校：「集作展。」

⑧傑等　紹興本等無「等」字，據《文苑英華》補。「推官」　《文苑英華》此下有「巡官等」三字。

【注】

朱《箋》：作於長慶元年（八二一）至長慶二年（八二二），長安。羅聯添《白居易中書制誥年月考》謂作於長慶元年。

〔一〕推巡：推官、巡官。《新唐書·百官志四》：「節度使、副大使知節度事，行軍司馬、副使、判官、支使、掌書記、推官、巡官、衙推各一人……（節度使）兼觀察使，又有判官、支使、推官、巡官、衙推各一人。」《通典》卷三二《職官十四·總論州佐》：「（採訪使有）推官一人，推鞫獄訟。」節度使、觀察使推官同。按，御史臺有東西兩推及左右巡使，兩推稱推官。節度使、觀察使推官、巡官職責略同。賴瑞和《唐代基層文官》第五章認爲，推官是比巡官高一級的執行事務官員，職掌和巡官一樣多樣化，可能執行府主委派的任何職務，非僅限於推勾獄訟。

〔二〕古者公府得自選吏屬：《通典》卷十六《選舉四》引沈約疏：「人才秀異，始爲公府所辟，遷爲牧守，入作臺司。漢之得人，於斯爲盛。」陸贄《請許臺省長官舉薦屬吏狀》：「昔周以伯冏爲大僕，命之曰：『慎簡乃僚，罔以巧言令色便僻側媚，其惟吉士。』是則古之王朝，但命其大官，而大官得自簡僚屬之明驗也。漢朝務求多士，其選不唯公府辟召而已，又有父任兄任，皆得爲郎。」按，唐代藩鎮自辟僚佐，代宗、德宗以後屢有限制，參卷十二《溫堯卿等授官賜緋充滄景江陵判官制》（2962）注。

〔三〕鄭滑帥承元：王承元。見卷十二《李彤授檢校工部郎中充鄭滑節度副使王源中授檢校刑部員外郎充觀察判官各兼侍御史賜緋紫制》（2964）注。

韓愈等二十九人亡母追贈國郡太夫人制〔一〕

敕：王者有褒贈之典，所以旌往而勸來也。其有淑順之德，標表母儀者；聖善之訓，照燭子道者①〔二〕。又有名高秩尊，禄養之不逮者；霜降露濡，孝思之罔極者〔三〕。非是典也②，則何以顯其教而慰其心焉？國子祭酒韓愈母某氏等，藴德累行，積中發外。歸于華族，生此哲人。爲我藎臣，率由慈訓③〔四〕。教有所自，恩不可忘。是用啓郡國之封，極哀榮之飾④。嗚呼！殁而無知則已，苟有知者⑤，則顯揚之孝，追寵之榮，可以達昊天而貫幽穸矣。往者來者，監予心焉⑥。可依前件。（2987）

【校】

①照燭　金澤本、《管見抄》作「昭燭」。

②是典　金澤本、《管見抄》作「吾典」。

③慈訓　紹興本等作「玆訓」，據金澤本、《管見抄》改。

④之飾　郭本作「之禮」。

⑤知者　金澤本、《管見抄》作「知也」。

⑥監予　金澤本、《管見抄》作「鑒予」。

朱《箋》：作於長慶元年（八二一）七月前，長安。

【注】

〔一〕韓愈：字退之。新舊《唐書》有傳。《舊唐書・穆宗紀》：「（元和十五年九月辛酉），以袁州刺史韓愈爲朝散大夫、守國子祭酒，復賜金紫。」「（長慶元年七月庚申），以國子祭酒韓愈爲兵部侍郎。」

〔二〕聖善之訓二句：見卷十一《鄭餘慶楊同懸等十人亡母追贈郡國夫人制》（2935）注。

〔三〕霜降露濡二句：《禮記・祭義》：「霜露既降，君子履之，必有悽愴之心，非其寒之謂也。春，雨露既濡，君子履之，必有怵惕之心，如將見之。」注：「非其寒之謂，謂悽愴及怵惕，皆爲感時念親也。」

〔四〕爲我藎臣：《詩・大雅・文王》：「王之藎臣，無念爾祖。」傳：「藎，進也。無念，念也。」

授駱峻太子司議郎梧州刺史賜緋魚袋兼改名玄休制①〔一〕

勅：某官駱峻，桂林守土臣式方言〔二〕：梧爲要郡，兵後人困〔三〕，乞廉貞吏以撫之②。又言峻守道抱器③，可以起用。朕方思良吏，以活元元。適副所求，即可其奏。宮寮郡印，命服嘉名，四者與之，足爲優異。峻宜副所舉，慎所爲，無以滋章爲聰明④，無以鹵莽爲高簡。勉率中道，往安梧人⑤。可梧州刺史。（2988）

【校】

①題　金澤本無「魚袋兼」三字。

②廉貞　金澤本作「廉白」。

③又言　金澤本作「人言」。

④滋章　郭本作「滋彰」。

⑤梧人　平岡校謂當作「吾人」，「梧」涉下文而誤。

【注】

朱《箋》：作於長慶元年（八二一）至長慶二年（八二二），長安。

〔一〕駱峻：杜牧《唐故灞陵駱處士墓誌銘》：「灞陵駱處士名峻，字肅之，華州華陰人也。當建中四年，年二十，游京師……至元和初，以母喪去職……長慶初，桂府觀察使杜公凡兩拜章，乞爲梧州刺史，詔因授之。衆皆曰：『今黄家洞賊熾，邕容兵連敗，縮首不出，猶鼎鱉耳。交阯殺都護，復旱亂相仍，朝廷豈捐此三處，不以公治之，而久置公爲梧守耶？』處士慘而讓，祗以疾辭解，訖不言其他。爾後人知其堅，不可復動矣……以會昌元年十一月某日卒，年七十九。」《白氏文集》卷八有《過駱山人野居小池》（0334）。梧州，屬嶺南道桂管經略使，見《元和郡縣圖志》卷三七。

〔二〕桂林守土臣式方：杜式方。《舊唐書·穆宗紀》：「（元和十五年二月）乙未，以太僕卿杜式方爲桂州刺史，充桂管觀察使。」「（長慶二年四月）庚辰，桂管觀察使杜式方卒。」

〔三〕梧爲要郡兵後人困：指黄洞蠻之亂。《新唐書·孔戣傳》：「拜嶺南節度使……自貞元中，黄洞諸蠻叛，久不平。容、桂二管利虜掠，幸有功，乃請合兵討之。戣固言不可，帝不聽，大發江、湖兵，會二管入討。士被瘴毒死者不勝計，安南乘之，殺都護李象古，而桂管裴行立、容管陽旻皆無功，憂死。獨戣不邀一旦功，交廣晏然大治。」事又見《舊唐書·李象古傳》、《新唐書·南蠻傳下》等。

劉總弟約等五人並除刺史賜紫男及姪六人除贊善洗馬衛佐賜緋同制①〔一〕

勅：某官劉約等，惟爾先父太師濟，經武秉哲，爲國元臣。鎮陽之役，實殁王事〔二〕。

茂勳大節，書于旂常。惟爾兄司空總，象賢纂戎，以續名業②。納忠於王室，振耀其家聲〔三〕。而爾約等亦能稟守其風③，忠恭孝友。念義方之訓而不墮④，居貴介之地而不驕。況兼器能，皆可任用。故授郡符而加命服者五⑤，昇朝序而佐環衛者六。朱轓紫綬，煥赫相望。勳德之家，於斯爲盛。嗚呼！昔武子有遺愛，晉人憐其子〔四〕。趙季有篤行⑥，漢朝寵其弟〔五〕。今以濟之仗順積善⑦，宜鍾慶於子孫。以總之輸忠立愛，可延賞於弟姪⑧。多與爵祿，予無惜焉。欲使天下知爾父兄忠順之若彼，而國家報施之如此也⑨。可依前件。（2989）

【校】

①題　金澤本「姪」下有「等」字，「同制」上有「並」字。

②以續　金澤本作「似續」。

③稟守　郭本作「凜守」。

④念義方之　紹興本、那波本作「念其義方」，金澤本作「念其義方之」，此據馬本。

⑤故授　紹興本等無「故」字，據金澤本補。

⑥趙季　平岡校：「此謂後漢趙孝、趙禮兄弟故事。季或孝字之訛。」

⑦仗順　金澤本作「杖順」。

⑧延賞　金澤本作「延恩」。

⑨如此也　紹興本等無「也」字，據金澤本補。

【注】

朱《箋》：約作於長慶元年（八二一），長安。按，作於長慶元年四月。

〔一〕劉總：傳附新舊《唐書·劉怦傳》。幽州節度使劉濟次子，元和五年討王承宗時置毒弑其父濟，又矯父命殺其兄緄，繼爲幽州節度使。長慶初，請分割所理之地，然後歸朝。《舊唐書·穆宗紀》：「（長慶元年）夏四月丙寅朔，授劉總弟約及總男等一十一人官，内五人爲刺史，餘朝班環衛。」

〔二〕惟爾先父太師濟五句：《舊唐書·劉濟傳》：「元和初，加兼侍中，及詔討王承宗，諸軍未進，濟獨率先前軍擊破之，生擒三百餘人，斬首千餘級，獻逆將于闕，優詔褒之。又爲詩四韻上獻，以表忠憤之志。明年春，將大軍次瀛州，累攻樂壽、博陸、安平等縣，前後大獻俘獲，賞功頗厚，仍與子孫六品官者凡四人。未幾，有疾，會赦承宗，錄功拜中書令……及濟疾，次子總與濟親吏唐弘實通謀鴆殺濟，數日乃發喪。時年五十四，詔贈太師。」鎮陽，鎮州，舊名恒州。成德軍節度使王承宗所治。

〔三〕惟爾兄司空總五句：《舊唐書・劉總傳》：「及元濟就擒，李師道梟首，王承宗憂死，田弘正入鎮州，總既無黨援，懷懼，每謀自安之計。初，總弑逆後，每見父兄爲祟，甚慘懼，乃於官署後置數百僧，厚給衣食，令晝夜乞恩謝罪……晚年恐悸尤甚，故請落髮爲僧，冀以脱禍。乃以判官張臯爲留後。總已落髮，上表歸朝，穆宗授天平軍節度使。朝廷聞落髮，乃賜紫，號大覺師。總行至易州界暴卒，輟朝五日，贈太尉。」《舊唐書・穆宗紀》長慶元年三月癸丑，載劉總銜檢校司空，改授檢校司徒。纂戎：《詩・大雅・烝民》：「纘戎祖考，王躬是保。」箋：「戎，猶女也。躬，身也。王曰女施行法度於是百君，繼女先祖先父始見命者之功德。」陸機《答賈長淵》：「誕育洪胄，纂戎于魯。」

〔四〕昔武子有遺愛二句：武子，晉欒書，其子黶。《左傳》襄公十四年：「秦伯問於士鞅曰：『晉大夫其誰先亡？』對曰：『其欒氏乎！』秦伯曰：『以其汰乎？』對曰：『然。欒黶汰虐已甚，猶可以免。其在盈乎！』秦伯曰：『何故？』對曰：『武子之德在民，如周人之思召公焉，愛其甘棠，況其子乎？欒黶死，盈之善未能及人，武子所施没矣，而黶之怨實章，將於是乎在。』」

〔五〕趙季有篤行二句：《後漢書・趙孝傳》：「及天下亂，人相食。孝弟禮爲餓賊所得，孝聞之，即自縛詣賊，曰：『禮久餓羸瘦，不如孝肥飽。』賊大驚，並放之，謂曰：『可且歸，更持米糒來。』孝求不能得，復往報賊，願就亨。衆異之，遂不害……禮亦恭謙行己，類於孝。帝嘉其兄弟篤行，欲寵異之，詔禮十日一就衛尉府，太官送供具，令共相對盡歡。」

王元輔可左羽林衛將軍知軍事制①〔一〕

勅：國家設十二衛，猶漢之有南北軍，而左右羽林，尤稱親重〔二〕。自諸衛而移領者②，謂之美遷。左神武將軍王元輔，生勳伐之家，通吏理之事〔三〕。佐戎臨郡，率著能名。可以掌勾陳而護建章③，備巡警而嚴羽衛〔四〕。大將軍事，假而行之〔五〕。宜勵初終，副兹寵任。可依前件。（2990）

【校】

①題　「王元輔」金澤本、《文苑英華》作「王輔元」。正文同。《文苑英華》校：「集作元輔。」

②移領　紹興本等作「移鎮」，據金澤本、《文苑英華》改。

③可以掌　紹興本等無「可」字，據金澤本、《文苑英華》補。

此篇後金澤本所校本有「盧元輔可吏部郎中制」一篇，抄在紙背。

【注】

朱《箋》：作於長慶元年（八二一）至長慶二年（八二二），長安。

〔一〕王元輔：卷十一有《海州刺史王元輔加中丞制》（2939）。朱《箋》以爲同一人。岡村繁《白氏文集》六謂其名當從金澤本作「輔元」，疑爲王栖曜子。《舊唐書・王栖曜傳》：「遷試金吾大將軍……以功加銀青光禄大夫，累加至御史中丞……子茂元。」李商隱《代僕射濮陽公遺表》：「臣雖忝望族，本實將家……遂與季弟參元，俱以詞場就貢。」代王茂元作。茂元季弟名參元。此制謂其人「生勳伐之家」，輔元與茂元、參元名相類，或亦爲栖曜子。

〔二〕國家設十二衛四句：《新唐書・兵志》：「隋制十二衛，曰翊衛，曰驍騎衛，曰武衛，曰屯衛，曰御衛，曰候衛，爲左右，皆有將軍以分統諸府之後。」《唐會要》卷七一《十二衛》：「武德元年，諸衛因隋舊，並爲府，至龍朔二年二月四日，並去府字，爲衛。」唐十二衛名爲：左右衛、左右驍騎（驍衛）、左右武衛、左右威衛、左右領軍衛、左右金吾衛。又卷七二《京城諸軍》：「羽林軍：貞觀十二年十一月三日，於玄武門置左右屯營，以諸衛將軍領之，其兵曰飛騎……垂拱元年五月十七日，置左右羽林軍，領羽林郎六千人。至天授二年二月三十日，改爲左右羽林衛，以武攸寧爲大將軍。神龍元年二月四日，又改爲左右羽林軍。」《舊唐書・職官志三》：「左右羽林軍：漢置南北軍，掌衛京師。南軍，若今諸衛也。北軍，若今羽林軍也。漢武置羽林，名曰建章營騎，屬光禄勳，後更名羽林騎，取六郡良家子及死事之孤爲之。後漢置左右羽林監，南朝因之。後魏、周曰羽林率，隨左右屯衛，所領兵曰羽林。龍朔二年，置左右羽林軍。」

〔三〕左神武將軍：《舊唐書·職官志三》：「左右神武軍：至德二年，肅宗在鳳翔置。初，貞觀中置北衙七營，後改爲左右羽林軍……又置左右龍武軍，皆唐元功臣子弟並外州人。如宿衛兵，分日上下。肅宗在鳳翔，方收京城，以羽林軍減耗，寇難未息，乃別置神武軍，同羽林制度官吏，謂之北衙六軍。」

〔四〕掌勾陳而護建章：班固《西都賦》：「周以鉤陳之位，衛以嚴更之署。」《文選》李善注：「《樂汁圖》曰：『鉤陳，後宮也。』服虔《甘泉賦注》曰：『紫宮外營。』勾陳，星也。」《史記·天官書》「中宮」索隱引《星經》：「其句陳六星爲六宮，亦主六軍。」建章宮，漢武帝所建。《漢書·百官公卿表上》：「羽林掌送從，次期門，武帝太初元年初置，名曰建章營騎，後更名羽林騎。」

〔五〕大將軍事假而行之：《後漢書·寇恂傳》：「乃拜恂河内太守，行大將軍事。」《後漢書》、《三國志》屢見。《舊唐書·職官志三》：「乾元二年十月敕：左右羽林、左右龍武、左右神武官員並升同金吾四衛，置大將軍二人，將軍二人也。」

尚書工部侍郎集賢殿學士丁公著可檢校左散騎常侍越州刺史浙東觀察使制①〔一〕

敕：古者通守守土②，刺史按部。從宜務簡，今則合之〔二〕。故任日崇而選日重。非廉平簡直兼愷悌之德者，曾不足中吾選焉。某官丁公著③，嘗以學行禮法④，誨予一人。報德圖勞，連加寵擢。起曹書殿，兼而委之〔三〕。二職增修，三命益敬。朕以浙河之左，抵于海隅。全越奥區，延袤千里。宜得良帥，俾之澄清。往分吾憂，無出爾右。假左貂而帖中憲，操郡印而握兵符〔四〕。勉哉是行，佇聞報政。可依前件。（2991）

【校】

①題　《文苑英華》作「授丁公著可檢校左散騎常侍守越州刺史充浙東觀察使制」。金澤本無「殿」字。

②通守守土　《文苑英華》校：「集作選守守土」。

③某官　《文苑英華》作「尚書工部侍郎集賢殿學士」。

④嘗以　《文苑英華》作「常以」，校：「集作嘗。」

朱《箋》：作於長慶元年（八二一），長安。

【注】

〔一〕丁公著：見本卷《韋綬從左丞授禮部尚書薛放從工部侍郎授刑部侍郎丁公著從給事中授工部侍郎三人同制》(2980)。《舊唐書・穆宗紀》：「(長慶元年十月壬申)，以工部尚書丁公著檢校左散騎常侍，兼越州刺史、御史中丞，充浙東觀察使。」按，《舊唐書》本傳云「遷工部侍郎」，《穆宗紀》作「工部尚書」誤。

〔二〕古者通守守土四句：《隋書・百官志下》：「罷州置郡，郡置太守……其後諸郡各加置通守一人，位次太守，京兆、河南則謂之内史。又改郡贊務爲丞，位在通守下。」此兼括太守。漢郡守稱太守，另有部刺史巡察諸州。唐以刺史爲州郡長官，其實相當於漢之太守。《唐六典》卷三十刺史：「秦置御史監郡，漢初省之，丞相遣史分刺諸州，亦不常置。至武帝元封五年，初置部刺史十三人，掌奉詔條察諸州，秋冬入奏，居無常所……以刺衆官及萬人非違，故謂之刺史。」《通典》卷三二《職官十四・州牧刺史》：「(隋)開皇三年，罷郡，以州統縣。自是刺史之名存而職廢。後雖有刺史，皆太守之互名，理一郡而已，非舊刺史之職……大唐武德元年，罷郡置州，改太守爲刺史，而雍州置牧。」

〔三〕起曹：工部。《唐六典》卷七工部郎中：「晉、宋、齊、後魏、北齊皆有起部郎中，梁、陳改起部侍郎，後周置冬官小司空下大夫。隋初爲工部侍郎，煬帝除『侍』字，又改工部爲起部，皇朝因之。」

武德三年改爲工部郎中。」書殿：指集賢殿。玄宗《授蕭嵩集賢院學士修國史制》：「風雅由其發揮，足以掌書殿之秘文。」劉禹錫《早秋集賢院即事》：「蕙草香書殿，槐花點御溝。」

〔四〕左貂：左散騎常侍。見本卷《裴通除檢校左散騎常侍兼御史大夫充入迴鶻弔祭册立使制》（2983）注。中憲：御史中丞。

鄭絪可吏部尚書制①〔一〕

勅：天官太宰，秩序常尊。自昔迄今，冠諸卿首〔二〕。非位望崇盛者，不可以處之。而朕即位已來，凡命故相領者三矣。迨此而四，可不重乎〔三〕？東都留守、防禦使、檢校刑部尚書、兼御史大夫、滎陽縣開國公鄭絪，有邴吉之寬裕〔四〕，子産之恭惠〔五〕。合而爲用，藩輔四朝。故事遺愛，留于官次。國之都府，半在東周。委以保釐，人安吏肅。重煩耆德，入領冢卿。昔魏用崔琰、毛玠典吏曹，一時之士以廉節自勵〔六〕。國朝以宋璟、李乂掌選部②，亦能遏絶訛僞③，振張紀綱〔七〕。官無古今，得人則理。吾言及此，欲爾繼之。可吏部尚書④。（2992）

【校】

①題　《文苑英華》作「授鄭絪吏部尚書制」。

②國朝以　此下《文苑英華》校：「一有來字。」「宋璟」　紹興本等作「宋景」，據金澤本改。

③訛僞　金澤本、《文苑英華》作「譌託」，《文苑英華》校：「集作訛僞。」

④吏部尚書　《文苑英華》作「依前件」。

【注】

朱《箋》：作於長慶元年（八二一），長安。

〔一〕鄭絪：見卷十一《裴度李夷簡王播鄭絪楊於陵等各賜爵並迴授男爵制》（2934）。《舊唐書·穆宗紀》：「（長慶元年十月）壬申，以東都留守鄭絪爲吏部尚書。」

〔二〕天官太宰四句：《唐六典》卷二吏部尚書：「周之天官卿也……後周依《周官》，置大冢宰卿一人，正七命。隋復曰吏部尚書。然此官歷代班序常尊，不與諸曹同也。」

〔三〕朕即位已來凡命故相領者三矣：據嚴耕望《唐僕尚丞郎表》考證，元和十五年韓皋以檢校右僕射兼吏部尚書，長慶元年二月蕭俛由右僕射轉吏部尚書，七月李絳由檢校右僕射兼兵部尚書遷兼吏部尚書。嚴耕望《唐史研究叢稿·論唐代尚書省之職權與地位》：「代、德以後，惟吏部尚書尚稍有職事……其時亦惟吏部尚書仍用舊德居之。此檢拙作《唐僕尚丞郎表》卷三吏尚行自瞭。白居易《鄭絪可吏部尚書制》：『天官太宰，秩序常尊……而朕即位已來，凡命故相領者三矣。迨此而四，可不重乎？』亦其證。」

〔四〕有邴吉之寬裕：《漢書·丙吉傳》：「吉爲人深厚，不伐善，自曾孫遭遇，吉絶口不道前恩，故朝廷莫能明其功也……及霍氏誅，上躬親政，省尚書事……上親見問，然後知吉有舊恩，而終不言。上大賢之……公府不案吏，自吉始。於官屬掾史，務掩過揚善。吉馭吏耆酒，數逋蕩，嘗從吉出，醉吐丞相車上。西曹主吏白欲斥之，吉曰：『以醉飽之失去士，使此人將復何所容？西曹第忍之，此不過汙丞相車茵耳。』」

〔五〕子産之恭惠：《論語·公冶長》：「子謂子産有君子之道四焉：其行己也恭，其事上也敬，其養民也惠，其使民也義。」

〔六〕崔琰、毛玠：見卷十一《柳公綽可吏部侍郎制》(2944)注。

〔七〕宋璟：《舊唐書·宋璟傳》：「睿宗踐祚，遷吏部尚書……先是，外戚及諸公主干預朝政，請托滋甚。崔湜、鄭愔相次典選，爲權門所制，九流失序，預用兩年員闕注擬不足，更置比冬選人，大爲士庶所歎。至是，璟與侍郎李乂、盧從愿等大革前弊，取捨平允，銓綜有敍。」李乂：《舊唐書·李乂傳》：「景雲元年，遷吏部侍郎，與宋璟、盧從愿同時典選，銓敍平允，甚爲當時所稱。」選部：吏部。《唐六典》卷二吏部尚書：「漢末，又改吏部爲選部，專掌選舉事。」

重授李晟通事舍人王府諮議制①

敕：李晟，昔管仲云：「升降揖讓，進退閑習，臣不如隰朋。」〔一〕今之通事舍人，近此選也〔二〕。而晟常中此選②，善於其職。故相導通奏之節，宣揚拜起之儀，引而贊之③，不聞失禮。既終喪紀，宜服官常④〔三〕。可使束帶曳裾，爲吾謁者〔四〕。可通事舍人。（2993）

【校】

①題　紹興本等無「王府諮議」四字，據金澤本、《文苑英華》補。

②常中　金澤本作「嘗中」。

③引而　《文苑英華》作「引之」，校：「集作而。」

④官常　郭本作「冠裳」。

【注】

朱《箋》：作於長慶元年（八二一）至長慶二年（八二二），長安。

〔一〕管仲云：《管子·小匡》：「相三月，請立百官，公曰：『諾。』管仲曰：『升降揖讓，進退閑習，辨辭之剛柔，臣不如隰朋。請立爲大行。』」

〔二〕今之通事舍人近此選也：《唐六典》卷九通事舍人：「通事舍人掌朝見引納及辭謝者於殿庭通奏。凡近臣入侍，文武就列，則引以進退，而告其拜起出入之節。凡四方通表，華夷納貢，皆受而進之。凡軍旅之出，則受命慰勞而遣之；既行，則每月存問將士之家，以視其疾苦；凱還，則郊迓之，皆復命。凡致仕之臣與邦之耋老，時巡問亦如之。」

〔三〕宜服官常：《周禮·天官·大宰》：「以八法治官府……四曰官常，以聽官治。」注：「官常謂各自領其官之常職，非連事通職所共也。」

〔四〕謁者：指通事舍人。《唐六典》卷九通事舍人：「通事舍人即秦之謁者……隋初罷謁者官，置通事舍人十六人。」引《漢書百官表》、《舊儀》、《後漢百官志》等。

徐登授醴泉令制①〔一〕

敕：徐登，京兆尹言，登前爲涇陽令，清廉簡直，奉法愛人。請補醴泉，再考其績〔二〕。昔子路理蒲，仲尼誨曰：「愛而恕可以容困，溫而斷可以抑姦。」〔三〕今醴泉人與蒲相類，宜

用此道，往訓養之。歲時之間，期於報政。可醴泉縣令。(2994)

【校】

①題　《文苑英華》作「授徐登醴泉縣令制」。

【注】

朱《箋》：作於長慶元年(八二一)至長慶二年(八二二)，長安。

〔一〕徐登：《册府元龜》卷一五〇《帝王部·寬刑》：「(大和)六年七月，刑部奏大理寺申斷和州刺史徐登加徵税錢，據其贓犯，合處極法，特敕徐登減死，決四十，流潮州。」或爲同一人。

〔二〕京兆尹言：醴泉、涇陽，均爲京兆府屬縣。見《舊唐書·地理志一》。

〔三〕昔子路理蒲四句：《孔子家語》卷二：「子路治蒲，請見於孔子曰：『由願受教于夫子。』子曰：『蒲其何如？』對曰：『邑多壯士，又難治也。』子曰：『然吾語爾，恭而敬，可以攝勇；寬而正，可以懷强；愛而恕，可以容困；溫而斷，可以抑姦。如此而加之，則政不難矣。』」

王汶加朝散大夫授左贊善大夫致仕制〔一〕

勑：王汶，善修其身，爲時良士。善訓其子，爲國憲臣〔二〕。況以時制之年，知終請老〔三〕。不加優秩，何厚吾風？《禮》：「大夫七十而致仕①。」故吾以朝散、贊善二大夫之爵加乎爾身②。惟秩與年，兩皆得禮。以兹退去，亦足爲榮。可依前件③。（2995）

【校】

①致仕　金澤本作「致事」。

②吾以　馬本作「我以」。「加乎」　金澤本作「加予」。

③依前件　金澤本作「朝散大夫」。

【注】

朱《箋》：作於長慶元年（八二一）至長慶二年（八二二），長安。

〔一〕王汶：《唐代墓誌彙編》大和〇四五李珏《唐故朝散大夫守尚書吏部郎中兼侍御史知雜事上柱

國臨沂縣開國男食邑三百户瑯琊王府君墓誌銘》：「馮翊生志悌，爲長安尉，贈吏部郎中。郎中生汶，殿中少監致仕，贈工部侍郎。工部少有高志，不樂榮官，致仕贈官之命，皆由公顯。公諱袞，字景山，本名高，工部公之長子。」志悌、汶、袞，並見《新唐書・宰相世系表二》王氏，世系相合。又《太平廣記》卷四四〇《崔懷嶷》（出《廣異記》）：「崔懷嶷，其宅有鼠數百頭於庭中兩足行，口中作呱呱聲。家人無少長盡出觀，其屋轟然而塌壞。嶷外孫王汶自向余説。」王袞並見《唐郎官石柱題名考》卷三吏部郎中。王汶由其子袞而授致仕官，當即此人。

〔二〕憲臣：御史。王汶子袞官侍御史知雜。

〔三〕時制之年：《禮記・王制》：「六十歲制，七十時制，八十月制，九十日修。」疏：「七十時制者，時制謂一時可辦，是衣物之難得者也。是年轉老，所須辦轉切也。」

元公度授華陰令制①〔一〕

勑：元公度，吾欲理化萬方，故自近始。前授大宗正翾印綬，使牧華人〔二〕。翾能副吾此心，選吏責課，言公度廉明有守，乞宰華陰。噫！華陰當東道往來②，先是爲邑者多飾厨傳③，奉賓客以沽名譽④，而不親吾人〔三〕。爾能革之，足爲良宰。敬長畏法，無慢

乃官。可華陰縣令⑤。（2996）

【校】

①題　《文苑英華》作「授元公度華陰縣令制」。

②噫華陰當東道　紹興本等作「當道東西」，據金澤本改。《文苑英華》作「噫華陰當道東西」。

③厨傳　紹興本等其下有「舍」字，據金澤本、《文苑英華》删。

④賓客　金澤本、《文苑英華》作「賓旅」，《文苑英華》校：「集作客。」

⑤華陰縣令　金澤本此上有「華州」二字，《文苑英華》此下有「餘如故」三字。

【注】

朱《箋》：作於長慶元年（八二一）十月前，長安。

〔一〕元公度：元稹有《送公度之福建》題注：「此後並同州刺史時作。」蓋作於長慶二年。元稹《唐故建州浦城縣尉元君墓誌銘》：「宗侄義方觀察福建，子幼道遠，自孤其行，拜言勤求，請君俱去……宗侄歿，子公度號駭迷謬無所據，君自始至卒任持之，公慶事公雖及喜慍不敢專。」陶敏《全唐詩人名考證》謂公慶、公度當即一人，並引白居易此制爲證。按，據《舊唐書・憲宗紀》，元義方任福建觀察使在元和四年十月，六年四月改京兆尹，其子若同赴福建，與《送公度之福建》詩及此制時間均不合。

〔二〕大宗正翻：李翻，宗閔父。《舊唐書・李宗閔傳》：「父翻，宗正卿，出爲華州刺史、鎮國軍潼關防禦等使。」《舊唐書・穆宗紀》：「（元和十五年十一月辛亥），以宗正卿李翺爲華州刺史、潼關防禦、鎮國軍使。」羅士琳、劉文淇《舊唐書校勘記》卷八引沈炳震説，翺是年六月坐李景儉貶朗州，不應即遷華州，又《李宗閔傳》宗閔父翻自宗正卿出爲華州刺史，「李翺」當爲「李翻」之誤。朱《箋》考證略同。又《穆宗紀》：「（長慶元年十月己丑），以秘書監許季同爲華州刺史，充潼關防禦、鎮國軍使。」當爲代李翻者。

〔三〕爲邑者多飾厨傳：《漢書・宣帝紀》：「或擅興繇役，飾厨傳，稱過使客，越職踰法，以取名譽。」《舊唐書・李翛傳》：「無他才，性纖巧承迎，常飾厨傳以奉往來中使及禁軍中尉賓客，以求善譽。」

唐州刺史韋彪授王府長史楊歸厚授唐州刺史劉旻授雅州刺史制①〔一〕

勑：韋彪等，善官人者，先考其能，然授以事②。使輪轅鑿枘各適其用，則羣職庶政得以交修③。今以彪宦久年高，勤於爲政④。俾從優逸⑤，入補王宮⑥。以歸厚文行器能，辱在巴峽⑦。勵精爲理，績茂課高。區區萬州⑧，豈盡所用〔二〕？且移大郡，稍展奇才⑨。以旻早著戎功，通詳吏事。西南物土，罔不周知。習俗從宜，宜守嚴道〔三〕。分命以職，各用所長。庶乎咸修乃官，同底于理。可依前件。（2997）

【校】

①題　《文苑英華》作「授韋彪王府長史楊歸厚唐州刺史劉旻雅州刺史等制」。「劉旻」金澤本作「劉昊」。正文同。

②然　《文苑英華》、馬本作「然後」。「事」　《文苑英華》作「事任」。

③羣職　郭本、《文苑英華》明刊本作「郡職」。

④勤於　金澤本、《文苑英華》作「勦於」。

⑤優逸　郭本作「優秩」。

⑥王宮　馬本作「王官」。

⑦辱在　郭本作「守在」。

⑧萬州　《文苑英華》作「方州」，校：「集作萬。」

⑨奇才　金澤本、《文苑英華》作「其才」，《文苑英華》校：「集作奇。」

朱《箋》：作於長慶元年（八二一）至長慶二年（八二二），長安。

【注】

〔一〕韋彪：《新唐書·宰相世系表四上》東眷韋氏彭城公房：著作郎伯鑛子，「彪，唐州刺史。」楊歸厚：朱《箋》考劉禹錫《禁中寄楊八壽州》、《寄楊虢州與之舊姻》、《寄楊八拾遺》、《寄唐州楊八歸厚》、《寄虢州楊庶子文》諸作，柳宗元《奉酬楊侍郎因送八叔拾遺戲贈詔追南來諸賓》詩，均指歸厚。又劉禹錫《祭虢州楊庶子文》云：「乃命長嗣，爲君半子。」則歸厚爲禹錫長子咸允之妻父。《舊唐書·憲宗紀》：「（元和七年十二月）丙辰，左拾遺楊歸厚以自娶婦進狀借禮會院，貶國子主簿分司。」《册府元龜》卷四八一《臺省部·輕躁》載其事，實因歸厚對憲宗論中官及詆宰輔過激。李絳營救之，帝怒益甚。歸厚歷典萬、唐、壽、鄭、虢五州，大和六年卒於虢州任上。劉旻：《舊唐書·文宗紀》：「（大和七年五月）癸丑，以前邛州刺史劉旻爲安南都護。」當爲同一人。

〔二〕區區萬州豈盡所用：《白氏文集》卷十一有《初到忠州登東樓寄萬州楊八使君》（0525）等詩，作於元和十四年。楊歸厚此前官萬州刺史。《舊唐書·地理志二》山南東道：「萬州，隋巴東郡之南浦縣……貞觀八年，改爲萬州。天寶元年，改爲南浦郡。乾元元年，復爲萬州。」

〔三〕嚴道：《元和郡縣圖志》卷三二劍南道西川：「雅州，盧山。下都督府……《禹貢》梁州之域。秦滅蜀爲郡，即嚴道縣也。」

鄭絪烏重胤馬總劉悟李祐田布薛平等亡母追封國郡太夫人制①〔一〕

敕：《經》曰：「立身揚名，以顯父母，孝之終也。」〔二〕而絪等學文武之道，以飾厥躬②，可謂善立身矣。居將相之位，以光大其門，可謂能揚名矣。夫自家所以刑國③，本立而後道生。必待我哀榮之恩，方成爾始終之孝④。是用啓封追號，各顯乃親。慰後光前，孝道備矣。可依前件。（2998）

【校】

①李祐　紹興本等作「李佑」，據金澤本、《管見抄》改。

②以飾　金澤本、《管見抄》作「以修飾」。

③刑國　金澤本、《管見抄》作「形國」。

④方成　金澤本、《管見抄》作「然成」。

朱《箋》：作於長慶元年（八二一）至長慶二年（八二二），長安。

【注】

〔一〕鄭絪：見本卷《鄭絪可吏部尚書制》（2992）。烏重胤：新舊《唐書》有傳。《舊唐書・穆宗紀》：「（長慶元年十月）丙戌，以深冀行營節度使杜叔良爲滄州刺史、橫海軍節度使，以代烏重胤；授重胤檢校司徒、興元尹，充山南西道節度使。時上急於誅賊，杜叔良出征日面辭，奏云：『臣必旦夕破賊。』重胤善知兵，以賊勢未可卒平，用兵稍緩，故有是拜。」韓愈《烏氏廟碑銘》：「詔贈先夫人劉氏沛國太夫人。」即重胤母。馬總：新舊《唐書》有傳。《舊唐書・穆宗紀》：「（長慶元年四月）丙子，以前天平軍節度使馬總復爲天平節度使。」「（長慶二年十二月）己酉，以前天平軍節度使馬總檢校左僕射、守户部尚書。」三年八月卒。劉悟：見卷十一《姚成節授右神武將軍知軍事制》（2942）注。《舊唐書・穆宗紀》：「（元和十五年十月乙酉），以義成軍節度使劉悟依前檢校右僕射、兼潞州大都督府長史，充昭義節度、澤潞邢洺磁等州觀察等使。」「（長慶元年七月）庚申，以昭義軍節度使劉悟檢校司空，兼幽州大都督府長史，充幽州盧龍軍節度副大使、知節度事。」李祐：新舊《唐書》有傳。本爲吴元濟部將，以擒元濟功授神武將軍，遷金吾將軍。《舊唐書・穆宗紀》：「（元和十五年六月）戊寅，以金吾將軍李祐檢校左散騎常侍，兼夏州刺史，充夏綏銀宥節度使，代李聽。」田布：見卷十二《田布贈右僕射制》（2949）。按，田布卒於長慶二年正月，此制亦作於此前。薛平：新舊《唐書》有傳。時爲青州刺史、平盧軍節度使。國郡太夫人：參卷十一《鄭餘慶楊同懸等十人亡母追贈郡國夫人制》(2935)注。

〔二〕經曰：《孝經》開宗明義章：「立身行道，揚名於後世，以顯父母，孝之終也。夫孝，始於事親，中於事君，終於立身。」

奉議郎殿中侍御史内供奉飛騎尉賜緋魚袋盧商可劍南西川雲南安撫判官朝散大夫行開州開江縣令楊汝士可殿中侍御史内供奉充劍南西川節度參謀四人同制①〔一〕

勑：劍南西川雲南安撫判官、奉議郎、殿中侍御史内供奉、飛騎尉、賜緋魚袋盧商等，士之束髮立身，爲知己用也。無遠邇②，無逸勞，但問所務者何，所從者誰耳③。今蜀之帥，潞之長，皆勤於述職，妙於揀賢〔二〕；多得其儁材，樂告以善道，故商以下參其選焉④。或從事有勞，或即戎奔命。輟鉛黄之著述⑤，振銅墨之滯淹。以良士而贊賢侯，宜乎多成功而鮮敗事矣。勉思所立，各服乃官。可依前件⑥。(2999)

【校】

①題　「四人」馬本作「二人」。蓋據題言盧商、楊汝士二人改之。平岡校：「盧、楊是蜀帥所辟而已，此二人外當有潞長所揀二人。」

②遠邇　金澤本、馬本作「遠近」。

③所從者　紹興本等無「所」字，據金澤本補。

④故商以下　紹興本等作「故以」，據金澤本改。

⑤鉛黃　紹興本等作「玄黃」，據金澤本改。

⑥可依前件　四字紹興本等無，據金澤本補。

【注】

朱《箋》：作於長慶元年（八二一）至長慶二年（八二二），長安。羅聯添《白居易中書制誥年月考》謂作於長慶二年。

〔一〕殿中侍御史内供奉：《通典》卷二四《職官六·御史臺》：「侍御史四人，殿中侍御史六人，監察御史十人，主簿一人。内供奉、裏行者各如正員之半。太宗朝，始有裏行之名。高宗時，方置内供奉及裏行官，皆非正官也。」盧商：字爲臣。新舊《唐書》有傳。王播、段文昌鎮西蜀，皆佐職爲記室。宣宗時以兵部侍郎同平章事。劍南西川雲南安撫判官：《新唐書·百官志四下》：「（節度使）又兼安撫使，則有副使、判官各一人。」《唐會要》卷七八《節度使》：「劍南節度使……大曆二年正月二十日，又分爲兩川，至今不改。貞元十一年九月，韋臯爲節度，就加統攝近界諸蠻，兼西山八國、雲南安撫等使。」楊汝士：字慕巢。新舊《唐書》有傳。按，《舊唐書·楊虞卿傳》以汝士爲虞卿從兄。《唐代墓誌彙編》元和一〇五錢徽《唐故朝議大夫國子祭酒致仕上騎都尉賜紫金魚袋贈右散騎常侍楊府君墓誌銘》：「公諱寧，字庶玄……有子四人：汝士、虞卿、漢公，咸著名實。幼曰殷士，已階造秀。」知從兄之説不確。楊虞卿見卷七《與楊虞卿書》（2880）。《舊唐書·穆宗紀》：「（長慶元年四月丁丑），貶禮部侍郎錢徽爲江州刺史，中書舍人李宗閔爲劍州刺史，右補闕楊汝士爲開州開江令。」爲試進士關節事。詳見《舊唐書·錢徽傳》。

〔二〕蜀之帥：時劍南西川節度使爲段文昌。見卷十一《韋審規可西川節度副使御史中丞李虞仲崔戎姚向温會等並西川判官皆賜緋紫各檢校省官兼御史制》（2925）。潞之長：時澤潞節度使爲劉悟。見本卷《鄭絪烏重胤馬總劉悟李祐田布薛平等亡母追封國郡太夫人制》（2998）注。

李演贈太子少保制〔一〕

敕：夫生立勳勤，下以忠事上也。殁加褒飾，上以義答下也。忠義臻其分，哀榮極其恩，而君臣之道全矣。故奉天定難功臣、開府儀同三司、檢校兵部尚書、兼左衛上將軍、御史大夫李演〔二〕，忠信以爲幹，義勇以爲器。器與幹合，鬱成將材。故出長諸侯，入統七萃〔三〕。拊循警衛，朕甚賴之。方深倚仗，遽此淪謝。茲予所以當宁興念，廢朝軫懷，聞鼙鼓而長太息者也〔四〕。追崇之命，宜有加焉。可贈太子少保。（3000）

【注】

朱《箋》：作於長慶元年（八二一）至長慶二年（八二二），長安。

〔一〕李演：德宗時太尉李晟屬將，官兵馬使，從李晟收京，攻光泰門，率騎士先登。見《舊唐書·李晟傳》。《舊唐書·憲宗紀》：「（永貞元年十一月壬申）以左驍衛將軍李演爲夏州刺史、夏綏銀等州節度使。」本書卷十四有《李演除左衛上將軍制》（3034）。

〔二〕奉天定難功臣：《唐會要》卷四五《省功臣》：「興元元年正月一日赦文：『諸軍諸使諸道應赴奉天，並進收京城將士等，宜並賜名奉天定難功臣，身有過犯，遞減罪三等；子孫有過犯，遞減二等。』四月詔：『諸軍從奉天隨從將士，並賜名元從奉天定難功臣；從谷口以來隨從將士，賜名元從功臣。』」

〔三〕入統七萃：《穆天子傳》：「賜七萃之士戰。」郭璞注：「萃，集也，聚也，亦猶《傳》有七輿。大夫皆聚集有智力者，爲王之爪牙也。」虞羲《詠霍將軍北伐》：「雲屯七萃士，魚麗六郡兵。」

〔四〕當宁興念：《禮記・曲禮下》：「天子當宁而立，諸公東面，諸侯西面，曰朝。」釋文：「宁，徐珍呂反，又音儲，門屏之間曰宁。」

李諒授壽州刺史薛公幹授泗州刺史同制①〔一〕

敕：泗州刺史李諒等，《詩》云：「愷悌君子，人之父母②。」〔二〕朕三復斯言，往往興歎。安得循吏，俾父母吾人乎？吾前命諒爲泗守，未即路，會壽守植卒〔三〕，因改諒守壽，命公幹守泗。諒之理課，前詔詳矣。公幹自尚書郎連領二郡③，政平法一，甚便於人。加以有理戎之材，可付留事，故輟軍倅④，仍憲秩而兼寵之。夫壽與泗皆郡之大者也，諒與公幹皆二千石之良者也。以大郡委良吏，不亦宜乎？噫！諒無忘澄城之理，公幹無替亳城之政〔四〕，則愷悌之化吾有望於二郡焉。諒可壽州刺史，公幹可泗州刺史⑤。（3001）

【校】

①題　「同」字紹興本等無，據金澤本補。《文苑英華》作「授李諒壽州刺史薛公幹泗州刺史刺」。

②人之　郭本作「民之」。

③公幹　《文苑英華》其上有「而」字。

④軍倅　紹興本等作「軍保」，據金澤本改。《文苑英華》校：「一作倅。」

⑤諒可……刺史　十三字《文苑英華》作「各依前件」。

【注】

朱《箋》：作於長慶元年（八二一）至長慶二年（八二二），長安。

〔一〕李諒：見本卷《李諒除泗州刺史兼團練使當道兵馬留後兼侍御史賜紫金魚袋張愉可岳州刺史同制》（2981）。薛公幹：《新唐書·宰相世系表三下》薛氏西祖房：禮部侍郎播子，「公幹，比部郎中。」韓愈《國子助教河東薛君墓誌銘》：「君諱公達，字大順……父曰播，尚書禮部侍郎。侍郎命君後兄據，據爲尚書水部郎中，贈給事中……（公達）弟試太子通舍人公儀、京兆府司錄公幹以君之喪歸。」則公達過繼爲據子，公儀、公幹皆當爲播之子。牛僧孺《玄怪錄》卷一「劉法師」：「昭應縣尉薛公幹爲僧孺叔父言也。」《舊唐書·憲宗紀》：「（元和十一年九月）丙子，新除吏部侍郎韋貫之再貶湖南觀察使。辛未，貶……度支郎中薛公幹房州刺史，……並爲補闕張宿所構，言與貫之朋黨故也。」

〔二〕詩云：《詩·大雅·泂酌》：「豈弟君子，民之父母。」

〔三〕壽守植：張植。本書卷十四《張植李翺等二十人亡母追贈郡縣夫人制》(3028)：「壽州刺史張植亡母某氏等。」杜牧《唐故歙州刺史邢君墓誌銘》：「今夫人南陽張氏，壽州刺史植女。」張植又見《唐郎官石柱題名考》卷十六金部員外郎。

〔四〕亳城：亳州。屬河南道汴宋節度使管轄。見《元和郡縣圖志》卷七。據《憲宗紀》，薛公幹貶房州刺史，當於其後改亳州刺史，故制稱公幹「連領二郡」。

柳公綽罷鹽鐵守本官兵部侍郎制①〔一〕

敕：某官柳某②，昔先皇帝知爾有材，元和已來，應用不暇。及領榷管漕運之務，屬陵寢郊丘之禮，財給事集，時乃之功。宜有轉移，以均勞逸。況聞牢籠無遺利，課督有常規。今詔刑部尚書播代之，亦令守而勿失〔二〕。朕將興理化，先務根本。凡百職事，悉歸有司。惟兹夏官，實掌戎政〔三〕。簡稽調補，今方其時。司馬貳卿③，佐乎邦國〔四〕。是爾本職，無忘增修。可守兵部侍郎④。（3002）

【校】

①題　《文苑英華》作「授柳公綽罷鹽鐵守本官兵部侍郎制」。

②某官　《文苑英華》作「具官」。「柳某」　金澤本、《文苑英華》作「柳公綽」。

③貳卿　金澤本作「貳之」。

④佐乎　《文苑英華》、馬本、郭本作「佐平」。

⑤可守　金澤本此下有「依前」二字。《文苑英華》此句作「可依前件」。

【注】

朱《箋》：作於長慶元年（八二一）二月，長安。

〔一〕柳公綽：見卷十一《柳公綽可吏部侍郎制》（2944）。《舊唐書・柳公綽傳》：「（元和）十四年，起爲刑部侍郎，領鹽鐵轉運使。轉兵部侍郎、兼御史大夫，領使如故。長慶元年，罷使，復爲京兆尹，兼御史大夫。」

〔二〕刑部尚書播：王播。《舊唐書・穆宗紀》：「（長慶元年二月壬申），以劍南西川節度使王播爲刑部尚書、充鹽鐵轉運使。」

〔三〕夏官：兵部。《唐六典》卷五兵部尚書：「《周官》夏官卿也……後周依《周官》，置大司馬卿一人。隋改兵部尚書，皇朝因之……光宅元年改爲夏官尚書，神龍元年復故。」

〔四〕司馬貳卿：兵部侍郎。《唐六典》卷五兵部侍郎：「《周官》夏官小司馬中大夫也。」

崔元略張惟素鄭覃陸灃韋弘景等賜爵制①〔一〕

敕：崔元略等，禮莫重於復土②，事莫大於慎終〔二〕。使朕以孝敬之誠，獲貢于先帝，實賴左右侍從之臣，服勤祗事，展四體而竭一心，必信必誠③，俾予無悔。賞不敢忘，爵不敢愛。爾宜疏封服命，時而揚之④。可依前件。（3003）

【校】

①題　「崔元略」紹興本等作「崔元備」，據金澤本、《管見抄》改。正文同。紹興本等無「等」字，據金澤本、《管見抄》補。

②禮莫　紹興本、那波本作「禮尊」，據《管見抄》、馬本改。

③必信必　三字紹興本等無，據金澤本、《管見抄》補。

④時而　紹興本等無「時」字，據金澤本、《管見抄》補。

朱《箋》：作於長慶元年（八二一）至長慶二年（八二二），長安。羅聯添《白居易中書制誥年月考》謂作於長慶元年正月。

【注】

〔一〕崔元略：新舊《唐書》有傳。《舊唐書·穆宗紀》：「（長慶元年正月）癸亥，以左散騎常侍崔元略爲黔州刺史，充黔中觀察使。」因疑崔植見排，以疾辭出使党項，被遣出。事詳《崔元略傳》。張惟素：韓愈《舉張惟素自代狀》：「中散大夫守左散騎常侍上柱國賜紫金魚袋張惟素。」元和十五年冬上。《舊唐書·李渤傳》載元和十五年考京官狀亦有「左散騎常侍張惟素」。《舊唐書·敬宗紀》：「（長慶四年六月庚辰），工部侍郎張惟素卒。」《全唐文補遺·千唐誌齋新藏專輯》有張惟素撰《唐故諫議大夫清河崔府君（備）墓誌銘》，作於元和十一年，署「給事中張惟素」，文云：「余忝公忘言，又同年登第十七人中，零落已盡。前年喪秉彝，今春公長往，則余之形影，誰與相吊？況早歲求學，文字相依。中年筮仕，出處相接。自南徐賓府後，余爲吏部郎，公遷考功；余除給事中，公改諫議。接武連臂，迨今四十年。」亦可略知其生平。鄭覃：見卷十一《鄭覃可給事中制》（2924）。陸瀍：《新唐書·宰相世系表三下》陸氏：秘書監齊望子，「瀍，主客郎中。」《唐詩紀事》卷五九，張弘靖爲太原節度使，有《山亭懷古》詩，給事中陸瀍和云。弘靖節度太原在元和十一年。韋弘景：《舊唐書·韋弘景傳》：「……入爲京兆少尹，遷給事中。劉士涇以駙馬交通邪幸，穆宗用爲太僕卿，弘景與給事中薛存慶封還詔書……穆宗怒，乃令弘景使安南、邕容宣慰，時論翕然推重。」《穆宗紀》繫其事於長慶元年正月己酉。以上崔元略、韋弘景二人皆於長慶元年正月貶外，賜爵當在此前。

〔三〕禮莫重於復土：《周禮·地官·少司徒》：「大喪，帥邦役，治其政教。」注：「喪役，正棺、引窆、復土。」疏：「云『大喪』者，謂王喪……云『復土』者，掘坎之時，掘土向外，下棺之後，反復此土，以爲丘陵，故云復土也。」事莫大於慎終：《論語·學而》：「曾子曰：『慎終追遠，民德歸厚矣。』」集解：「孔曰：慎終者，喪盡其哀。追遠者，祭盡其敬。君能行此二者，民化其德，皆歸於厚也。」此言憲宗喪禮事。《舊唐書·穆宗紀》：「（元和十五年五月）庚申，葬憲宗于景陵。」時令狐楚爲山陵使，崔元略等人皆以服役其事而賜爵。

劉約授棣州刺史制〔一〕

勅：前齊州刺史、兼御史中丞劉約，故太師濟之子①，太尉總之弟也。吾常思濟之功，總之忠，而嘉約之謹厚②，累遷至齊州刺史。在官無敗事，罷秩有去思。念舊録能，宜當寵用。况公侯之後，約有通才；封域之間，棣爲要郡。委之共理，誰曰不然？可使

持節棣州諸軍事、棣州刺史，依前御史中丞，散官勳如故。（3004）

【校】

①太師　紹興本等作「太保」，據金澤本改。

②謹厚　金澤本作「勤厚」。

【注】

朱《箋》：作於長慶元年（八二一），長安。

〔一〕劉約：見本卷《劉總弟約等五人並除刺史賜紫男及姪六人除贊善洗馬衛佐賜緋同制》（2989）。

澧州刺史李肇可中散大夫郢州刺史王鎰朗州刺史溫造並可朝散大夫三人同制①〔一〕

勅：朝請大夫、使持節澧州諸軍事、守澧州刺史、上柱國、賜紫金魚袋李肇等②，乃者李景儉使酒獲戾，而肇等與之會合飲③，失於檢慎，宜有所懲。由是左遷，分爲郡守。

今首坐者既復班列，緣累者亦當徵還。但以長吏數易，其弊頗甚④。況聞三郡皆有政能，人方便安，不宜遷换。故吾以采章階級並命而就加之。蓋漢制進爵秩，降璽書，慰勞良二千石之旨也。爾當是命，得不勉哉？可依前件⑤。（3005）

【校】

①題　紹興本等無「澧州刺史」四字，參《文苑英華》補。馬本「王鎰」下衍「可」字。紹興本等無「並」字，據金澤本補。《文苑英華》作「授澧州刺史李肇中散大夫郢州刺史王鎰朗州刺史溫造並朝散大夫等制」。

②守澧州刺史　紹興本等無「守」字，據金澤本、《文苑英華》補。

③會合飲　金澤本所校本無「會」字。馬本作「會飲」。

④其弊　金澤本、《文苑英華》作「爲弊」，《文苑英華》校：「集作其。」

⑤可依前件　紹興本等無四字，據金澤本、《文苑英華》補。

【注】

朱《箋》：作於長慶二年（八二二），長安。

〔一〕李肇：撰《唐國史補》三卷、《翰林志》一卷，見《新唐書·藝文志二》。據丁居晦《重修承旨學士壁記》，元和十三年七月十六日自監察御史充翰林學士。又李華子名肇，見《新唐書・宰相世系表二上》趙郡李氏東祖房。《舊唐書・穆宗紀》：「（長慶元年十二月戊寅），貶員外郎獨孤朗韶州刺史，起居舍人溫造朗州刺史，司勳員外郎李肇澧州刺史，刑部員外郎王鎰郢州刺史，坐與李景儉於史館同飲，景儉乘醉見宰相謾罵故也。」《李景儉傳》：「景儉乘醉詣中書謁宰相，呼王播、崔植、杜元穎名，面疏其失，辭頗悖慢。宰相遜言止之，旋奏貶漳州刺史。是日同飲於史館者皆貶逐。景儉未至漳州而元稹作相，改授楚州刺史。議者以景儉使酒，凌忽宰臣，詔令才行，遽遷大郡。稹懼其物議，追還，授少府少監。從坐者皆召還。而景儉竟以忤物不得志而卒。」並參見本書卷二三《論左降獨孤朗等狀》（3396）。王鎰：《新唐書・宰相世系表二中》太原王氏第二房：暹孫，「鎰。」本書卷十六有《王鎰可刑部員外郎制》（3131）。溫造：見卷十二《溫造可起居舍人充鎮州四面宣慰使制》（2969）。《舊唐書・溫造傳》：「俄而坐與諫議大夫李景儉史館飲酒，景儉醉謁丞相，出造爲朗州刺史。在任開後鄉渠九十七里，溉田二千頃，郡人獲利，乃名爲右史渠。居四年，召拜侍御史。」

白居易文集校注卷第十四①

中書制誥四　新體　祭文册文附　凡五十道

贈劉總太尉册文〔一〕

維長慶元年四月某日②，皇帝若曰：朕聞古有履忠仗順，生而大有爲者，又有功成身退，歿而永不朽者。非正氣令德③，間生挺出，則高名大節，孰能兼之哉？故天平軍節度使、檢校司徒，兼侍中、楚國公劉總，降自天和，立爲人傑④。得君於先帝，叶運於昌時。纂戎弓裘，守土燕薊〔二〕。迨此一紀，北方晏然。有開必先，納款于我。沈斷大事，奮揚奇謀。纂捧幽都四封之圖，挈盧龍三軍之籍。盡獻闕下，高謝人間。感動君臣，驚激忠義。顧妻子若脱屣，視富貴如浮雲。惟道是從，奉身以退。仲連事成而蹈滄海，子房名遂而追赤松〔三〕。賢明所歸，今古一致。朕方改授兵柄，移鎮鄆郊。命作司徒，倚爲左相〔四〕。期奮乃志⑤，將沃朕心。而天不憖遺，邦失柱石。夫臣戴君如元首，則君視臣如股肱〔五〕。股肱或虧，何痛如是⑥？茲朕所以廢朝軫念，備禮加恩，庸建爾于上公，蓋褒贈之崇重者也。嗚呼！爾總尚知之乎？今遣使某官某、副使某官某⑦，持節册贈爾爲太尉。（3006）

【校】

①卷第十四　即《白氏文集》紹興本、馬本卷五十一，那波本卷三十四。

②某日　《管見抄》無「某」字。

③令德　《管見抄》作「全德」。

④立爲　馬本作「生爲」。

⑤乃志　《管見抄》作「而志」。

⑥如是　「是」盧校：「當作之。」

⑦某官某　兩處《管見抄》均作「某官某乙」。

【注】

朱《箋》：作於長慶元年（八二一）四月，長安。

〔一〕劉總：見卷十三《劉總弟約等五人並除刺史賜紫男及姪六人除贊善洗馬衛佐賜緋同制》(2989)。《舊唐書・穆宗紀》：「(長慶元年四月)庚午，易定奏劉總已爲僧，三月二十七日卒於當道界，贈太尉。」

〔二〕纂戎弓裘：纂戎見卷十三《劉總弟約等五人並除刺史賜紫男及姪六人除贊善洗馬衛佐賜緋同制》(2989)注。《禮記・學記》：「良冶之子，必學爲裘；良弓之子，必學爲箕。」

〔三〕仲連事成而蹈滄海：《戰國策・趙策三》：秦圍趙之邯鄲，魏使將軍晉鄙救趙，畏秦，不進，使客將軍辛垣衍説趙帝秦。魯仲連見辛垣衍，説之，辛不敢復言帝秦，「適會魏公子無忌奪晉鄙軍以救趙擊秦，秦軍引而去。於是平原君欲封魯仲連，魯仲連辭讓者三，終不肯受……遂辭平原君而去，終身不復見。」子房名遂而追赤松：《史記・留侯世家》：「留侯乃稱曰：『家世相韓，及韓滅，不愛萬金之資，爲韓報讎强秦，天下振動。今以三寸舌爲帝者師，封萬户，位列侯，此布衣之極，於良足矣。願棄人間事，欲從赤松子遊耳。』乃學辟穀，道引輕身。」

〔四〕左相：侍中。《唐六典》卷八侍中：「龍朔二年改爲東臺左相，咸亨元年復舊。」劉總兼侍中。

〔五〕夫臣戴君如元首二句：《書・益稷》：「帝曰：『臣作朕股肱耳目。』……乃賡載歌曰：『元首明哉，股肱良哉，庶事康哉。』」《孟子・離婁下》：「孟子告齊宣王曰：『君之視臣如手足，則臣視君如腹心；君之視臣如犬馬，則臣視君如國人；君之視臣如土芥，則臣視君如寇讎。』」

傅良弼可鄭州刺史制〔一〕

勑：金紫光祿大夫、使持節沂州諸軍事、行沂州刺史、兼御史中丞、騎都尉傅良弼，燕、冀之間，紛擾之際，多壘失守，孤城保全。介于險中，率乃麾下。轉戰郊野，來覲闕庭。徇義滅親，忘家喪子。忠勤勇烈，人所難能。若不褒升，何勸來者？海沂剖竹，未足報功〔二〕。溱洧頒條，可兼觀政〔三〕。敬承後命，無替前勞。可使持節鄭州諸軍事、行鄭州刺史、兼御史大夫，散官勳如故。（3007）

【注】

朱《箋》：作於長慶二年（八二二），長安。

〔一〕傅良弼：字安道。傳附《新唐書·牛元翼傳》。《舊唐書·穆宗紀》：「（長慶二年四月甲子），忻州刺史李寰守博野，王廷湊攻之不下。其李寰所領兵宜割屬右神策，以寰爲軍使，仍以忻州軍爲名。」《資治通鑑》長慶二年四月：「甲戌，以傅良弼、李寰爲神策都知兵馬使。」朱《箋》謂良弼刺鄭州當在此後。

〔二〕燕冀之間十六句：李翺《唐故横海軍節度齊棣滄景等州觀察處置等使……贈左僕射傅公神道碑》：「長慶初，幽州繼亂，范陽執其帥弘靖而扶克融，成德殺其帥弘正，將庭湊因盜有地。公奮曰：『吾豈可以爲賊乎？』遂誓衆，喻以逆順，閉城拒賊，潛疏以聞。詔以樂壽爲神策行營，命公以爲都知兵馬使，與深州將牛元翼、博野李寰犄角相應。賊屢攻之，卒不能克。會詔下，以克融、庭湊皆爲節度使，公遂將樂壽之師，及其妻子，拔城以出賊，轉鬥且引，遂遇官軍，以免於難。以功遷沂州刺史，未到，遽以爲左神策軍將軍，數月拜鄭州刺史。」《資治通鑑》長慶二年二月：「丙寅，以牛元翼爲山南東道節度使，以左神策行營樂壽鎮兵馬使清河傅良弼爲沂州刺史，以瀛州博野鎮遏使李寰爲忻州刺史。良弼、寰所戍在幽、鎮之間，朱克融、王庭湊互加誘脅，良弼、寰不從，各以其衆堅壁，賊竟不能取，故賞之。」

〔三〕溱洧：指鄭州。《元和郡縣圖志》卷八河南道鄭州：「溱水，源出縣西北三十里平地。」「洧水，縣西北二十里。」頒條：晉武帝《省州牧詔》：「刺史分職，皆如漢氏故事。出頒詔條，入奏事京城。」

河北榷鹽使檢校刑部郎中裴弘泰可權知貝州刺史依前榷鹽使制〔一〕

勑：某官裴弘泰，以幹蠱之才，領鹽鹵之務〔二〕。管榷條制，動皆得宜。觀其所能，若有餘地。可假兼職，俾之牧人。而河北列城，久乏良吏。俗多思理，政不難施。亦猶涷餒之人，易爲衣食。今予命爾，煦而飫之。襦袴之謡，佇入吾耳。可兼知貝州刺史。（3008）

【注】

朱《箋》：作於長慶元年（八二一）至長慶二年（八二二），長安。

〔一〕河北榷鹽使：《唐會要》卷八八《鹽鐵》：「（元和十五年）九月，改河北税鹽使爲榷鹽使。長慶元年三月敕：『河朔初平，人希德澤，且務寬泰，使之獲安。其河北榷鹽法宜權停，仍令度支與鎮冀、魏博節度審察商量，如能約計課利錢數都收管，每年據數付榷鹽院，亦任穩便。』自天寶兵興以來，河北鹽法，羈縻而已。暨元和中用皇甫鎛奏，置税鹽院，同江淮兩池榷利，人苦犯禁，戎鎮亦頻上訴，故有是命。」裴弘泰：《新唐書・宰相世系表一上》洗馬裴氏：「弘泰，義成、邠寧、鳳翔節度使，太子少傅，河東縣伯。」裴弘泰歷任方鎮見《舊唐書・文宗紀》、《唐方鎮年表》。劉禹錫有《汝州舉裴大夫自代狀》。《玉泉子》載「裴均僕射之鎮襄州也，鄭滑館驛巡官裴弘泰充聘至驛」，弘泰稱均爲「叔父」。

〔二〕幹蠱之才：《易・蠱・卦》：「幹父之蠱，有子，考無咎，厲終吉。」注：「處事之首，始見任者也。

以柔巽之質，幹父之事，能承先軌，堪其任者也，故曰有子也。」包何《相里使君第七男生日》：「他時幹蠱聲名著，今日懸弧宴樂酣。」

崔倰可河南尹制①〔一〕

勅：河洛千里，都畿在焉。俾之乂安，屬在尹正。鳳翔隴州節度觀察處置等使、正議大夫、檢校禮部尚書、兼鳳翔尹、御史大夫、上柱國、開國男、食邑三百户、賜紫金魚袋崔倰②，有精敏之用，潔直之操。施于有政，由是知名。始資州縣之勞，卒致公卿之位。況刺部有理行，主計無愆違。尹右輔而鎮西郊，蓋獎能報勤之旨也。昔吳公爲河南守，謹身廉平，人服教化〔二〕。袁安爲河南尹，政令清肅，號爲嚴明〔三〕。誰其嗣之？無易倰者③。往爲表則④，勿替能名〔四〕。可檢校禮部尚書、兼河南尹、散官勳封賜如故。（3009）

【校】

①題　「崔倰」紹興本等作「崔陵」，參《文苑英華》改。正文同。《文苑英華》作「授崔倰河南尹制」。

②開國男　《文苑英華》其上有「安平縣」三字。

③倰者　郭本其上有「爾」字。

④表則　「表」《文苑英華》作「士」，校：「集作表。」

【注】

朱《箋》：作於長慶二年（八二二）三月，長安。

㈠崔倰：見卷十一《李寘授咸陽令制》（2936）注。《舊唐書·穆宗紀》：「（長慶二年三月戊午）以鳳翔節度使崔倰爲河南尹。」

㈡吳公爲河南守：《漢書·賈誼傳》：「河南守吳公聞其秀材，召置門下，甚幸愛。文帝初立，聞河南守吳公治平爲天下第一，故與李斯同邑，而嘗學事焉，徵以爲廷尉。」

㈢袁安爲河南尹：《後漢書·袁安傳》：「徵爲河南尹，政號嚴明，然未曾以臧罪鞫人。常稱曰：『凡學仕者，高則望宰相，下則希牧守。錮人于聖世，尹所不忍爲也。』聞之者皆感激自勵。在職十年，京師肅然，名重朝廷。」

㈣往爲表則：《太平御覽》卷二五二引王隱《晉書》：「庾純，字謀甫。太始六年詔曰：『河南大郡，四方表則，中書令庾純清粹忠正，才紹治化，其以純爲河南尹。』」

侯丕可霍丘縣尉制①〔一〕

敕：試太常寺奉禮郎、翰林待詔、上護軍侯丕②〔二〕，夫執藝以事上，奉詔而處中，其於出入謹身，夙夜祗命，比他局署，實倍恭勤。既寵之以職名，又優之以禄俸。蓋先勞後食之義也。汝其承之。可守壽州霍丘縣尉，依前翰林待詔，勳如故③。（3010）

【校】

①題　《文苑英華》作「授侯丕壽州霍丘縣尉制」。

②試太常　紹興本等作「賜太常」，據《文苑英華》改。

③勳如故　《文苑英華》作「勳賜如故」。

【注】

〔一〕朱《箋》：作於長慶元年（八二一）至長慶二年（八二二），長安。

〔二〕侯丕：文宗《賜李聽敕》：「待詔侯丕，草隸久工，便令繕寫。」當即其人。

〔二〕太常奉禮郎：《唐六典》卷十四太常寺：「奉禮郎二人，從九品上……奉禮郎掌設君臣之版位，以奉朝會、祭祀之禮。凡祭祀、朝會，設庶官之位。」翰林待詔：《新唐書·百官志一》：「翰林院者，待詔之所也。唐制，乘輿所在，必有文詞、經學之士，下至卜醫伎術之流，皆直於別院，以備宴見，而文書詔令，則中書舍人掌之。自太宗時，名儒學士時時召以草制，然猶未有名號。乾封以後，始號北門學士。玄宗初，置翰林待詔，以張説、陸堅、張九齡爲之，掌四方表疏批答、應和文章。既而又以中書務劇，文書多壅滯，乃選文學之士，號翰林供奉，與集賢院學士分掌制詔書敕。」《吴通玄傳》：「承平時，工藝書畫之冗，皆待詔翰林而無學士。」《舊唐書·王伾傳》：「始爲翰林侍書待詔。」此侯丕亦以書待詔者。

崔楚臣可兼殿中侍御史制①

勑：成德軍節度押衙、銀青光禄大夫、檢校太子賓客、兼監察御史崔楚臣〔一〕，材膺爪士，職在牙旗〔二〕。每祗命以奉辭，必竭誠而得禮。既嘉詳敏，亦念恭勤。式示寵名，宜遷憲秩。可殿中侍御史，餘如故。（3011）

【校】

①題　《文苑英華》作「授崔楚臣兼殿中侍御史制」。

【注】

朱《箋》：作於長慶元年（八二一）至長慶二年（八二二），長安。

〔一〕成德軍：穆宗長慶二年二月，詔雪王廷湊，仍授鎮州大都督府長史、充成德軍節度使。崔楚臣或是其部下，或是前成德軍節度使牛元翼部下。參卷十一《張洪相里友略並山南東道判官同制》（2941）注。節度押衙：押衙亦作押牙。安史亂後，使府押衙、都押衙極常見，爲主帥親從官。參嚴耕望《唐史研究叢稿·唐代方鎮使府僚佐考》。

〔二〕牙旗：張衡《東京賦》：「戈矛若林，牙旗繽紛。」《文選》薛綜注：「《兵書》曰：牙旗者，將軍之旌。謂古者天子出，建大牙旗，竿上以象牙飾之，故云牙旗。」《封氏聞見記》卷五「公牙」：「近代通謂府建廷爲公衙，公衙即古之公朝也。字本作牙。《詩》曰：『祈父予王之爪牙。』祈父司馬掌武修，象猛獸以爪牙爲衛，故軍前大旗謂之牙旗。出師則有建牙、禡牙之事，軍中聽號令，必至牙旗之下，稱與府朝無異。近俗尚武，是以通呼公府爲公牙，府門爲牙門。字謬訛變，轉而爲衙也，非公府之名。或云公門外刻木爲牙，立於門側，象獸牙。軍將之行置牙竿首，懸於上，其義一也。」

王庭湊曾祖五哥之可贈越州都督祖未怛活可贈左散騎常侍父昇朝可贈禮部尚書制①〔一〕

敕：成德節度鎮冀深趙等州觀察處置等使、金紫光祿大夫、檢校工部尚書、兼鎮州大都督府長史、御史大夫、上柱國、太原縣開國男、食邑三百户王庭湊②，曾祖故忠武將軍、守左武衛大將軍、員外置同正員、兼試太常卿五哥之等③，鬼神有知，履孝敬者福祿至；王侯無種，仗忠信者富貴來。我有列臣，本於良胤。奮發而勵節許國，感激而揚名顯親。夫教必有初，德無不報。安有收其材而遺其本，愛其後而忘其先乎？是用褒崇，以弘寵澤；庶使聞者，起孝作忠。可依前件。（3012）

【校】

①題　紹興本、那波本脱「五哥之」三字，據正文補。

②大都督府　紹興本等脱「都」字，據《管見抄》補。「御史大夫」　紹興本等脱「御史」二字，據《管見抄》補。

③忠武將軍　紹興本等無「軍」字，據《管見抄》補。

【注】

朱《箋》：作於長慶二年（八二二），長安。

〔一〕王庭湊：新舊《唐書》作「王廷湊」。本爲回鶻阿布思之種族，曾祖五哥之，王武俊養爲假子，祖末怛活，父昇朝，世爲王氏騎將。王廷湊爲王承宗衙内兵馬使。承宗卒，承元請歸朝，朝廷以田弘正爲成德軍節度使。長慶元年七月廷湊殺弘正，自稱留後、知兵馬使，上章請授節鉞，穆宗怒不許，下詔征討，以弘正子田布爲魏博節度使，以牛元翼爲成德軍節度使。唐師無功，牛元翼被王廷湊圍於深州，田布因部下史憲誠謀叛而自殺。長慶二年二月，詔赦廷湊。參卷十一《張洪相里友略並山南東道判官同制》（2941）、卷十二《田布贈右僕射制》（2949）注。《册府元龜》卷一七七《帝王部·姑息》：「（長慶二年）四月，王庭湊請追贈三代，乃贈庭湊曾祖五哥之越州都督，又贈其祖末怛活左散騎常侍，又贈其父昇朝禮部尚書，徇其特請也。」末怛活，新舊《唐書》作「末怛活」。

崔羣可秘書監分司東都制〔一〕

敕：前武寧軍節度、徐泗濠等觀察處置等使、正議大夫、檢校兵部尚書、使持節徐州諸軍事、兼徐州刺史、御史大夫、上柱國、賜紫金魚袋崔羣，天授至寶①，爲國重器。始自修己，移於事君。輔弼藩宣，不失其道。及離征鎮，召赴闕庭。方登道途，遂遘疾恙②。正在頤養之際，豈任朝謁之勞？誠宜許以便安，不可闕其祿食。而移秩外史，分曹東周〔二〕。加寵優賢，無易於此。且有後命，俟其有瘳。可守秘書監分司東都，散官勳賜如故。（3013）

【校】

①天授　紹興本作「天受」，那波本作「受天」。朱《箋》據《全唐文》、盧校改。從之。

②遂遘　郭本作「遂罹」。

【注】

朱《箋》：作於長慶二年（八二二），長安。

〔一〕崔羣：見卷八《答户部崔侍郎書》（2884）。《舊唐書·穆宗紀》：「（長慶二年三月）癸丑，徐州節度使崔羣爲其副使王智興所逐，智興自專軍務」；「（四月）癸未，以武寧軍節度使崔羣爲秘書監分司東都。」《王智興傳》：「長慶初，河朔復亂，徵兵進討。穆宗素知智興善將，遷檢校左散騎常侍、兼御史大夫，充武寧軍節度副使、河北行營都知兵馬使。初，召智興以徐軍三千渡河，徐之勁卒皆在部下，節度使崔羣慮其旋軍難制，密表請追赴闕，授以他官。事未行，會赦王廷湊，諸道班師。智興先期入境，羣頗憂疑，令府僚迎勞，且誡之曰：『兵士悉輸甲仗於外，副使以十騎入城。』智興既首處賓僚，聞之心動，率歸師斬關而入，殺軍中異己者十餘人。然後詣衙謝羣曰：『此軍情也。』羣治裝赴闕，智興遣兵士援送羣家屬，至埇橋，遂掠鹽鐵院緡幣及汴路進奉物，商旅貲貨，率十取七八。逐濠州刺史侯弘度，弘度棄城走。朝廷以罷兵，力不能加討，遂授智興檢校工部尚書、徐州刺史、御史大夫，充武寧軍節度、徐泗濠觀察使。」

〔二〕外史：指秘書監。《唐六典》卷十秘書監引《周禮·春官》：「外史掌四方之志，三皇五帝之書。」又：「後周春官府置外史下大夫，掌書籍，此秘書監之任也。」

董昌齡可許州長史制①〔一〕

勅：將仕郎、權知泗州長史、兼殿中侍御史、賜緋魚袋董昌齡，頃爲宰邑，今贊郡符。皆聞約己之名，每展在公之節。精其器局，允謂廉能②。議以稍遷，用彰勤効。可許州長史、兼侍御史，散官勳如故③。（3014）

【校】

①題　《文苑英華》作「授董昌齡許州長史制」。

②廉能　《文苑英華》作「廉明」，校：「集作能。」

③勳如故　《文苑英華》無「勳」字。

【注】

朱《箋》：作於長慶元年（八二一）至長慶二年（八二二），長安。

〔一〕董昌齡：新舊《唐書·列女傳》有其母楊氏傳。昌齡常爲泗州長史，世居於蔡，累事吳少誠、少陽，至元濟時爲吳房令。其母誡之，昌齡以城降唐軍，且説賊將鄧懷金歸款于李光顔。憲宗召至闕，授郾城令、兼監察御史。文宗時爲邕管經略使，貶溆州司户，見《舊唐書·魏謩傳》。按，新舊《唐書》當據此制稱昌齡「常爲泗州長史」，非其事吳元濟前已爲泗州長史。

柳經李褒並泗州判官制〔一〕

勑：徵事郎、前河南府河南縣尉柳經①，儒林郎、試太子通事舍人李褒等，瀕淮列城，泗州爲要〔二〕。控轉輸之路，屯式遏之師。故府有寮，軍有倅，選擇補署，得聞於朝庭。而經等皆有所長，宜當是選。守臣置奏，因而可之。仍加秩命，用示優寵。經可監察御史、充泗州團練副使，散官如故。褒可試太常寺協律郎、充武寧軍節度泗州兵馬留後判官，仍改名言②，散官勳如故。（3015）

【校】

①河南府　三字馬本脱。

②名言　馬本作「名銜」。

【注】

朱《箋》：作於長慶元年（八二一）至長慶二年（八二二），長安。

〔一〕李褒：李褒開成時官起居舍人，見《舊唐書・李讓夷傳》。《重修承旨學士院記》：「李褒開成五年三月二十日自考功員外郎集賢院直學士充。其年六月轉庫部郎中知制誥。十二月十二日賜緋。會昌元年五月拜中書舍人。」李商隱有《爲舍人絳郡公上李相公啓》等。參岑仲勉《翰林學士壁記注補》、《唐方鎮年表考證》。《唐代墓誌彙編續集》開成〇二五《大唐故安王墓誌銘》，署

「翰林學士朝議郎守尚書庫部郎中知制誥上柱國臣李褒奉勅撰」，作於開成五年八月。

〔二〕瀕淮列城泗州爲要：參卷十三《李諒除泗州刺史兼團練使當道兵馬留後兼侍御史賜紫金魚袋張愉可岳州刺史同制》(2981)注。

張諷等四人可兼御史中丞侍御史監察御史同制〔一〕

勅：義成軍節度馬步都知兵馬使、光祿大夫、檢校太子詹事、兼侍御史、上柱國張諷等〔二〕，御史府自中執憲暨察視之官，皆顯秩也〔三〕。唯懷材而展効者，可以授焉。爾等昨領偏師，出疆赴難〔四〕。指蹤而去，摩壘而還。忠勇勤勞，宜有加獎。故以憲職，第而寵之。可依前件。(3016)

【注】

朱《箋》：作於長慶元年(八二一)至長慶二年(八二二)，長安。羅聯添《白居易中書制誥年月考》謂作於長慶元年八月至長慶二年正月。

〔一〕張諷：《舊唐書·文宗紀》：「(大和九年七月戊午)，貶吏部郎中張諷夔州刺史。」未知是否爲一人。

〔二〕義成節度：元和十五年十月，以王承元充義成軍節度、鄭滑等州觀察等使；長慶二年二月，以韓充爲義成軍節度使，代王承元。見《舊唐書·穆宗紀》。

〔三〕中執憲：御史中丞。見卷十一《張徹宋申錫並可監察御史制》（2921）注。察視之官：侍御史。張九齡《別韋侍御使蜀序》：「俄自謫宦，假其察視。」張楚《與達奚侍郎書》：「其爲御史也，則察視臧否，糾遏姦邪。」

〔四〕昨領偏師出疆赴難：羅聯添《白居易中書制誥年月考》謂指長慶元年八月詔魏博、横海諸軍討王廷湊事。《舊唐書·穆宗紀》：「（長慶元年九月）丙午，令内常侍段文政監領鄭滑、河東、許三道兵，救援深州。」義成軍駐鄭滑。

啖異可滁州長史許志雍可永州司户崔行儉可隋州司户並准赦量移制〔一〕

敕：守袁州司馬員外置同正員啖異等，有司奉新制，明舊章，凡負疵瑕，必霑慶澤。况爾等各有才用，多淹歲時。譴累重輕，遞從恩貸。班資遠邇，率以例遷。如聞進修，豈

忘牽復？可依前件。(3017)

【注】

朱《箋》：作於長慶元年（八二一）至長慶二年（八二二），長安。羅聯添《白居易中書制誥年月考》謂作於長慶元年正月。

〔一〕啖異：啖助子。《新唐書・儒學傳・啖助》：「善爲《春秋》，考三家短長，縫綻漏闕，號《集傳》，凡十年乃成……助門人趙匡、陸質，其高第也。助卒，年四十七。質與其子異裒錄助所爲《春秋集注總例》，請匡損益，質纂會之，號《纂例》。」《册府元龜》卷七〇〇《牧守部・貪黷》：「啖異爲集州刺史，元和十二年坐贓貶封州司户參軍。」許志雍：元和十四年五月爲復州刺史，見《册府元龜》卷四九七《州計部・河渠》。韓愈《送許郢州序》樊注：「志雍，安陸許氏，貞元九年進士，終監察御史。」蓋據《元和姓纂》。岑仲勉《元和姓纂四校記》：「殊不知此乃元和七年時見官，樊注不加細考，濫用《姓纂》，附增『終』字。」崔行儉：本書卷七《與楊虞卿書》(2880)：「又足下與崔行儉遊，行儉非罪下獄。足下意其不幸，及於流竄勑下之日，躬俟於御史府門，而行李之具，養活之物，崔生顧其旁一無闕者。」朱《箋》謂爲同一人。參該篇注。量移：《唐會要》卷四一《左降官及流人》：「（貞元）十一年五月，左降官于邵、劉歟並量移授官。故事，量移六品以下官，皆吏部旨授。至是特制授之。」「（元和十二年）七月敕：自今以後，左降官及責授正員官等，並從到任後，給五考滿，許量移。今日以前左降官等，及量移未復資官，亦宜准此處分……其曾任刺史、都督、郎官、御史、五品以上常參官，刑部檢勘，具元犯事由聞奏，並申中書門下，商量處分。未滿五考以前遇恩赦者，准當時節文處分。」長慶元年正月，穆宗祀南郊，御丹鳳樓，大赦天下。三人或因此准赦量移。

程執撫亡父懷信贈太保李佑亡父景略贈太子少傅柏耆亡父良器贈太子少保白餘盛亡父孝德贈太保同制〔一〕

敕：中散大夫、檢校右散騎常侍、兼右神武軍大將軍知軍事、御史大夫、上柱國、河東縣開國男、食邑三百户、賜紫金魚袋程執撫父贈太子少保懷信等，咸有忠勳，播爲先德①。悉承義訓，垂在後昆。故吾令臣，皆乃愛子。襲弓裘而稟詩禮，猶水木之有本源。將使天下之爲人子者感恩，天下之爲人父者知勸。宜加寵贈，以表顯揚。可依前件。

（3018）

【校】

①先德　郭本作「元德」。

【注】

朱《箋》：作於長慶元年（八二一）至長慶二年（八二二），長安。

〔一〕程執撫亡父懷信：程懷信傳附《新唐書·程日華傳》。日華子懷直爲横海軍節度，懷信，其從昆也，乘衆怒逐懷直。懷信後拜節度，貞元二十一年卒。子權襲領軍務，權始名執恭，元和元年拜節度使，累加檢校尚書右僕射。則執撫當與執恭爲兄弟。李佑：卷十三《鄭絪烏重胤馬總劉悟李祐田布薛平等亡母追封國郡太夫人制》（2998），紹興本等「李祐」作「李佑」，與此恐非一人。李景略，新舊《唐書》有傳。爲靈武節度杜希全辟在幕府，爲豐州刺史，有威名。貞元二十年卒於鎮。柏耆：新舊《唐書》有傳。以朝旨奉使鎮州，説王承宗，使獻兩郡，由是知名。文宗時貶循州司户判官，賜死。柏良器，李光弼部將，傳附《新唐書·李光弼傳》。《唐代墓誌彙編續集》大和〇三八郭捐之《唐故衛尉卿左散騎常侍柏公墓誌銘》，誌主乃良器子元封。白餘盛亡父孝德：白孝德，新舊《唐書》有傳。安西胡人，事李光弼爲偏裨，累戰功至安西北庭行營節度、鄜坊邠寧節度使，大曆十四年卒。

嚴謨可桂管觀察使制①〔一〕

勅：漢置部刺史，掌奉詔條，糾吏理，蓋今觀察使職耳〔二〕。桂林，秦郡也。東控海嶺，右扼蠻荒。自隋迄今，不改戎府。地遠則權重，俗殊則理難〔三〕。馴而化之②，非才不可。朝議大夫、前守秘書監、驍騎尉、賜紫金魚袋嚴謨，嘗守商洛，剌黔、巫，州部縣道，謐然安理。是能用寬猛相濟之政，撫夷夏雜居之人故也。跡其往効，式是南邦③。況爾操行端和，文學精茂，賓寺書府，善於其官。勉副前言，佇申後命。可使持節都督桂州諸軍事、守桂州刺史、兼御史中丞、桂州本管都防禦觀察處置等使④，散官勳如故⑤。（3019）

【校】

①題　《文苑英華》作「授嚴謩桂管觀察使制」。

②馴而　馬本作「馭而」。

③式是　《文苑英華》作「式在」，校：「集作是。」

④桂州諸軍事　「桂州」馬本誤「桂林」。

⑤勳如故　《文苑英華》作「勳賜如故」。

【注】

朱《箋》：作於長慶二年（八二二），長安。

〔一〕嚴謨：謨同謩。《唐會要》卷七九《謚法上》：「簡。……故洪州觀察使嚴謨。」。《舊唐書·穆宗紀》：「（長慶二年四月）丁亥，以秘書監嚴謩爲桂管觀察使。」「謩」蓋「暮」之訛。《白氏文集》卷十八有《酬嚴中丞晚眺黔江見寄》（1144），卷十九有《送嚴大夫赴桂州》（1270）。韓愈《韋侍講盛山十二詩序》：「于時應和者凡十人……黔府嚴中丞爲秘書監。」又《舊唐書·憲宗紀》：「（元和十四年）二月己酉朔，以商州刺史嚴謨爲黔中觀察使。」知其曾官商州刺史。

〔二〕漢置部刺史四句：《漢書·百官公卿表上》：「武帝元封五年，初置部刺史，掌奉詔條察州。」觀察使：參卷十二《李彤授檢校工部郎中充鄭滑節度副使王源中授檢校刑部員外郎充觀察判官各兼侍御史賜緋紫制》（2964）注。

〔三〕桂林秦郡也八句：《通典》卷一八四《州郡》：「桂州，戰國時楚國及越之交，秦爲桂林郡地。」蕭昕《夏日送桂州刺史邢中丞赴任序》：「桂林巨鎮，臨川荒服，居五嶺之表，控兩越之郊。俗比華風，化同内地。然而洞居砦止，人好阻兵，有殊貨重裝，吏無廉政，選其任者，實難其才。」

杜式方可贈禮部尚書制〔一〕

勑：生有寵禄，殁有褒崇。此王者所以明終始之恩，厚君臣之道也。故桂州本管都防禦觀察等使、正議大夫、使持節都督桂州諸軍事、守桂州刺史、兼御史中丞、上柱國、南陽縣開國男、賜紫金魚袋杜式方，慶襲台庭，任當垣翰〔二〕。服名教乃保家之子，樹風聲爲守土之臣。盡禮事君，勞心奉職。奄忽淪逝，念之惻然。況近屬連姻，遠藩捐館〔三〕。聞訃之命，實悼中心。贈飾之恩，宜加常等。俾趨榮於八座，用賁寵於九原〔四〕。可贈禮部尚書。仍賻布帛二百段，米粟二百碩①，委度支逐便支遣。（3020）

【校】

①二百碩　馬本作「二百石」。

【注】

朱《箋》：作於長慶二年（八二二），長安。

〔一〕杜式方：見卷十三《授駱峻太子司議郎梧州刺史賜緋魚袋兼改名玄休制》（2988）注。《舊唐書·穆宗紀》：「（長慶二年四月）庚辰，桂管觀察使杜式方卒。」

〔二〕台庭：丞相府。見卷十二《李德修除膳部員外郎制》（2975）注。此指式方父杜佑。

〔三〕近屬連姻：式方子杜悰元和九年選尚憲宗長女岐陽公主。《舊唐書·杜悰傳》：「自頃選尚，多於貴戚或武臣節將之家。于時翰林學士獨孤郁，權德輿之女婿，時德輿作相，郁避嫌辭内職。初上頗重學士，不獲已許之，且歎德輿有佳婿，遂令宰臣於卿士家選尚文雅之士可居清列者。于文學後進中選擇，皆辭疾不應，唯悰願焉。」

〔四〕八座：《唐六典》卷一尚書都省：「後漢以尚書令、僕射及六曹尚書爲八座……今則以二丞相、六尚書爲八座。」

武昭除石州刺史制〔一〕

敕：某官武昭，王師伐蔡，爾在行間，致命奮身，挑戰當寇。忠憤所感，卒獲生全。求之軍中，不可多得。司馬以爾信直謹厚，可領邊城〔二〕。爾宜酬乃已知，副我朝獎。撫獯戎雜居之俗，安離石重困之人〔三〕。勉而莅之，其任不細。可石州刺史。（3021）

朱《箋》：作於長慶元年（八二一）至長慶二年（八二二），長安。

【注】

〔一〕武昭：《舊唐書·裴度傳》：「有陳留人武昭者，性果敢而辯舌。度之討淮西也，昭求進於軍門，乃令入蔡州説吴元濟。元濟臨之以兵，昭氣色自若，善待而還。度以爲可用，署之軍職，隨度鎮太原，奏授石州刺史。罷郡，除袁王府長史。昭既在散位，心微悒鬱，而有怨逢吉之言。而姦邪之黨使衛尉卿劉遵古從人安再榮告事，言武昭欲謀害李逢吉。獄具，而武昭死，蓋欲訐度舊事以汙之也。」事又見《李逢吉傳》。

〔二〕司馬：未詳所指。或當作司徒，指裴度。裴度長慶二年二月守司徒、平章事，見《舊唐書·穆宗紀》。

〔三〕離石：屬石州。《元和郡縣圖志》卷十四河東道：「石州，昌化。下。……在秦爲西河郡之離石縣。」

梁希逸除蔚州刺史制

勑：某官梁希逸，頃爲蔡將，陷在賊庭〔一〕。知有君臣，不顧妻子。率其所屬，當戰陣前。反旆倒戈，翻然歸我。忘家之士，希逸有之。間從司空，再平淮右〔二〕。指蹤銜命，皆稱所使。可以移用，俾之守疆。北邊列城，蔚爲衝要。雄右軍號，務兼錢刀。疇勤選能，俾乃兼領。宜思來效，以續前勞。可蔚州刺史、兼横野軍使，并知本州鑄錢事〔三〕。

（3022）

【注】

朱《箋》：作於長慶元年（八二一）至長慶二年（八二二），長安。

〔一〕蔡將：指蔡州吳元濟屬下。元和十年，朝廷用兵討吳元濟。十二年十月，誅吳元濟。

〔二〕司空：指裴度。裴度元和十五年九月守司空，見《舊唐書·宗紀》。淮右：淮西。討吳元濟時裴度爲彰義軍節度使、淮西宣慰招討處置使。

〔三〕横野軍：《舊唐書·地理志一》河東節度使：「横野軍，在蔚州東北一百四十里，管兵三千人，馬千八百疋。」知本州鑄錢：《元和郡縣圖志》卷十四河東道蔚州：「三河冶，舊置爐鑄錢，至德以後廢。元和七年，中書侍郎平章事李吉甫奏……詔從之。其年六月起工，至十月置五爐鑄錢，每歲鑄成一萬八千貫。時朝廷新收易、定，河東道久用鐵錢，人不堪弊，至是俱受利焉。」

盧元勳除隰州刺史制

勅：盧元勳，乃者鎮帥身喪，正承元納款之際①，柏耆將命之初〔一〕。軍情洶然，未知嚮化。而元勳挺身奮臂，出於衆中②。指明安危③，分別逆順。顏色不撓，聲氣甚厲〔三〕。言行事立，朕甚多之。雖有優升，未酬義烈。宜以一郡寵而旌之，用勸四方聞其風者。可隰州刺史。（3023）

【校】

①正承元　「正」紹興本作「帥」，那波本作「戎師」，郭本作「師」，此據馬本。

②衆中　郭本作「至誠」。

③指明　郭本作「鎮定」。

【注】

朱《箋》：作於長慶元年（八二一），長安。

〔一〕鎮帥：成德軍節度使王承宗，卒於元和十五年十月。承元：其弟王承元，時上表請朝廷命帥。柏耆：時朝廷遣起居舍人柏耆宣慰。參卷十二《李彤授檢校工部郎中充鄭滑節度副使王源中授檢校刑部員外郎充觀察判官各兼侍御史賜緋紫制》（2964）注。

〔二〕軍情洶然八句：《舊唐書·王承元傳》：「元和十五年冬，承宗卒，秘不發喪，大將謀取帥於旁郡。時參謀崔燧密與握兵者謀，乃以祖母涼國夫人之命，告親兵及諸將，使拜承元。承元拜泣不受，諸將請之不已……遂於衙門都將所理視事，約左右不得呼留後，事無巨細，決之參佐。密疏請帥，天子嘉之，授銀青光禄大夫、檢校工部尚書，兼滑州刺史、義成軍節度使、鄭滑觀察等使。鄰鎮以兩河近事諷之，承元不聽，諸將亦悔。及起居舍人柏耆賫詔宣諭滑州之命，兵士或拜或泣。承元與柏耆於館驛召諸將諭之，諸將號哭喧嘩……承元乃盡出家財，籍其人以散之，酌其勤者擢之。牙將李寂等十數人固留承元，斬寂等，軍中始定。承元出鎮州，時年十八，所從將吏，有具器用貨幣而行者，承元悉命留之。承元昆弟及從父昆弟，授郡守者四人，登朝者四人，從事將校有勞者，亦皆擢用。」《唐代墓誌彙編》開成〇五〇李恭仁《唐故朝議郎使持節光州諸軍事守光州刺史賜緋魚袋李公墓誌銘》：「公名藩，字藻夫……長慶初，常山帥王承宗殁於鎮，鎮卒逼其弟承元主其軍，且襲父兄之位，因而請焉。承元幼懦，辭進不決。公乃潛運音計，密擇機宜，誘掖承元，斂身歸國。朝廷果獎承元之節而授鉞於滑臺，始去常山……因請承元，飛檄於范陽節度劉總，洞曉君臣之禮，大開逆順之端。其明年，劉總盡室來覲，河朔之地，晏然削平，皆公之秘略也。承元以公有誠，盡推轂之力，遂奏□評爲巡官，轉掌書記。」盧元動事，史傳不載。

楊孝直除滑州長史制①〔一〕

勑：楊孝直，早以材力，從戎冀方。專習武經，通知吏事。承元移鎮②，孝直實來〔二〕。詢謀驅馳，有所裨助。軍郡之佐，寵秩非輕。用答忠勞，以明勸奬。可滑州長史③。（3024）

【校】

①題　《文苑英華》作「授楊孝直滑州長史制」。

②承元　郭本作「元勳」。

③可　《文苑英華》作「可守」。

【注】

朱《箋》：作於長慶元年（八二一），長安。按，當與前篇作於同時。

〔一〕楊孝直：《唐代墓誌彙編》寶曆〇一七唐詡《唐故鳳翔節度押衙兼知排衙右二將銀青光禄大夫

兼太子賓客弘農楊公墓誌銘》：「公諱贍，字士寬，弘農人也。曾祖及祖，出於幽冀盛族，史籍已載，故不書諱。父孝直，守鄧州長史兼山南東道團練使臨漢監牧副使兼侍御史。貞元初，洎常山連帥太師王公弘覆燾之心，撫騎士如子，招綏有禮，賞罰必中。公之家君，遠慕風教，投事麾下，太師署以重職，將啓戎行。歲月彌輪，受恩益重。及僕射出常山之日，公特獻誠懇，誓從旌旗。僕射美其父作子述，俯乃允從。」當即其人。

〔二〕承元移鎮：見前篇注。按，王承元授義成軍節度、鄭滑觀察等使，楊孝直當是其得力屬下，故授滑州長史。

張嘉泰延州長史制①

敕：前丹州司馬張嘉泰，一從戎旅，多歷歲時。奉職有勞，率身無過。軍郡長佐②，資秩不卑〔一〕。自丹轉延，頗爲優穩。題輿便道，往守乃官〔二〕。可延州長史。（3025）

【校】

①題　《文苑英華》作「授張嘉泰延州長史制」。

②軍郡　紹興本等作「軍部」，據《文苑英華》改。《文苑英華》校：「集作部。」

【注】

朱《箋》：作於長慶元年（八二一）至長慶二年（八二二），長安。

㈠軍郡：節度使管轄之州。劉禹錫《汝州刺史謝上表》：「帝命遽回，再領軍郡。」

㈡題輿便道：《北堂書鈔》卷七三引謝承《後漢書》：「周景爲豫州，辟陳蕃爲别駕，不就。景題别駕輿曰：『陳仲舉座也。』不復更辟。蕃惶懼，起視職。」按，唐司馬、長史爲州郡上佐，相當於漢之别駕。張九齡《餞王司馬入計同用洲字》：「忽望題輿遠，空思解榻遊。」

魏玄通除深王府司馬制㈠

敕：魏玄通有禦侮之才，扞城之略。服勤戎職，善守邊州。訓旅牧人，有可稱者。夫文武迭用，出入序遷，所以關才能而均勞逸也。爾宜解綬郡邸，曳裾王門。飾躬慎儀，以奉朝謁。可依前件。（3026）

【注】

朱《箋》：作於長慶元年（八二一）至長慶二年（八二二），長安。

〔一〕深王：《舊唐書・憲宗子傳》：「深王悰，本名察，憲宗第四子也。貞元二十一年，封彭城郡王。元和元年，進封深王，改今名。」《唐六典》卷二九親王府：「司馬一人，從四品下。」

楊造等亡母追贈太君制〔一〕

勅：通事舍人楊造、翰林待詔某亡母等，生播徽華，殁留儀範。訓保家之子，爲有國之臣。或相禮彤庭，或待詔金馬。咸居禁近，率有忠勤。風樹之心，必憂深而思遠〔二〕；《蓼蕭》之澤，宜自葉而流根〔三〕。並啓邑封，各從子貴。揚名之孝，與汝成之。可依前件。

（3027）

【注】

朱《箋》：作於長慶元年（八二一）至長慶二年（八二二），長安。

〔一〕楊造：《册府元龜》卷四八一《臺省部・譴責》：「鄭良宰爲通事舍人。元和十一年四月詔曰：

聞鄭良宰本非士族，豈容塵參班行。宜削鄉所官。通事舍人知館事楊造輕有論薦，頗乖言慎，宜罰一月俸。」元稹《李逢吉等加階制》：「某官李逢吉，是朕皇子時侍讀也……楊造等祗事内外，夙夜惟寅。並沐前恩，遞升榮級。」即其人。

〔二〕風樹之心：見卷十二《柳公綽父子溫贈尚書右僕射……八人亡父同制》(2965)注。

〔三〕蓼蕭之澤：《詩・小雅・蓼蕭》序：「《蓼蕭》，澤及四海也。」自葉流根：張悛《爲吳令謝詢求爲諸孫置守冢人表》：「臣聞春雨潤木，自葉流根。鴟鴞恤功，愛子及室。」

張植李翺等二十人亡母追贈郡縣夫人制①〔一〕

敕：壽州刺史張植亡母某氏等，夫忠於上者教有所自，仁於下者恩有所延。孝理之風，實繇此作。當今良二千石皆與朕共理，雖祿不逮養，而名可顯親。將慰匪莪之心，宜流自葉之澤〔三〕。俾從子貴，咸贈邑封。（3028）

【校】

①題　「張植」馬本作「張值」。

【注】

朱《箋》：作於長慶元年（八二一），長安。

〔一〕張植：見卷十三《李諒授壽州刺史薛公幹授泗州刺史同制》（3001）注。李翺：字習之。《舊唐書·李翺傳》：「（元和）十五年六月，授考功員外郎，並兼史職。翺與李景儉友善。初，景儉拜諫議大夫，舉翺自代。至是，景儉貶黜，七月，出翺爲朗州刺史。俄而景儉復爲諫議大夫，翺亦入爲禮部郎中。」李景儉復爲諫議大夫在長慶元年八月。此制當作於李翺入爲禮部郎中後。

〔二〕匪莪之心：《詩·小雅·蓼莪》：「蓼蓼者莪，匪莪伊蒿。哀哀父母，生我劬勞。」序：「《蓼莪》，刺幽王也。民勞苦，孝子不得終養爾。」箋：「不得終養者，二親病亡之時，時在役所，不得見也。」

陳中師除太常少卿制①〔一〕

勅：尚書吏部郎中、兼侍御史陳中師，早以體物之文②，待問之學，中鄉里選，第甲乙科。及筮仕立身③，皆有本末。不背俗以矯逸④，不趨時以沽名。從容中道，自致問望⑤。累踐郎署，再參憲司。官無卑崇，事無簡劇⑥。如玉在佩，動必有聲。爲時所稱，何用不可？朕以立國之本，禮樂爲先。今之太常⑦，兼掌其事〔三〕。貳茲職者，不亦重乎？歷代迄今，謂之清選。往復是命，佇觀有成⑧。予方急才，爾寧久次？可太常少卿⑨。（3029）

【校】

①題　《文苑英華》作「授陳中師太常少卿制」。

②體物　《文苑英華》作「體要」，校：「集作物。」

③及笠仕　《文苑英華》無「及」字，校：「集有及字。」

④矯逸　《文苑英華》作「矯迹」。

⑤問望　《文苑英華》、馬本、郭本作「聞望」。

⑥事無　《文苑英華》作「事有」，校：「集作無。」

⑦今之太常　《文苑英華》作「號令之常」，校：「集作今之太常。」

⑧佇觀　《文苑英華》作「行覩」，校：「集作佇觀，一作仲觀。」

⑨太常少卿　《文苑英華》此下有「餘如故」三字。

【注】

朱《箋》：作於長慶元年（八二一）至長慶二年（八二二），長安。

〔一〕陳中師：《舊唐書・張弘靖傳》：「盜殺宰相武元衡，京師索賊未得，時王承宗邸中有鎮卒張晏輩數人，行止無狀，人多意之，詔錄付御史陳中師按之。」《册府元龜》卷一五三《帝王部・明罰》作「監察御史陳中師」。《全唐文》卷七一六作「陳仲師」，收其賦八篇。

〔二〕今之太常兼掌其事：《唐六典》卷十四太常寺：「太常卿之職，掌邦國禮樂、郊廟、社稷之事，以八署分而理焉……少卿爲之貳。凡國有大禮，則贊相禮儀。」

衢州刺史鄭羣可庫部郎中齊州刺史張士階可祠部郎中同制①〔一〕

勅：某官鄭羣等②，今之正郎，班望頗重。中外要職，多繇是遷③。故其所選，不得不慎。必循名實，而後命之。羣與士階，久典名郡。謹身化下，有循吏之風。會課陟明，宜當是選。國之大事，在祀與戎④。一掌祠曹，一司武庫。各領其要⑤，爾宜敬之。羣可庫部郎中，士階可祠部郎中。（3030）

【校】

①題　《文苑英華》作「授衢州刺史鄭羣庫部郎中齊州刺史張士階祠部郎中制」。

②某官　《文苑英華》作「具官」。

③是遷　馬本作「是選」。

④與戎　《文苑英華》作「及戎」，校：「集作與。」

⑤各領　《文苑英華》作「各須」，校：「集作領。」

【注】

朱《箋》：作於長慶元年（八二一），長安。

〔一〕鄭羣：韓愈《朝散大夫尚書庫部郎中鄭君墓誌銘》：「君諱羣，字弘之，世爲滎陽人。……歲餘，拜復州刺史，遷祠部郎中。會衢州無刺史，方選人，君願行，宰相即以君應詔。治衢五年，復入爲庫部郎中。行及揚州，遇疾，居月餘，以長慶元年八月二十四日卒，春秋六十。」張士階：《嘉定吳興志》卷十四：「張士階，長慶三年六月，自司封郎中拜，卒官。」《唐代墓誌彙編》開成〇四一張塗《有唐張氏之女墓誌銘》：「元和中，吾先君從事郗公府於潞，生嬋，嬋名也……長慶中，吾先君由真司封郎出爲湖州牧，方報天子恩，俾一郡五縣人蘇息，屬天降荼毒於我家……曾祖兵部郎中諱具瞻，生殿中侍御史贈秘書監諱翔，（翔）生我府君諱士階，爲湖州刺史。」又元和一〇四《唐故邕州刺史兼御史中丞張公墓誌銘》，署「弟殿中侍御史賜緋魚袋士階奉述」，作於元和十一年。

元稹可太子左諭德依前入蕃使制〔一〕

敕：通事舍人元稹，東宮之有諭德，猶上臺之有騎省也〔二〕。清班優秩，所選非輕。朕前遣使臣，往修戎好。以稹言信行敬，命爲介焉。揚旌出疆，反駕奔命。有所啓奏，多叶便宜。乃知得人，可以卒事。故加是命，以寵勸之。可太子左諭德，依前入蕃使。

（3031）

朱《箋》：作於長慶元年（八二一）至長慶二年（八二二），長安。

【注】

〔一〕元稹：朱《箋》：「與居易之摯友元稹同名，當爲另一人。」按，或字因形訛，其人不名稹。《册府元龜》卷九八〇《外臣部·通好》：「（元和十五年）十月庚午朔，以太子中允張賈爲太府少卿、攝御史中丞，持節充入吐蕃答請和好使。庚辰，命宰臣留吐蕃使於中書議事。以郯王府長史邵同爲太府少卿、兼御史中丞，持節入吐蕃充答請和好使。」此人當爲其時之副使。

〔二〕東宮之有諭德二句：《唐六典》卷二六太子左諭德：「龍朔二年置，職擬左散騎常侍。」太子右諭德：「職擬右散騎常侍。」騎省：散騎常侍。《通典》卷二一《職官三・散騎常侍》：「晉太始中，令員外散騎常侍二人與散騎常侍通員直，因曰通直散騎常侍……雖隸門下，而別爲一省……（唐）貞觀十七年，復置爲職事官。始以劉洎爲之。其後定制，置四員，屬門下，掌侍從規諫。顯慶二年，遷二員隸中書，遂分爲左右。」

盧昂量移虢州司户長孫鉉量移遂州司户同制〔一〕

敕：萬州司户參軍盧昂等，頃負疵瑕，各從譴謫。或遠竄荒裔，或未復班資。既逢蕩滌之恩，俾及轉遷之命〔二〕。況聞修省以克己，固將校試而用能。吾無棄人，汝宜自効。可依前件。（3032）

【注】

〔一〕朱《箋》：作於長慶元年（八二一），長安。羅聯添《白居易中書制誥年月考》謂作於長慶元年正月。

〔一〕盧昂：《舊唐書·盧簡辭傳》：「福建鹽鐵院官盧昂坐贓三十萬，簡辭按之，於其家得金床、瑟瑟枕大如斗。昭愍見之曰：『此宫中所無，而盧昂爲吏可知也。』」李肇《唐國史補》卷中：「盧昂，主福建鹽鐵，贓罪大發，有瑟瑟枕，大如斗，以金床承之。御史中丞孟簡案鞫旬月，乃得而進。憲宗召市人估其價直，或云至寶無價，或云美石，非真瑟瑟也。」朱《箋》謂即其人。長孫鉉：《白氏文集》卷十七有《春聽琵琶兼簡長孫司户》（1077），朱《箋》疑即此人。

〔二〕既逢蕩滌之恩：羅聯添《白居易中書制誥年月考》謂指長慶元年正月穆宗大赦詔。

李石楊穀張殷衡等並授官充涇原判官同制①〔一〕

勑：李石等，用武之地，曰涇與原〔二〕。合爲一鎮，控扼夷虜。朕授布鉞，責其成功〔三〕。布乃祗惕受命②，思有以自輔者。因上言石、穀、殷衡等，學業才畫③，堪置幄中。分務列官，咸可其請。而布憂邊甚切，選士必精。爾宜各竭所能，爲知己用。可依前件。

（3033）

【校】

①題 《文苑英華》作「授李石楊穀張殷衡等官並充涇原判官制」，「穀」校：「集作穀，不同。」

②布乃 《文苑英華》作「布即」，校：「集作乃。」

③才畫 《文苑英華》作「才識」。

【注】

朱《箋》：作於長慶元年（八二一），長安。羅聯添《白居易中書制誥年月考》謂作於長慶元年正月。

〔一〕李石：見卷十一《辛丘度可工部員外郎李石可左補闕李仍叔可右補闕三人同制》（2932）。張殷衡：《白氏文集》卷十四有《遊悟真寺迴山下別張殷衡》（0780）、《村居寄張殷衡》（0781）。

〔二〕用武之地曰涇與原：《元和郡縣圖志》卷三關内道：「涇原節度使，涇州、原州」；「涇州，安定。上。……今爲涇原節度使理所。」陸贄《論關中事宜狀》：「先皇帝還自陝郛，懲艾往事，稍益禁衛，漸修邊防。是時關中有朔方、涇原、隴右三帥，以扞西戎；河東有太原全軍，以控北虜。此四軍者，皆聲勢雄盛，士馬精强。」又《論緣邊守備事宜狀》：「開元、天寶之間，控禦西北兩蕃，唯朔方、河西、隴右三節度而已，猶慮權分勢散，或使兼而領之。中興已來，未遑外討，僑隸四鎮於安定，權附隴右於扶風，所當西北兩蕃，亦朔方、涇原、隴右、河東四節度而已，關東戍卒，至則屬焉。雖委任未盡得人，而措置尚存典制。自頃逆泚誘涇原之衆，懷光汙朔方之軍，割裂誅鋤，所餘無幾。」

〔三〕布：田布。見卷十二《田布贈右僕射制》(2949)。《舊唐書·穆宗紀》：「(長慶元年正月)癸卯，以河陽、懷節度使田布爲涇州刺史，充四鎮北庭行營、涇原節度使。」

李演除左衛上將軍制①〔一〕

勅：王者法勾陳，設環列，非勳勤之將，信近之臣，則何以久張爪牙轉置肘腋者也？某官李演②，嘗從德宗皇帝南蒐于梁〔二〕。籍名功臣，謂之定難〔三〕。洎出分戎律，入拱宸居。內外周旋，不懈于位。交戟之下③，周廬肅然〔四〕。今之轉遷，示益親信。移領左廣，仍參夏卿〔五〕。夫八屯之警巡，七萃之勤墯④，爾爲其正，盡得察之〔六〕。宜惜前勞，無墯乃力⑤。可依前件。(3034)

【校】

①題 《文苑英華》作「授李演左衛上將軍制」。

②某官　《文苑英華》作「具官」。

③交戟　馬本作「交戰」，誤。

④勤墯　《文苑英華》作「勤墮」，校：「集作惰。」馬本作「勤惰」。

⑤乃力　《文苑英華》作「乃勣」，校：「集作力。」

【注】

朱《箋》：作於長慶元年（八二一）至長慶二年（八二二），長安。

〔一〕李演：見卷十三《李演贈太子少保制》（3000）。

〔二〕嘗從德宗皇帝南蒐于梁：建中四年十月涇原兵作亂，以朱泚爲帥，盜據京師，德宗出奔奉天。《元和郡縣圖志》卷一京兆府：「奉天縣，次赤。東南至府一百六十里……梁山，高宗天皇大帝乾陵所在，因名曰奉天。」

〔三〕籍名功臣謂之定難：見卷十三《李演贈太子少保制》（3000）注。

〔四〕周廬肅然：班固《西都賦》：「周廬千列，徼道綺錯。」《文選》李善注：「《史記》衛令曰：『周廬設卒甚謹。』《漢書音義》：『張晏曰：直宿曰廬。』」

〔五〕左廣：《左傳》宣公十二年：「其君之戎分爲二廣，廣有一卒，卒偏之兩。右廣初駕，數及日中，左則受之，以至於昏。」杜預注：「君之親兵。十五乘爲一廣。」此指左衛。夏卿：兵部。《唐六典》卷五兵部尚書：「《周官》夏官卿也。」

〔六〕八屯：張衡《西京賦》：「衛尉八屯，警夜巡晝。」《文選》引薛綜注：「衛尉帥吏士周宫外，於四方四角，立八屯士。」七萃：見卷十三《李演贈太子少保制》(3000)注。

康昇讓可試太子司議郎知欽州事兼充本州鎮遏使陳偘可試太子舍人知巒州事兼充本州鎮遏使李顒可試太子通事舍人知賓州事兼賓澄巒横貴等五州都遊奕使馮緒可試太子通事舍人知田州事充右江都知兵馬使滕殷晉可試右衛率府長史知瀼州事兼充左江都知兵馬使五人同制①〔一〕

敕：容州本貫經略招討左押衙、兼右廂兵馬使康昇讓等〔二〕，有奉職徇公之勤，有理戎殄寇之効②〔三〕。其帥公素上章以聞〔四〕。吾方念勞，爾宜受賞。況容之諸郡有大小，郡之兼職有重輕，量能第功，分命而往〔五〕。噫！方藩雖遠，朝聽甚卑。有善必聞，無功不録。吾言及此，欲爾知之，可依前件。（3035）

【校】

①題　「右江」馬本作「左江」。

②之効　郭本作「之勣」。

【注】

朱《箋》：作於長慶二年（八二二），長安。

〔一〕鎮遏使：軍事使職，爲節度使屬下，負責鎮守關隘要衝。《唐會要》卷七二《京城諸軍》：「（貞元）六年八月，鑄藍田、渭橋等鎮遏使印，凡二十三顆。」卷七八《諸使雜錄》：「（元和）十四年二月詔：『諸道節度使、團練、都防禦、經略等使所管支郡，除本軍州外別置鎮遏、守捉兵馬者，併合屬刺史等。』自艱難以來，天下有軍，諸將之權尤重。至是，遂分屬於所管州郡焉。」都遊奕使：遊奕指軍中巡邏偵察之職。《通典》卷一五二《兵五・守拒法》：「遊奕，於軍中選驍果、諳山川泉井者充，常與烽鋪、土河計會交牌，日夕邏候於亭障之外，捉生問事。其軍中虛實舉用，勿令遊奕人知。其副使子將，並久軍行人，取善騎射者兼。」唐於軍中或邊徼軍鎮設遊奕使。張說《拔川郡王碑》：「神龍三年，以爲朔方軍前鋒遊奕使。」《唐會要》卷七一《州縣改置》：「貞元十五年十月，嶺南道節度使李復奏收復瓊州，表曰：『……臣竊觀瓊州控壓賊洞，若移鎮在此，必冀永絶奸謀。伏望升爲下都督府，仍加瓊崖振儋萬安等五州招討遊奕使。其崖州使額，請停之。』」右江：左、右江在邕州。據此制，長慶時已設軍事單位。《資治通鑑》咸通二年：「秋七月，南蠻攻邕州，陷之……（經略使李蒙）悉罷遣三道戍卒，止以所募兵守左、右江，比舊什減七八，故蠻人乘虛入寇。」《元豐九域志》卷十廣南路，以籠州等二十六州四縣屬左江，武峨州等十七州一縣屬右江，均隸邕州。都知兵馬使：《舊唐書·德宗紀》建中元年正月詔：「常參官、諸道節度觀察防禦等使、都知兵馬使、刺史、少尹……等，授訖三日，於四方館上表讓一人以自代。」《資治通鑑》天寶六年胡三省注：「至德以後，都知兵馬使率爲藩鎮儲帥。」其實掌兵權，又有衙前都知兵馬使、衙内都知兵馬使、馬步都知兵馬使等名號。嚴耕望《唐史研究叢稿·唐代方鎮使府僚佐考》：「唐世方鎮使府軍將之重職，曰都知兵馬使，曰都虞候，曰都押衙，可稱三都，實爲一府軍政之所寄，故位尊職重，常得越次，繼任府主。而論此種制度之始創，大抵即在玄宗時代。其後方鎮執地方行政之權，此三都益見重要。」

〔三〕容州：容管經略使所治。《舊唐書·地理志一》：「嶺南五府經略使，綏靜夷獠，統經略、清海二軍，桂管、容管、安南、邕管四經略使……容管經略使，治容州，管兵千一百人」；「容管經略使，治容州，管容、辯、白、牢、欽、巖、禺、湯、瀼、古等州。」經略、招討：均爲軍事使職。《唐會要》卷七八《諸使雜録》：「（貞元）十六年十二月敕：『諸道觀察、都團練、防禦及支度、營田、經略、招討等使，應奏副使、行軍、判官、支使、參謀、掌書記、推官、巡官，請改轉臺省官，宜三周年以上與改轉。』」押衙：唐一般州刺史置軍事押衙甚爲普遍，至遲德宗時代已有之。詳嚴耕望《唐史研究叢稿・唐代府州僚佐考》。右厢兵馬使：《資治通鑑》周天嘉五年胡三省注：「左右厢，禁衛兵也。」節度使府自玄宗時已有左右厢兵馬使，團練使府亦有之。詳嚴耕望《唐史研究叢稿・唐代方鎮使府僚佐考》。

〔三〕理戎殄寇：指黄洞蠻之亂。《資治通鑑》元和十五年：「（十二月）癸未，容管奏破黄少卿萬餘衆，拔營柵三十六。時少卿久未平，國子祭酒韓愈上言。」參卷十三《授駱峻太子司議郎梧州刺史賜緋魚袋兼改名玄休制》（2988）注。

〔四〕公素：嚴公素。《舊唐書・德宗紀》：「（長慶元年十二月）丙寅，以前容管經略使留後嚴公素爲容州刺史、容管經略使。」

〔五〕容之諸郡：按，欽州及賓、澄、巒、横、貴五州原屬邕管經略使。《元和郡縣圖志》卷三八嶺南道邕管經略使：「管州八：邕州、貴州、賓州、澄州、横州、欽州、潯州、巒州。」田州亦屬邕管經略使。《舊唐書・地理志三》嶺南道邕管十州：「田州，土地與邕州同，失廢置年月，疑是開元中置。天寶元年，改爲横山郡。乾元元年復爲田州。」《舊唐書・穆宗紀》：「（元和十五年二月）癸巳，罷邕管經略使，所管州縣隸邕府。」「（長慶二年六月）戊子，復置邕管，以安南副使崔結爲邕管經略使。」在此期間以上諸州在軍事上應隸屬容管經略使。

西川大將賀若岑等一十二人授御史中丞殿中監察及諸州司馬同制

敕：丞相鎮蜀，志在憂邊〔一〕。俾靜蕃蠻，實資將校。故加寵任，以責成功。某官某等若干人，類例勳勞，進登班秩。憲官名重，郡佐祿優。參以命之，足爲榮獎①。爾宜恭承主帥，慎守封疆。戮力一心，無落戎事。可依前件。（3036）

【校】

①榮獎　郭本作「勞獎」。

【注】

朱《箋》：作於長慶元年（八二一），長安。

〔一〕丞相：指段文昌。長慶元年二月爲成都尹、劍南西川節度使。見卷十一《韋審規可西川節度副使御史中丞李虞仲崔戎姚向溫會等並西川判官皆賜緋紫各檢校省官兼御史制》（2925）注。

前右羽林將軍李彦佐服闋重除本官兼御史中丞知軍事制①〔一〕

勑：軍有羽林，用法星象。統之爪士，以拱宸居〔二〕。某官某②，前以忠勞，選登戎衛。而能訓勇力之士，以備時使；申誰何之令，以奉徼巡〔三〕。夙夜祇嚴，不懈于位。既終喪紀，宜復官常。假中執憲之名，行上將軍之事。勉修舊職，用副新恩。可依前件。（3037）

【校】

①題　《文苑英華》題前有「授」字。

②某官某　《文苑英華》作「具官李彦佐」。

【注】

朱《箋》：作於長慶元年（八二一）至長慶二年（八二二），長安。

〔一〕李彦佐：文宗、武宗時先後爲滄州節度使、鄆曹濮節度使、徐泗節度使、潞府招討使等。見《舊唐書·文宗紀》、《武宗紀》。李德裕有《賜彦佐詔意》、《李彦佐翼城駐軍事宜狀》等。

〔二〕軍有羽林四句：見卷十三《王元輔可左羽林衛將軍知軍事制》（2990）注。《史記·天官書》：「北宫玄武……其南有衆星，曰羽林天軍。」正義：「羽林四十五星，三三而聚，散在壘壁南，天軍也。亦天宿衛之兵革出。不見，則天下亂。金、火、水入，軍起也。」

〔三〕誰何之令：賈誼《過秦論》：「良將勁弩守要害之外，信臣精卒陳利兵而誰何。」《史記》集解：「如淳曰：何猶問也。」索隱：「崔浩云：何或爲呵。《漢舊儀》：宿衛郎官分五夜誰呵，呵夜行者誰也。何呵字同。」

奉天縣令崔鄯可倉部員外郎判度支案制①〔一〕

勑：奉天縣令崔鄯，大凡南宫郎，無非慎選者也〔二〕。況地官之屬②，有堆案盈几之文，有月計歲會之課〔三〕。故員郎不可逾時缺③，不待滿歲遷④。事劇才難，斷可知矣。而鄯自操白簡，宰赤縣，繩舉違謬，惠養鰥惸〔四〕。皆有善聲，著於官次。豈能於彼而不能於此乎？爾宜率廩人⑤，佐計務，決繁析滯，期有可觀〔五〕。可依前件。（3038）

【校】

①題　《文苑英華》作「授崔鄀倉部員外郎判度支案制」。

②地官　紹興本等脱「地」字，據《文苑英華》補。

③員郎　馬本作「員外郎」。

④滿歲遷　此下《文苑英華》校：「一作故員不可逾時缺郎不待滿歲遷。」

⑤爾宜率　《文苑英華》無「爾」字。

【注】

朱《箋》：作於長慶元年（八二一）至長慶二年（八二二），長安。

〔一〕崔鄀：傳附新舊《唐書·崔邠傳》。元和中歷監察御史，大和元年自太子詹事拜左金吾大將軍。判度支案：見卷十一《張平叔可户部侍郎判度支制》（2927）注。

〔二〕南宫郎：尚書郎官。《白氏文集》卷八《洛中偶作》（0376）：「一年巴郡守，半年南宫郎。」《舊唐書·李峘傳》：「天寶中爲南宫郎，歷典諸曹十餘年。」

〔三〕地官：户部。《唐六典》卷三户部尚書：「周之地官卿也。」倉部郎中、員外郎屬户部。

〔四〕操白簡：任御史。《初學記》卷十二引沈約《宋書》：「顔延之言其爲御史中丞，何尚之與延之書曰：『絳騶清路，白簡深劾，取之仲容，或有虧耶？』」孟浩然《同曹三御史行泛湖歸越》：「白簡徒推薦，滄洲已拂衣。」

〔五〕廩人：指倉部。《唐六典》卷三倉部郎中：「《周禮》地官有廩人下大夫之職，爲舍人、倉人、司祿之長，掌九穀之數，賙賜稍食，以知足否，蓋倉部之任也。」

翰林待詔李景亮授左司禦率府長史依前待詔制〔一〕

勑：某官李景亮，夫執藝事上者，必揆日時，計勞績，而後進爵秩，以旌服勤。況待詔宮闈，飾躬晨夜。比於他職，宜有加恩①。宮坊衛官，以示優獎。可依前件。（3039）

【校】

①宜有　郭本作「亦有」。

【注】

朱《箋》：作於長慶元年（八二一）至長慶二年（八二二），長安。

〔一〕翰林待詔：見本卷《侯丕可霍丘縣尉制》(3010)注。李景亮：貞元十年登詳明政術可以理人科有李景亮，見《登科記考》卷十三。朱《箋》以此人當之。然此李景亮當是另一人。《唐代墓誌彙編》元和一二八王正拱《大唐故隴西郡李公墓誌銘》：「公諱素，字文貞，西國波斯人也……公則本國王之甥……祖益初，天寶中銜自君命，來通國好，承我帝澤，納充質子，止衛□國，列在戎行……特賜李姓……公天假秀氣，潤生奇質，得裨竈之天文，究巫咸之□業。握算樞密，審量權衡，四時不衍，二儀無忒。大曆中，特奉詔旨……除翰林待詔。四朝供奉，五十餘年。……再議婚娶，以貞元八年，禮聘卑失氏，帝封爲隴西郡夫人。有子四人，女一人。長子景亮，襲先君之藝業，能博學而攻文，身歿之後，此乃繼體。……帝澤不易，恩渥彌深，遂召子景亮訊問玄微，對敭無□，擢昇祿秩，以續闕如，起服拜翰林待詔、襄州南漳縣尉。」又同時出土之長慶〇二〇李元古《大唐故隴西郡君卑失氏夫人神道墓誌銘》：「夫，皇朝授開府儀同三司、行司天監、兼晉州長史、翰林待詔、上柱國、開國公食邑一千户李素……次男宣德郎、起復守右威衛長史、翰林待詔、賜緋魚袋景亮……長慶二年十二月廿八日奄鍾斯禍。」當即此人。乃波斯裔習天文術算之士。參榮新江《中古中國與外來文明·一個入仕唐朝的波斯景教家庭》。

故鹽州防秋兵馬使康太崇贈鄧州刺史制①〔一〕

勅：故某官康太崇，嘗習韜鈐，夙稱拳勇。使之訓旅，能叶武經。使之守疆，能著戎

績。永言殂謝，宜及褒榮。俾追寵於朱轓，庶知恩於黃壤。可贈鄧州刺史。（3040）

【校】

①題　「防秋」馬本誤「防狄」。

【注】

朱《箋》：作於長慶元年（八二一）至長慶二年（八二二），長安。

〔一〕鹽州防秋兵馬使：《舊唐書・陸贄傳》：「又以河隴陷蕃已來，西北邊常以重兵守備，謂之防秋，皆河南、江淮諸鎮之軍也，更番往來，疲於戍役。」《杜希全傳》：「希全以鹽州地當要害，自貞元三年西蕃劫盟之後，州城陷虜，自是塞外無保障，靈武勢隔，西通鄜坊，甚爲邊患，朝議是之。九年，詔曰：『……鹽州地當衝要，遠介朔陲，東達銀夏，西援靈武，密邇延慶，保扞王畿。乃者城池失守，制備無據，千里庭障，烽燧不接；三隅要害，役戍其勤。若非興集師徒，繕修壁壘，設攻守之具，務耕戰之方，則封内多虞，諸華屢警，由中及外，皆靡寧居。……』凡役六千人，二旬而畢。時將板築，仍詔涇原、劍南、山南諸軍深討吐蕃以牽制之，由是板築之時，虜不及犯塞。城畢，中外稱賀。由是靈武、銀夏、河西稍安，虜不敢深入。」《穆宗紀》：「（元和十五年六月）庚辰，加邠寧慶節度使李光顔特進，以城鹽州之功也。」《李光顔傳》：「（元和）十四年，西蕃入寇，移授邠寧節度使。時鹽州爲吐蕃所毁，命李文悦爲刺史，令光顔充勾當修築鹽州城使。仍許以陳許六千人隨赴邠寧。是歲，吐蕃侵涇原。自田縉鎮夏州，以貪猥侵撓党項羌，乃引吐蕃入寇。及蕃軍攻涇州，邊將郝玼血戰始退。初，光顔聞賊攻涇州，料兵赴救……曲爲陳説大義，言發涕流，三軍感之，亦泣下，乃欣然即路，擊賊退之。」康太崇或爲其下屬。

劉總外祖故瀛州刺史盧龍軍兵馬使張懿贈工部尚書制（二）

敕：故某官張懿，德善者將啓後人，忠孝者克揚前烈。有美必復，宜其然乎？而懿仗忠履義，體仁養勇。學究韜略，藝窮騎射。負幽燕之勁氣，雖振其名；有將相之長才，不得其位。命屈當代，慶流後昆。有外孝孫，爲吾賢帥。以忠許國，以順克家。揚名顯親，自義率祖。推恩外族，歸美前修。俾追八座之榮，以輟九原之歎。可依前件。

（3041）

【注】

朱《箋》：作於長慶元年（八二一），長安。

〔一〕劉總：見卷十三《劉總弟約等五人並除刺史賜紫男及姪六人除贊善洗馬衛佐賜緋同制》（2989）。

劉總外祖母李氏贈趙國夫人制〔一〕

勑：李氏族茂本枝，行光内則。柔明繕性，和淑保身。輔佐良人，克諧家道。訓成賢女，作相令門。善積於中，福延於後。段公威德，當流慶於外孫〔二〕；令伯孝心，願推恩於祖母〔三〕。式遵贈典，用贊德芬①。宜崇大國之封，追正小君之命〔四〕。可贈趙國夫人。

（3042）

【校】

①德芬　郭本作「德音」。

【注】

朱《箋》：作於長慶元年（八二一），長安。

〔一〕李氏：張懿之妻。參見前篇。

〔二〕段公威德二句：段公，段熲。《三國志·魏書·賈詡傳》：「察孝廉爲郎，疾病去官，西還至汧，道遇叛氐，同行數十人皆爲所執。詡曰：『我段公外孫也，汝別埋我，我家必厚贖之。』時太尉段熲，昔久爲邊將，威震西土，故詡假以懼氐。氐果不敢害，與盟而送之，其餘悉死。詡實非段甥，權以濟事，咸此類也。」

〔三〕令伯孝心二句：李密字令伯。《晉書·李密傳》：「父早亡，母何氏改醮，密時年數歲，感戀彌至，烝烝之性，遂以成疾。祖母劉氏，躬自撫養，密奉事以孝謹聞。劉氏有疾，則涕泣側息，未嘗解衣，飲膳湯藥必先嘗後進……泰始初，詔徵爲太子洗馬。密以祖母年高，無人奉養，遂不應命。」

〔四〕小君：諸侯夫人。《春秋》莊公二十二年：「葬我小君文姜。」

蕭俛一子迴授三從弟伸制〔一〕

勅：吏部尚書蕭俛，頃在台庭，時逢郊禮。大行慶澤，先及輔臣。當延賞於胤嗣，願推恩於友愛。厥有典例，因而從之。咨爾弟伸，可恭成命。可河中府參軍。

（3043）

【注】

朱《箋》：作於長慶元年（八二一），長安。

〔一〕蕭俛：見卷十二《蕭俛除吏部尚書制》（2961）。

賈𡼏入迴鶻副使授兼御史中丞賜紫金魚袋制〔一〕

勑：少府少監賈𡼏，行人之官，官必有介，所以敬王事而重國命也。以爾𡼏，稟訓台鼎，飾躬搢紳〔二〕。自登班行，多歷年祀①。恪勤官次，保守令名。斯可以卒貳使臣，諭申朝旨。宜假憲秩，仍加命服。以示兼寵，俾之出疆。況繼好二邦，奉辭萬里。副車之任，選亦不輕。兹吾使能，期爾復命。可依前件。（3044）

【校】

①年祀　郭本作「年所」。

【注】

朱《箋》：作於長慶元年（八二一），長安。

〔一〕賈瞵：見卷十三《册新迴鶻可汗文》（2978）注。

〔二〕台鼎：三公之位。《後漢書·陳球傳》：「公出自宗室，位登台鼎。」此指賈瞵父賈耽。

張屺授廬州刺史兼御史中丞制〔一〕

勑：盧龍軍節度判官、檢校刑部郎中張屺，司徒總言爾從事於幽、薊之間，有年歲矣〔二〕。嘗委事任，備觀器用。務叢而益辨①，職久而彌勤。頗出輩流，宜加獎擢。況公侯之嗣，幕府之英。餘慶所鍾，有才如是。今以名郡，寵而任之。旌善勸能，仍兼中憲。可盧州刺史。（3045）

【校】

①益辨　馬本作「益辦」。

朱《箋》：作於長慶元年（八二一），長安。

【注】

〔一〕張屺：岡村繁《白氏文集》六疑爲張説之孫，恐非是。

〔二〕司徒總：劉總。見卷十三《劉總弟約等五人並除刺史賜紫男及姪六人除贊善洗馬衛佐賜緋同制》（2989）注。

韓公武授左驍衛上將軍制①〔一〕

勅：朝散大夫、檢校左散騎常侍、兼右金吾衛將軍、御史大夫、上柱國、賜紫金魚袋韓公武，我元老之令子也。孝於家，忠於國，故出則秉旄鉞，入爲執金吾。寵任益榮，謙敬彌著。而勤於夙夜，疾癘所侵。上陳表章，乞就頤養。夫環衛之列②，心膂之臣。雖親信之寄則同，而勞逸之間或異。宜輟繁重，俾從便安。可檢校左散騎常侍、兼左驍衛上將軍、御史大夫③，散官勳如故。（3046）

【校】

①題　《文苑英華》作「授韓公武右驍衛上將軍制」。按，《舊唐書》本傳作「右驍衛」。

②衛之列　《文苑英華》作「列之衛」，校：「集作衛之列。」

③左驍衛　《文苑英華》作「右驍衛」。

【注】

朱《箋》：作於長慶元年（八二一），長安。

〔一〕韓公武：韓弘子。《舊唐書·韓弘傳》：「憲宗崩，以弘攝冢宰。十五年六月，以本官兼河中尹、河中晉絳節度觀察等使。時弘弟充爲鄭滑節度使，子公武爲鄜坊節度使。父子兄弟，皆秉節鉞……（長慶二年）十二月病卒。」又：「（元和）十四年，父弘入朝，公武乞罷節度，入爲右金吾將軍。既而弘出鎮河中，季父充移鎮宣武，公武歎曰：『二父聯居重鎮，吾以孺子當執金吾職，家門之盛，懼不克勝。』堅辭宿衛，改右驍衛將軍。」朱《箋》謂弘元和十五年六月出爲河中節度使，則公武改左驍衛將軍當在長慶元年。按，《舊唐書》本傳敘事又有「季父充移鎮宣武」句，據《舊唐書·穆宗紀》，韓充爲宣武軍節度使在長慶二年七月，時白居易已出爲杭州刺史。此蓋本傳敘事連及，公武改官必在此之前。

姚元康等授官充推官掌書記制①〔一〕

勅：朝散郎、行秘書省秘書郎姚元康，儒林郎、試太常寺協律郎鄭懿等，益部、浮陽，皆大征鎮也〔二〕。文昌、全略，皆賢將相也〔三〕。而能以禮聘士，以職任才。多聞得人，咸樂爲用。況爾等籌謀文藻，各負所長。苟能贊察廉②，掌奏記，孜孜不怠，翩翩有聲。慰薦褒升，其則不遠。元康可試左武衛倉曹參軍、充劍南西川觀察推官③，散官如故。懿可試左金吾衛兵曹參軍、充横海軍節度掌書記，散官如故④〔四〕。（3047）

【校】

①題　《文苑英華》作「授姚元康等官充推官掌書記制」。

②察廉　馬本、郭本作「察兼」。

③左武衛　「左」《文苑英華》作「右」，校：「集作左。」觀察　《文苑英華》作「節度」，校：「集作觀察。」

④散官如故　《文苑英華》作「餘如故」，校：「集作散官如故。」

朱《箋》：作於長慶二年（八二二），長安。

【注】

〔一〕姚元康：《唐詩紀事》卷五十載姚康字汝諧，試左武衛倉曹參軍，爲觀察推官。朱《箋》謂即此人，疑《唐詩紀事》脱「元」字。

〔二〕浮陽：指滄州。《元和郡縣圖志》卷十八河北道滄州：「清池縣，緊。郭下。本漢浮陽縣，屬渤海郡，在浮水之陽。後魏屬滄州。」

〔三〕文昌：段文昌。長慶元年二月爲成都尹、劍南西川節度使。見卷十一《韋審規可西川節度副使御史中丞李虞仲崔戎姚向溫會等並西川判官皆賜緋紫各檢校省官兼御史制》（2925）注。全略：滄州節度使李全略，原名王日簡。《舊唐書・穆宗紀》：「（長慶二年二月癸酉），滄州節度使王日簡賜姓名李全略……（癸未）以横海軍節度使李全略爲德州刺史、德棣等州節度」；「（三月己未），以德、棣節度使李全略復爲滄州節度使，仍合滄、景、德、棣爲一鎮。」《李全略傳》：「李全略者，本姓王，名日簡。爲鎮州小將，事王武俊。元和中，節度使王承宗没，軍情不安，自拔歸朝，授代州刺史。及長慶初，鎮州軍亂，殺田弘正。穆宗爲之旰食，以日簡嘗爲鎮將，召問其計。日簡遂於御前極言利害，兼願有以自效，因授德州刺史，經略其事。明年，擢拜横海軍節度使，賜姓李氏，名全略，以崇樹之。」

〔四〕横海軍：《元和郡縣圖志》卷十八河北道：「滄州……今爲滄景節度使理所。……横海軍，在州城西南。開元十四年置。」

楊玄諒等三十人加官制

敕：右神策軍忻州行營兵馬使、試太常卿楊玄諒等〔一〕，夫材不錄則勸善之道廢，勤不賞則念功之典缺①。而玄諒輩凡三十人②，咸列禁戎，遠從征討。臨難有身先之勇，奔命無道弊之勞③。宜以祿秩④，酬其忠効。所謂材不失選，賞不逾時。亦欲使爲善者不疑，有功者速勸也⑤。可依前件。（3048）

【校】

①之典　郭本作「之禮」。

②玄諒輩　郭本作「玄諒等」。

③道弊　郭本作「退避」。

④祿秩　《管見抄》作「爵秩」。

⑤速勸　郭本作「咸勸」。

【注】

朱《箋》：作於長慶二年（八二二），長安。

〔一〕右神策軍忻州行營：神策軍行營，見卷十二《康日華贈坊州刺史制》（2956）注。長慶二年四月，忻州刺史李寰所領軍隸右神策，號忻州營，李寰爲都知兵馬使。見本卷《傅良弼可鄭州刺史制》（3007）注。

李益王起杜元穎等賜爵制〔一〕

敕：李益等，去年春朕以陵寢事大，哀惶疚心〔二〕，而益等齋慄奔走，各率其職。俾予孝道，刑于四海①，何嘗一日而忘之耶②？因命有司③，舉常典，凡爵之高下，視執事之重輕。有司亦能遵我成命，第而次之。進級益封④，無有不當。由益而下，爾宜欽承。可依前件。（3049）

【校】

①刑于　《管見抄》作「形于」。

②耶　馬本作「即」。
③因命　馬本無「因」字。
④進級　紹興本等作「進給」，據《管見抄》改。

【注】

朱《箋》：作於長慶元年（八二一），長安。

㈠李益：字君虞。新舊《唐書》有傳，長爲歌詩。《册府元龜》卷一七二《帝王部・求舊》：「（元和十五年三月）以太子賓客李益爲右散騎常侍……益等亦以春宫舊僚進秩。」王起：見卷十二《王起等賜勳制》（2960）。杜元穎：《舊唐書・杜元穎傳》：「元和中爲左拾遺、右補闕，召入翰林，充學士。手筆敏速，憲宗稱之……穆宗即位，召對思政殿，賜金紫，超拜中書舍人。其年冬，拜户部侍郎承旨。長慶元年三月，以本官同平章事，加上柱國、建安男。元穎自穆宗登極，自補闕至侍郎，不周歲居輔相之地。辭臣速達，未有如元穎之比也。」

㈡陵寢事大：《舊唐書・穆宗紀》：「（元和十五年四月）庚申，葬憲宗于景陵。」「（七月）丁卯，以門下侍郎、平章事令狐楚爲宣州刺史、兼御史大夫，充宣、歙、池觀察使。楚爲山陵使，縱吏于翬刻下，不給工徒價錢，積留錢十五萬貫，爲羨餘以獻，故及於貶。」

王計除萊州刺史吳暐除蓬州刺史制①〔一〕

敕：王計等②，咸以材略，載筆從軍③。藝學智謀，霈然足用。多歷年紀④，備嘗艱危。進退周旋，不聞失道。司徒弘正，詳奏以聞〔二〕。因以竹符，分命試吏。而萊、蓬二郡，各介一方。牧人者但不擾其心，不奪其力，則雖華夷南北，土物不同，皆可以自足自遂矣。宜用此道⑤，往安養之。可依前件。（3050）

【校】

①題　《文苑英華》作「授王計萊州刺史吳暐蓬州刺史制」。

②王計　《文苑英華》作「吳暐」。

③從軍　《文苑英華》作「從戎」，校：「集作軍。」

④年紀　紹興本誤「年犯」，馬本作「年祀」。此從那波本、《文苑英華》。《文苑英華》校：「一作祀。」

⑤宜用　《文苑英華》作「宜有」，校：「集作用。」

【注】

朱《箋》：作於長慶元年（八二一），長安。

〔一〕王計：《全唐文》卷六三三收王計《代王僕射諫伐淮西表》，乃元和十年代成德軍節度使王承宗作。

〔二〕司徒弘正：田弘正。見卷十一《魏博軍將呂晃等從弘正到鎮州各加御史大夫賓客等制》（2926）注。弘正長慶元年七月遇害，制作於此前。

義武軍奏事官虞候衛紹則可檢校秘書監職如故制〔一〕

勑：某官衛紹則，服勤藩鎮，敷奏闕庭。奉主帥之表章，達軍府之情狀。嘉其忠効，宜可褒升。俾洽新恩，用充舊職。可依前件。（3051）

【注】

朱《箋》：作於長慶元年（八二一）至長慶二年（八二二），長安。

〔一〕義武軍：《舊唐書·地理志一》：「義武軍節度使，治定州，領易、祁二州。」時義武軍節度使爲陳楚。《資治通鑑》長慶元年：「（八月）丁丑，詔魏博、横海、昭義、河東、義武諸軍各出兵臨成德之境。」「（十二月）丁丑，義武節度使陳楚奏敗朱克融兵於望都及北平，斬獲萬餘人」；「戊子，義武奏破莫州清源等三栅，斬獲千餘人。」入奏事當與此有關。虞候：伺察之官。上自朝廷、太子官府，下至郡府，皆有虞候之職。參嚴耕望《唐史研究叢稿·唐代方鎮使府僚佐考》。

深州奏事官衛推試原王友韓季重可兼監察御史充職制（一）

勑：某官韓季重，上將臨戎，陪臣將命。詳其奏報，頗盡事情。特加寵章，用獎勞効①。王官憲職，以示兼榮。可依前件。（3052）

【校】

①勞効　郭本作「勞勳」。

【注】

朱《箋》：作於長慶元年（八二一）至長慶二年（八二二），長安。

〔一〕深州奏事官：此當爲深州牛元翼所遣。參卷十一《張洪相里友略並山南東道判官同制》（2941）注。衛推：岡村繁《白氏文集》六謂當爲「衙推」之誤，是。《新唐書·百官志四下》：「節度使、副節度使知節度事，行軍司馬、副使、判官、支使、掌書記、推官、巡官、衙推各一人。」原王友：代宗十九子逵封原王。《唐六典》卷二九親王府：「友一人，從五品下。」

袁幹可封州刺史兼侍御史制〔一〕

敕：安南兵馬使、封州刺史、兼監察御史袁幹〔二〕，委質藩方，悉知戎旅①。嘗驅寇盜，累著功勞。故命遷領郡符，超升憲簡。足以安荒俗，耀遠人。敬而承之，無替前効。可封州刺史。（3053）

【校】

①悉知　馬本作「悉穩」。

【注】

朱《箋》：作於長慶元年（八二一）至長慶二年（八二二），長安。

〔一〕封州：《元和郡縣圖志》卷三四嶺南道嶺南節度使，管州二十二，有封州。

〔二〕安南兵馬使：嶺南節度使於邊境置節度經略使，有安南都護府。《元和郡縣圖志》卷三八：「安南，交趾，上都護府。……大曆三年罷節度置經略使，仍改鎮南爲安南都護府，貞元六年又加招討處置使。」《舊唐書・穆宗紀》：「（元和十五年六月丁丑）安南都護桂仲武奏誅賊首楊清，收復安南府。」「（長慶二年正月）乙未，以夔州刺史王承弁爲安南都護、本管經略招討使。」楊清代爲南方酋豪，其陷安南府事見《舊唐書・李象古傳》。制云「嘗驅寇盜」，或指此。

華州及陝府將士吉少華二千三百三十五人各賜勳五轉制〔一〕

勑：某官吉少華等，距河重鎮，分陝近藩。俾遏寇虞，實資士旅。勞既同力，賞宜徧行。次第其名，書于勳籍。可各賜勳五轉。（3054）

【注】

朱《箋》：作於長慶元年（八二一）至長慶二年（八二二），長安。

〔一〕陝府：《元和郡縣圖志》卷六河南道：「陝州，陝郡，大都督府。」勳五轉：勳五轉爲騎都尉。參卷十二《王起等賜勳制》（2960）注。

祭迴鶻可汗文

維長慶元年，歲次辛丑，月日，皇帝遣使朝議大夫、檢校右散騎常侍、兼少府監、御史大夫、雲騎尉、賜紫金魚袋裴通〔一〕，致祭于故愛登羅汨没蜜施毗伽保義可汗之靈〔二〕：粤以英武之姿，雄奇之策，撫有九姓，制臨一方〔三〕。氣吞諸戎，名播上國。況能嚮風納款，繼好息人。代爲親鄰，歲入職貢。方賴威略，共清寰瀛。倚爲長城，永固中夏。而天殲驕子，國喪名王。奪氣色於陰山，霣精光於昴宿①〔四〕。凶訃云至，悲懷用深。故遣使臣，往將國命。展弔奠之禮，申哀榮之恩。猶有明靈，當鑒誠意。尚饗！（3055）

【校】

①霣精光　郭本作「銷精光」。

朱《箋》：作於長慶元年（八二一），長安。

【注】

〔一〕裴通：見卷十三《册新迴鶻可汗文》（2978）注。

〔二〕愛登羅汨没蜜施毗伽保義可汗：《舊唐書·穆宗紀》：「（長慶元年二月）癸巳，九姓回紇毗伽保義可汗卒。」《册府元龜》卷九六五《外臣部·封册》：「（元和）三年五月，以回鶻騰里野合俱禄毗伽可汗卒，命使册九姓回鶻可汗爲愛登里囉汨没密施合毗伽保義可汗。」《舊唐書·憲宗紀》作「登囉里汨蜜施合毗伽保義可汗」，《新唐書·回鶻傳》作「愛登里羅汨蜜施合毗伽保義可汗」，《舊唐書》失「愛」字，本文失「里」、「合」二字。現存《保義可汗記功碑》（又稱《九姓回鶻可汗碑》，即「哈拉巴喇哈遜碑」Kara Balgasun，或稱「鄂爾渾第三碑」Orkhon Ⅲ，用突厥、粟特、漢三種文字寫成）漢文作「九姓回鶻愛登里羅汨没蜜施合毗伽可汗聖文神武碑」，即保義可汗。

〔三〕九姓：見卷十三《册新迴鶻可汗文》（2978）注。

〔四〕昴宿：見卷十三《册迴鶻可汗加號文》（2979）注。

白居易文集校注卷第十五①

中書制誥五　新體　凡五十道

京兆尹盧士玫除檢校左散騎常侍兼中丞瀛莫二州觀察等使制②〔一〕

勅：夫疆理天下，壤制四方③，乘時省置，何常之有〔二〕？故方隅未寧，務先經略，則專委方伯，以總統之。及兵革甫定，思弘風化，則並命連帥，以分理之。朕常以幽薊一方，環封千里。延袤廣莫，專制實難。屬元戎改轅，新帥進律④。因而制置，以叶便宜。蓋王者弛張變通之要也⑤。京兆尹盧士玫，爲人端和，爲政寬簡。自尹京輦，人甚便安。今司徒總籍甚爾名，叶從人望。河間列郡，乞委士玫〔三〕。因而可之，必易爲理。況新造之府，經始之政。勞倈安輯，是爾所能。俾珥左貂⑥，兼執中憲〔四〕。寵任不細，勉哉是

行。可依前件⑦。(3056)

【校】

①卷第十五　即《白氏文集》紹興本、馬本卷五十二，那波本、金澤本卷三十五。

②題　金澤本無「檢校左散騎」五字。「瀛莫」紹興本、那波本作「瀛漠」，馬本誤「瀛漢」。據金澤本改。《文苑英華》作「授盧士玫瀛州觀察使制」。

③壤制　「壤」《文苑英華》作「懷」，校：「集作壤。」

④新帥　金澤本作「新師」。

⑤弛張　紹興本、馬本、郭本、《文苑英華》作「施張」，據金澤本、那波本改。

⑥俾珥左貂　「左貂」金澤本作「右貂」。《文苑英華》作「俾昇珥貂」，校：「集作俾珥左貂。」

⑦可依前件　《文苑英華》作「可使持節瀛莫等州管內觀察處置等使檢校左散騎常侍兼御史中丞餘如故」。

朱《箋》：作於長慶元年（八二一），長安。

【注】

〔一〕盧士玫：新舊《唐書》有傳。《舊唐書·穆宗紀》：「（長慶元年三月）乙卯，以權知京兆尹盧士玫爲瀛州刺史，充瀛莫等州團練觀察使，從劉總析置也。」

〔二〕壤制：《史記・平津侯主父列傳》：「今外郡之地或幾千里，列城數十，形束壤制，旁脅諸侯，非公室之利也。」索隱：「謂地形及土壤皆束制在諸侯也。」

〔三〕屬元戎改轄十四句：指劉總請分割所管幽州盧龍軍地、改授天平軍節度事。見卷十三《劉總弟約等五人並除刺史賜紫男及姪六人除贊善洗馬衛佐賜緋同制》(2989)注。河間，瀛州。《舊唐書・地理志二》河北道：「瀛州，上，隋河間郡。」

〔四〕左貂：左散騎常侍。見卷十三《裴通除檢校左散騎常侍兼御史大夫充入迴鶻弔祭册立使制》(2983)注。中憲：御史中丞。

武寧軍軍將郭暈等五十八人加大夫賓客詹事太常卿殿中監制〔一〕

勑：某官某等①，頃以齊寇發狂，王師致討〔二〕。武寧裨將五十八人，雖有元戎，指蹤制勝，實由衆校，同心許國②，合力成功〔三〕。宜以憲秩、儲寮、寺卿、府監，舉申賞典，用答勳庸③。可依前件。(3057)

【校】

①某等　紹興本等無「等」字，據金澤本補。

②同心許國　金澤本無四字。

③用答　紹興本等作「用益」，據金澤本改。

【注】

朱《箋》：作於長慶元年（八二一）至長慶二年（八二二），長安。

〔一〕武寧軍：治徐州。《舊唐書·地理志一》：「武寧軍節度使，治徐州，管徐、泗、濠、宿四州。」《舊唐書·穆宗紀》：「（元和十五年九月）丙寅，以御史大夫崔羣檢校兵部尚書、徐州刺史，充武寧軍節度、徐泗宿濠觀察等使。」至長慶二年三月，崔羣爲其副使王智興所逐。

〔二〕齊寇發狂：指李師道。正己子，繼兄師古知淄青節度。元和十年，蔡州吴元濟叛，師道謀潛襲洛陽爲應。元濟誅，師道恐懼，上表請割地又止。十三年七月，詔發宣武、義成、武寧、横海兵進討。十四年二月，淄青都知馬使劉悟斬師道首請降。見《舊唐書·憲宗紀》、《李師道傳》。

〔三〕元戎：謂李愬。《舊唐書·李愬傳》：「屬李師道再叛，詔田弘正、義成、宣武等軍討之，乃移愬爲徐州刺史、武寧軍節度使，代其兄愿……愬至徐方，理兵有方略。時蔡將董重質貶春州司户，愬上表請愬重質賜之，堪於軍前驅使，即詔還送武寧軍，愬乃署爲牙將。愬破賊金鄉，凡十一戰，擒賊將五十，俘斬萬計。」

贈僕射蘇兆男三人妻兄一人並被蔡州誅戮各贈太子贊善大夫等制①〔一〕

敕：故某官男某等②，淮寇之起，爾陷其中。能守父訓，不失臣節。竟遇蠭蠆，並爲鯨鯢。葵將死而心傾，劍雖埋而氣在。毒延禦侮，禍及維私〔二〕。將賁幽魂，宜追寵命。俾贈青宮之秩，用申赤族之冤。可依前件。（3058）

【校】

①題　金澤本無「大夫」二字。

②某等　馬本脱「某」字。

朱《箋》：作於長慶元年（八二一）至長慶二年（八二二），長安。

【注】

〔一〕蘇兆：《舊唐書・吳元濟傳》：「及父死，不發喪，以病聞，因假爲少陽表，請元濟主兵務……先是，少陽判官蘇兆、楊元卿及其將侯惟清嘗同爲少陽畫朝覲計。及元濟自領軍，兇狠無義，唯暱軍中兇悍之徒，素不便兆，縊殺之，歸其屍於家，械侯惟清而囚之。時朝廷誤聞惟清已死，贈兵部尚書，贈蘇兆以右僕射。」蔡州：蔡州節度使治所。見《元和郡縣圖志》卷九。自李希烈、吳少誠至吳少陽，據申、蔡數十年，少陽死，元濟復以蔡州叛。

〔二〕禦侮：兄弟。《詩・小雅・常棣》：「兄弟鬩于牆，外禦其務。」傳：「務，侮也。」《左傳》僖公二十四年引作「其侮」。此指蘇兆之子三人。維私：《詩・衛風・碩人》：「邢侯之姨，譚公維私。」傳：「姊妹之夫曰私。」疏：「《釋親》云：……妻之姊妹同出爲姨，女子謂姊妹之夫爲私。孫炎曰：同出，俱已嫁也。私，無正親之言。然則謂吾姨者，我謂之私。邢侯、譚公皆莊姜姊妹之夫，互言之耳。」唐人用例，男子稱姊妹之夫亦可謂「維私」。但此以「維私」稱妻兄，則關係恰相反。本書卷三《祭楊夫人文》（2844）：「近接嘉姻，維私之眷每深。」自逝者楊夫人言，已爲其姊妹之夫，故稱「維私」。

王士則除右羽林大將軍制①〔一〕

敕：羽林所設，上法星文。軍衛之中，號爲雄重〔二〕。稱茲選任②，不易其人。左驍衛將軍王士則，勳戚之家，義方之子。發身學劍，餘力知書。早踐班榮，累參環列。職近而身彌檢慎，任久而心益恭勤。卑以自居，勞而不伐③。況一備禁衛，四爲偏將。滯於久次，宜有超升④。俾領上軍，仍遷右廣⑤〔三〕。統良家之騎士，訓期門之材官〔四〕。寵任不輕，無墮於事。可右羽林軍大將軍。（3059）

【校】

①題　《文苑英華》作「授王士則右羽林大將軍制」。

②選任　郭本作「委任」。

③不伐　《文苑英華》作「無伐」，校：「集作不。」

④超升　金澤本、《文苑英華》作「超遷」，《文苑英華》校：「集作升。」

⑤仍遷　金澤本、《文苑英華》作「仍升」，《文苑英華》校：「集作遷。」

朱《箋》：作於長慶元年（八二一）至長慶二年（八二二），長安。

【注】

〔一〕王士則：王武俊子。《舊唐書・王武俊傳附士則》：「承宗既立爲節度使，不容諸父，乃奔于京師，用爲神策大將軍……諸鎮兵討承宗，裴度言士則武俊子，其軍中必有懷之者，乃用士則爲邢州刺史，兼本州團練使，從昭義節度使郗士美討賊，冀攜離承宗之黨，且許以節制。士則恃此，頗不受士美節制，行止以兵自衛。雖謁士美，而衛兵如故。吏呵止之，士則不能平，見於辭氣。士美惡之，密以狀聞，乃以張遵代還。」

〔二〕羽林所設四句：見卷十三《王元輔可左羽林衛將軍知軍事制》（2990）注。

〔三〕右廣：見卷十四《李演除左衛上將軍制》（3034）注。

〔四〕期門：《漢書・地理志下》：「漢興，六郡良家子選給羽林、期門，以材力爲官，名將多出焉。」《東方朔傳》：「八九月中，（武帝）與侍中常侍武騎及待詔隴西北地良家子能騎射者期諸殿門，故有期門之號，自此始。」材官：《漢書・刑法志》：「天下既定，踵秦而置材官於郡國，京師有南、北軍之屯。」

前穀熟縣令李季立授奉天丞兼監察御史充入迴鶻使判官制①〔一〕

勅：某官李季立，蕃國通聘，使臣告行。上請屬寮，同役王命。以爾常爲令長②，頗有幹能。加之恪恭，可備選擇。假威憲職，兼命邑丞。足示優榮，勉勤任使。可依前件。

（3060）

【校】

①題　紹興本等無「入」字，據金澤本補。

②常爲　金澤本作「嘗爲」。

【注】

朱《箋》：作於長慶元年（八二一），長安。

〔一〕入迴鶻使：見卷十三《册新迴鶻可汗文》（2978）注。

李懷金等各授官制

勑：博野鎮都虞候、殿中監李懷金等，戮力戎行，叶謀王事〔一〕。既展扞城之効①，彌彰奉國之心。不加寵榮，何勸忠勇？敬受爵命②，勉思令圖。可依前件。（3061）

【校】

①扞城　金澤本作「干城」。

②敬受　紹興本等作「敬授」，據金澤本改。

【注】

朱《箋》：作於長慶二年（八二二），長安。

〔一〕博野鎮：在瀛州。李寰爲博野鎮遏使，朱《箋》謂李懷金當爲其部下。見卷十四《傅良弼可鄭州刺史制》（3007）注。都虞候：掌中軍禁衛。《新唐書·百官志四下》：「天下兵馬元帥、副元帥、都統、副都統，行軍長史、行軍司馬、行左司馬、行軍右司馬、判官、掌書記、行軍參謀、前軍兵馬使、中軍兵馬使、後軍兵馬使、中軍都虞候，各一人。」

王日簡可朝散大夫德州刺史制〔二〕

勑：前代州刺史、代北軍使王日簡，吾聞任有才則事集，獎有勞則功勸。以日簡嘗爲代守，軍睦人安，旌効使能①，可居要地。是用超登階級，遷領郡符②。勵精壹意，其聽吾言。夫主憂則臣勞，時危則節見③。今寇戎暴起，封域未寧。是忠臣奮奇謀、烈士展殊効之日也。朝立功而夕受賞，汝其念之哉！可德州刺史。（3062）

【校】

①使能　紹興本等作「所能」，據金澤本、《管見抄》改。

②郡符　金澤本、《管見抄》作「郡印」。

③則節見　「則」金澤本、《管見抄》作「而」。

【注】

朱《箋》：作於長慶二年（八二二），長安。羅聯添《白居易中書制誥年月考》謂作於長慶元年（八二一）八九月間。

〔一〕王日簡：後賜名李全略。見卷十四《姚元康等授官充推官掌書記制》（3047）注。《舊唐書》本傳謂田弘正遇害，穆宗召問日簡，授德州刺史，明年擢拜横海軍節度使。田弘正遇害在長慶元年七月，則此制當作於長慶元年。

薛元賞可華原縣令制①〔一〕

勅：前大理丞薛元賞，甸服之制也，樹以尹正，承以令長，上下有統而理化行焉。以元賞前爲廷尉丞，察獄評刑②，頗聞敬慎〔二〕。寺卿奏課，邑宰缺員。故移欽恤之心，使布惠和之化③。上承爾長，下字吾人。無或越思，而乖統理。可華原縣令。（3063）

【校】

①題　《文苑英華》作「授薛元賞華原縣令制」。

②評刑　《文苑英華》作「平刑」，校：「集作評。」

③之化　金澤本、《管見抄》、《文苑英華》作「之政」。

【注】

朱《箋》：作於長慶元年（八二一）至長慶二年（八二二），長安。

〔一〕薛元賞：文宗時爲司農卿、京兆尹，出爲武寧節度使。入《新唐書·循吏傳》。華原：《元和郡縣圖志》卷二關内道京兆府：「華原縣，畿，西南至府一百六十里。」

〔二〕廷尉丞：大理丞。《唐六典》卷十八大理寺：「《漢書·百官表》云：『廷尉，秦官，掌刑辟，有正、左、右監。景帝更名大理，秩中千石。武帝復爲廷尉。』後漢復爲廷尉，魏初爲大理，後復爲廷尉。」

王承林可安州刺史制〔一〕

勑：安陸，古鄖國也①〔二〕。介荆、漢之間，承軍旅之後，宜得謹良長吏以養理之也②。前相州刺史王承林，比刺安陽，勤修其職〔三〕。錄勞獎善，故申命焉。況爾生勳伐之家，早階寵禄。宜自修立，以光大其門。爾當思勤儉以檢身，務廉平以臨下。率吏用禮，勸人歸農。勿墮勿佻③，一遵吾之約束。可安州刺史。（3064）

【校】

①鄖國也　紹興本、那波本作「鄖國矣」，據金澤本、馬本改。

②之也　金澤本無「也」字。

③勿墮　紹興本、那波本作「勿慎」，馬本作「勿偵」，《全唐文》作「勿偵」。此據金澤本。

【注】

朱《箋》：作於長慶元年（八二一）至長慶二年（八二二），長安。

〔一〕王承林：岡村繁《白氏文集》六疑爲王士真子。《舊唐書·王士真傳》列其子名承宗、承元、承通、承迪、承榮。

〔二〕安陸古鄖國也：《元和郡縣圖志》卷二七江南道鄂岳觀察使：「安州，安陸，中府。……春秋時鄖國，後爲楚所滅。」

〔三〕安陽：相州。《元和郡縣圖志》卷十六河北道：「相州，鄴郡，望。……（周）大象二年，自故鄴城移相州於安陽城，即今州理是也。」

嚴綬可太子少傅制①〔一〕

勑：東朝保傅，歷代尊崇。漢擇名儒②，任先疏廣〔二〕。晉求耆德，選在山濤〔三〕。實資六傅之賢，用弘三善之道〔四〕。檢校司徒、兼太子少保嚴綬，文雅成器，恭謙致用③。出領重鎮，以帥諸侯〔五〕。入爲具寮④，以長卿士。歷踐中外，備嘗艱虞。殆三十年，勤亦至矣。況理心以體道，知命而安時。是謂教誨之人，可領調護之任⑤。由保遷傅，爾其敬之。可太子少傅。（3065）

【校】

①題　《文苑英華》作「授嚴綬太子少傅制」。

②漢擇名儒　《文苑英華》校：「一作漢擢碩儒。」

③恭謙　金澤本作「恭謹」。

④具寮　金澤本、《文苑英華》作「大寮」，《文苑英華》校：「集作具。」

⑤可領　金澤本、《文苑英華》作「可居」，《文苑英華》校：「集作領。」

【注】

朱《箋》：作於長慶二年（八二二）五月前，長安。羅聯添《白居易中書制誥年月考》謂作於長慶元年（八二一）九月。

〔一〕嚴綬：新舊《唐書》有傳。元稹《故金紫光祿大夫檢校司徒兼太子少傅贈太保鄭國公食邑三千户嚴公行狀》：「就加淮西招撫使，徵拜太子少保，依前檢校司空，換檢校司徒太子少保，判光祿卿事。復換太子少傅，依前檢校司徒。疾告久之，有司上言『百日不視事當絶俸』，特詔有司無絶俸。長慶二年五月二十七日，薨於家，上爲一日不聽朝。」《舊唐書·嚴綬傳》：「常以寬柔自持，位躋上公，年至大耋，前後統臨三鎮，皆號雄藩，所親士親睹爲將相者凡九人，其貴壽如此。」

〔二〕疏廣：《漢書·疏廣傳》：「地節三年，立皇太子，選丙吉爲太傅，廣少傅，數月，吉遷御史大夫，廣徙爲太傅。」

〔三〕山濤：《晉書·山濤傳》：「咸寧初，轉太子少傅，加散騎常侍。」

〔四〕六傅：《晉書·職官志》：「及愍懷建宮，乃置六傅，三太三少。」《唐六典》卷二六太子三師三少：「太子太師一人，太傅一人，太保一人……太子三師，以道德輔教太子者，至於動靜起居，言語視聽，皆有以師焉。太子少師一人，少傅一人，少保一人……太子三少掌奉皇太子以觀三師之道德而教諭焉。」三善：謂父子、君臣、長幼之道。《禮記·文王世子》：「行一物而三善皆得者，唯世子而已。其齒於學之謂也……故學之爲父子焉，學之爲君臣焉，學之爲長幼焉。父子君臣長幼之道得，而國治。」

〔五〕以帥諸侯：平岡武夫《杜佑致仕制札記》謂當作「以師諸侯」。《左傳》昭公十二年：「寡君中此，爲諸侯師。」

源寂可安王府長史制①〔一〕

敕：義成軍節度判官、檢校兵部員外郎源寂②〔二〕，早膺慰薦，累展才能。謀畫有終，恭勤無怠。守臣推善，列狀升聞。可使束帶立朝廷③，曳裾遊藩邸④。俾從賓佐，入補王宮。可依前件⑤。（3066）

【校】

①題　紹興本、馬本無「制」字，據金澤本、那波本補。

②員外郎　紹興本等無「郎」字，據金澤本補。
③束帶　金澤本此下有「以」字。
④曳裾　金澤本此下有「而」字。「藩邸」　金澤本作「藩列」。
⑤可依前件　紹興本等無四字，據金澤本補。

【注】

朱《箋》：作於長慶元年（八二一）至長慶二年（八二二），長安。

〔一〕源寂：《舊唐書·馮定傳》：「先長慶中，源寂使新羅國，見其國人傳寫諷念定所爲《黑水碑》、《畫鶴記》。」《新羅傳》：「（大和）五年，金彦升卒……命太子左諭德、兼御史中丞源寂持節弔祭册立。」安王：長慶元年三月，封穆宗第八子溶爲安王。武宗立，安王溶與陳王成美俱死。

〔二〕義成軍：《舊唐書·地理志一》：「義成軍節度使，治滑州，管滑、鄭、濮三州。」元和十五年十月，以王承元充義成軍節度、鄭滑等州觀察使。見卷十四《張諷等四人可兼御史中丞侍御史監察御史同制》（3016）注。

鄭枋可河中府河西主簿制①〔一〕

敕：鄭滑觀察推官、試太子通事舍人鄭枋〔二〕，名列士林②，職參軍府。修身無闕，從事有勞。既展効於即戎，宜試能而補吏。俾之糾邑③，庶有可觀。可依前件。（3067）

【校】

①題　《文苑英華》作「授鄭枋河中府河西縣主簿制」。

②名列　金澤本、《文苑英華》作「材列」，《文苑英華》校：「集作名。」

③糾邑　馬本誤「劍邑」。

【注】

朱《箋》：作於長慶元年（八二一）至長慶二年（八二二），長安。

〔一〕河中府河西主簿：《元和郡縣圖志》卷十二河東道河中府：「河西縣，次赤，郭下。」

〔二〕鄭滑觀察推官：義成軍節度使兼鄭滑觀察使。參前篇注。

喬弁可巴州刺史制〔一〕

勑：權知巴州刺史喬弁，前假竹符，俾臨巴郡。一意爲理，三年有成。州人借留，廉使置奏。既因會課，宜及陟明。九仞之功，無虧一簣①。無忸真授②，而怠初心。可巴州刺史。（3068）

【校】

①無虧　金澤本作「虧於」。

②無忸　金澤本、《全唐文》作「無狃」。

【注】

朱《箋》：作於長慶元年（八二一）至長慶二年（八二二），長安。

〔一〕喬弁：《文苑英華》卷一八四録喬弁《春臺晴望詩》，《登科記考》卷十四據以考其爲貞元十二年進士。《全唐詩》卷三六八誤作「高弁」。

薛戎贈左散騎常侍制〔一〕

勑：夫有名於時①，有勞於國，盡忠以事上，遺愛而及下，則必生享寵禄，殁加褒崇，所以旌善人而勸來者也②。故浙東觀察使、越州都督、兼御史中丞薛戎，挺英於冠族，擢秀於士林。凡踐官榮③，皆著聲績。及授符節，委之察廉。自江而東，政成人乂。老而將智④，病且知終〔二〕。方覲闕庭⑤，而捐館舍⑥。是用廢朝軫念，加賻申恩。俾增九原之光，追備八貂之列〔三〕。可依前件。（3069）

【校】

①於時　郭本作「於世」。

②者也　紹興本等無「也」字，據金澤本、《管見抄》補。

③官榮　金澤本、《管見抄》作「官業」。

④將智　郭本作「將至」。

⑤方覲　金澤本作「方勤」。

⑥而捐　《管見抄》作「遽捐」，馬本作「忽捐」。

【注】

朱《箋》：作於長慶元年（八二一），長安。

〔一〕薛戎：字元夫。新舊《唐書》有傳。《舊唐書·穆宗紀》及本傳載其卒於長慶元年十月，韓愈《朝散大夫越州刺史薛公墓誌銘》、元稹《唐故越州刺史兼御史中丞……薛公神道碑文銘》記其卒於長慶元年九月庚申。

〔二〕老而將智：《左傳》昭公元年：「諺所謂老將知而耄及之者，其趙孟之謂乎！」杜預注：「耄，亂也。」釋文：「知音智。」唐高祖《授老人等官教》：「乞言將智，事屬高年。」

〔三〕八貂：《唐六典》卷八左散騎常侍：「貞觀初，置散騎常侍二員，隸門下省。顯慶二年，又置二員，隸中書省，始有左右之號。並金蟬、珥貂，左散騎與侍中左貂；右散騎與中書令右貂，謂之八貂。」

辛弁文可淄州長山縣令制①

勑：趙州臨城縣令辛弁文，既有英材②，又知臣節〔一〕。遁逃寇難，奔走道途〔二〕。言

念忠勞，宜加恩獎。俾換銅墨，移宰長山。可依前件。（3070）

【校】

①題　《文苑英華》作「授辛弁文淄州長山縣令制」。

②英材　金澤本作「史材」，《文苑英華》作「吏材」。

【注】

朱《箋》：作於長慶元年（八二一）至長慶二年（八二二），長安。

〔一〕趙州臨城縣：《元和郡縣圖志》卷十七河北道恒冀節度使趙州：「臨城縣，中。……漢以爲縣，屬常山郡，自漢至隋不改。屬趙州，皇朝因之。」

〔二〕遁逃寇難：趙州屬成德軍節度使。長慶元年七月，王廷湊殺田弘正，自稱留後，穆宗下詔征討。辛弁文當是避王廷湊而出逃。參卷十一《張洪相里友略並山南東道判官同制》（2941）、卷十二《田布贈右僕射制》（2949）、卷十四《王庭湊曾祖五哥之可贈越州都督祖末怛活可贈左散騎常侍父昇朝可贈禮部尚書制》（3012）注。

知汴州院官侍御史盧濛可檢校倉部員外郎陝府院官盧台可兼侍御史鄭滑院官李克恭可試大理評事獨孤操可衛佐並依前知院事四人同制①〔一〕

敕：鹽鐵官，漕運職，小大遠邇，羅布於四方〔二〕。自丞相播兼領以來，而能撮大綱②，覆羣吏〔三〕。職以能進，秩由課遷。法無僭差，人有懲勸。今台、濛、克恭、操等，咸當是舉，分命以官。勉副己知，無忝成命。可依前件。（3071）

【校】

①題　「盧濛」馬本作「盧蒙」。「獨孤操」金澤本作「獨孤澡」。正文同。「四人」二字紹興本等無，據金澤本補。

②而能　紹興本等無「能」字，據金澤本補。

【注】

朱《箋》：作於長慶元年（八二一），長安。羅聯添《白居易中書制誥年月考》謂作於長慶元年十月至長慶二年三月。

〔一〕汴州院：汴州鹽鐵轉運巡院。《新唐書・食貨志四》：「（劉晏）自淮北置巡院十三，曰揚州、陳許、汴州、廬壽、白沙、淮西、甬橋、浙西、宋州、泗州、嶺南、兗鄆、鄭滑，捕私鹽者，姦盜爲之衰息。」《唐會要》卷八七《漕運》：「（貞元）十五年二月，于頔奏移轉運汴州院於河陰，以汴州累遇兵亂，失散錢帛故也。」陝府院：陝府轉運巡院。《舊唐書・憲宗紀》：「（元和六年十月）己巳，詔：『……轉運重務，專委使臣，每道有院，分督其任。今陝路漕引，悉歸中都，而尹守職名，尚仍舊貫。……其河南水陸運、陝府（水）陸運……等使額，並宜停。』」蓋此前設陝府水陸運使，以陝州刺史兼任，罷運使職後，漕務歸轉運使所轄巡院。鄭滑院：鄭滑鹽鐵轉運巡院。《唐代墓誌彙編》大和〇一五李躔《唐故知鹽鐵院事監察御史裏行王府君墓誌銘》：「相國王公播以鄭滑榷酤務，請公及滑……公在途，相國即以鄭滑務歸公。居一年，奏公利入□□，院無鹵偷，請以監察御史裏行移於閩。」蓋即知鄭滑院事者。李克恭：李翺《故歙州長史隴西李府君墓誌銘》：「府君諱則，字某，涼武昭王十三世孫……幼子克恭，少讀書學文，以兄舉進士，家事自飭，弗克求名。故年四十六，始奏授睦州司兵。累遷試大理司直兼殿中侍御史，充鹽鐵推官。寶曆三年三月，克恭奉府君、夫人之喪，歸葬於鄭州某縣岡原。翺知克恭之材十三年矣，故克恭以府君之葬來召請。」蓋即其人。

〔二〕鹽鐵官四句：《唐會要》卷八七《轉運鹽鐵總敍》：「是時，朝議以寇盜未戢，關東漕運，宜有倚辦，遂以通州刺史劉晏爲户部侍郎、京兆尹、度支鹽鐵轉運使。鹽鐵兼漕運，自晏始也。（寶應）二年，拜吏部尚書、同平章事，依前充使。晏始以鹽利爲漕傭，自江淮至渭橋，率十萬斛傭七千緡，補綱吏督之……自此每歲運米數十萬石，自江淮北，列置巡院，搜擇能吏以主之，廣牢盆以來商賈。凡所制置，皆自晏始……其商榷財用之術者，必一時之選，故晏没後二十餘年，韓洄、元琇、裴腆、包佶、盧貞、李衡相繼分掌財賦，皆晏門下。晏部吏在千里外，奉教如目前。四方水旱及軍府纖芥，莫不先知焉。其年，詔曰：『天下山澤之利，當歸王者，宜總隸鹽鐵使。』」「元和二年三月，以李巽代之。先是李錡判使，天下榷酤漕運，由其操割，專事貢獻，牢其寵渥。中朝秉事者悉以利交，鹽鐵之利積於私室，而國用日耗。巽既爲鹽鐵使，大正其事……自榷筦之興，唯劉晏得其術，而巽次之。然初年之利，類晏之季年。季年之利，則三倍於晏矣。」

〔三〕丞相播：王播。《舊唐書·穆宗紀》：「（長慶元年二月壬申），以劍南西川節度使王播爲刑部尚書，充鹽鐵轉運使。」「（十月）丙寅，太中大夫、守刑部尚書、騎都尉王播可中書侍郎、同中書門下平章事，依前充鹽鐵轉運使。」王播雖於長慶二年三月充淮南節度使，然仍依前兼諸道鹽鐵轉運使。《唐會要》卷八七《轉運鹽鐵總敍》：「長慶初，王播復代公綽。四年，王涯以户部侍郎代。播復以鹽鐵使爲揚州節度使。文宗即位，入覲，以宰相判使。」卷八八《鹽鐵》：「（長慶）二年三月，王播爲淮南節度使，兼領鹽鐵轉運。播請攜鹽鐵印赴鎮，上都院請别給賜，從之。」

王智興可檢校右散騎常侍兼御史大夫充武寧軍節度副使領本道兵馬赴行營制①〔一〕

敕：沂州刺史、御史中丞王智興②，李愿、李愬之鎮武寧也，汝爲裨將，勵節忘身。濟成大功，汝實有力。獎其誠効③，擢授郡符。海、沂之間，又著聲績。宜加新命，以寵舊勞。仍提鋭師，往副戎律。夫將之撫衆如子弟，則衆之視將如父兄。苟推赤心而無疑，必蹈白刃而不悔。勉親士卒，佇翦寇戎。可依前件。（3072）

【校】

①題　「王智興可」《文苑英華》作「授王智興」。

②中丞　紹興本等作「大夫」，據金澤本、《文苑英華》改。

③誠効　《文苑英華》作「成効」。

【注】

朱《箋》：作於長慶元年（八二一），長安。

〔一〕王智興：《舊唐書·穆宗紀》：「（長慶元年十月）乙亥，沂州刺史王智興爲武寧軍節度副使。」「（十一月）乙巳，徐州崔羣奏，遣節度副使王智興率師赴行營。」《王智興傳》：「王智興，字匡諫，懷州溫縣人也……元和中，王師誅吴元濟，李師道與蔡賊謀撓沮王師，頻出軍侵徐，徐帥李愿以所部步騎悉委智興以抗之……十三年，王師誅李師道，智興率徐軍八千會諸道之師進擊。與陳許之軍大破賊於金鄉，拔魚臺，俘斬萬計，以功遷御史中丞。賊平，授沂州刺史。」參卷十四《崔羣可秘書監分司東都制》（3013）注。

田羣可起復守左金吾衛將軍員外置兼澶州刺史制〔一〕

勑：前左武衛將軍田羣，忠謹立身，韜鈐嗣業。自參戎衛，尤見恭勤①。而燕、薊之間，澶爲要郡〔二〕。公侯之後，羣有令名。俾分符竹之榮，佇濟弓裘之美。宜奪情禮，起而用之。可依前件②。（3073）

【校】

①尤見　金澤本作「尤著」。

②可依前件　四字紹興本等無，據金澤本補。

【注】

朱《箋》：作於長慶元年（八二一）至長慶二年（八二二），長安。

〔一〕田羣：弘正子。《舊唐書·田弘正傳》：「弘正子布、羣、牟。……羣，大和八年爲少府少監，充入吐蕃使，歷棣州刺史、安南都護。」起復：田弘正長慶元年七月遇害，時田布起復充魏博節度使。見卷十二《田布贈右僕射制》（2949）。田羣起復當亦在此期間。

〔二〕燕薊之間澶爲要郡：《元和郡縣圖志》卷河北道：「魏州……今爲魏博節度使理所。管州六：……澶州。」時田布起復魏博節度使，故授其弟羣澶州刺史。

楊於陵亡祖母崔氏等贈郡夫人制①〔一〕

勅：大孝有乎始終，殊恩被於幽顯。追榮之命，安可廢耶？户部尚書楊於陵亡祖母崔氏等，風範有初，光塵未昧。發揮婦道，標表母儀。施及孝孫，陟于高位②。夫蘊德者垂裕于後，揚名者光昭其先。俾彰積慶於中，故許推恩而上。各從寵贈，用顯貽謀。可依前件。（3074）

【校】

①題　「楊於陵」下紹興本等有「母」字，據金澤本删。

②陟于　金澤本作「陟乎」。

【注】

朱《箋》：作於長慶元年（八二一），長安。

〔一〕楊於陵：見卷十一《裴度李夷簡王播鄭絪楊於陵等各賜爵並迴授男爵制》（2934）。李翱《唐故金紫光禄大夫尚書右僕射致仕……贈司空楊公墓誌銘》：「曾祖珪，辰州司户，贈膳部員外郎。大父冠俗，奉先縣尉，贈吏部郎中。父太清，宋州單父縣尉，累贈至太保。」

邵同貶連州司馬制〔一〕

勅：朝議大夫、守衛州刺史、兼御史中丞邵同，寵在專城，職當守土。不承制命，擅赴闕庭。違越詔條，叛離官次。將懲慢易，宜舉憲章。可連州司馬，仍所在馳驛發遣①。(3075)

【校】

①所在　紹興本等無二字，據金澤本、《管見抄》補。

【注】

朱《箋》：作於長慶元年(八二一)至長慶二年(八二二)，長安。

〔一〕邵同：《舊唐書·吐蕃傳》：「(元和十五年十月)以太府少卿、兼御史中丞邵同持節入吐蕃，充答請和好使。」《册府元龜》卷九八〇《外臣部·通好》記其原職爲「郯王府長史」。元稹有《授邵同太府少卿充吐蕃和蕃使制》。

鄭公逵可陝府司馬制①〔一〕

勑：朝議郎、守原王府長史、上柱國、賜緋魚袋鄭公逵，衆推士行，時許吏才。自列班榮，尤彰恭恪。夙夜匪懈，春秋已高。宜罷曳裾之勤，往贊坐棠之理〔二〕。是爲優秩，用答令名。可守陝州大都督府右司馬，散官勳賜如故。（3076）

【校】

①題　「陝府」馬本作「陝州」。

【注】

朱《箋》：作於長慶元年（八二一）至長慶二年（八二二），長安。

〔一〕鄭公逵：鄭雲逵弟。見卷五《故滁州刺史贈刑部尚書滎陽鄭公墓誌銘》（2863）注。本書卷十六有《興州刺史鄭公逵授王府長史李循授興州刺史同制》（3126）。元稹《授元萸等餘杭等州刺史制》：「今餘杭、鍾離、新安、順政，三有財用，一鄰戎狄。將有所授，每難其人。以萸之理課甄明，以弘度之奏議詳允，以元亮之學古從政，以公逵之守道立身，僉命爲邦。」公逵亦爲鄭公逵。順政即興州。蓋公逵自興州刺史改原王府長史，又授陝府司馬。

〔二〕坐棠之理：此用召公分陝之典。《史記・燕召公世家》：「其在成王時，召王爲三公：自陝以西，召公主之；自陝以東，周公主之……召公之治西方，甚得兆民和。召公巡行鄉邑，有棠樹，決獄政事其下，自侯伯至庶人各得其所，無失職者。召公卒，而民人思召公之政，懷棠樹不敢伐，歌詠之，作《甘棠》之詩。」劉禹錫《送王司馬之陝州》：「暫輟清齋出太常，空攜詩卷赴甘棠。」《白氏文集》卷二五《送陝府王大夫》(1775)：「他時萬一爲交代，留取甘棠三兩枝。」

劉泰倫可起復内謁者監制①〔一〕

勅：朝議郎、前行内侍省内謁者監、上柱國、賜紫金魚袋劉泰倫②，古者有中涓、謁者③，皆侍奉親近之臣也〔二〕。今之寵秩，亦由舊焉。況泰倫有行藝可以飾身④，才幹可以掌務。監臨内署，朝請中闈。謹密端和，甚宜厥職。久於其事，無之實難。宜加進秩之恩，仍舉奪情之典。勉承獎任，勿替初終。可起復朝議大夫、行内侍省内謁者監⑤。

(3077)

【校】

①題　金澤本無「起復」二字。紹興本等無「内」字，據《文苑英華》補。馬本「泰倫」作「奉倫」。《文苑英華》作《授劉泰倫起復内謁者制》。

②朝議郎　金澤本作「朝散大夫」。《文苑英華》作「朝議大夫」，校：「集作郎。」「内謁者」　紹興本等無「内」字，據金澤本、《文苑英華》補。

③古者　金澤本、《文苑英華》無「者」字。

④有行藝　金澤本無「有」字，旁校加「有」字。下句「才幹」亦旁校加「有」字。

⑤朝議大夫　金澤本作「朝請大夫」。

【注】

朱《箋》：作於長慶元年（八二一）至長慶二年（八二二），長安。

〔一〕劉泰倫：《新唐書・李訓傳》載甘露事變：「會（仇）士良遣神策副使劉泰倫、陳君奕等率衛士五百挺兵出，所值輒殺。（王）涯等惶遽易服步出。殺諸司史六七百人，復分兵屯諸宮門，捕訓黨千餘人。」杜牧《唐故尚書吏部侍郎贈吏部尚書沈公行狀》：「因出稱疾，特降中使劉泰倫起之。」内謁者監：《唐六典》卷十二内侍省：「内謁者監六人，正六品下。内謁者十二人，從八品下……內謁者監掌內宣傳。凡諸親命婦朝會，所司籍其人數，送內侍省。」

〔二〕古者有中涓謁者：《漢書·曹參傳》：「高祖爲沛公也，參以中涓從擊胡陵、方與。」顏師古注：「涓者絜也，言其在內主絜清灑掃之事。」《漢書·百官公卿表上》：「郎中令，秦官，掌宮殿門户，有丞。武帝太初元年更名光祿勳。屬官有大夫、郎、謁者，皆秦官……謁者掌賓贊受事。」

王師閔可檢校水部員外郎徐泗濠等州觀察判官制①

勑：前除徐泗濠等州觀察支使、朝議郎、殿中侍御史内供奉、上騎都尉、賜緋魚袋王師閔②〔一〕，朕以師律授智興，智興以軍書辟師閔〔二〕。才既爲知己用，官不俟滿歲遷③，所以使能而責理也。然則贊廉察，安戎旅，既命之後，吾有望於爾焉。勉副所從，佇展來效。可檢校尚書水部員外郎、兼殿中侍御史、充徐泗濠等州觀察判官，散官勳賜如故④。

（3078）

【校】

①題　金澤本無「郎」、「濠等州觀察」字。《文苑英華》作「授王師閔檢校水部員外郎充徐泗濠等州觀察判官制」。

②前除　紹興本等無「除」字，據金澤本補。「支使」　馬本誤「支侯」。

③不俟　《文苑英華》作「不候」。

④散官　紹興本等無二字，據金澤本、《文苑英華》補。

【注】

朱《箋》：作於長慶二年（八二二），長安。

〔一〕觀察支使：《新唐書·百官志四下》：「節度使……兼觀察使，又有判官、支使、推官、巡官、衙推各一人。」

〔二〕智興：王智興。見卷十四《崔羣可秘書監分司東都制》(3013)、本卷《王智興可檢校右散騎常侍兼御史大夫充武寧軍節度副使領本道兵馬赴行營制》(3072)注。《舊唐書·穆宗紀》：「（長慶二年三月）己未，以武寧軍節度副使王智興檢校工部尚書，兼徐州刺史，充武寧軍節度使。」

薛從可右清道率府倉曹制〔一〕

敕：三品子薛從，惟汝父平守吾藩鎮，能以忠力，殄寇安人〔二〕。疇庸既以啓封，延賞

亦宜及嗣。勉承義訓，無忝寵章。可朝散郎、行右清道率府倉曹參軍。（3079）

【注】

朱《箋》：作於長慶元年（八二一）至長慶二年（八二二），長安。羅聯添《白居易中書制誥年月考》謂作於長慶二年二月。

〔一〕薛從：薛平子。傳附《新唐書·薛仁貴傳》。薛平見卷十三《鄭絪烏重胤馬總劉悟李佑田布薛平等亡母追封國郡太夫人制》（2998）。右清道率府倉曹：《唐六典》卷十八太子左右衛：「太子左、右清道率府……掌東宫内外晝夜巡警之法，以戒不虞……倉曹參軍事各一人，從八品下。」

〔二〕殄寇安人：《舊唐書·穆宗紀》：「（長慶元年三月丁未），平盧薛平奏：海賊掠賣新羅人口於緣海郡縣，請嚴加禁絶，俾民俗懷恩。從之。」「（十一月）辛酉，淄青牙將馬廷崟謀逆，節度使薛平覺其謀而誅之。」

義武軍行營兵馬使高從政等五人河東節度行營兵馬使傅義等二十四人並破賊可御史大夫中丞侍御史制①〔一〕

敕：古者賞不逾時，所以勸勳庸也；爵有加等，所以激忠勇也。而某官高從政等，以義武之師，統晉陽之甲〔二〕。前蹈白刃，中推赤心。大摧賊徒，連告戎捷②。超榮速賞，爾實當之。故視軍功，遞遷憲秩。破竹之勢，其思有終。可依前件③。（3080）

【校】

①題　金澤本「傅義」作「傅敖」，「二十四人」作「四人」。

②連告　金澤本作「連造」，旁校「告」字。

③可依前件　金澤本作「可兼御史大夫」。

【注】

朱《箋》：作於長慶元年（八二一）至長慶二年（八二二），長安。

〔一〕義武軍：見卷十四《義武軍奏事官虞候衛紹則可檢校秘書監職如故制》(3051)注。河東節度行營：時河東節度使爲裴度。傅義：《舊唐書·宣宗紀》：「(大中二年二月)御史臺奏：據三司推勘吴湘獄，謹具逐人罪狀如後……(淮南)節度押牙、白沙鎮遏使傅義。」或爲同一人。破賊：指討王廷湊、朱克融。參卷十四《王庭湊曾祖五哥之可贈越州都督祖末怛活可贈左散騎常侍父昇朝可贈禮部尚書制》(3012)注。《舊唐書·穆宗紀》：「(長慶元年十月丙寅)，以河東節度使裴度充鎮州四面行營都招討使。」「十一月甲午朔，裴度奏破賊於會星鎮。朱克融兵大寇定州，節度使陳楚出師拒戰，破賊二萬……(十二月乙亥)定州陳楚破朱克融賊二萬於望都。」

〔二〕晉陽之甲：《公羊傳》定公十三年：「秋，晉趙鞅入于晉陽以叛……晉趙鞅取晉陽之甲以逐荀寅與士吉射。荀寅與士吉射者，曷爲者也？君側之惡人也。此逐君側之惡人，曷爲以叛言之？無君命也。」後指勤王之師。《晉書·八王傳序》：「徒興晉陽之甲，竟匪勤王之師。」此兼指河東節度行營。

故奉天定難功臣試殿中監陳日榮等一十二人可贈商鄧唐隋等州刺史制①〔一〕

勑：《春秋》崇褒善之義，國家厚追榮之寵。其有身殁而名不殞②，時去而恩未及者③，大司馬得稽勳籍，舉而行之〔二〕。故某官某等凡十二人④，按狀徵書，宜加寵命⑤。飾終之典⑥，其可廢乎？可依前件。（3081）

【校】

①題　「二十二人」金澤本作「一十一人」。

②其有　紹興本等無「有」字，據金澤本補。

③恩未及者　郭本作「道不遺乃者」。

④十二人　金澤本作「一十一人」。

⑤寵命　金澤本作「贈命」。

⑥飾終之典　金澤本作「旌前勸後」。

【注】

朱《箋》：作於長慶元年（八二一）至長慶二年（八二二），長安。

〔一〕奉天定難功臣：見卷十三《李演贈太子少保制》（3000）注。

〔二〕大司馬：指兵部尚書。《唐六典》卷五尚書兵部：「後周依《周官》，置大司馬卿一人。隋改兵部尚書，皇朝因之……兵部尚書、侍郎之職，掌天下軍衛武官選授之政令。」

段斌宗惟明等除檢校大理太僕卿制〔一〕

勑：義武軍節度都押衙、兼侍御史段斌〔二〕，衙前虞候、檢校太子賓客宗惟明等〔三〕，寇虞未平，將校方用。宜以爵賞，勸其忠勞。而斌奔命獻俘，惟明奉章告捷，各勤乃事，咸造于庭。並加寵榮，以示優獎①。斌可試太僕卿②，依前兼侍御史。惟明可檢校大理卿，餘各如故。（3082）

【校】

①優獎　郭本作「優恤」。

②太僕卿　金澤本作「太僕少卿」。

【注】

朱《箋》：作於長慶元年（八二一）至長慶二年（八二二），長安。

〔一〕宗惟明：《唐代墓誌彙編續集》元和〇四二《唐故南陽處士宗府君墓誌銘》：「府君諱惟政，字惟政……府君有令弟二，一曰惟清，太常寺丞。次曰惟明，雲麾將軍、試殿中監。」蓋即其人。

〔二〕節度都押衙：安史亂後，使府有都押衙。嚴耕望《唐史研究叢稿·唐代方鎮使府僚佐考》：「節度使府押衙置員多者，大抵有都押衙一人，左右都押衙各一人，左右押衙或不冠左右爲稱之押衙若干人。觀察、經略、團練等使，置員蓋稍殺，但當亦有都押衙一人，押衙若干人也。」

〔三〕衙前虞候：嚴耕望《唐史研究叢稿·唐代方鎮使府僚佐考》引石刻所見「衙前虞候」多例，謂：「按唐世所謂『衙前』，亦猶漢世所謂『門下』，都知兵馬使、都虞候無不可以衙前稱之。此處所謂衙前虞候，當即統屬於都虞候，不一定專屬衙城都虞候也。」

户部尚書楊於陵祖故奉先縣主簿楊冠俗可贈吏部郎中制於陵奏請迴贈①〔一〕

敕：故某官楊冠俗，貽厥孫謀，垂裕後世②。揚其祖美，不忘先也。以冠俗之棲遲下位，道屈於時；以於陵之光大其門，慶鍾于後。生不逮事，殁有追榮。宜嘉義率之心③，用舉飾終之典。可贈吏部郎中。（3083）

【校】

①題　「楊冠俗」金澤本作「冠俗」。「制於陵奏請迴贈」紹興本等作「於陵奏請迴贈制」，據金澤本改。

②後世　金澤本作「後也」。

③宜嘉　紹興本等作「宜加」，據金澤本改。

【注】

朱《箋》：作於長慶元年（八二一），長安。

〔一〕楊於陵：見本卷《楊於陵亡祖母崔氏等贈郡夫人制》（3074）注。奉先縣主簿楊冠俗：《舊唐書·楊於陵傳》、李翺《楊公墓誌銘》記冠俗官爲奉先縣尉，微異。洪邁《容齋五筆》卷八「唐世乞贈祖」：「唐世贈典，唯一品乃及祖，餘官秖贈父耳，而長慶中流澤頗異。白樂天制集有户部尚書楊於陵回贈其祖爲吏部郎中，祖母崔氏爲郡夫人。馬總准制贈亡父，亦請回贈其祖及祖母。散騎常侍張惟素亦然。非常制也。是時崔植爲相，亦有陳情表云：『亡父嬰甫，是臣本生；亡伯祐甫，臣今承後。嗣承雖移，孝心則在。自去年以來，累有慶澤。凡在朝列，再蒙追榮。或有陳乞，皆許回授。臣猥當寵擢，而顯揚之命，獨未及于先人。今請以在身官秩，並前後合敍勳封，特乞回充追贈。』則知其時一切之制如此。」

故光祿卿致仕李恕贈右散騎常侍制〔一〕

勑：故某官某①，國老之子，藩臣之兄。嘗列棘以承家，竟懸車而捐館〔二〕。生加爵寵，殁及褒榮。兹惟舊章，用慰幽穸。可贈右散騎常侍②。（3084）

【校】

①某官某　金澤本作「某官李恕」。

②可贈右散騎常侍　紹興本等無七字，據金澤本補。

【注】

朱《箋》：作於長慶元年（八二一）至長慶二年（八二二），長安。

〔一〕李恕：晟子。《舊唐書·李晟傳》：「晟十五子……恕，太子洗馬，並以蔭授官，累遷至少卿監。」

〔二〕列棘：《周禮·秋官·朝士》：「朝士掌建邦外朝之法。左九棘，孤、卿、大夫位焉，群士在其後。右九棘，公、侯、伯、子、男位焉，群吏在其後。」注：「樹棘以爲位者，取其赤心而外刺，象以赤心三刺也。」蘇頲《授嗣鄭王希言右衛大將軍制》：「頻處列棘之位，嘗踐執金之秩。」

劉悟妻馮氏可封長樂郡夫人制①〔一〕

勑：古者有策名命婦②，賜號夫人，蓋積善於閨門，而受封於國邑也。澤潞節度使劉悟妻馮氏，傳芳茂族，作合良臣。成此忠貞之功，因於輔佐之力。禮從夫貴，慶叶家肥。俾開大郡之封，以正小君之命。可封長樂郡夫人。（3085）

【校】

①題　《文苑英華》作「封劉悟妻馮氏長樂郡夫人制」。

②策名　《文苑英華》作「册名」。

【注】

朱《箋》：作於長慶元年（八二一）至長慶二年（八二二），長安。

〔一〕劉悟：見卷十一《姚成節授右神武將軍知軍事制》（2942）、卷十三《鄭絪烏重胤馬總劉悟李佑田布薛平等亡母追封國郡太夫人制》(2998)注。

夏州軍將二人授侍御史制〔一〕

勑：某官某等，早稱武藝，久隸軍麾。稟命元戎，服勤王事。或千里移鎮，從爲紀綱；或十乘啓行，倚爲肘腋。緜歷年月，積成勤勞。不加寵榮，何勸忠効？并命憲職，宜敬承之。並可兼侍御史，餘如故①。(3086)

【校】

①餘如故　金澤本無三字。

【注】

朱《箋》：作於長慶元年(八二一)至長慶二年(八二二)，長安。

〔一〕夏州：《舊唐書·穆宗紀》：「(元和十五年六月)戊寅，以金吾將軍李祐檢校左散騎常侍，兼夏州刺史，充夏綏銀宥節度使，代李聽。」李祐任夏州節度使至長慶四年五月。

日試詩百首田夷吾曹璠等授魏州兖州縣尉制①〔一〕

勑：乃者魏、兖二帥以田夷吾、曹璠善屬文，貢置闕下〔二〕。有司奏報，明試以詩。五言百篇，終日而畢。藻思甚敏，文理多通。賢侯薦延，宜有升獎②。因其所貢郡縣，各命以官。而倚馬爰來，衣錦歸去。以文得禄，亦足爲榮。可依前件。（3087）

【校】

①題　金澤本無「曹璠」二字。《文苑英華》作「魏亳二州所薦田夷吾曹璠二人準勑試詩日終百首授以所貢郡縣尉制」。

②升獎　金澤本作「所獎」。

【注】

朱《箋》：作於長慶二年（八二二），長安。

〔一〕日試詩百首：《封氏聞見記》卷十：「天寶中，漢州雒尉張陟應一藝，自舉日試萬言。須中書考試……至午後，詩筆俱成，得七千餘字，仍請滿萬數，宰相曰：『七千可爲多矣，何必須萬？』具以狀聞，敕賜縑帛，拜太公廟丞，直廣文館，特號爲『張萬言』。」事亦見《舊唐書·張陟傳》。《唐摭言》卷十一：「長沙日試萬言王璘，辭學富贍，非積學所致。崔詹事廉問，特表薦之於朝。先是試之於使院，璘請書史十人，皆給硯，璘縝絺捫腹，往來口授，十吏筆不停輟。首題《黄河賦》三千字，數刻而成。復爲《鳥散餘花落詩》二十首，援毫而就……時未亭午，已構七千餘言……至京師時，路庶人方當鈞軸，遣一介召之。璘意在沽激，曰：『請俟見帝。』岩聞之大怒，亟命奏廢萬言科。璘仗策而歸。」史料所見「日試萬言」，僅此二例。所謂日試詩百首者，當亦仿此。張陟乃「應一藝，自舉試萬言」。實即應「天下諸色人中，通明一藝已上，各任薦舉」之詔（《册府元龜》卷六八《帝王部·求賢》天寶三載十二月祀九宫禮畢制），非制科設此「日試萬言科」。王璘事類此，且未成試。《新唐書·藝文志四》：「郁渾《百篇集》一卷。渾常應百篇舉，壽州刺史李紳命百題試之。」亦屬薦舉，且未明言「日試」。趙彦衛《雲麓漫鈔》卷六乃稱「唐科目至繁，《唐書·志》多不載，或略見於列傳，今裒集於此」，於長慶三年列「日試百篇」科，寶曆二年列「日試萬言」科。徐松《登科記考》卷十九長慶二年「諸科」，亦據以列「日試百篇」。趙、徐二人所據，無非白集此制。詳此制文意，田、曹二人實亦魏、兖二帥「貢置闕下」，非其時設此科目。《登科記考》洵爲名著，今人多據以立論。然此類疑似之説，仍須辨實。

〔二〕魏兖二帥：田布自長慶元年八月至長慶二年正月爲魏博節度使，其後史憲誠爲魏博節度使。

參卷十二《田布贈右僕射制》(2949)注。兖帥謂兖海節度使。《舊唐書・憲宗紀》:「(元和十五年正月)丙戌,沂、海四州觀察使府移置於兖州,改觀察使曹華爲兖州刺史。」《穆宗紀》:「(長慶二年正月)庚子,以兖、沂、密觀察使曹華爲節度使。」此制疑作於長慶二年。

衛佐崔蕃授樓煩監牧使判官校書郎李景讓授東都畿防禦巡官制①〔一〕

敕:某官崔蕃等,咸因文行,自致班序。或佐衛蘭錡,或典校蓬山〔二〕。各從所知②,將展其用。夫司牧坰野,備禦都畿,所以班馬政而遏寇虞也。茲皆重務,爾勉贊之。可依前件。(3088)

【校】

①題　「東都畿」紹興本等作「東畿」,據金澤本改。

②所知　馬本作「所之」,誤。

朱《箋》：作於長慶元年（八二一）至長慶二年（八二二），長安。

【注】

〔一〕崔蕃：《唐文拾遺》卷二九趙博齊《大唐故朝議郎河南府登封縣令上柱國賜緋魚袋崔公墓誌銘》（《唐代墓誌彙編》大和〇六四）：「公諱蕃，字師陳，魏郡博陵人也……大王父玄隱，皇朝比部員外郎。王父誧，華州司法參軍。父澣，少府監，贈散騎常侍……公即右貂之仲子也。早以門蔭補崇文館學生，試經早第，授華州參軍，歷攝諸曹……方調授鄭縣尉，不樂煩劇，辭疾就選，授左金吾衛錄事參軍……以政治修舉爲樓煩陳公所辟，遷監牧使判官，奏大理評事。公勤績著，群牧孳息，轉大理司理兼殿中侍御史。陳公改遷，又爲後使郭公邀留，奏殿中侍御史，遷監牧副使……大和癸丑歲閏七月三日，斂手足焉。享年五十有九。」樓煩監牧使：《舊唐書·地理志二》河東道：「憲州下，舊樓煩監牧也。先隸隴右節度使，至德後，屬内飛龍使。舊樓煩監牧，嵐州刺史兼領。貞元十五年，楊鉢爲監牧使，遂專領監司，不繫州司。龍紀元年，特置憲州于樓煩監，仍置樓煩縣。」《新唐書·百官志三》諸牧監：「麟德中，置八使，分總監坊。秦、蘭、原、渭四州及河曲之地，凡監四十有八：南使有監十五，西使有監十六，北使有監七，鹽州使有監八，嵐州使有監二。自京師西屬隴右，有七馬坊，置隴右三使領之。又有沙苑、樓煩、天馬監。」李景讓：傳附《舊唐書·李憕傳》。大和中爲尚書郎，開成二年爲中書舍人，出爲華州刺史，四年入爲禮部侍郎。大中朝爲吏部尚書。《舊唐書·王播傳》載其寶曆初爲拾遺。

〔二〕蘭錡：張衡《西京賦》：「武軍禁兵，設在蘭錡。」《文選》薛綜注：「錡，架也。」李善注：「劉逵《魏都賦注》曰：『受他兵曰蘭，受弩曰錡，音蟻。』」

李愬李愿薛平王潛馬總孔戣崔能李翶李文悦咸賜爵一級并迴授男同制①〔一〕

敕：封爵之設，存乎賞勸②。有以褒德，有以序勤。聳善興功，實由兹道。而某官李愬等，或望崇台鼎，或委重旌旄。爰及藩條，共分憂寄。有勞於事，無怠于心。宜疏爵以啓封，許推恩而及嗣。祇受厥命，永乎于休。可依前件。（3089）

【校】

①題　「李翶」紹興本等作「李翱」，據金澤本改。

②存乎　紹興本等作「在乎」，據金澤本改。賞勸　金澤本作「賞賜」。

朱《箋》：作於長慶元年（八二一），長安。

【注】

〔一〕李愬：見卷十二《李愬贈太尉制》（2948）注。李愿：愬兄。《舊唐書・穆宗紀》：「（長慶元年三月癸丑），以鳳翔節度使李愿檢校司空、汴州刺史，充宣武軍節度使。」「（長慶二年六月）戊戌，汴州軍亂，逐節度使李愿，立牙將李齘爲留後。」薛平：見卷十三《鄭絪烏重胤馬總劉悟李佑田布薛平等亡母追封國郡太夫人制》（2998）注。王潛：同皎孫。傳附《新唐書・王同皎傳》。《舊唐書・穆宗紀》：「（長慶元年正月癸卯），以涇原節度使王潛檢校兵部尚書、江陵尹，充荆南節度使。」馬總：見卷十三《鄭絪烏重胤馬總劉悟李佑田布薛平等亡母追封國郡太夫人制》（2998）注。孔戣：字方舉。傳附新舊《唐書・孔巢父傳》。《舊唐書・穆宗紀》：「（元和十五年七月）甲辰，以大理卿孔戣爲潭州刺史、湖南觀察使。」崔能：字子才。新舊《唐書》有傳。《舊唐書・穆宗紀》：「（元和十五年九月丙寅），以將作監崔能爲廣州刺史，充嶺南節度使。」李翺：見卷十三《元公度授華陰令制》（2996）注。李文悦：據《舊唐書・高崇文傳》、《高霞寓傳》，原爲劉闢將。據《全唐文》卷五九九《華嶽題名》，元和十一年爲淮西宣慰處置使都知兵馬使左驍衛將軍威遠軍使。據《舊唐書・李光顔傳》、《迴紇傳》、《吐蕃傳》，元和十四年至長慶元年爲鹽州刺史。據《舊唐書・敬宗紀》、《文宗紀》，寶曆初爲豐州刺史、天德軍防禦使；大和二年爲靈武節度使，六年爲兖海節度使，八年四月卒。

故工部尚書致仕杜羔贈右僕射制(二)

勑:故某官杜羔,生於士族①,發爲公器。敦厚孝友②,本乎天性。文學政事,出於餘力。自立朝右,藹然素風。司諫平刑,駁議廉問。凡所踐歷③,不懈于位。以年致政,以疾就第。出處進退,皆叶時中。遽此淪謝,惻惻興念。夫生有榮禄,殁有寵贈。所以極君道,厚時風,亦聖人有始有卒之義也④。宜追端揆,以申褒飾⑤。猶有精爽,知吾不忘。可贈尚書右僕射。(3090)

【校】

①士族　馬本作「仁族」。

②敦厚　金澤本作「敦尨」。

③踐歷　金澤本作「歷踐」。

④聖人　紹興本等作「望人」,據金澤本改。「有始有卒」　紹興本等作「有始卒」,據金澤本改。

⑤以申　金澤本作「特申」。

【注】

朱《箋》：作於長慶元年（八二一）至長慶二年（八二二），長安。

〔一〕杜羔：《新唐書·宰相世系表二上》洹水杜氏：戬子，「羔，刑部郎中。」兼從弟。傳附《新唐書·杜兼傳》。元和中爲萬年令，授户部郎中，歷振武節度使。《唐國史補》卷中：「杜羔有至行，其父爲河北一尉而卒，母氏非嫡，經亂不知所之。羔嘗抱終身之戚。會堂兄兼爲澤潞判官，嘗鞠獄於私第。有老婦辯對，見羔出入，竊謂人曰：『此少年狀類吾兒。』詰之，乃羔母也。自此迎侍而歸。又往來河北，求父厝所。邑中故老已盡，不知所詢。館於佛廟，日夜悲泣。忽睹屋柱煤煙之下，見字數行，拂而視之，乃其父遺跡，言『後代子孫，若求吾墓，當於某村某家詢之』。羔號泣而往，果有老父，年八十歲餘，指其丘隴，因得歸葬。羔至工部尚書致仕。」《玉泉子》謂杜羔字中立，尚真源公主。《唐會要》卷六《公主》：憲宗十九女，「真源，降杜中立。」《玉泉子》之説恐不足據。

幽州兵馬使劉悚除左驍衛將軍制①〔一〕　劉悟兄。奏請②。

勅：某官劉悚③，夙負氣概，早習騎射。才推燕趙之士，學究孫吴之書。加以忠厚，可當任用。況有令弟，爲吾信臣。節著艱貞，情鍾友愛。夫寵寄於外，莫重於藩垣；委

任於中④，莫親於禁衛。加此一職，寵爾二人⑤。豈不爲榮，季出叔處〔二〕？可左驍衛將軍。（3091）

【校】

①題　《文苑英華》作「授幽州兵馬使劉悚左驍衛將軍制」。

②題下注　馬本作「以兄劉悟奏請」，非。盧校：「『奏請』上當有『悟』字。」

③某官　《文苑英華》作「具官」。

④於中　《文苑英華》作「在中」，校：「集作於。」

⑤寵爾　紹興本等作「寵示」，據金澤本、《文苑英華》改。

【注】

朱《箋》：作於長慶元年（八二一）至長慶二年（八二二），長安。

〔一〕劉悚：據題注，爲劉悟兄。劉悟，見卷十一《姚成節授右神武將軍知軍事制》（2942）、卷十三《鄭絪烏重胤馬總劉悟李佑田布薛平等亡母追封國郡太夫人制》（2998）注。

〔二〕季出叔處：《左傳》昭公元年：「叔出季處，有自來矣。」謂魯國叔孫氏、季孫氏。

前幽州押衙瀛州刺史劉令璆除工部尚書致仕制〔一〕

勑：某官劉令璆，勳伐之家，弓裘之嗣。嘗修戎職，亦領郡符。廹此遲暮①，知有止足。夫壯而奮發，以忠事國；老而知退，以道安身。人所難能，理宜嘉尚。俾超崇秩，以寵高年。可工部尚書致仕。（3092）

【校】

①廹此　金澤本、《管見抄》作「廹兹」。

【注】

〔一〕瀛州：見本卷《京兆尹盧士玫除檢校左散騎常侍兼中丞瀛莫二州觀察等使制》（3056）注。《舊唐書·穆宗紀》：「（長慶元年三月）乙卯，以權知京兆尹盧士玫爲瀛州刺史，充瀛莫等州團練觀察使，從劉總析置也。」「（八月辛巳），瀛州兵亂，囚觀察使盧士玫。瀛州尋爲幽州兵所據。」劉令

朱《箋》：作於長慶元年（八二一）至長慶二年（八二二），長安。

璆爲瀛州刺史，當在盧士玫之前，爲劉總所任命者。

盧衆等除御史評事制

勅：幽州節度判官盧衆等〔一〕，幽薊重鎮，盧龍舊軍〔二〕。是吾北門，委在上將。實資寮佐，以濟謀猷。爾等或參務戎旃①，或專司奏記。俱因事任，各展才能②。而御史府官，廷尉寺吏，用申褒奬，以勸忠勤。勉奉元戎，佇成嘉績。可依前件③。（3093）

【校】

①戎旃　郭本作「戎旅」。

②才能　金澤本作「材能」。

③可依前件　紹興本等無四字，據金澤本補。

【注】

朱《箋》：作於長慶元年（八二一）至長慶二年（八二二），長安。

〔一〕幽州節度判官盧衆：盧衆等人皆當是劉總部下。參卷十三《劉總弟約等五人並除刺史賜紫男及姪六人除贊善洗馬衛佐賜緋同制》(2989)注。

〔二〕盧龍：《舊唐書·地理志一》：「平盧軍節度使，鎮撫室韋、靺鞨，統平盧、盧龍二軍，榆關守捉，安東都護府……盧龍軍，在平州城内，管兵萬人，馬三百疋。」代宗以後，盧龍軍屬幽州節度使。王縉、朱希彩、朱泚、劉怦、劉濟、劉總等均曾爲幽州盧龍節度使。

張偉等一百九十人除常侍中丞賓客詹事等制

敕：盧龍軍押衙、兵馬使、什將、隨軍某等①〔一〕，夫爵賞行於上，則忠勞勸於下。有國之典，其可廢乎？吾思薊師，自將及吏②。合聚衆力，鎮寧一方。緜以歲年，積成勤効。今以朝右貴秩③，宫坊清班④，舉爲寵章，用申酬獎。可依前件⑤。（3094）

【校】

①什將　金澤本作「十將」。

②自將　馬本作「首將」。

③今以　馬本作「令以」。

④宮坊　馬本作「言坊」，誤。

⑤可依前件　紹興本等無四字，據金澤本補。

【注】

朱《箋》：作於長慶元年（八二一）至長慶二年（八二二），長安。

〔二〕什將：同十將。見卷十二《高芳潁等四人各贈刺史制》（2970）注。隨軍：《新唐書·百官志四下》載節度使僚佐有「隨軍四人」，觀察使有「隨軍」一人。嚴耕望《唐史研究叢稿·唐代方鎮使府僚佐考》：「蓋隨軍無定職，臨時遣使勾當職事耳。」此張偉等人亦當爲劉總部下。

梁璲等六人除范陽管内州判司縣尉制①〔一〕

敕：盧龍軍節度要藉梁璲等〔二〕，咸以幹能，早膺任使。各參軍要，同濟戎功②。言念恭勤，宜加優獎。郡掾邑佐，分而命之。仍兼舊職，勉申來効。可依前件。（3095）

【校】

①題　「管内」金澤本作「巡内」。

②戎功　金澤本作「成功」。

朱《箋》：作於長慶元年(八二一)至長慶二年(八二二)，長安。

【注】

〔一〕范陽：即幽州。《舊唐書·地理志二》河北道：「幽州大都督府……天寶元年，改范陽郡……乾元元年，復爲幽州。」判司：州府六曹參軍。《通典》卷三三《總論郡佐》：「自司功以下，通謂之判司。」《舊唐書·憲宗紀》：「(元和十五年正月)庚辰，鎮冀觀察使王承宗奏鎮冀深趙等州，每州請置録事參軍一員、判司三員。」嚴耕望《唐史研究叢稿·唐代府州僚佐考》：「所以被『判司』、『判官』之名者，蓋府州政府之政事分歸此諸曹處理，由各曹參軍主判文案。」

〔二〕要藉：《新唐書·百官志四下》載節度使僚佐有「要藉」一人。《資治通鑑》建中三年胡三省注：「要藉官，亦唐時節度衙前之職。中宗景雲二年，解琬爲朔方大總管，分遣隨軍要藉官河陽丞張冠宗、肥鄉令韋景駿、普安令于處忠校料三城兵募。則唐邊鎮有要藉官尚矣。又據《新書·忠義傳》，朱泚統幽州行營，爲涇原鳳翔節度使。詔蔡廷玉以大理少卿爲司馬，朱體微爲要藉。則要藉乃節度使之腹心也。」又興元元年注：「要者須其用，藉者借其力。當時諸鎮有要藉官，所以名官之意亦如此。」

渤海王子加官制

敕：渤海王舉國內屬①，遣子來朝〔一〕。祇命奉章，禮無違者。夫入修職貢，出錫爵秩。茲惟舊典，可舉行之②。（3096）

【校】

①渤海王　紹興本等作「渤海王子」，據金澤本改。

②可舉行之　紹興本等作「舉而行之」，據金澤本改。

【注】

朱《箋》：作於長慶元年（八二一）至長慶二年（八二二），長安。岡村繁《白氏文集》六考作於長慶二年正月。

〔二〕渤海王二句：《册府元龜》卷一一一《帝王部·宴享》：「（長慶）二年正月壬子，對渤海使者於麟德殿，宴賜有差。」《舊唐書·渤海靺鞨傳》：「渤海靺鞨大祚榮者，本高麗别種也……（元和十三年）五月，以知國務大仁秀爲銀青光禄大夫、檢校秘書監、都督、渤海國王。十五年閏正月，遣使來朝，加大仁秀金紫光禄大夫、檢校司空。十二月，復遣使來朝貢。長慶二年正月，又遣使來。」

石士儉授龍州刺史制

勑：石士儉，東川帥涯上言，士儉久習武藝，兼通吏事〔一〕。可使爲郡，責其成功①。吾聞江油，巴夷雜處〔二〕。勿以遐陋，而忘緝綏。奉法愛人，無負知己。可龍州刺史。

（3097）

【校】

①責其成功　紹興本等作「責成其功」，據金澤本改。

【注】

朱《箋》：作於長慶元年（八二一）至長慶二年（八二二），長安。

〔一〕涯：王涯。新舊《唐書》有傳。《舊唐書・穆宗紀》：「（元和十五年正月丁巳）以吏部侍郎王涯檢校禮部尚書、梓州刺史，充劍南東川節度使。」《舊唐書・王涯傳》：「（長慶）三年，入爲御史大夫。」

〔二〕江油：龍州。《元和郡縣圖志》卷三三劍南道東川節度使：「龍州，江油。下都督府。」

韓蕘授尚輦奉御制

勅：韓蕘，局分六尚，職奉七輦〔一〕。兹惟優秩，列在通班。以爾立身頗恭，守事甚謹。宜有所獎，可升於朝。可尚輦奉御。（3098）

【注】

朱《箋》：作於長慶元年（八二一）至長慶二年（八二二），長安。

〔一〕局分六尚：謂殿中省尚食、尚藥、尚衣、尚舍、尚乘、尚輦六局。《唐六典》卷十一殿中省：

「（隋）置殿内省……統尚食、尚藥、尚舍、尚衣、尚乘、尚輦等六局。皇朝因改曰殿中省。」七輦：《唐六典》卷十一尚輦局：「尚輦奉御掌輿輦、繖扇之事，分其次敘，而辨其名數……輦有七：一曰大鳳輦，二曰大芳輦，三曰仙遊輦，四曰小輕輦，五曰芳亭輦，六曰大玉輦，七曰小玉輦。」

孟存授成都府少尹制①

勅：孟存，嘗參劇務②，亦牧疲人。咸有能名，得於主師③〔一〕。三蜀征鎮，屯于成都。雖有忠賢，委爲尹正，至於贊修庶務④，通統諸曹，承而貳之，實資亞理。勉勤厥職，無累所知。可成都府少尹⑤。（3099）

【校】

①題　「成都府」金澤本作「成都」。《文苑英華》作「授孟存成都少尹制」。

②劇務　《文苑英華》作「極務」，校：「集作劇。」

③主師　馬本作「主帥」。

④至於　紹興本、那波本誤「于於」，據金澤本、馬本改。《文苑英華》作「至于」，校：「集作於。」

⑤可成都府少尹　金澤本無「府」字。《文苑英華》作「可依前件」。

【注】

朱《箋》：作於長慶元年（八二一）至長慶二年（八二二），長安。

〔一〕主帥：長慶元年二月，以段文昌爲成都尹，充劍南西川節度使。至長慶三年九月，杜元穎代之。參卷十一《韋審規可西川節度副使御史中丞李虞仲崔戎姚向溫會等並西川判官皆賜緋紫各檢校省官兼御史制》（2925）注。

杜元穎等賜勳制〔一〕

勅：中書舍人杜元穎等，有位於朝，有勞於事。不加慶賜，何勸恪勤？宜各策名，列于勳籍。可依前件。（3100）

【注】

朱《箋》：作於長慶元年（八二一），長安。

〔一〕杜元穎：見卷十四《李益王起杜元穎等賜爵制》（3049）。丁居晦《重修承旨學士壁記》：「杜元穎，（元和）十五年正月一日，賜紫。二十一日，遷中書舍人。十一月十七日，遷户部侍郎、知制誥。長慶元年二月十五日，以本官拜平章事。」朱《箋》：「居易元和十五年十二月丙申（二十八日）方知制誥，是時元穎已遷户侍，疑此項賜勳，有司據元穎之前官開列也。」

商州壽州將士等賜勳制〔一〕

勅：某官某等，夫勳者所以馭貴敍勞①，亢身庇族。非因大慶，不降殊恩。爾皆委質從軍，服勤事國。宜按勳籍，分而賜之。可依前件。（3101）

【校】

①敍勞　金澤本作「序勞」。

【注】

朱《箋》：作於長慶元年（八二一）至長慶二年（八二二），長安。

〔一〕商州：屬山南西道節度使。壽州：屬淮南節度使。二鎮長慶初均未有兵事。疑爲諸鎮之軍西北邊防秋者。

内侍楊志和等授朝散大夫制

敕：楊志和等，咸分要職，列在内司。慎靜檢身，恭勤守事。宜以章綬，命爲大夫。佩服寵光，爾無失墜。可依前件。（3102）

【注】

朱《箋》：作於長慶元年（八二一）至長慶二年（八二二），長安。

内常侍趙弘亮等加勳制①〔一〕

勅：内常侍趙弘亮等②，列名禁籍，祗命宫闈。多歷歲時，積成勞効。宜加勳賞，以洽恩榮。可依前件。（3103）

【校】

①題　「内常侍」紹興本、那波本誤「内侍常」，據他本改。「等」紹興本等無，據金澤本補。

②内常侍　金澤本無三字。

【注】

朱《箋》：作於長慶元年（八二一）至長慶二年（八二二），長安。

〔一〕内常侍：《唐六典》卷十二内侍省：「内常侍六人，正五品下。内侍之職，掌在内侍奉，出入宫掖，宣傳制令……内常侍爲之貳。」趙弘亮：《舊唐書·裴度傳》載裴度對上言在鎮州行營事：「是時有中使趙弘亮在臣軍。」

烏行初授衛佐制〔一〕

勅：烏行初，重胤之子，早稟義方。詩禮弓裘，式聞不墜。賞延之典，本勸忠勳。環衛之官，兼資慎擇。非唯父任，亦以才升。可左衛冑曹參軍①。（3104）

【校】

①冑曹參軍　各本無「曹」字，金澤本校補「曹」字，據補。

【注】

朱《箋》：作於長慶元年（八二一）至長慶二年（八二二），長安。

〔一〕烏行初：新舊《唐書・烏重胤傳》、《新唐書・宰相世系表》載烏重胤子，均無行初。烏重胤見卷十三《鄭絪烏重胤馬總劉悟李佑田布薛平等亡母追封國郡太夫人制》（2998）。

烏重胤妻張氏封鄧國夫人制①

敕：古者夫爲大夫②，則妻爲命婦。況在小君之位，未加大國之封。豈唯有廢徽章③，抑亦無勸忠力也④。某官某妻某氏⑤，以鳲鳩之德，作合邦君〔一〕。輔成勳猷，馴致爵位。雖從夫貴，未授國封。今以南陽本邦善地，錫爲湯沐，加號夫人〔二〕。兹乃殊榮，足光閨閫。可封鄧國夫人。（3105）

【校】

①題　《文苑英華》作「封烏重胤妻張氏鄧國夫人制」。

②大夫　金澤本作「命夫」。

③唯有　金澤本無「有」字。

④抑亦無　金澤本、《文苑英華》作「是無以」，《文苑英華》校：「集作抑亦無。」

⑤某官某妻某氏　《文苑英華》作「某官烏重胤妻張氏」。

【注】

朱《箋》：作於長慶元年（八二一）至長慶二年（八二二），長安。

〔一〕鳲鳩之德：《詩·召南·鵲巢》序：「《鵲巢》，夫人之德也。國君積行累功以致爵位，夫人起家而居有之，德如鳲鳩，乃可以配焉。」箋：「夫人有均壹之德如鳲鳩然，而後可配國君。」

〔二〕南陽本邦善地：南陽即鄧州。唐代恒以郡望爲封爵地。南陽爲張姓郡望，或承爲張衡之後，或承爲張華之後。《後漢書·張衡傳》：「張衡字平子，南陽西鄂人也。世爲著姓。」《唐代墓誌彙編》永徽〇六七《唐故處士張君墓誌》：「君諱洛，字子春。南陽西鄂人也。漢河間相張衡之苗裔。」《唐代墓誌彙編續集》元和〇三六《唐故張公夫人成氏合祔墓誌銘》：「南陽張公，諱庭芝，字庭芝，漢丞相留侯之孫晉司空張華之後。」

白居易文集校注卷第十六①

中書制誥六　新體　凡四十八首

鎮州軍將王怡判官李序先被賊中誅因並死各贈官及優恤子孫制〔一〕

敕：朕常思鎮、冀之間，弔伐之際，有仗順死義不吾聞者，因命弘正列狀以聞〔二〕。而某官王怡等，頃陷艱虞，思伸忠效。或名節將立，併命於幽憂；或義烈臨奮，失身於戮辱。履危如虎尾②，視死如鴻毛。若無褒揚，何勸天下？既降飾終之命，仍加身後之禮。追榮延寵③，有越常倫。冀使死節之魂④，忠憤之骨，知我憐憫，歿無恨焉。怡可贈左僕射，序可贈給事中。（3106）

【校】

①卷第十六　即《白氏文集》紹興本、馬本卷五十三，那波本卷三十六。

②虎尾　紹興本、《管見抄》作「武尾」，避唐諱。此從那波本、馬本。

③追榮　馬本作「追崇」。

④冀使　郭本作「冀彼」。

【注】

朱《箋》：作於長慶元年（八二一），長安。

〔一〕王怡：《新唐書·王武俊傳》：「有王怡者，武俊從子，爲承宗守南宮，士則招之，約歸命，謀泄遇害。子元伯奔還，擢監察御史，詔贈怡尚書左僕射。」《册府元龜》卷一四〇《帝王部·旌表》：「（元和）十二年三月，贈故冀州刺史王怡尚書左僕射，仍令存訪親族，授以封爵。怡，武俊從子，以戰功歷深、冀、趙三州刺史。承宗之叛，怡守南宮縣以當王師。及王士則爲邢州刺史，怡誠款通之。及士則去邢州，怡情頗泄於賊，遂遇害，並屠其家。怡男元伯先潛來京師，過定州，張茂昭知而留之，於是授監察御史，委茂昭軍中任使。」李序：《册府元龜》卷一四〇《帝王部·旌表》：「（元和）十一年正月，贈故成德軍節度掌書記、殿中侍御史李序工部郎中。序，安平人，百蘗五代孫。舉進士，嘗謁王士貞，署爲掌書記。士貞死，序後以他事忤承宗被殺，故加贈。」參卷十五《王士則除右羽林大將軍制》(3059)注。

〔二〕弘正：田弘正。見卷十一《魏博軍將呂晃等從弘正到鎮州各加御史大夫賓客等制》(2926)注。

武寧軍陣亡大將軍李自明贈濠州刺史制①〔一〕

敕：王師之討蔡平鄆也，自明爲武寧裨將，隸于元戎〔二〕。凡所指蹤，必先致命。三軍之士，于今稱之。有勞未圖，無祿早代。生不及賞，歿而加恩。庶使猛將義夫②，聞而相勸曰：死猶不忘③，況生者乎！可贈濠州刺史。（3107）

【校】

①大將軍　《管見抄》作「大將」。

②猛將　《管見抄》作「猛士」。

③死猶　馬本作「死而」。

朱《箋》：作於長慶元年（八二一）至長慶二年（八二二），長安。

【注】

〔一〕武寧軍：駐徐州。參卷十五《武寧軍軍將郭暈等五十八人加大夫賓客詹事太常卿殿中監制》（3057）注。

〔二〕討蔡平鄆：指憲宗時討平蔡州吴元濟及鄆州李師道。

裴弘泰可太府少卿知左藏庫出納制〔一〕

勑：前度支河北榷鹽使、朝議郎、檢校尚書刑部郎中、使持節貝州諸軍事、兼權知貝州刺史、侍御史、充本州防禦使、上柱國、賜紫金魚袋裴弘泰，九土之貢，百品之貨，辨其名物，謹其出納。常在外府，統以上卿〔二〕。宜求幹敏之才，以爲之貳。而弘泰頃分榷務，兼撫郡民。當軍興之時，法行政立。則受藏之府，事繁物殷。量其器能，可以專委。勉膺是任，無替前勞。可守太府少卿、知左藏庫出納，散官勳賜如故。

（3108）

【注】

朱《箋》：作於長慶元年（八二一）至長慶二年（八二二），長安。

〔二〕裴弘泰：見卷十四《河北榷鹽使檢校刑部郎中裴弘泰可權知貝州刺史依前榷鹽使制》（3008）。

〔三〕外府：指太府左藏。《唐六典》卷二十太府卿：「至龍朔二年改爲外府正卿，咸亨元年復故。」同卷左藏令：「《周禮》有外府中士，主泉藏之在外者。」

李昌元可兼御史大夫制〔一〕

敕：通議大夫、使持節儀州諸軍事、儀州刺史、兼御史中丞、上柱國李昌元，弓裘令子，疆埸勞臣。能讀父書，甚識戎事〔二〕。每在戰陣，未嘗無功。及委藩條，亦聞有政。而知臣者君也，賞勞者爵也。亞相之秩，威重寵崇①〔三〕。加乎爾身，以勸能者。可兼御史大夫，餘如故②。（3109）

【校】

①寵崇　郭本作「寵榮」。

②餘如故　馬本無三字。

【注】

朱《箋》：作於長慶元年（八二一）至長慶二年（八二二），長安。

〔一〕李昌元：李程《河東節度使太原尹贈太尉李光顔神道碑》：「嗣子昌元，檢校户部尚書兼御史大夫上柱國。」《唐方鎮年表》卷一：李昌元開成五年至會昌三年爲鄜坊節度使。

〔二〕能讀父書二句：《史記·廉頗藺相如列傳》：「(趙)括徒能讀其父書傳，不知合變也。」此反用。

〔三〕亞相：御史大夫爲副丞相，見卷十一《張徹宋申錫並可監察御史制》(2921)注。

田穎可亳州刺史制〔一〕

勅：正議大夫、前檢校右散騎常侍、使持節洺州諸軍事、兼洺州刺史、御史大夫、充本州團練使、上柱國、賜紫金魚袋田穎，自别屯將壘，專領郡城，而能勤恤師人，與之勞逸。故臨戎則士樂爲用，撫下而衆知嚮方。忠勳既彰，能政亦著。牧守之選，吾所重之。譙鄼之間，人亦勞止〔二〕。授爾印綬，往勞來之。宜推前心，佇立後效。可檢校左散騎常

侍、使持節亳州諸軍事、兼亳州刺史、御史大夫、本州團練使、鎮遏使①，散官勳賜如故。（3110）

【校】

①左散騎　馬本作「右散騎」。「御史大夫」　郭本作「御史中丞」。

【注】

朱《箋》：作於長慶元年（八二一）至長慶二年（八二二），長安。

〔一〕田穎：李光顔部將。見新舊《唐書·李光顔傳》。《册府元龜》卷四二〇《將帥部·掩襲》：「田穎爲忠武軍大將軍，從李光顔討淮西。時諸軍使齊力攻討，賊嘗徑攻烏重胤之壘，重鎗禦之，中數鎗，馳請救於光顔。光顔以小溵橋賊之保也，乘其無備，使穎及宋朝隱襲而取之，遂平其城壘。」又卷一二八《帝王部·明賞》：「（長慶二年八月）以亳州刺史田穎爲宋州刺史，並策勳也。」卷一三四《帝王部·念功》：「穆宗長慶二年十二月敕：贈工部尚書田穎夙彰忠勇，累效勳勤……穎前爲李光顔部將，淮西之役，累有勝捷。其後王師征討，穎常在戰陣，以忠勇著聞。及汴州平，策勳拜宋州刺史，人皆謂穎宜受方任，會以疾卒。」

〔二〕譙鄭之間：指亳州。《元和郡縣圖志》卷七：「亳州……管縣八：譙、臨渙、鄭……。」

薛伯高等亡母追贈郡夫人制〔一〕

勅：某夫人某氏等，始播婦儀，終垂母道。教其令子，爲我良臣。而皆茂著才名，榮居爵位。永言聖善，宜及顯揚。俾追啓邑之封，式表統家之訓。可依前件。（3111）

【注】

朱《箋》：作於長慶元年（八二一）至長慶二年（八二二），長安。

〔一〕薛伯高：見卷十二《柳公綽父子溫贈尚書右僕射竇倂父叔向贈工部尚書薛伯高父懌贈尚書司封郎中元宗簡父銛贈尚書刑部侍郎皇甫鏞父愉贈尚書右僕射韋文恪父漸贈太子少保王正雅父翃贈太子太師范季睦父彥贈禮部郎中八人亡父同制》（2965）。

李佑授晉州刺史制〔一〕

敕：牧守之官①，與吾共理。下之安否，繫乎其人。必稽前功，方降是命。某官李佑，夙負材器，累經任用。當領軍郡，頗著政聲。而平陽舊都，近罷征鎮〔二〕。土疆事物，既廣且殷。藉爾良能，爲予撫字。夫均其征役，簡其科禁。謹身省事，以臨其人。而人不安，未之有也。往弘是道，以康晉人。可依前件。(3112)

【校】

①牧守　馬本作「郡守」。

【注】

朱《箋》：作於長慶元年(八二一)至長慶二年(八二二)，長安。羅聯添《白居易中書制誥年月考》謂作於長慶二年二月至三月。

〔一〕李佑：本書卷十三《鄭絪烏重胤馬總劉悟李祐田布薛平等亡母追封國郡太夫人制》(2998)之李

祐未曾官晉州刺史。此李佑或與卷十四《程執撫亡父懷信贈太保李佑亡父景略贈太子少傅柏耆亡父良器贈太子少保白餘盛亡父孝德贈太保同制》(3018)之李佑(李景略子)爲同一人。

〔二〕平陽：晉州。《元和郡縣圖志》卷十二河東道河中府：「晉州，平陽。望。……永嘉之亂，劉元海僭號稱漢，建都於此……周武帝平齊，置晉州總管。義旗初建，改爲平陽郡，武德元年罷郡，置晉州。」近罷征鎮：羅聯添謂指長慶二年二月詔赦王廷湊，罷諸道兵。岡村繁《白氏文集》六疑指河中節度使一度廢止。據《新唐書·方鎮表三》，元和十四年罷河中節度，置河中都防禦觀察使；元和十五年復置河中節度使。又據同表，長慶二年置晉慈都團練觀察使，治晉州。

武寧軍將王昌涉等授官制〔一〕

敕：王昌涉等，早以材力，召募從軍。元和已來，南征北伐。咸有勞績，著于一時。主帥上聞，乞加褒賞。故以寺卿憲職，序而寵之。無棄前功，在申後效。可依前件。

(3113)

【注】

朱《箋》：作於長慶元年(八二一)至長慶二年(八二二)，長安。

〔一〕武寧軍：見本卷《武寧軍陣亡大將軍李自明贈濠州刺史制》(3107)注。

馬總亡祖母韋氏贈夫人制〔一〕

敕：某官馬總亡祖母韋氏，播茲懿範，貽厥嘉謀。施及孝孫，實居貴仕。將明餘慶，其在追榮。不唯垂裕後昆，抑亦光昭幽壤。宜降封丘之命，以慰令伯之心〔二〕。可贈某夫人。(3114)

【注】

朱《箋》：作於長慶元年(八二一)至長慶二年(八二二)，長安。

〔一〕馬總：見卷十三《鄭絪烏重胤馬總劉悟李佑田布薛平等亡母追封國郡太夫人制》(2998)。李宗閔《馬公家廟碑》：「元和十四年，齊寇始誅……居一年，人盡安，田益闢，三軍百吏，上下有節。上聞之，進封扶風伯，加銀青光祿大夫。復追贈王父爲尚書工部郎中，祖母韋氏爲扶風郡太夫人，封皇考爲兵部尚書，母鄭氏爲滎陽郡太夫人，以褒寵之。命立三廟，備致祭以告成功。」

〔二〕封丘之命：《藝文類聚》卷五一婦人封引《陳留風俗傳》：「封丘者，高祖與項氏戰，阨於延鄉，有翟母者免其難，故以延鄉爲封丘縣，以封翟母焉。」令伯：李密字。見卷十四《劉總外祖母李氏贈趙國夫人制》(3042)注。

路貫等授桂州判官制①〔一〕

敕：藩隅之重，委以侯伯。軍府之要，掌在賓寮。貫等以文行修身，以智謀從事。佐廉問澄清之務，撫華夷錯雜之人。俾其乂安，實在參贊。宜及寵命，以光所從。可依前件。(3115)

【校】

①題　《文苑英華》作「授路貫桂州判官制」。

【注】

朱《箋》：作於長慶元年(八二一)至長慶二年(八二二)，長安。

〔一〕路貫：路應子。韓愈《銀青光祿大夫守左散騎常侍致仕上柱國襄陽郡王平陽路公神道碑銘》：

「明年，葬京兆萬年少陵原，夫人滎陽鄭氏祔。既，其子臨漢縣男貫與其弟賞、貞謀曰：『宜有刻也。』告於叔父御史大夫鄜坊丹延觀察使恕，因其族弟進士群以來請銘。」《全唐詩》卷五四七錄其詩一首，小傳：「與元晦同登第，官桂管觀察副使。」

駙馬都尉鄭何除右衛將軍制①〔一〕

勅：周設七萃，漢列八屯〔二〕。皆以拱衛王宫，肅嚴徼道。統兹騎吏，其屬親賢。某官鄭何②，擢秀士林，挺質公器。以貞和陶其性，以禮樂文其身。善積德門，慶連戚里。況久踐名職，累著聲猷。念舊獎能，宜加榮寵。環列之尹，不易其人。俾宣力於爪牙，不失親於肺腑。可右衛將軍，餘如故。（3116）

【校】

①題 《文苑英華》作「授駙馬鄭何右衛將軍制」。

②某官 《文苑英華》作「具官」。

朱《箋》：作於長慶元年（八二一）至長慶二年（八二二），長安。

【注】

〔一〕鄭何：《新唐書・諸帝公主傳》順宗十一女：「梁國恭靖公主，與漢陽同生。始封咸寧郡主，徙普安。下嫁鄭何。薨，追封及謚。」《册府元龜》卷九七九《外臣部・和親》：「（長慶）二年正月癸卯，駙馬都尉鄭何送太和公主至回鶻還。」此制疑作於此時。《全唐文補遺》第八輯《大唐故普安公主册贈梁國大長公主謚（下闕）》：「公主即高祖神堯皇帝之十代孫也，肅宗睿真皇帝之玄孫（下闕）帝之曾孫，德宗神武皇帝之孫，順（下闕）明年未及笄，以貞元十□年七月廿一日，詔封咸寧（下闕）屬念焉。將議下嫁，博訪令□。於是京兆府參軍鄭公何（下闕）少府少監駙馬都尉鄭公諱沛之子，紀國大長公主之（下闕）備鼓吹儀仗車服禮物，而降於鄭氏之第。」鄭何之父即鄭沛。鄭沛見《新唐書・諸帝公主傳》肅宗七女：「紀國公主，始封宜寧。下嫁鄭沛。薨元和時。」鄭沛、鄭何亦均見《唐會要》卷六《公主》。《全唐文補遺》第七輯呂溫《大唐故紀國大長公主墓誌銘》（文亦見《全唐文》卷六三一，然人名缺書）：「公主諱淑，字上玄……肅宗宣皇帝之第六女。始册宜寧公主，貞元二年改封紀國……乾元二年，年二十有四，許笄從周……以降于駙馬都尉滎陽鄭君曰沛，官至特進、左散騎常侍……一男曰何，茂學懿文，夙成時秀，選尚順宗次女普安長公主，拜駙馬都尉、秘書少監。」鄭沛墓誌見《全唐文補遺》第七輯鄭莀《有唐故特進檢校左散騎常侍駙馬都尉贈工部尚書滎陽縣開國公鄭府君墓誌銘》。按，鄭何爲鄭沛之子、肅宗之外孫，普安公主爲肅宗之玄孫，是鄭何爲普安公主姑表叔祖。此唐帝室婚姻亂行輩之尤甚者。

〔二〕七萃、八屯：見卷十四《李演除左衛上將軍制》(3034)注。

封太和長公主制〔一〕

敕：公主之封號也，或以善地，或以嘉名〔二〕。立愛展親，兹惟舊典。第四妹端明成性①，和順稟教。靜無違禮，故組紃有常訓；動必中節，故環珮有常聲。歲茂穠華，日新淑問。乃眷肅雍之德，俾開湯沐之封。可封某公主②。(3117)

【校】

①第四妹　紹興本等作「第四女」，據《文苑英華》改。

②可封某公主　《文苑英華》作「可依前件」，校：「集作可封某公主。長慶元年三月。」

【注】

朱《箋》：作於長慶元年(八二一)，長安。

〔一〕太和長公主：見卷十三《册迴鶻可汗加號文》(2979)注。《唐會要》卷六以太和公主爲穆宗第五妹，《舊唐書・迴紇傳》、《册府元龜》卷九七九《外臣部・和親》以太和公主爲穆宗第十妹，均與此制異。

〔二〕公主之封號：《唐會要》卷六《公主》：「凡公主封號有以國名者，鄎國、代國、霍國是也。有以郡名者，平陽、宣陽、東陽是也。有以美名者，太平、安樂、長寧是也。惟玄宗之女，皆以美名名之。」

宋朝榮加常侍制〔一〕

敕：河東節度都押衙、試太子賓客、兼御史中丞宋朝榮〔二〕，嘗因戰功，擢領邊郡。揆能適用，故有轉遷。龍樓上寮，牙門右職〔三〕。雖有兼命，未表殊恩。宜加騎省之榮，不改憲臺之重〔四〕。以兹寵任，足報忠勳。爾其敬承，無隳乃力①。可檢校左散騎常侍，餘如故。(3118)

【校】

①乃力　郭本作「乃功」。

【注】

朱《箋》：作於長慶元年（八二一）至長慶二年（八二二），長安。

〔一〕宋朝榮：本卷有《雲州刺史高榮朝除太子賓客河東都押衙制》（3149）。頗疑宋朝榮乃高榮朝之誤。參該篇注。

〔二〕河東節度：元和十四年四月至長慶二年二月，裴度爲河東節度使；此後，李聽爲河東節度使。見《舊唐書·憲宗紀》、《穆宗紀》。

〔三〕龍樓：太子東宮。《漢書·成帝紀》：「上嘗急召，太子出龍樓門，不敢絶馳道。」

〔四〕騎省：散騎常侍。見卷十四《元稹可太子左諭德依前入蕃使制》（3031）注。

贈陣亡軍將等刺史制①

勑：故某官某等，王師問罪，至于淄青〔一〕。爾等同執干戈，親當矢石。忠而盡瘁，勇以亡身②。或退卒于師，或進殁于戰。俱死王事，深惻朕心③。念捐軀於軍前，宜追命於泉下。郡守之貴，以示褒榮。可依前件。（3119）

【校】

①軍將　《管見抄》作「將軍」。

②勇以　馬本作「勇而」。「亡身」　《管見抄》作「忘身」。

③朕心　郭本作「朕念」。

【注】

朱《箋》：作於長慶元年（八二一）至長慶二年（八二二），長安。

〔一〕王師問罪二句：指討伐淄青節度使李師道。見卷十五《武寧軍軍將郭暈等五十八人加大夫賓客詹事太常卿殿中監制》（3057）注。

諸道軍將等授官制

勑：平齊之役也，諸軍指期，衆校合戰〔一〕。某官等，各輸戮勇，同樹勳勤。永思積日之勞，頗愧踰時之賞。故於獎授，有所超遷。朝右貴班①，宮坊清秩②。或參憲職，分以命之。庶知我心，不忘忠力。可依前件。（3120）

【校】

①朝右　郭本作「朝省」。

②宮坊　紹興本等作「官坊」，據郭本改。

【注】

朱《箋》：作於長慶元年（八二一）至長慶二年（八二二），長安。

〔一〕平齊之役：指討伐李師道之役。參前篇注。

裴度韓弘等各賜一子官並授姪女壻等制〔一〕

敕：某官某等，謁廟郊天，改元肆眚〔二〕。是爲大慶，與衆共之。矧股肱心膂之臣，與吾同體。延賞任子，其可廢乎？爾等或以文華，或以吏職，有所修立，稟於義方。自當襃升，況霑慶澤。俾舉展親之典，用叶推恩之道。猶子愛壻，各命以官。爾其敬承，無忝朝獎。可依前件。（3121）

【注】

朱《箋》：作於長慶元年（八二一）至長慶二年（八二二），長安。羅聯添《白居易中書制誥年月考》謂作於長慶元年正月。

〔一〕裴度：見卷十一《裴度李夷簡王播鄭絪楊於陵等各賜爵並迴授男爵制》（2934）。韓弘：新舊《唐書》有傳。《舊唐書·穆宗紀》：「（元和十五年六月）丁丑，以司徒、兼中書令韓弘爲河中尹，充河中晉絳慈隰等州節度使。」

〔二〕謁廟郊天：《舊唐書·穆宗紀》：「長慶元年正月己亥朔，上親薦獻太清宫、太廟。是日，法駕赴南郊。日抱珥，宰臣賀於前。辛丑，祀昊天上帝於圜丘，即日還宫，御丹鳳樓，大赦天下。改元長慶。」

入迴紇使下軍將官吏夏侯仕戡等四十人授卿監賓客諮議

敕：某官夏侯仕戡等，前命鄭權之入迴紇也，爾等參護使車，用祇王命〔一〕。悉心盡力，有恪恭跋滯之勤焉①。宜以省寺軍衛之班，宫坊府邸之列，舉爲賓典，分以寵之。辯等旌勞，於是乎在。可依前件。（3122）

【校】

①跛滯　《全唐文》作「跛涉」。

【注】

朱《箋》：作於長慶元年（八二一），長安。

〔一〕鄭懽：《舊唐書·鄭權傳》：「鄭權，滎陽開封人也……穆宗即位，改左散騎常侍，充入回鶻告哀使。憚其遠役，辭以足疾，不獲免，肩輿以行。權器度魁偉，有辭辯。既至虜廷，與虜主爭論曲直，言辭激壯，可汗深敬異之。長慶元年使還，出爲河南尹。」此作鄭懽，誤。

盧昂可監察御史裏行知轉運永豐院制〔一〕　王播奏請①〔二〕。

勑：虢州司户參軍盧昂，前負瑕疵，事多曖昧。今聞修省，善亦昭彰。況有大僚，同知情狀。且明非罪，仍舉有才。吾信人言，遂可其奏。爾思自效，無辱所知。可依前件。

（3123）

【校】

①題下注　「王播」紹興本作「王璠」，郭本作「王番」，據馬本改。馬本作「時王播奏請」。

【注】

朱《箋》：作於長慶二年（八二二），長安。

〔一〕盧昂：見卷十四《盧昂量移虢州司户長孫鉉量移遂州司户同制》（3032）。永豐院：轉運永豐倉院。元稹《唐故朝議郎侍御史内供奉鹽鐵轉運河陰留後河南元君墓誌銘》：「遷監察御史，知轉運永豐院事。」永豐倉在華陰。《元和郡縣圖志》卷二關内道華州華陰縣：「永豐倉，在縣東北三十五里渭河口，隋置。義寧元年因倉又置監。天寶三年，左常侍兼陝州刺史韋堅開漕河，自苑西引渭水，因古渠至華陰入渭，運永豐倉及三門倉米，以給京師，名曰廣運潭，以堅爲天下轉運使。」

〔二〕王播：見卷十四《知汴州院官侍御史盧濛可檢校倉部員外郎陝府院官盧台可兼侍御史鄭滑院官李克恭可試大理評事獨孤操可衛佐並依前知院事四人同制》（3071）注。

張惟素亡祖紘贈户部郎中制〔一〕

敕：右散騎常侍張惟素亡祖某縣令某，德合上玄，才終下位。命屈於當代，慶流於後昆。故其孝孫，實登貴仕。《經》曰：「無念爾祖①。」〔二〕《詩》曰：「貽厥孫謀。」〔三〕此言孫之謀能顯揚其先，祖之德能垂裕于後也。不追榮於列宿，曷旌德於太丘②〔四〕？可贈户部郎中。（3124）

【校】

①無念　郭本作「無忝」。

②旌德　紹興本、那波本其下衍「精」字。

【注】

朱《箋》：作於長慶元年（八二一）至長慶二年（八二二），長安。

〔一〕張惟素：見卷十三《崔元略張惟素鄭覃陸灃韋弘景等賜爵制》（3003）。

〔二〕經曰：《詩・大雅・文王》：「王之藎臣，無念爾祖。」傳：「無念，念也。」

〔三〕詩曰：《詩・大雅・文王有聲》：「詒厥孫謀，以燕翼子。」箋：「詒，猶傳也。孫，順也。」制文蓋誤會辭義。

〔四〕太丘：指祖父。《三國志・魏書・陳羣傳》：「祖父寔，父紀，叔父諶，皆有盛名。羣爲兒時，寔常奇異之，謂宗人父老曰：『此兒必興吾宗。』」陳寔爲太丘長。

興州刺史鄭公逵授王府長史李㮍授興州刺史同制①〔一〕

勑：鄭公逵等，或以行稱，或以才舉②。進修所致，班秩不卑。改命序遷，各適其用。且乘朱輪於郡邸③，曳長裾於王門。士子名宦④，至斯亦不爲不遇也。立朝案部，各敬爾官。可依前件。（3125）

【校】

①題　「李㮍」那波本、馬本作「李循」。《文苑英華》作「授鄭公逵王府長史李循興州刺史制」。

②或以　《文苑英華》作「或因」，校：「集作以。」

③郡邸　《文苑英華》作「國邸」，校：「集作郡。」

④士子　《文苑英華》作「士夫之子」。「名宦」　那波本、郭本、《文苑英華》作「名官」。

【注】

朱《箋》：作於長慶元年（八二一）至長慶二年（八二二），長安。

〔一〕鄭公逵：見卷十五《鄭公逵可陝府司馬制》（3076）注。

權知陵州刺史李正卿正除刺史制〔一〕

敕：審材之要，考察爲先。吾之於人，試可乃用。李正卿頗閑吏道，因假郡符。畏法愛人，善於其職。夫速旌其能則吏勸，久於其政則化成。未可轉遷，就加真秩。副吾知獎，無怠始終。可陵州刺史。（3126）

【注】

朱《箋》：作於長慶元年（八二一）至長慶二年（八二二），長安。

〔一〕李正卿：《唐代墓誌彙編》會昌〇四〇李褒《唐故綿州刺史江夏李公墓誌銘》：「有唐會昌四年四月十一日，左綿守李公歿於位……公實趙人，其先食采武昌，子孫因家焉，今爲江夏李氏。曾祖善，貫通文史，注《文選》六十卷……。祖邕……官至北海太守，贈秘書監。考翹……皇任大理評事，贈太常少卿。公諱正卿，字肱生……始以文行舉進士，未第，爲涇原節度使段祐强置□府，……元和初，天雨嘉穀，公因獻賦，既美且諷，制授松滋令。……由是拜成都令，遷陵、閬二郡刺史，入爲少府少監。文宗思共理者，復用爲邛州刺史。廷謝日，面賜金紫。後自江陵少尹拜安州刺史，……優詔徵入拜司農少卿，歷衛尉少卿，復爲淄州刺史。……享年七十有四。」即其人。

知渭橋院官蘇㴐授員外郎依前職前進士王績授校書郎江西巡官制〔一〕

勑：某官蘇㴐，嘗以幹良，分領劇務。受任稱職，主者上聞。績既有成，賞安可闕？前進士王績，亦以藝學，籍名太常〔二〕。著其令聞，及此慰薦。一以課進，一以才升。咸加班榮，同以褒獎①。臺官校職，爾各欽承。可依前件。（3127）

【校】

①同以　《管見抄》作「用示」。

朱《箋》：作於長慶元年（八二一）至長慶二年（八二二），長安。

【注】

〔一〕渭橋院：渭橋倉院。《唐會要》卷八七《轉運鹽鐵總敍》：「皇朝自武德、永徽以後，姜行本、薛大鼎、褚朗皆以漕運上言，然未能通濟。其後監察御史王師順運晉、絳之粟，於河渭之間置渭橋倉，自師順始也。」又：「（劉）晏始以鹽利爲漕傭，自江淮至渭橋，率十萬斛傭七千緡。」沈亞之《東渭橋給納使新廳記》：「渭水東附河輸流，逶迤於帝垣之後。倚垣而跨爲梁者三，名分中東西，天廩居最東。內淮江之粟，而群曹百衛，於是仰給。惟平輕重之準爲難，即主官不職，其咎何如哉！」《唐代墓誌彙編》開成〇四九盧慤《唐故知鹽鐵轉運鹽城監事殿中侍御史內供奉范陽盧府君墓誌銘》：「授大理評事，充東渭橋給納使巡官。」蘇洌：《全唐文補遺》第八輯夏侯放《唐故虢州司兵參軍李府君玄堂記》：「君諱仲舒，字益之。曾祖澹，倉部員外郎。祖鉊，司農卿。嚴考元輔，華州司倉參軍。尊夫人武功蘇氏，考洌，太常少卿。」蘇洌即李仲舒之外祖父。前進士：《唐國史補》卷下：「進士爲時所尚久矣。……得第謂之前進士。」王績：《册府元龜》卷六九八《牧守部・失政》：「李德裕爲揚州節度使，……德裕既知隱没事已彰露，遂錄軍資，雜以朽敗奇零之物，廣爲數百萬之數上聞，仍以表自陳初到疾病，爲下吏所誤；且請自罰，兼罪胥吏，以解其過。當時補闕王績、魏謨、崔讜……等抗疏論之，中外黨庇，事竟不行。」或爲同一人。江西巡官：鹽鐵轉運江西院巡官。《唐代墓誌彙編續集》會昌〇二八王戡《唐故京兆府兵曹參軍韋公墓誌銘》：「（大和）九年，賈公相國命爲殿中内供奉，委户部江西院。」

〔二〕籍名太常：謂中禮部進士。太常指禮部。參卷一《泛渭賦》（2806）注。

湖南都押衙監察御史王璀可郴州司馬依舊職制①〔一〕

勅：某官王璀，郡司馬之官，秩祿頗厚。凡在戎行有軍課者，多兼命以優寵焉〔二〕。而璀以鞭弭櫜鞬，從事征鎮。前後主帥，咸稱有功。宜加新命，仍率舊職。蓋欲旌往勞而責來效也。爾其勉之。可兼郴州司馬。（3128）

【校】

①題　「郴州」馬本作「柳州」。正文同。

【注】

朱《箋》：作於長慶元年（八二一）至長慶二年（八二二），長安。

〔一〕都押衙：見卷十四《崔楚臣可兼殿中侍御史制》(3011)、《康昇讓可試太子司議郎知欽州事兼充本州鎮遏使陳倓可試太子舍人知巒州事兼充本州鎮遏使李顒可試太子通事舍人知賓州事兼賓澄巒橫貴等五州都遊奕使馮緒可試太子通事舍人知田州事充右江都知兵馬使滕殷晉可試右衛率府長史知瀼州事兼充左江都知兵馬使五人同制》(3035)注。

〔二〕郡司馬四句：見卷六《江州司馬廳記》(2868)注。

安南告捷軍將黃士傪授銀青光祿大夫試殿中監制〔一〕

敕：某官黃士傪，戎首來降，陪臣告捷。服勤靡盬，將命無違。宜以恩榮，獎其勞效。貴階崇秩，兼而寵之。可依前件。（3129）

【注】

朱《箋》：作於長慶元年（八二一），長安。

〔一〕安南告捷：《舊唐書·穆宗紀》：「（元和十五年六月丁丑），安南都護桂仲武奏誅賊首楊清，收復安南府。……（八月）甲戌，安南都護桂仲武斬叛將楊清以獻，收復安南府。」楊清叛亂事，見《舊唐書·李象古傳》、《新唐書·南蠻傳》等。

王鎰可刑部員外郎制①〔一〕

勅：刑曹郎缺，朕詔執事，擇可以善於其職者。而殿中侍御史王鎰，自居殿中，能察非法。連鞫庶獄②，多叶平允③。加以溫敏靜專，可當是選。一歲之獄，決在秋冬〔二〕。今方其時，宜敬乃職④。（3130）

【校】

①題　《文苑英華》作「授王鎰刑部員外郎制」。

②連鞫　那波本作「連鞫」，字通。

③平允　《文苑英華》校：「一作反。」

④乃職　此下《文苑英華》有「可依前件」四字。

朱《箋》：作於長慶元年（八二一），長安。

【注】

〔一〕王鎰：見卷十三《澧州刺史李肇可中散大夫郢州刺史王鎰朗州刺史溫造並可朝散大夫三人同制》（3005）。王鎰自刑部員外郎貶郢州刺史在長慶元年十二月戊寅，其授刑部員外郎必在此前。

〔二〕一歲之獄決在秋冬：《唐律疏議》卷三十《斷獄》「立春後秋分前不決死刑」疏：「議曰：依《獄官令》：『從立春至秋分，不得奏決死刑。』違者，徒一年。」《唐六典》卷六尚書刑部：「每歲立春後至秋分，不得決死刑。」

京兆府司錄參軍孫簡可檢校禮部員外郎荆南節度判官浙東判官試大理評事韓佽可殿中侍御史巡官試正字晁朴可試協律郎充推官同制①〔一〕

勅：某官孫簡等②，凡使府之制，量職之輕重以命官，揆時之遠近以進秩。俾等衰有常序③，遷次有常程，勞逸均而名分定矣④。簡自登憲司，佐相幕⑤，暨糾天府，皆有可稱〔二〕。而欽等亦以文學發身，謀畫效用。荆陽浙右⑥，實籍賓寮。況今之公卿大夫，皆由此塗出〔三〕。慎爾職事⑦，爾無自輕。可依前件。（3131）

【校】

①題　《文苑英華》「京兆府」前有「授」字，「韓欽」作「韓似同」，校：「二字集作似。」「推官同制」作「推官制」。郭本「韓欽」作「韓似」。

②某官　《文苑英華》作「具官」。

③等衰　郭本作「等第」。

④勞逸　馬本脱「逸」字。

⑤佐相幕　紹興本等其下有「府」字，據《文苑英華》删。

⑥浙右　《文苑英華》作「浙左」，校：「集作右。」

⑦慎爾職事　《文苑英華》作「慎職祗事」。

【注】

朱《箋》：作於長慶元年（八二一）至長慶二年（八二二）長安。

〔一〕孫簡：字樞中。傳附新舊《唐書·孫逖傳》。《唐代墓誌彙編續集》咸通〇九九令狐綯《唐故銀青光禄大夫檢校司空兼太子少師分司東都……贈太師孫公墓誌銘》：「公諱簡，字樞中。……曾大父諱逖，開元中三擢甲科……。大父諱宿……。烈考諱公器……。元和二年，故太常崔公邠掌春闈，昇居上第。……裴中令度鎮北都，辟爲留守推官，以殿中侍御史内供奉充職。……大京兆盧士玫仰公之才名，表公爲府司録。王潛僕射在荆南，思得髦賢，奏公爲檢校禮部員外郎兼侍御史，充節度判官。入爲侍御史。」《舊唐書·穆宗紀》：「（長慶元年正月癸卯）以涇原節度使王潛檢校兵部尚書、江陵尹，充荆南節度使。」又《唐代墓誌彙編》咸通〇八四孫徽《唐故宣德郎前守孟州司馬樂安孫府君墓誌銘》墓主、廣明〇〇六孫徽《唐故河南府長水縣丞樂安孫府君墓誌銘》墓主孫幼實，均爲孫簡子。韓佽：字相之。傳附新舊《唐書·韓思復傳》。傳未敍佽從事浙東。巡官試正字晁朴：當承上爲浙東巡官。

〔二〕糾天府：指孫簡爲京兆府司録。天府見卷十二《李宗何可渭南令李玘可京兆府户曹制》（2966）注。

〔三〕今之公卿大夫二句：參卷十二《溫堯卿等授官賜緋充滄景江陵判官制》（2962）注。

冀州奏事官田練可冀州司馬兼殿中侍御史制

勅：某官田練，幹敏立身，公勤濟事。奉州將之手疏，達軍人之血誠。念其忠勞，宜

有寵擢。假憲名於殿内，遷郡秩於治中〔一〕。兹謂兼榮，爾其敬受。可依前件。（3132）

【注】

朱《箋》：作於長慶元年（八二一）至長慶二年（八二二），長安。

〔一〕治中：指司馬。《唐六典》卷三十京兆河南太原三府官吏：「後漢省都尉，州又置别駕、治中，皆刺史自辟除。魏晉已下皆因之。隋文帝罷郡，以州統縣，改别駕、治中爲長史、司馬。」「皇朝改郡爲州，各置治中一人，其都督府則置司馬。永徽中，改治中爲司馬。」

薛常翽可邢州刺史本州團練使制〔一〕

勑：新授深州刺史薛常翽，平蔡之役，常領偏師〔二〕。實立勳勞，遂膺寵任。今屬方隅多故，將守用能。且以翽之長材，居邢之要地。故命魚符換郡，熊軾移轅。夫事至而功成，時來而節見。此忠良之事業也。爾其念之哉！可依前件。（3133）

【注】

朱《箋》：作於長慶元年(八二一)，長安。羅聯添《白居易中書制誥年月考》謂作於長慶元年正月至八月。

〔一〕薛常翽：朱《箋》謂當爲牛元翼之前任。

〔二〕平蔡之役：指平定吴元濟之役。參卷十四《梁希逸除蔚州刺史制》(3022)注。

牛元翼可檢校左散騎常侍深州刺史御史大夫制〔一〕

敕：某官兼御史中丞、權知深州事牛元翼，命官之要，凡試吏者必俟成效，然後即真。而元翼有理戎之才，扞城之略。權領軍郡，能修武經。士樂人安，厥有成績。是用假威臺憲，真拜郡符。仍以金貂，示其兼寵。吾聞忠臣立節，列士垂名。其要無他，得時而已。勉竭材力，副予斯言。可依前件。(3134)

【注】

朱《箋》：作於長慶元年(八二一)，長安。

〔二〕牛元翼：《舊唐書·穆宗紀》：「（長慶元年八月）己卯，以深州刺史、本州團練使牛元翼充深冀節度使。」參卷十一《張洪相里友略並山南東道判官同制》（2941）注。

王衆仲可衡州刺史制〔一〕

勅：前虔州刺史王衆仲，聚學修身，由文飾吏。累經任使，頗著良能。前牧南康，亦聞有政〔二〕。宜新印綬，載領藩條。而衡湘之間，蠻越雜處。無以俗陋，不慎乃事。無以地遠，而怠厥心。副吾陟明，俟汝奏課。可依前件。（3135）

【注】

朱《箋》：作於長慶元年（八二一）至長慶二年（八二二），長安。

〔一〕王衆仲：傳附《舊唐書·王正雅傳》。登進士第，累官衡州刺史。司空圖《故宣州觀察使檢校禮部王公行狀》：「父衆仲，皇任衡州刺史，贈司空。公諱凝，字成庶，太原人。」《唐代墓誌彙編》元和〇九八有王衆仲撰《唐故處州刺史崔公後夫人竇氏墓誌銘》，元和十二年撰，署「朝議郎殿中侍御史內供奉上輕車都尉王衆仲」。

〔二〕南康：虔州。《元和郡縣圖志》卷二八江西觀察使：「虔州，南康。上。……隋開皇九年平陳，罷南康郡爲虔州，大業三年罷虔州，復爲南康郡。武德五年，又再置虔州，蓋取虔化水爲名也。」

田盛可金吾將軍勾當左街事制①〔一〕

敕：右金吾衛將軍田盛，夫仕官至執金吾，古今所榮重也②〔二〕。而盛生勳德門，有文武略。居貴介而無佚③，領誰何而有勞④。言念徼巡之功⑤，宜及轉遷之命⑥。處左攝事，以表使能⑦。可依前件。（3136）

【校】

①題　「左街」馬本作「左衛」，誤。《文苑英華》作「授田盛金吾將軍勾當左街事制」。

②古今所　《文苑英華》作「古今之」，校：「集作所。」

③無佚　郭本作「無失」。

④誰何　郭本作「軍戎」。

⑤之功　《文苑英華》作「之勳」，校：「集作功。」

⑥宜及　《文苑英華》作「宜乃」，校：「集作及。」
⑦使能　《文苑英華》作「用能」，校：「集作使。」

【注】

朱《箋》：作於長慶元年（八二一）至長慶二年（八二二），長安。

〔一〕勾當左街：長安皇城東部爲左街，左金吾衛掌巡管左街。《唐六典》卷七工部尚書：「左、右金吾衛在皇城之東、西。」《舊唐書·郭釗傳》：「元和初，爲左金吾衛大將軍，充左街使。」

〔二〕執金吾：《後漢書·皇后紀上》：「初，光武適新野，聞后美，心悅之。後至長安，見執金吾車騎甚盛，因歎曰：『仕宦當作執金吾，娶妻當得陰麗華。』」《唐六典》卷二五左右金吾衛：「《漢書·百官表》：『中尉，秦官，掌徼巡京師。武帝太初元年更名執金吾。』……衛尉巡行宫中，執金吾徼巡宫外，相爲表裏，所以戒不虞也。」

陳楚男王府諮議參軍君賞可定州長史兼御史軍中驅使制〔一〕

勅：某官陳君賞，夙承義訓，幼有令聞。專繼弓裘之名，通知軍旅之事。因仍憲職，

兼佐郡符。敬服寵章，勉從任使。(3137)

【注】

朱《箋》：作於長慶元年（八二一）至長慶二年（八二二），長安。

〔一〕陳楚：傳附新舊《唐書・張孝忠傳》。《舊唐書・穆宗紀》：「（長慶元年十一月甲午）朱克融兵大寇定州，節度使陳楚出師拒戰，破賊二萬。」參卷十四《義武軍奏事官虞候衛紹則可檢校秘書監職如故制》(3051)注。陳君賞：《舊唐書・文宗紀》：「（開成元年七月）甲午，以金吾衛大將軍陳君賞爲平盧軍節度使。」《武宗紀》：「（開成五年八月十七日）易定軍亂，逐節度使陳君賞。君賞鳩合豪傑數百人，復入城，盡誅謀亂兵士，軍城復安。」又見《唐方鎮年表》。《全唐文補遺》第九輯崔黯《唐故義武軍節度使檢校尚書右僕射贈太子太保陳公墓誌銘》：「會昌二年五月四日，檢校尚書右僕射、義武軍節度使陳公，薨於易定，贈太子太保。公諱君賞，……年餘廿，以父統義武，始以子弟朝，授定州司法參軍。……長慶初，燕囚故相，趙殺中令；燕圍易，趙攻定，兩賊相約分二郡，合衆爲寇。上憂，召公對于近殿，上心乃安，即賜寶帶器錦，授定州長史，以救其軍。公遂與燕人戰，腦中勁矢，瘡忍不發。……明年罷兵，拜右威衛將軍。服父喪，起拜左武衛將軍。寶曆初，爲寧州刺史。……開成五年，易定韓威不能軍，軍殺之，易定亂。上知公，欲起之，廷臣復議起用，遂拜其軍節度使。至數月，盡誅爲亂者幾七百人。易定定，加檢校尚書右僕射。……公之禰諱楚，以武略顯，爲易定節度使。……公之祖諱愃，以軍功累官至檢校工部尚書、御史大夫、易州刺史。公之曾諱璋，平州司馬。至公三世，將家矣。公之禰出張氏，謂茂昭，爲舅，易定節度使，有功歸朝。母夫人張氏，封清河郡太君。公家洎大外，凡五世於義武矣。」此誌敍陳楚家世甚詳。又《唐代墓誌彙編續集》廣明〇〇一杜朋《唐故銀青光祿大夫……陳府君墓誌銘》：「公諱諷，字匡克。高祖璋，皇任平州司馬。曾祖愃，皇任易州刺史。祖邕，皇任涿州刺史、贈工部尚書。父君儀，皇任延州刺史……仲父君弈，皇任鳳翔節度使。次曰君賞，皇任易定節度使。」此誌璋、愃之名與前誌同，然以君賞爲邕子，或有過繼事。邕或與楚爲兄弟。驅使：《唐六典》卷三户部尚書：「凡州縣官及在外監官皆有執衣以爲驅使。」《舊唐書·齊抗傳》：「復省中書省驅使官及諸胥吏。」《新唐書·朱滔傳》：「(改)驅使、要藉官曰承令。」孫遜有《授蕭誠幽州節度驅使制》。嚴耕望《唐史研究叢稿·唐代方鎮使府僚佐考》謂安史之亂前已有驅使之職。

崔承寵可集州刺史制①〔一〕

勅：太子左諭德崔承寵，早登班級，亟换星霜。自陳力於貴朝，屢奉辭於外國。職因事博，績以勞成。就列宫坊，既申贊諭之美；分符郡邸，佇聞刺舉之能。宜勵公心，祗

承寵命。(3138)

【校】

①題　紹興本等無「制」字,據郭本補。

【注】

朱《箋》:作於長慶元年(八二一)至長慶二年(八二二),長安。

〔一〕崔承寵:新舊《唐書·高沐傳》載李師道判官有崔承寵,以仗順爲賊所惡,沐遇害,承寵等同被囚放。《册府元龜》卷八二五《總録部·名字》:「崔承寵爲黔州觀察使。寶曆三年,承寵請更名實,從之。」未知二者是否同人。後者當即此制之承寵。

前貝州刺史崔鴻可重授貝州刺史制

勅:前貝州刺史崔鴻,嘗牧貝丘,能修其職〔一〕。及辭印綬,頗有去思①。相時之宜,從人之望。俾换新命,再臨舊邦。況聞貯蓄時材②,諳詳物務;而方州思理,俟伯薦能。

勉勤爲政之心，勿忝知人之舉。（3139）

【校】

①頗有　馬本脱「頗」字。

②貯蓄　郭本作「蓄貯」。

【注】

朱《箋》：作於長慶元年（八二一）至長慶二年（八二二），長安。

〔一〕貝丘：指貝州。《元和郡縣圖志》卷十六河北道博州清平縣：「隋開皇六年自今貝州清河縣界移貝丘縣於今理，屬貝州。十六年，改貝丘爲清平縣，屬博州。大業十年省博州，改屬貝州。」

前吉州刺史李繁可依前吉州刺史制〔一〕

勅：前吉州刺史李繁，累奉藩條，皆奏課第。故移縉雲之政，俾牧廬陵之人〔二〕。雖降璽書，未臨郡邸。屬魚章改造，熊軾追還。事既謀新，職宜仍舊。勉率分憂之任，庶成

來暮之謡。（3140）

【注】

朱《箋》：作於長慶元年（八二一）至長慶二年（八二二），長安。

〔一〕李繁：見卷十一《楊潛可洋州刺史李繁可遂州刺史史備可濠州刺史三人同制》（2940）。李繁蓋自吉州刺史授遂州刺史，追還依前爲吉州刺史。

〔二〕縉雲：處州。《元和郡縣圖志》卷二六浙東觀察使：「處州，縉雲。……天寶元年爲縉雲郡，乾元元年復爲括州，大曆十四年以與德宗廟諱同音，改處州。」李繁元和十五年爲處州刺史。廬陵：吉州。《元和郡縣圖志》卷二八江西觀察使：「吉州，廬陵。」

瀛莫州都虞候萬重皓可坊州司馬制①〔一〕

勑：某官萬重皓，嘗資武力，早備戎行。頗歷艱虞，亦聞勤效。而藩隅未靖②，遷轉從宜。言念前勞，宜加優秩。可坊州司馬。（3141）

【校】

①題　「瀛莫」紹興本等作「瀛漠」，馬本作「瀛漠」，從朱《箋》改正。

②藩隅　馬本作「洛隅」。

【注】

朱《箋》：作於長慶元年（八二一）至長慶二年（八二二），長安。

〔一〕瀛莫州：參卷十五《京兆尹盧士玫除檢校左散騎常侍兼中丞瀛莫二州觀察等使制》（3056）注。都虞候：節度府置都虞候，天寶時已見。團練、觀察等使亦有之。常衮《授張自勉開府儀同三司制》：「淮西節度都虞候、特進、試太常卿、上柱國張自勉……職在刺奸，威屬整旅，齊軍令之進退，明師律之否臧。」此言都虞候之職甚爲扼要，可見其在使府中之地位。參嚴耕望《唐史研究叢稿·唐代方鎮使府僚佐考》。

崔墉可河南府法曹參軍制

勑：鄆曹觀察判官、監察御史裏行崔墉，文行飾躬，公清奉職。士林推美，藩府薦

能。軍旅之間，久資其用。忠勤之後，不殞其名。宜拔才於功臣，俾試吏於府掾。可依前件。（3142）

【注】

朱《箋》：作於長慶元年（八二一）至長慶二年（八二二），長安。

前河陽節度使魏義通授右龍武軍統軍前泗州刺史李進賢授右驍衛將軍並檢校常侍兼御史大夫制〔一〕

勅：夫文武之才①，内外迭用；軍國之任，出入遞遷。斯所以優勳賢而均勞逸也。某官魏義通，以戎功積久，榮委旌旄。某官李進賢，以軍課居多，寵分符竹。各勤其職，咸用所長。是以河陽三城，鎮靜而不擾；泗濱一郡，緝理而有勞。我有禁軍，爾宜分領。親信則倚爲心膂，動用則張爲爪牙。苟非其人，不付此任。咸假貂蟬之貴，仍兼憲職之榮。勉哉二臣，無替一志。可依前件。（3143）

【校】

①夫文武　馬本脱「夫」字。之才　郭本作「之臣」。

【注】

朱《箋》：作於長慶元年（八二一），長安。

〔一〕魏義通：《舊唐書·憲宗紀》：「（元和十四年七月）癸卯，以前黔中觀察使魏義通爲懷州刺史、河陽三城懷孟節度使。」《穆宗紀》：「（元和十五年十月乙酉）以左金吾將軍田布爲檢校左散騎常侍、兼懷州刺史、御史大夫，充河陽三城懷孟節度使。」朱《箋》謂則此制必作於元和十五年十二月或長慶元年正月。按，此制稱魏義通爲「前河陽節度使」，未必爲田布代换後即授新職。本書補遺《論周懷義狀》：「汝州自薛平已後，百姓不安。又從魏義通已來，政事敗亂。緣新置軍將料錢，放與人户官健。每月徵利，人力不堪。又自春團户，至秋未了。百姓困苦，逃亡甚多。訪聞其中，亦有走入淮西界者。蓋緣魏義通是一凡將，不解理人。拔自軍中，命爲刺史。毬酒之外，餘無所知，遂令汝州日受其弊。」其事約在元和五年。《册府元龜》卷五一〇《邦計部·重斂》：「穆宗長慶元年六月，知懷州河陽節度參謀兼監察御史韋珩奏論：當州元和九年秋至十四年夏，准旨額外加徵並節度使司見簡苗徵子及草等，共計五百六十萬三千五百八十石束。詔曰：前刺史烏重胤並位居守土，職在牧人，加税縱緣軍須，豈得不先聞奏。遇赦雖當原宥，亦合量有科徵。烏重胤、令狐楚、魏義通等宜各罰五月俸料，知州官釋放。」又卷九四〇《總録部·患難》：「魏義通爲黔中觀察使，行至涪州溯灘舟壞沉，失其所持節及賜馬。」《因話録》卷三：「相國令狐公楚，自河陽徵入，至閿鄉，暴風，有裨將飼官馬在逆旅，屋毁馬斃。到京，公旋大拜。時魏義通以檢校常侍代鎮三城，裨將當還，緣馬死，懼帥之責，以狀請一字爲押。公援筆判曰：『厩焚魯國，先師惟恐傷人；屋倒閿鄉，常侍豈宜問馬？』」李進賢：傳附《新唐書·嚴綬傳》。善畜牧，家高貲，得幸於綬，署牙門將，累爲振武節度使。《舊唐書·憲宗紀》：「(元和八年十一月庚寅)振武軍亂，逐其帥李進賢，屠其家。乃以夏州節度使張煦代進賢。」

李玄成等授官制

勑：黔州觀察使與度支使言①〔一〕，玄成等或藴蓄能才，咨謀是藉；或分領劇務，課績有成。並可奏書，各遷憲職。勉勤乃事，無忝所知。可依前件。(3144)

【校】

①與度支使　馬本作「兼度支使」，誤。

【注】

朱《箋》：作於長慶元年（八二一）至長慶二年（八二二），長安。

〔二〕黔州觀察使：《舊唐書・穆宗紀》：「（長慶元年正月）癸亥，以左散騎常侍崔元略爲黔州刺史，充黔中觀察使。」

馬總准制追贈亡父請迴贈亡祖制〔一〕

勑：夫積善者慶鍾于後，顯揚者光昭于先①。而總貴爲邦君，賢爲國士。荷貽謀之訓，用率義之文。上獻表章，有所陳乞。朕念其祖德，褒以臺郎。所以復陳寔必興之言，慰范喬泣涕之思〔二〕。庶使幽顯，兩無恨焉。可贈某官。（3145）

【校】

①光昭于先　《管見抄》作「光照其先」。

【注】

朱《箋》：作於長慶元年（八二一）至長慶二年（八二二），長安。

〔一〕馬總：見本卷《馬總亡祖母韋氏贈夫人制》（3115）注。

〔二〕陳寔：見本卷《張惟素亡祖紘贈户部郎中制》（3124）注。范喬：《晉書・隱逸傳・范喬》：「年二歲時，祖馨臨終，撫喬首曰：『恨不見汝成人！』因以所用硯與之。至五歲，祖母以告喬，喬便執硯涕泣。」

權知朔州刺史樂璘正授兼御史中丞制①

敕：樂璘，專習武經，旁通吏道。試補郡守，以觀其能。連帥上聞，果副所舉。夫審官之要，在因其所長而任之，則政速成而化易就也。才既試可，官宜即真。何以寵之？就加憲職。可朔州刺史兼御史中丞。（3146）

【校】

①正授　《管見抄》作「正除」。

【注】

朱《箋》：作於長慶元年（八二一）至長慶二年（八二二），長安。

神策軍推官田鑄加官制①

勅：田鑄，官列環衛，職參禁軍。慎檢有聞，恭勤無怠。顧是勞效，例當轉遷。郡佐官寮，以示兼寵。（3147）

【校】

①題　「田鑄」馬本、郭本作「田疇」，正文同。

【注】

朱《箋》：作於長慶元年（八二一）至長慶二年（八二二），長安。

裴敞授昭義軍判官裴侔授義成軍判官各轉官制①〔一〕

敕：裴敞等，昭義、義成，今之重鎮。實籍賓介②，以參謀猷。而二帥皆勤於奉公，精於辟士。度才而授職，循序而請官。頗合所宜，咸可其奏。可依前件。（3148）

【校】

①題　《文苑英華》作「授裴敞昭義軍判官裴侔授義成軍判官各轉官制」。

②賓介　郭本作「貴介」。

【注】

朱《箋》：作於長慶元年（八二一）至長慶二年（八二二），長安。

〔一〕裴敞：《新唐書·劉從諫傳》：「從諫妻裴……裴父敞，冕之裔，辟（劉）悟府，悟奇之，故爲從諫納其女。」昭義軍：治潞州。《舊唐書·穆宗紀》：「（元和十五年十月乙酉）以義成軍節度使劉悟依前檢校右僕射、兼潞州大都督府長史，充昭義節度、澤潞邢洺磁等州觀察等使。」劉悟參卷十一《姚成節授右神武將軍知軍事制》(2942)注。義成軍：治滑州。元和十五年十月，以王承元充義成軍節度、鄭滑等州觀察使。參卷十四《張諷等四人可兼御史中丞侍御史監察御史同制》(3016)注。

雲州刺史高榮朝除太子賓客河東都押衙制〔一〕

敕：高榮朝，常領鋭師，入攻堅寇。因累獎賞，位至專城。才有所長，宜遷戎職。功不可忘，兼進榮班。勉事元戎，無替勞效。(3149)

【注】

朱《箋》：作於長慶元年(八二一)至長慶二年(八二二)，長安。

〔一〕高榮朝：令狐楚《爲人謝詔書問疾兼賜藥方等狀》：「臣奏事官高榮朝回，伏奉墨詔，問臣所疾。」此狀當爲令狐楚從事太原時代節度使作。是高榮朝其時爲太原奏事官。河東：時河東節度爲裴度。參本卷《宋朝榮加常侍制》(3118)注。都押衙：見卷十五《段斌宗惟明等除檢校大理太僕卿制》(3082)注。

韋綬等賜爵制[一]

勅：韋綬等，去年春夏，同奉寢園[二]。事集禮成，副吾哀敬。宜加封爵，以報恪勤。可依前件。（3150）

【注】

朱《箋》：作於長慶元年（八二一），長安。

〔一〕韋綬：見卷十三《韋綬從左丞授禮部尚書薛放從工部侍郎授刑部侍郎丁公著從給事中授工部侍郎三人同制》（2980）。

〔二〕去年春夏同奉寢園：指憲宗葬禮。見卷十三《崔元略張惟素鄭覃陸灃韋弘景等賜爵制》（3003）注。

烏重明等贈官制

勅：故某官烏重明等，夫生樹功勤，歿加褒飾，有國之常典也。重明等在興元初，常執勤于奉天，策勳爲定難〔一〕。無祿即代，有勞未圖。星歲屢遷，光塵不昧。聞鞞之念，予心曷忘？俾慰幽泉，各追顯秩。可依前件。（3151）

【注】

朱《箋》：作於長慶元年（八二一）至長慶二年（八二二），長安。

〔一〕奉天定難：見卷十三《李演贈太子少保制》（3000）注。

羽林龍武等軍將士各加改轉制〔一〕

勑：夫軍衛警則内外嚴，爵賞明則忠勤勸。爾等咸以材力，列于禁營。屬去年已來，屢陳儀仗。雖加賜與，未答勤勞。因詔有司，舉行賞典。吾匪虚授，爾宜敬承。文武班資，各從序進。可依前件。（3152）

【注】

朱《箋》：作於長慶元年（八二一）至長慶二年（八二二），長安。

〔二〕羽林龍武：《舊唐書・職官志三》：「左右神武軍：至德二年，肅宗在鳳翔置。初，貞觀中置北衛七營，後改爲左右羽林軍……又置左右龍武軍，皆唐元功臣子弟並外州人。如宿衛兵，分日上下。肅宗在鳳翔，方收京城，以羽林軍減耗，寇難未息，乃别置神武軍，同羽林制度官吏，謂之北衙六軍。」參見卷十三《王元輔可左羽林衛將軍知軍事制》(2990)注。

新羅賀正使金良忠授官歸國制〔一〕

勑：新羅使倉部郎中金良忠等，朕以文明御時，以仁信柔遠。聲教所及，駿奔而來。況溟漲一隅，舟航萬里。爾慕我化，我圖爾勞。隨其等倫，命以寵秩。無替前效，永爲外臣。可依前件。(3153)

【注】

朱《箋》：作於長慶元年（八二一）至長慶二年（八二二），長安。岡村繁《白氏文集》六謂作於長慶元年。

〔一〕新羅賀正使：《舊唐書・東夷傳・新羅》：「(元和)十五年十一月，遣使朝貢。長慶二年十二月，遣使金柱弼朝貢。」《册府元龜》卷九七二《外臣部·朝貢》：「(元和)十五年閏正月渤海、十月闍婆、十一月新羅並遣使朝貢。」

白居易文集校注卷第十七[①]

翰林制詔一　凡三十四道　擬制附〔一〕

除裴垍中書侍郎同平章事制[②]〔二〕

門下：朕聞后德惟臣[③]，良臣惟聖[④]〔三〕。在太宗時，實有房、杜贊貞觀之業〔四〕。在玄宗時，實有姚、宋輔開元之化[⑤]〔五〕。咸克佑我烈祖，格于皇天。朕祇奉丕圖，懋繼前烈[⑥]。思欲貞百度[⑦]，和萬邦，建中于人，垂拱而理。永惟房、宋之化，寤寐求思。至誠感通，上帝眷祐。果賴良弼[⑧]，輔予一人。正議大夫、行尚書户部侍郎、上柱國、賜紫金魚袋裴垍，器得天爵，文爲國華。行有根源，詞無枝葉[⑨]。忠敬恭順，貫之以誠心；方潔貞廉，輔之以通識。玉立不倚，金扣有聲[⑩]。洎内掌綸言[⑪]，密參樞務。嚴重有大臣之體，溫雅秉君子之文。每獻納之時，動有直氣；當顧訪之際[⑫]，言無隱情。遠圖是經，大事能斷。

匡予不逮，時乃之功。及領地官⑬，且司邦賦〔六〕。會計務劇，出納事殷。投利刃而皆虚，委棼絲而必理。歷試已久⑭，全才益彰。宜登中樞，以副僉望⑮。夫宰輔者，下執邦柄，上代天工。爲國蓍龜，注人耳目。爾尚降乃德以親百姓⑯，廣乃志以序九流。匡朕心以清化源⑰，從人欲以致和氣。予欲宣力，汝爲股肱；予欲詢謀，汝爲心膂。予違望于汝弼，勿謂不從〔七〕；汝言逆于朕心⑱，必求諸道。獨立勿懼，直躬而行。明聽斯言，敬踐乃位⑲。嗚呼！罔俾房、宋，專美于前。可中書侍郎、同中書門下平章事，散官勳賜如故。主者施行⑳。（3154）

【校】

①卷第十七　即《白氏文集》紹興本、馬本卷五十四，殘宋本卷五十五，那波本卷三十七。

②題　《文苑英華》作「裴垍拜相制」。《唐大詔令集》題署「白居易」，注：「元和三年九月。」

③惟臣　《管見抄》作「惟賢」，馬本作「惟哲」。

④良臣惟聖　馬本作「臣德惟良」。

⑤實有　《文苑英華》、《唐大詔令集》作「則有」，《文苑英華》校：「集作實。」

⑥前烈　郭本作「洪業」。

⑦思欲貞　郭本作「思以熙」。

⑧果賴　《管見抄》、郭本、《唐大詔令集》作「果賚」。

⑨詞無　《文苑英華》作「言無」，校：「集作詞。」

⑩金扣　《文苑英華》作「扣之」，校：「集作金和。」

⑪洎内掌　《文苑英華》作「洎潤色」，校：「集作洎内掌。」

⑫顧訪　馬本作「顧問」。

⑬地官　紹興本、那波本作「他官」，據他本改。

⑭已久　《管見抄》、《文苑英華》作「兹久」，《文苑英華》校：「集作已。」

⑮以副　《文苑英華》作「以允」，校：「集作副。」

⑯尚降　《唐大詔令集》作「尚隆」。

⑰以清　《文苑英華》作「而清」，校：「集作已。」

⑱逆于　郭本作「遜于」。

⑲乃位　《文苑英華》作「厥位」，校：「集作乃。」

⑳施行　此下《文苑英華》注：「元和三年九月。」

朱《箋》：作於元和三年（八〇八），長安。

【注】

〔一〕擬制：李肇《翰林志》：「興元元年勅：翰林學士朝服序班，宜准諸司官知制誥例，凡初遷者，中書門下召令右銀臺門候旨，其日入院，試制、書、答共三首，詩一首。自張仲素後，加賦一首。試畢封進，可者翌日受宣。」《白氏文集》即有《奉勅試制書詔批答詩等五首》（本書卷十2916～2920），爲白居易初入翰林奉勅試擬。翰林學士及諸司郎官知制誥者如此，則平時必有練習試擬制誥之作。《文苑英華》卷三八九收劉禹錫《授倉部郎中制》等四篇，卷四〇三收《擬太子太傅制》等二篇，卷四四三收《擬册皇太子文》，卷四四五收《擬册齊王文》等四篇，卷四四六收《擬册公主文》，均不見載本集。又卷四四九有《擬門下侍郎平章事制》、《擬中書侍郎平章事制》，注出《玉堂遺範》，亦署劉禹錫。岑仲勉《讀全唐文札記》：「劉禹錫下收《授倉部郎中制》、《授主客郎中制》、《授比部郎中制》、《授屯田郎中制》各一首……禹錫未嘗知制誥，則其文皆擬文也。四『授』字謂應改作『擬』字，以昭其實而從同。」禹錫大和二年入爲主客郎中，裴度在中書，欲令知制誥，以執政不悦，轉禮部郎中、集賢直學士。蓋未嘗正式奉勅試制書，擬文乃備用練習之作，故本集不載。此類擬作多不具人物之名，僅泛稱職銜。《白氏文集》亦有此類作品，如本卷《除軍使邠寧節度使制》（3180）、《邊鎮節度使起復制》（3184）、《除常侍制》（3186）諸篇。白氏將其編入「翰林制詔」，則知入爲翰林學士後亦有擬作之必要。然除此類泛擬之作外，時供職中書、翰林者于正式制詔亦有試擬之作。《南部新書》丁卷:「大中中,李太尉三貶至朱崖,時在兩制者皆爲擬制,用者乃令狐綯之詞。李虞仲集中此制尤高,未知孰是。往往有俗傳之制,云:『蛇用兩頭,狐搖九尾。鼻不正而身豈正,眼既斜而心亦斜。』此仇家謗也。」時重要制詔或有多人共擬之慣例,而選用其一,故乃有此「皆爲擬制」之事。今各家文集或有同題之制及制文與史書所載有異者,當即緣此之故。如《白氏文集》之《田布贈右僕射制》(本書卷十二2949),與《舊唐書·田布傳》所載即非一制。本書卷十八《杜佑致仕制》(3188)不同於《舊唐書》本傳所載,原因恐亦相同。又《南部新書》所謂「俗傳」之制乃出自仇家,則此擬制風氣甚或行於民間。白珽《湛淵靜語》卷一:「自昭明采册令一二于《文選》,後之嘗隸玉署者,往往梓於私集,是借重君父,沽文章之名于臣子也。至有不在其位,而私集載擬制者,殊失藻繪上命之意。」此則後人苛責之論。

〔二〕裴垍:字弘中。新舊《唐書》有傳。《舊唐書·憲宗紀》:「(元和三年九月)丙申,以户部侍郎裴垍爲中書侍郎、同平章事。」《裴垍傳》:「元和初,召入翰林爲學士,轉考功郎中、知制誥,尋遷中書舍人。……三年,詔舉賢良,時有皇甫湜對策,其言激切;牛僧孺、李宗閔亦苦詆時政。考官楊於陵、韋貫之升三子之策皆上第,垍居中覆視,無所同異。及爲貴幸泣訴,請罪於上,憲宗不得已,出於陵、貫之官,罷垍翰林學士,除户部侍郎。然憲宗知垍好直,信任彌厚。」

〔三〕后德惟臣:《書·冏命》:「僕臣正,厥后克正;僕臣諛,厥后自聖。后德惟臣,不德惟臣。」傳:「君之有德,惟臣成之。君之無德,惟臣誤之。」良臣惟聖:《書·説命》:「股肱惟人,良臣惟聖。」傳：「有良臣，乃成聖。」

〔四〕房杜：房玄齡、杜如晦。《舊唐書·房玄齡杜如晦傳》：「史臣曰：房、杜二公，皆以命世之才，遭逢明主；謀猷允協，以致昇平。議者以比漢之蕭、曹，信矣。然萊成之見用，文昭之所舉也。世傳太宗嘗與文昭圖事，則曰『非如晦莫能籌之』。及如晦至焉，竟從玄齡之策也。蓋房知杜之能斷大事，杜知房之善建嘉謀。」

〔五〕姚宋：姚崇、宋璟。《舊唐書·姚崇宋璟傳》：「史臣曰：履艱危則易見良臣，處平定則難彰賢相。故房、杜預創業之功，不可儔匹。而姚、宋經武、韋二后，政亂刑淫，頗涉履於中，克全聲跡，抑無愧焉。」

〔六〕地官：户部尚書。《唐六典》卷三户部尚書：「周之地官卿也……後周依《周官》，置地官府大司徒卿……光宅元年改爲地官尚書，神龍元年復故。」

〔七〕予違望于汝弼：《書·益稷》：「予違，汝弼，汝無面從，退有後言。」傳：「我違道，汝當以義輔正我。無得面從我違，而退後有言我不可弼。」

除段祐檢校兵部尚書右神策軍大將軍制①〔一〕

門下：爲君之心，惟功勞是念；有國之典，以賞勸爲先。其有輯睦師徒，保綏黎庶，盡勤王之節，建護塞之勳，則宜進以官常，委之軍要。兼文武之秩，參内外之榮②。斯所以彰念功而明懋賞也。四鎮北庭行軍、兼涇原等州節度支度營田觀察處置等使、光禄大夫、檢校工部尚書、使持節涇州諸軍事、涇州刺史、兼御史大夫、上柱國、雁門郡開國公段祐，早膺事任，累著公忠。名因義聞，位以勤致。自分戎閫，實控塞門。明舉武經，大修邊備③。士卒有勇，保鄣無虞〔二〕。虜不近邊，農皆狎野。展執珪之覲禮④，瀝戀闕之深誠。方圖爾勞，且遂其志。夫六官庀職，大司馬列于前〔三〕；二廣分師⑤，上將軍處其右〔四〕。長夏官以率屬，領環衛而拱宸。苟非信臣，安可兼委？嘉乃實効，副予虚求。將慎重其腹心，宜進登於喉舌。敬服休命，勉揚令圖。可檢校兵部尚書、右神策軍步軍大將軍知軍事，散官勳封如故。主者施行。（3155）

【校】

①題　紹興本此篇卷目「大將軍」下衍「吏部尚書兼太子賓客」九字，正文前不衍。郭本「兵部尚書」下衍「兼太子賓客」五字。

②之榮　郭本作「之勞」。

③邊備　馬本作「邊務」。

④觀禮　紹興本等作「勤禮」，據蓬左本改。

⑤二廣　馬本作「二翼」。

【注】

朱《箋》：作於元和三年（八〇八），長安。

〔一〕段祐：《舊唐書·憲宗紀》：「（元和三年正月）庚子，涇原段祐請修臨涇城，在涇州北九十里，扼犬戎之衝要，詔從之。」「（三月）庚子，以定平鎮兵馬使朱士明爲四鎮、北庭、涇原等州節度使。」「（元和五年五月乙巳）右神策軍使段祐卒。」《唐代墓誌彙編續集》咸通〇八三段雍《大唐故鄉貢進士段府君墓誌銘》：「君諱庚，字甚夷，武威人也。曾王父皇慶州刺史諱琦，生涇原節度觀察使、檢校兵部尚書諱祐，尚書生先公淄王府長史諱少真。」

〔二〕保鄣無虞：《册府元龜》卷九九三《外臣部·備禦》：「（元和）三年正月庚子，以將城臨涇，詔麟遊、靈臺、良原、崇信、歸化等五鎮，並修整士馬，犄角相應。從涇原節度使段祐之請也。臨涇城直涇州西北九十里，寔險要之鎮，從前因循不修，嘗爲犬戎所保。其界有青石嶺，嶺多美土，每每軍人耕獲，屢爲蕃寇掠奪。祐請修築，議者是非相半。祐決城之，功畢時方以爲大利。」

〔三〕大司馬：兵部尚書。《唐六典》卷五兵部尚書：「後周依《周官》，置大司馬卿一人。」

〔四〕二廣：見卷十四《李演除左衛上將軍制》(3034)注。

除趙昌檢校吏部尚書兼太子賓客制①〔一〕

門下：王者以尚齒尊賢爲體②，以念功任舊爲心。况文武之才，有以兼備；則中外之職，所宜迭居。所以寵舊勳而優耆德者也。前荆南節度管内支度營田觀察處置等使、金紫光禄大夫、檢校兵部尚書、兼江陵尹、上柱國、天水郡開國公趙昌，聚學飾身，修誠致用。久膺事任，累著勳猷。統護交州，威惠之聲克振；鎮臨南海，撫循之政有經。自移部荆門，馳心魏闕。增修職貢，益勵忠勤。爰舉寵章，用旌茂績。夫望優四皓，然後能調護春闈〔二〕；才冠六卿，然後能紀綱會府③〔三〕。惟爾年德足尚，可以周旋其間。宜增喉舌之榮，以崇羽翼之任〔四〕。服我休命，其惟懋哉！可檢校吏部尚書、兼太子賓客，散官勳封如故。主者施行。(3156)

【校】

①題　《文苑英華》作「授趙昌檢校吏部尚書兼太子賓客制」。

②爲體　馬本作「爲禮」。

③會府　郭本作「外府」。

【注】

朱《箋》：作於元和四年（八〇九），長安。

〔一〕趙昌：字洪祚。新舊《唐書》有傳。《舊唐書·憲宗紀》：「（元和元年三月）壬寅，以前安南經略使趙昌爲廣州刺史、嶺南節度使。」「（三年四月）乙亥，以前嶺南節度使趙昌爲江陵尹、荆南節度使。」

〔二〕春闈：指太子東宮。《舊唐書·姚班傳》載班上節愍太子書：「臣以庸謬，叨侍春闈。」

〔三〕會府：指尚書省。郭子儀《讓加尚書令表》：「臣聞王政之本，繫於中臺，天下所宗，謂之會府。」《唐會要》卷五七《尚書省》永泰二年四月十五日制：「今之尚書省，即六官之位也。古稱會府，實曰政源。」

〔四〕喉舌之榮：《詩·大雅·烝民》：「出納王命，王之喉舌。」《後漢書·周榮傳》：「尚書出納帝命，爲王喉舌。」《左雄傳》：「宜擢在喉舌之官，必有匡弼之益。由是拜雄尚書。」

除鄭絪太子賓客制[一]

門下：王者重輔弼之任，明進退之宜，見可即升①，知否則捨。兹朕所以推誠不惑，與物無私者也。銀青光禄大夫、守門下侍郎、同中書門下平章事、兼弘文館大學士、上柱國、陽武縣開國侯鄭絪，早以令聞，入參禁署。永惟勤績，出授台司。期爾有終，匡予不逮。歲月滋久，謀猷寖微。罔清淨以慎身，每因循而保位。既乖素履，且鬱皇猷。宜副羣情，罷兹樞務。朕以其久居内職，累事先朝，思厚君臣②，貴令終始③。俾就優閑之秩，用申寬大之恩。可太子賓客，散官勳封如故。主者施行。（3157）

【校】

①即升 《管見抄》作「則升」。

②思厚 郭本作「恩厚」。「君臣」 馬本作「大臣」。

③貴令 《管見抄》、馬本作「貴全」。

朱《箋》：作於元和四年（八〇九），長安。

【注】

〔一〕鄭絪：見卷十一《裴度李夷簡王播鄭絪楊於陵等各賜爵並迴授男爵制》（2934）。《舊唐書·憲宗紀》：「（永貞元年十二月）壬戌，以朝請大夫、守中書舍人、翰林學士、上柱國鄭絪爲中書侍郎、同平章事、集賢殿學士。」《鄭絪傳》：「憲宗初，勵精求理，絪與杜黄裳同當國柄。黄裳多所關決，首建議誅惠琳、斬劉闢及他制置。絪謙默多無所事，由是貶秩爲太子賓客。出爲嶺南節度觀察等使、廣州刺史、檢校禮部尚書。」絪元和四年二月丁卯罷爲太子賓客，《册府元龜》卷三三三《宰輔部·罷免》錄此制文。

加程執恭檢校尚書右僕射制〔一〕

門下：職參揆務，權總戎麾，必惟其人，乃授斯柄。自非望崇垣翰，功著旂常，則何以副儀形之求，稱節制之任？我有休命，爾其敬承。銀青光禄大夫、檢校兵部尚書、使持節滄州諸軍事、兼滄州刺史、御史大夫、横海軍節度、支度營田滄景等州管内觀察處置等使、上柱國、邢國公、食邑三千户程執恭，義勇立身，忠慤成性。聚爲事業，發爲勳猷。

歷事先朝①，久專外閫。殿邦而山岳比鎮，奉國而金石爲心。動修武經，居有循化。洎執珪入覲，班瑞言旋。忠懇内激於心誠，恭順外形於詞氣。爰舉疇庸之典，稍增命秩之榮。方圖前勞，且有後命。朕思安封域，望在勳賢。任既切於腹心，位猶輕於喉舌。以守土勤王之効，雖進官封；念來朝述職之忠，未加寵數。特升右揆，俾壯中權②〔一〕。勉終永圖，無替成績。可檢校右僕射，餘並如故。（3158）

【校】

①先朝　郭本作「三朝」。

②俾壯中權　馬本作「俾在中樞」。

【注】

朱《箋》：作於元和三年（八〇八）至元和六年（八一一），長安。

〔一〕程執恭：後更名權。傳附新舊《唐書·程日華傳》。《舊唐書·憲宗紀》：「（元和三年）十一月甲午，横海軍節度使程執恭來朝。」《程日華傳附執恭》：「元和六年入朝，憲宗禮遇遣之，加尚書左僕射。」《册府元龜》卷三八五《將帥部·褒異》：「程執恭爲横海軍節度使，憲宗元和四年來朝，還鎮，賜厩馬一匹及槍甲。兩河節制，久無修覲禮者，故嘉而寵之。」此制當爲元和三年入朝作。參本卷《除程執恭檢校右僕射制》(3162)。

〔三〕中權：《左傳》宣公十二年：「軍行右轅，左追蓐，前茅慮無，中權，後勁。」杜預注：「中軍制謀，後以精兵爲殿。」

除王佖檢校户部尚書充靈鹽節度使制①〔一〕　四年六月三日②。

門下：靜邊之要，選將爲先。夫有統馭之才，然授以節制之任③；有撫備之略，然鎮以夷夏之衝。期乎懷遏寇虞④，慎固封域。今予命爾，時謂得人。開府儀同三司、檢校刑部尚書、兼右衛上將軍、寧塞郡王、食實封二百五十户王佖，忠厚立誠，果斷効用。慎始終而行有枝葉，踐夷險而道無磷緇〔二〕。早練武經，累從軍職⑤。頃逢多壘⑥，實佐元戎。節著臨危，功參定難。位由勞致，名以忠聞。自列六卿，且司七萃。星霜屢變，金石彌堅。宜申命於北轅，俾遏戎於南牧。進地官以崇新命，極勳秩以褒舊功。中簡朕心⑦，外諧僉議。況五原重鎮，諸夏長城〔三〕。修戎政莫先於威聲，牧邊民莫尚於惠實⑧。師雜昆夷之悍，訓必在和；地爲獯虜之鄰，撫宜以信〔四〕。勉率是道，往分朕憂。歲時之間，期於報政。委望斯在，爾其聽之。可檢校户部尚書、兼靈州大都督府長史、御史大夫、充朔方靈鹽定遠城節度副大使知節度事、管内支度營田觀察處置押衙蕃落等使，仍賜上柱國，散官、封、實封並如故。主者施行。（3159）

【校】

①題　《文苑英華》作「授王佖檢校户部尚書靈鹽節度使制」。

②題下注　「六月三日」馬本作「六月十三日」。《文苑英華》此注在文末。

③然　那波本、馬本作「然後」。盧校：「後衍。一作然後，似順，但唐人有此文法，前卷中亦有之。」下文「然鎮以」同。「授以節制」《文苑英華》作「以制節度」，校：「一作授以節制。」

④懷遏　馬本作「攘遏」。

⑤累從　紹興本等作「果從」，據《文苑英華》、郭本改。

⑥頃逢　紹興本作「須逢」，據他本改。

⑦朕心　《文苑英華》作「朕知」，校：「集作心。」

⑧惠實　郭本作「實惠」。

【注】

朱《箋》：作於元和四年（八〇九），長安。

〔一〕王佖：李晟之甥。傳附新舊《唐書·李晟傳》。《舊唐書·憲宗紀》：「（元和四年六月丁丑）以靈鹽節度使范希朝爲太原尹、北都留守、河東節度使；以右衛上將軍王佖爲靈州大都督府長史、靈鹽節度使。」

〔二〕行有枝葉：《禮記·表記》：「子曰：君子不以辭盡人。故天下有道，則行有枝葉；天下無道，則辭有枝葉。」注：「行有枝葉，所以益德也。言有枝葉，是衆虚華也。枝葉依幹而生，言行亦由禮出。」

〔三〕五原：鹽州。《元和郡縣圖志》卷四關内道：「鹽州，五原。中府。……漢武帝元朔二年置五原郡，地有原五所，故號五原。……天寶元年改爲五原郡，乾元元年復爲鹽州。」

〔三〕昆夷：西戎。指吐蕃。獯虜：北狄。指回鶻。《後漢書·西羌傳》：「乃文王爲西伯，西有昆夷之患，北有獫狁之難，遂攘戎狄而戍之，莫不賓服。」《史記·匈奴列傳》：「唐虞以上有山戎、獫狁、葷粥，居於北蠻，隨畜牧而轉移。」集解：「晉灼云：堯時曰葷粥，周曰獫狁，秦曰匈奴。」葷粥又作獯鬻。參卷十四《故鹽州防秋兵馬使康太崇贈鄧州刺史制》（3040）注。

除閻巨源充邠寧節度使制①〔一〕 四年十月一日進②。

門下：華夷要地，實衛蕃漢③。鈇鉞重柄，必授忠賢。況乎掎角諸軍，金湯中夏。有坐甲護邊之旅，任切於拊循；有引弓犯塞之虞，寄深於備禦。内作心腹④，外張爪牙。苟非信臣⑤，不在兹選。奉天定難功臣、開府儀同三司、檢校尚書右僕射、兼羽林軍統軍、御史大夫、上柱國、定襄郡王、食邑一千三百户閻巨源⑥，忠而能力，勇以好謀。誠諒著於艱危，勳績彰於事任。蓄是武略，鬱爲將才。洎出鎮朔陲，入司環衛。獯戎即敍，時乃之功；禁旅統和，時乃之訓。可謂備知虜態⑦，明練兵符。永惟頗、牧之能，宜授郇邠之寄〔二〕。長南宫而遷左揆，壯西郊而委中權。既圖前勞，且佇來効。於戲！十聯之帥⑧，可以觀政〔三〕；萬夫之長，可以樹勳。勉弘令猷，副我休命。可檢校尚書左僕射、使持節邠州諸軍事、兼邠州刺史、御史大夫、充邠寧慶等州節度管内支度營田觀察處置等使，功臣散官勳封並如故。主者施行。（3160）

【校】

①題　《文苑英華》作「授閻巨源邠寧節度使制」。

②題下注　「十月一日」馬本作「十月十一日」。《文苑英華》此注在文末。

③實衛　紹興本等作「實爲」，據《文苑英華》改。《文苑英華》校：「集作爲。」

④内作　《文苑英華》作「中作」，校：「集作内。」

⑤苟非　《文苑英華》作「苟乏」，校：「集作非。」

⑥一千三百　《文苑英華》作「三千」，校：「二字集作一千三百。」

⑦忠而能力……可謂　五十五字紹興本等無，據《文苑英華》補。

⑧十聯　馬本作「千聯」，誤。

【注】

朱《箋》：作於元和四年（八〇九），長安。

㈠閻巨源：《舊唐書》有傳。《舊唐書·憲宗紀》：「（元和四年）冬十月癸酉朔，以右羽林統軍閻巨源爲邠州刺史、邠寧慶節度使。」

㈡郇邠：即邠州。《元和郡縣圖志》卷三邠寧節度使：「邠州，新平。……今爲邠寧節度使理所。……三水縣，緊。……栒邑故城，在縣東二十五里，即漢栒邑縣，屬右扶風。故郇國也。」

〔三〕十聯之帥：十聯同十連。《禮記·王制》：「十國以爲連，連有帥。」唐指節度使。

授吴少陽淮西節度留後制〔一〕　三月十九日。

門下：議事以制，擇善而行。是適變通，庶臻康濟。此王者所以弘德而息人也。況閫外重寄，淮右成師。建有德以統藩方，擢有才以領留府。抑惟令典，今舉行之。彰義軍馬軍先鋒兵馬使、正議大夫、檢校右散騎常侍、使持節申州諸軍事、申州刺史、兼御史大夫、會稽郡王吴少陽，忠勞許國，貴介承家①。蓄武略於韜鈐②，宣吏能於符竹。屬元戎既歿，謀帥其難。朕將選衆以升，試可而用。推掌戎務，已逾歲時。而能和輯師人，勤修土貢。布寬簡有恆之政，動悦人情；守恭順不踰之心，靜俟君命。有嘉大節，可假中權。宜進列於貂蟬，俾增威於貔武。仍加勳秩，式茂寵章。嗚呼！重觀其能，我故委之留事；載佇其効，爾宜勉於後圖。敬思是言，往率乃職。可銀青光禄大夫、檢校左散騎常侍、依前兼御史大夫、使持節蔡州諸軍事、權知蔡州刺史、充彰義軍節度管内支度營田申光蔡等州觀察處置等使留後，仍賜上柱國，封如故。主者施行。（3161）

【校】

①承家　馬本作「成家」，誤。

②韜鈐　郭本作「弓裘」。

【注】

朱《箋》：作於元和五年（八一〇），長安。

〔一〕吴少陽：少誠弟。《舊唐書·吴少誠傳附少陽》：「少誠子元慶，年二十餘，先爲軍職，兼御史中丞，少陽密害之。及少誠死，少陽自爲留後。時王承宗求繼士真，不受詔，憲宗怒，以討承宗，不欲兵連兩河，乃詔遂王宥遥領彰義軍節度大使，以少陽爲留後，遂授彰義軍節度使、檢校工部尚書。」《憲宗紀》：「（元和五年三月）己未，制以遂王宥爲彰義軍節度使，以申州刺史吴少陽爲申光蔡節度留後。」

除程執恭檢校右僕射制〔一〕　七月十二日夜進。

門下：臣之節極乎忠功，君之柄先乎爵賞。欲忠者之克懋也，故爵有加等；欲功者之速勸也，故賞不逾時。古先哲王，實用兹道①。今我命爾，因其舊章。横海軍節度支度營田、滄景等州觀察處置等使，起復冠軍大將軍、左金吾衛大將軍員外置同正員、檢校兵部尚書、使持節滄州諸軍事、兼滄州刺史、御史大夫、上柱國、邢國公程執恭，業傳將略②，名在勳籍。藴天爵以修己，忠孝兩全；竭臣節而事君，夷險一致。紀綱我列郡，節制我成師。動揚休聲，靜著茂實。自合符徵旅，奔命出疆，暴露歷於三時，供億出於二郡。整衆而身作師律，伐謀而心爲戰鋒。服金革而無辭，當矢石而有勇。雨晦識雞鳴之信，風高見隼擊之威。遠略既申，茂勳方集。朕以恒陽之衆，蠢爾無知〔三〕。敺彼生人，致之死地③。每一念至，惻然久之。與其傷和而濟功，曷若含垢而修德？既罷師旅，爰圖勤勞。効且居多，賞宜從重。俾自夏官之長，特升右揆之崇。獎忠勸功，於是乎在。承我休命，爾其欽哉！可檢校尚書右僕射，餘並如故。主者施行。（3162）

【校】

①兹道　《管見抄》作「此道」。

②將略　《管見抄》作「將门」。

③致之　《管見抄》作「置之」。

朱《箋》：作於元和五年（八一〇），長安。

【注】

〔一〕程執恭：見本卷《加程執恭檢校尚書右僕射制》(3158)。《册府元龜》卷一七七《帝王部・姑息》：「（元和）五年七月庚子，鎮州王承宗遣節度巡官崔遂上表二封，乞自陳首。……初，王士真卒，三軍推承宗爲留後，朝廷伺其變，累月不問。承宗懼，上表請割德、棣二州，繇是起復，授成德軍節度使。……是役也，招討之任，非中外所期，又諸軍多觀望養寇，逗留不進，轉餉糜費，日以鉅萬。淄青、幽州累有章表，請赦承宗。帝乃因從史之罪，歸其惡而宥承宗，不得已而爲之。己酉，加……横海軍節度使程執恭檢校尚書右僕射，並以兵罷故也。」卷八六二《總録部・起復》：「程執恭爲横海軍節度使，元和四年九月起復左金吾衛大將軍同正員，餘如故。」執恭曾出兵討王承宗，此制即五年七月罷兵後作。又此制結銜有「起復冠軍大將軍、左金吾衛大將軍員外置同正員」，爲前制所無，前制當作於元和三年。

〔二〕恒陽：恒州。《舊唐書・地理志一》：「成德軍節度使，治恒州，領恒、趙、冀、深四州。」此指王承宗之兵。元和四年十月，詔討成德軍節度使王承宗。

除郎官分牧諸州制①

漢宣帝云②：「與我共理者，其惟良二千石乎？」〔一〕誠哉是言③，朕每三復。安得循吏，副吾此心？今之臺郎，一時妙選。嘗經任歷，率有才用。雖典曹庀事，其務非輕；而䘏隱分憂，所寄尤重。是用並命，分牧吾人。歲時之間，期於報政。户部郎中某可某州刺史，兵部員外郎某可某州刺史云云④。朕高懸爵賞，佇期酬効。咨爾夙夜，其念之哉！無俾龔、黄，專美前代⑤。（3163）

【校】

①題　蓬左本題下注：「自此已下擬諸制詞，並在翰林中作。」平岡武夫《杜佑致仕制札記》認爲是出自古抄本的原注。

②漢宣帝　《文苑英華》其上有「勑」字。

③是言　此下《文苑英華》有「也」字，校：「集無也字。」

④兵部員外郎　《文苑英華》作「吏部郎中」。云云　《文苑英華》無二字。

⑤專美前代　此下《文苑英華》有「可」字。

【注】

朱《箋》：作於元和二年（八〇七）至元和六年（八一一），長安。

〔一〕漢宣帝云：《漢書·循吏傳》：「及至孝宣，由仄陋而登至尊，興於閭閻，知民事之艱難。……常稱曰：『庶民所以安其田里而亡歎息愁恨之心者，政平訟理也。與我共此者，其唯良二千石乎！』以爲太守，吏民之本也。」

除張弘靖門下侍郎平章事制①〔一〕

夫佐佑天子②，燮理陰陽，平章法度，登進賢哲，外撫夷狄，内安元元，使百官咸修其職③，一物不失其所，此宰相之任也。朕思得良弼，馴致此道。咨予命汝，其殆庶乎！某官張弘靖④，惟乃祖乃父，代居相位〔二〕。咸有成績，書于旂常。爾有忠正恭肅，文以禮樂。日濟其美，振揚家聲。一時之人，謂之才子。亟登清貫，益著令問⑤。洎出刺陝部，移鎮蒲阪。政不苛細，甚得人心。寮吏將卒，皆樂爲用。清簡之化，聞于京師。由是鄭風緇衣之好〔三〕，漢庭玄成之美〔四〕，朝望時議，翕然與之。人謀既同，朕志亦定。乃用登爾于左輔⑥，授爾以大政。尚克欽乃嘉命，業乃代官。竭其股肱，服我前訓。嗚呼！三代爲相，邦家之光。爾其念哉⑦，無替乃前人之徽烈。（3164）

【校】

①題　《文苑英華》作「授張弘靖門下侍郎平章事制」。

②夫佐佑　《文苑英華》其上有「門下」二字。

③咸修　紹興本等無「咸」字，據郭本補。

④某官　《文苑英華》作「具官」。

⑤令問　那波本、馬本作「令聞」。

⑥登爾于　《文苑英華》作「登爾以」，校：「集作于。」

⑦念哉　《文苑英華》作「敬哉」，校：「集作念。」

【注】

〔一〕張弘靖：《舊唐書・憲宗紀》：「（元和四年）十二月壬申朔，以户部侍郎張弘靖爲陝府長史、陝號觀察陸運等使，賜金紫。」「（六年二月）癸巳，以陝虢觀察使張弘靖檢校禮部尚書、河中尹、晉絳慈等州節度使。」「（九年六月）壬寅，制河中晉絳慈隰等州節度使張弘靖守刑部尚書，同中書門下平章事。」岑仲勉《白氏長慶集僞文》謂此制稱張弘靖以門下入相，與史不符；此制收入《文苑英華》卷四五〇，同書卷四四八別有《授張弘靖刑部尚書平章制》，云：「宜登右弼之任，同正之曜……可守中書門下平章事。」與史相符。且此制在元和六年四月白氏丁母憂出翰林後，故斷爲僞作。按，此制稱弘靖「三代爲相」及「出刺陝部，移鎮蒲阪」，均不違史實，唯不載弘靖現銜散官勳爵等，亦無新授職之具體結銜，確非真行之制。然與其視爲牛黨餘孽冒名之作，不如視爲作者之擬制。其製作當在元和六年二月張弘靖移鎮河中之後，九年六月以刑部尚書入相之前。白氏出翰林後多有擬制，且擬制對象多爲重臣、著聲譽或交往密切者，蓋作者有意爲之，不能以奪情逾分揣之。以劉禹錫《擬門下侍郎平章事制》等文例之，擬制以除授官職爲重點，故本篇合用「左輔」語。所不同於泛擬之制者，僅擬以真實人物之身世宦歷耳。

〔二〕乃祖乃父二句：弘靖祖父嘉貞，玄宗朝爲相。父延賞，德宗朝爲相。新舊《唐書》並有傳。

〔三〕緇衣之好：《詩·鄭風·緇衣》序：「《緇衣》，美武公也。父子並爲周司徒，善於其職，國人宜之，故美其德，以明有國善善之功焉。」

〔四〕玄成之美：《漢書·韋賢傳》：「賢爲人質樸少欲，篤志於學，兼能《禮》、《尚書》，以《詩》教授，號稱鄒魯大儒。……丞相致仕自賢始。……少子玄成，復以明經歷位至丞相。故鄒魯諺曰：『遺子黄金滿籯，不如一經。』」

授范希朝京西都統制[一]

閶闔風至①，太白星高。謀帥護邊，國之大計。某官范希朝②，忠貞勤儉以爲質，惠和智勇以爲用。一代名將，三朝信臣。朕以西邊列鎮三四，若有總統，則易成功[二]。思得良帥有威名者，并護諸將，歲一巡邊。乘秋順令，揚其威武。則南牧之馬，引弓之人，知我有備，不戰而去。誰可任者？無如希朝。以爾有朔方之勞，有振武之効。功在疆埸，名聞羌戎。惟實與聲，皆副是選。今拜爾爲大將，尊爾爲司徒。節制進退，一令諮稟。倚望如右，可不慎歟？可充京西都統。（3165）

【校】

①閶闔　《文苑英華》其上有「門下」二字。

②某官　《文苑英華》作「具官」。

朱《箋》：作於元和五年（八一〇），長安。

【注】

〔一〕范希朝：字致君。新舊《唐書》有傳。《舊唐書·憲宗紀》：「（元和四年六月丁丑）以靈鹽節度使范希朝爲太原尹、北都留守、河東節度使。」《范希朝傳》：「游瑰没，邠州諸將列名上請希朝爲節度，德宗許之。希朝讓于張獻甫……詔嘉之，以獻甫統邠寧。數日，除希朝振武節度使。……貞元末，累表請修朝覲。時節將不以他故自述職者，惟希朝一人，德宗大悦。……憲宗即位，復以檢校僕射爲右金吾，出拜檢校司空，充朔方、靈鹽節度使。……遷河東節度使。率師討鎮州無功。既耄且疾，事不理，除左龍武統軍，以太子太保致仕。元和九年卒。」岑仲勉《白氏長慶集僞文》謂：王鍔元和五年十一月除河東節度，此制當作於此後。此前充京西諸軍都統者有高崇文，元和四年九月卒。新舊《唐書》本傳均謂希朝免河東後除左龍武統軍，非爲京西都統，故岑氏謂此制當存疑。按，據本卷編次，自《除郎官分牧諸州制》（3163）以下各篇或爲泛擬之制，或雖具主名但與史實不盡相符，即岑氏疑爲僞文者。然本卷卷題標明「擬制附」，各篇當均非真行之制，而屬擬制。

〔二〕朕以西邊列鎮三句：《舊唐書·范希朝傳》：「順宗時，王叔文黨用事，將授韓泰以兵柄，利希朝老疾易制，乃命爲左神策、京西諸城鎮行營節度使，鎮奉天，而以泰爲副。」又《憲宗紀》：「（元和二年十二月）丙寅，以劍南西川節度使高宗文檢校司空、同平章事，兼邠州刺史、邠寧慶節度使、充京西諸軍都統。」此後帶此銜者有鄭畋。可見此職非常設，或以處勳舊，或爲一時便宜之制。

贈吉甫先父官并與一子官制〔一〕

敕：某官李吉甫，出入將相，迨今七載。而能修庶職，敍彝倫。毗予一人，以厎于道。夙夜不怠，厥功茂焉。夫忠於君者，教本於親；寵其身者，賞延于嗣。於是乎有飾終之命，有任子之恩。所以感人心而勸臣節也。惟兹舊典，可舉而行。（3166）

【注】

〔一〕李吉甫：字弘憲。新舊《唐書》有傳。父栖筠，代宗朝爲御史大夫，《新唐書》有傳。李吉甫元和二年正月入相，制云「出入將相，迨今七載」。岑仲勉《白氏長慶集僞文》謂應爲元和八年作，故斷爲僞文。按，此篇當爲擬制。岑氏文引白氏《牛僧孺監察御史制》（本書卷十八 3220）「頃對策於庭，其言甚直」等語，謂「大似替牛黨爭氣」、「必牛黨之餘孽所爲也」。然此篇乃爲德裕之父吉甫撰美詞，可知其説不足爲據。

除李絳平章事制①〔一〕

昔在堯舜②，聰明文思。尚賴良臣，實相以濟。況朕薄德，不逮先王。是用急疾於求賢③，置之於左右④。俾承弼納誨，以匡不逮。言雖逆耳⑤，必求諸道；事苟利人，咸可其奏。兹亦足以宣股肱之力⑥，成天下之務。歷選多士，爰得良輔。乃降厥命，其聽之哉！某官李絳⑦，齋莊嚴重，内明外直。進退舉措，有大臣體。自參内職，每備顧問。忠讜之操，終然不渝⑧。及貳地官，專領財賦。未逾周月，亦有成績。歷試多可，人望攸歸。俾登中樞，無易絳者。於戲！爾以文學入仕⑨，以正直奉上。才膺大用，職亦屢遷。十年之間，位至丞相。何以報國⑩？在乎匪躬。欽哉懋哉，無忝朕命。（3167）

【校】

①題 《文苑英華》作「授李絳平章事制」。

②昔在 《文苑英華》其上有「門下」二字。

③急疾 《管見抄》無「疾」字。

④置之於　《管見抄》無「於」字。

⑤言雖　《文苑英華》作「言或」，校：「集作雖。」

⑥兹亦　紹興本等無「亦」字，據《管見抄》補。

⑦某官　《文苑英華》作「具官」。

⑧終然　《文苑英華》作「終始」，校：「集作然。」

⑨爾以　紹興本、那波本作「爾有以」，據他本删。

⑩何以　紹興本等作「可以」，據《管見抄》改。

【注】

〔一〕李絳：字深之。新舊《唐書》有傳。《舊唐書·憲宗紀》：「（元和六年十二月）己丑，制以朝議郎、守尚書户部侍郎、驍騎尉、賜紫金魚袋李絳爲朝議大夫、守中書侍郎、同中書門下平章事。」岑仲勉《白氏長慶集僞文》謂此文不言晉秩，未著絳元官，且不言以何官入相，均爲可疑之點。《文苑英華》卷四四八另有《授李絳中書侍郎同平章事制》，具官、除官均與史合，故斷此文爲僞作。按，此篇當爲擬制。不具載具官及除官結銜，爲此類擬制之共同特點。此外，文中敍李絳「參内職」、「及貳地官，專領財賦」，均爲絳之真實經歷。又《舊唐書·李吉甫傳》、《權德輿傳》、

《武元衡傳》均謂李絳爲憲宗擢用，與李吉甫情不相協。白氏所撰擬制於諸重臣均有涉及，蓋取無所偏倚之立場。

授韓弘許國公實封制〔一〕

梁宋之交，水陸合會。人雜難理，軍暴難戢。因變肆亂，往往有焉。唯此一方，朕常憂慮。今有良帥，鎮而撫之。政立功成，宜舉賞典。某官韓弘，以長材大略，作我藩臣。本於忠力，輔以政理。自分閫寄，在浚之郊。嚴貞師律①，恭守朝憲。訓兵積粟，明罰信賞。軍和食足，禮節並行。河南晏如，于兹一紀〔二〕。是則有大勳於國，有大惠於人。會課議功，無出其右。夫有過人之効，則有加等之命。古之王者所以賞一人而天下勸者，用此道也。可不務乎？是用建于上公，授之真食。以示殊寵，以旌殊績。欽我休命②，子孫其保之。（3168）

【校】

①嚴貞　郭本作「嚴整」。

②欽我　郭本作「欽哉」。

【注】

〔一〕韓弘：《舊唐書・韓弘傳》：「吴元濟誅，以統帥功，加檢校司徒、兼侍中，封許國公。」《册府元龜》卷一七七《帝王部・姑息》：「(元和)十年正月乙酉，進授宣武軍節度使檢校司空韓弘守司徒，依前同中書門下平章事。其秋出師，遂命弘爲淮西諸軍行營都統……十二年賊平，就加兼侍中，累拜封許國公。」岑仲勉《白氏長慶集僞文》謂此制衹提封爵、無一語道及賞平淮，又史傳及韓愈《許國公贈太尉韓公神道碑銘》均不言實封，文中「河南晏如，于兹一紀」與弘貞元十五年除宣武節度亦不符，故斷言此文「不獨非居易作，抑更非他翰林作，一篇僞文而已」。按，此篇當爲擬制。其製作當在元和六、七年間，故不及平淮事。貞元十五年至元和六年，約爲一紀。唐代封許國公者有高士廉、蘇瓌、蘇頲（襲爵）、韓弘、韓建。弘潁川人，建許昌人，皆以郡望封許國。此制爵位、實封均爲虚擬，然亦合當時之制。

〔二〕河南晏如二句：《舊唐書・韓弘傳》：「汴州自劉士寧之後，軍益驕恣，及陸長源遇害，頗輕主帥。其爲亂魁黨數十百人。弘視事數月，皆知其人。有部將劉鍔者，凶卒之魁也。弘欲大振威望，一日，引短兵於衙門，召鍔與其黨三百，數其罪，盡斬之以徇。血流道中，弘對賓僚言笑自若。自是訖弘入朝，二十餘年，軍衆十萬，無敢怙亂者。」

除裴度中書舍人制①〔一〕

司勳郎中、知制誥裴度②，以茂學懿文，潤色訓誥。體要典麗，甚得其宜。施之四方，朕命惟允。況中立不倚，道直氣平③。介然風規，有光近侍。臺郎滿歲，班列當遷。綸閣之職④，所宜真授⑤。（3169）

【校】

①題　《文苑英華》作「授裴度中書舍人制」。

②司勳　《文苑英華》其上有「勑」字。

③道直　郭本作「道邃」。

④綸閣之職　郭本作「中書之秩」。

⑤所宜真授　此下《文苑英華》明抄本有「可」字，明刊本作「可中書舍人」。

【注】

〔一〕裴度：《舊唐書·憲宗紀》：「（元和五年八月乙亥），起居舍人裴度爲司封員外郎、知制誥。」「（七年十一月）乙丑，詔：田興以魏博請命，宜令司封郎中、知制誥裴度往彼宣慰。」《裴度傳》載度元和六年尋轉本司郎中，七年宣慰魏博使還，拜中書舍人。岑仲勉謂此文作司勳郎中，與史不合，故斷爲僞作。按，此篇當爲擬制。文稱「臺郎滿歲，班列當遷」，裴度以元和六年轉司封郎中，七年遷中書舍人，所敍與史合。唯作「司勳郎中」，或爲傳寫之誤。

除蕭俛起居舍人制①〔一〕

左補闕、翰林學士蕭俛，頃居諫列，職司其憂②。夙夜孜孜，拾遺左右。朕嘉乃志，選在内庭。自參密近，益見忠讜。始終不替，尤足多之。記事之官，一時清選。俾膺是命，以弘勸奬③。（3170）

【校】

①題　《文苑英華》作「授蕭俛起居舍人充職制」。

②職司　紹興本等作「職同」，據《全唐文》改。

③以弘勸獎　此下《文苑英華》有「可守起居舍人依前件」九字。

【注】

〔一〕蕭俛：見卷十二《蕭俛除吏部尚書制》(2961)。《舊唐書·蕭俛傳》：「遷右補闕，元和六年，召充翰林學士，七年，轉司封員外郎，九年，改駕部郎中知制誥。」《重修承旨學士壁記》：「蕭俛元和六年四月十二日自右補闕充，七年八月五日，加司封員外郎。」岑仲勉《白氏長慶集僞文》謂兩書官歷全同，蕭俛在補闕與司封員外郎之間並無改起居舍人一事，故斷此制爲僞作。按，此篇當爲擬制。擬制固有事真者，亦有出於虚構或雖有擬議而事未真行者。起居舍人爲内職，自補闕遷或自翰林授，均極常見。

除崔羣中書舍人制①〔一〕

庫部郎中、知制誥、翰林學士崔羣②，端厚和敏，飾以文學。溫溫忠敬③，得侍臣之風④。自列内朝，兼司誥命。事煩而益密，職久而彌精。六年于兹，勤亦至矣。況小大

之事⑤，常所訪問。盡規極慮，弘益居多。所宜寵以正名，式光禁職。敬乃嘉命，其惟有終⑥。（3171）

【校】

①題　《文苑英華》作「授崔羣中書舍人制」。

②庫部郎中　《文苑英華》其上有「勅」字。

③溫溫　《文苑英華》作「溫良」。

④侍臣　郭本作「大臣」。

⑤小大　郭本作「大小」。

⑥其惟有終　此下《文苑英華》有「可」字。

【注】

〔一〕崔羣：見卷八《答户部崔侍郎書》(2884)。《重修承旨學士壁記》：「元和二年十一月六日自左補闕充……(五年)五月五日，加庫部郎中知制誥。十二月賜緋。七年四月二十九日，遷中書舍人。」岑仲勉《白氏長慶集僞文》以事在元和六年四月白氏丁憂出翰林後，故斷此制爲僞作。按，此篇當爲擬制。文云「六年于兹，勤亦至矣」，與崔氏入翰林時間合，非詳熟者不能知。

獨孤郁守本官知制誥制①〔一〕

考功員外郎、史館修撰獨孤郁②，爲人沈實，敏行寡言。粲然文藻，秀出於衆。累升諫列，再秉史筆。洎掌功論③，率以直聞。求之周行，不可多得。而掖垣近職，綸閣重選。俯詢時議，爾宜居之。（3172）

【校】

①題　《文苑英華》作「授獨孤郁守本官知制誥制」。

②考功　《文苑英華》其上有「勑」字。

③功論　《文苑英華》明刊本作「絲綸」。

【注】

〔一〕獨孤郁：《舊唐書·獨孤郁傳》：「(元和)五年，兼史館修撰。尋召充翰林學士，遷起居郎。權德輿作相，郁以婦公辭内職……遷郁考功員外郎，充史館修撰、判館事，預修《德宗實録》。七年，以本官復知制誥。」韓愈《唐故秘書少監贈絳州刺史獨孤府君墓誌銘》：「改尚書考功員外郎，復史館職。（元和）七年，以考功知制誥入謝，因賜五品服。」岑仲勉《白氏長慶集僞文》以事在元和七年，白氏已出翰林，故斷此制爲僞作。按，此篇當爲擬制，記獨孤郁宦歷與史合。

授沈傳師左拾遺史館修撰制〔二〕

京兆府鄠縣尉沈傳師①，庶職之重者其史氏歟？歷代以來，甚難其選。非雄文博學，輔之以通識者，則無以稱命。今兹命爾，其有旨哉！昔談之書遷能修之，彪之史固能終之。惟爾先父，嘗譔《建中實録》，文質詳略，頗得其中。爾宜繼前志，率前條，無忝爾父之官之職。可左拾遺、史館修撰②。（3173）

【校】

①京兆府　《文苑英華》其上有「勅」字。

②可左拾遺史館修撰　《文苑英華》作「可」。

【注】

〔一〕沈傳師：字子言，既濟子。《舊唐書・沈傳師傳》：「授太子校書郎、鄠縣尉，直史館，轉左拾遺、左補闕，並兼史職。……初，傳師父既濟撰《建中實錄》十卷，爲時所稱。傳師在史館，預修《憲宗實錄》。」據《重修承旨學士壁記》，沈傳師元和十二年二月自左補闕史館修撰充翰林。岑仲勉《白氏長慶集僞文》謂合而推之，其授拾遺總在元和六年四月以後，故斷此制爲僞作。按，此篇當爲擬制，記沈傳師父子事均與史合。

除許孟容河南尹兼常侍制①〔一〕

昔吳公、袁安爲河南尹守②，皆能以廉平清肅，馭吏教人。孰能繼之？我有良吏。某官許孟容③，才志甚大，言論甚高。在臺閣間，藹然公望。嘗尹京邑，觀其器用，臨事能守，當官敢言。不吐剛以茹柔，不附上以急下。政無煩碎，甚合衆心。及是轉遷，頗有遺愛。河洛千里，都畿在焉。凡所選任，必歸望實。考言詢事，非爾而誰？不忘舊政，可立新績。仍以騎省，申而寵之。（3174）

【校】

①題 《文苑英華》作「授許孟容河南尹兼常侍制」。

②昔吳公 《文苑英華》其上有「勑」字。

③某官 《文苑英華》作「具官」。

【注】

〔一〕許孟容：字公範。《舊唐書·憲宗紀》：「(元和七年二月)壬寅，以兵部侍郎許孟容爲河南尹。」《許孟容傳》：「元和初，遷刑部侍郎、尚書右丞。四年，拜京兆尹。……改兵部侍郎……出爲河南尹。」岑仲勉《白氏長慶集僞文》謂此制未詳著其見官兵部侍郎，可疑，又作於白氏丁憂出翰林後，故斷爲僞作。按，此篇當爲擬制。文中稱孟容「藹然公望」、「臨事能守，當官敢言」，與史載孟容爲京兆尹彈抑豪强、收捕神策軍吏諸事相應。

除李程郎中制〔一〕

隋州刺史李程，頃以詞學，入參訓命。旋以才用，出領詔條。漢東大郡，委之共理。

勵精爲政，三年有成。中外序遷，朝之彝典。尚書郎缺，爾宜補之。（3175）

【注】

〔一〕李程：字表臣。《新唐書·李程傳》：「元和三年，出爲隨州刺史，以能政賜金紫服。李夷簡鎮西川，辟爲成都少尹。以兵部郎中入知制誥。」《重修承旨學士壁記》李程：「（元和）三年七月二十三日知制誥，其年出院，授隨州刺史。」本書卷十八有《李程行軍司馬制》（3218）：「漢南大郡，守之五年。」岑仲勉《白氏長慶集僞文》謂此制「勵精爲政，三年有成」，與前制「守之五年」不合，又事在元和八年，故斷爲僞作。按，「三年有成」用《論語·子路》語，不可拘泥。此篇當爲擬制。

裴克諒權知華陰縣令制①〔一〕

華陰令卒②，非選補時③。調租勉農，政不可缺④。前鎮國軍判官、試大理評事裴克諒，久佐本府，頗有勤績。屬邑利病，爾必周知。宜假銅墨，試其才理。待有所立，方議正名。（3176）

【校】

①題 《文苑英華》作「授裴克諒權知華陰縣令制」。

②華陰令 《文苑英華》其上有「勅」字。

③選補 郭本作「遷補」。

④政不 《文苑英華》作「官不」，校：「集作政。」

【注】

〔一〕裴克諒：本書卷三一《海州刺史裴君夫人李氏墓誌銘》(3597)：「夫人贊皇縣君李氏，趙郡高邑人也。……考諱藩，門下侍郎同平章事，贈户部尚書。夫人諱娥，相國長女也。適河東裴君克諒，今爲海州刺史。……寶曆三年三月一日，疾終於海州官第。」《新唐書·宰相世系表一上》東眷裴氏：夏孫，行軍司馬政子，「克諒」。《唐代墓誌彙編續集》長慶〇〇五李定之《唐故襄城縣尉范陽盧公樽夫人河東裴氏墓誌銘》：「夫人其先河東聞喜人也。……曾祖夏日，進士及第，累贈工部郎中。祖政，鳳翔少尹、右庶子、兼御史中丞，總山南西道十七州、充懷州澤潞等州節度行軍司馬。父友亮，左金吾衛兵曹參軍，充河陽節度巡官。……夫人早孤，叔父克亮嘗謂宗族曰：此女賢明，可配君子。……及叔父除建州刺史，夫人乃隨從之官……以長慶元年十二月十七日終於建州官舍。」此誌之夏日即《世系表》之夏，克亮即克諒。據本卷編次，此篇亦當爲擬制。裴克諒蓋與居易有交往，故居易爲其夫人撰墓誌。

贈高郢官制〔一〕

故尚書右僕射高郢，立身從事，皆有本末。在亂不汙，可以言忠。守官不撓，可以言直。以道佐主，可以言正。以年致仕①，可以言禮。有一於此，人鮮克舉。況備四者，不亦君子乎②？天不憖遺，深用軫悼。宜加褒贈，以旌其風。仍俾善人，聞而知勸。可贈某官。（3177）

【校】

①以年　郭本作「因年」。

②乎　《管見抄》作「哉」。

【注】

〔一〕高郢：見卷一《泛渭賦》(2806)注。《舊唐書·憲宗紀》：「(元和六年)秋七月癸巳朔，尚書右僕射致仕高郢卒。」岑仲勉《白氏長慶集僞文》以事在白氏丁憂出翰林後，故斷爲僞作。按，此篇當爲擬制，故不詳具贈官之銜。高郢于居易有座主之恩，故制詞亦極揄揚之致。

貶于尹躬洋州刺史制〔一〕

中書舍人于尹躬，其弟臯謨，贓汙狼藉〔二〕。雖無從坐之法，合當失教之責。然以典職詔命，恭勤五年。我即念勞，爾宜思過。俾居近郡，茲謂得中。(3178)

【注】

〔一〕于尹躬：《新唐書·宰相世系表二下》于氏：禮部侍郎邵字德門子，「尹躬，中書舍人」，「臯謨，户部郎中。」《元和姓纂》卷二于作「允躬」。《南部新書》乙卷：「父子知舉三家……于邵，子允躬。」

〔二〕于臯謨：《舊唐書·權德輿傳》：「運糧使董溪、于臯謨盜用官錢，詔流嶺南，行至湖外，密令中使皆殺之。」《崔元略傳附元受》：「元和初，于皐謨爲河北行營糧料使。元受與韋岵、薛巽、王湘等皆爲皐謨判官，分督供饋。既罷兵，或以皐謨隱没贓罪，除名賜死。元受從坐，皆逐嶺表。」《資治通鑑》繫此事於元和六年五月。岑仲勉《白氏長慶集僞文》謂尹躬之貶當亦同時，時在居易出翰林後，故斷爲僞作。按，此篇當爲擬制。

贈裴垍官制〔一〕

故太子賓客裴垍，忠正恭慎，佐予爲理。事君盡禮，徇國忘身。積憂與勞，遘成疾恙。以至淪逝，念之惻然。頃屬多故，未申禮典。永惟褒飾，寧忘于心？今則命數之間，宜從加等。庶使忠於君者，有以勸焉。可贈某官。（3179）

【注】

〔一〕裴垍：見本卷《除裴垍中書侍郎同平章事制》(3154)。《舊唐書·憲宗紀》：「(元和六年七月)庚申，贈銀青光禄大夫、太子賓客裴垍太子少傅。」《裴垍傳》：「明年，改太子賓客卒，廢朝，賻禮有加，贈太子少傅。」《新唐書·裴垍傳》：「會卒，不加贈，給事中劉伯芻表其忠，帝乃贈太子少傳。」岑仲勉《白氏長慶集僞文》以事在居易出翰林後，故斷爲僞作。按，此篇當爲擬制。以上三篇，皆作於居易出翰林後不久，且事真確鑿，制詞亦極妥貼。其時居易或身在長安，因翰林同僚之邀代作亦未可知。

除軍使邠寧節度使制①〔一〕

金方之氣②，凝爲將星。王者法天，選命豪傑。授之以鉞③，拜爲將軍。以威西戎，以護中夏。而倚望若是，安可非其人哉？某官某④，出忠入孝，仗信抱義。行有餘力，學劍讀書。鬱然將材，用兼文武⑤。自領軍衛，爲我爪牙。夙夜警巡，不懈于位。材官知訓，環列增勳。服勤五年，玆爲成績。可以移用，使之守疆。郇邠大藩，控扼胡虜〔二〕。若得良將，則無外虞。知臣者君，非爾不可。仍加副相，以重是行〔三〕。勉樹勤勞，式光寵擢。（3180）

【校】

①題　《文苑英華》作「授軍使邠寧節度使制」。

②金方 《文苑英華》其上有「門下」二字。

③以鉞 《文苑英華》明刊本作「以鈇鉞」，郭本作「鈇鉞」。

④某官某 《文苑英華》作「某官某乙」。

⑤用兼 《文苑英華》作「又兼」，校：「集作用。」

【注】

〔一〕邠寧節度使：岑仲勉《白氏長慶集僞文》考元和一朝除邠寧節度者五人：元和二年十二月高崇文自西川改，四年十月閻巨源自右羽林統軍授，九年十一月郭釗自左金吾大將軍授，十三年六月程權自滄景改，十四年五月李光顔自忠武改。其前官合於此制者惟巨源與釗，巨源已有除制見本卷，則此制舍釗莫屬。新舊《唐書》本傳均謂釗以檢校工部尚書出除，而此制作副相，故斷爲僞作。按，制云「仍加副相」，謂加御史大夫銜，岑氏誤會。此篇亦當爲擬制，且擬其身份而不具主名，亦視同泛擬之制。

〔二〕郇邠：即邠州。見本卷《除閻巨源充邠寧節度使制》（3160）注。

〔三〕副相：謂御史大夫。見卷十一《張徹宋申錫並可監察御史制》（2921）注。

除韋貫之平章事制①〔一〕

周宣、漢宣②，繼體之主。一得申甫，一得魏丙〔二〕。咸克致理，號爲中興。朕嗣位以來，永鑒前烈。惟是賢俊，寤寐求思。歷選周行③，乃獲時彦。宜以政柄，舉而授之。某官韋貫之④，温重明正，國之公器。當官必守，臨事能斷。簡在朕志，迨今累年。乃者擢居諫司，以觀其直。出領符竹，以觀其理。煩之劇務⑤，以觀其用。訪之大政⑥，以觀其體。歷試必中，衆望允屬。倚之爲相，僉曰宜哉。可中書侍郎、同中書門下平章事⑦。夫臣事君以忠⑧，后從諫則聖。靡不有始，鮮克有終。理化不成，恒由於此。今我與爾，永終是圖。雖休勿休⑨，以臻其極〔三〕。嗚呼⑩！二宣之業，吾有望焉。（3181）

【校】

①題　《文苑英華》作「授韋貫之中書侍郎平章事制」。

②周宣　《文苑英華》其上有「門下」二字。

③周行　《管見抄》作「周詢」。

④某官　《文苑英華》作「具官」。

⑤煩之　《管見抄》作「煩之以」。

⑥訪之　《管見抄》作「訪之以」。

⑦門下　《管見抄》無二字。

⑧以忠　《文苑英華》作「則忠」，校：「集作以。」

⑨勿休　《文苑英華》作「不休」，校：「集作勿。」

⑩嗚呼　《管見抄》作「焉虖」，「焉」字屬上。

【注】

〔一〕韋貫之：新舊《唐書》有傳。《舊唐書·憲宗紀》：「（元和九年十二月）戊辰，制以中大夫、守尚書右丞、上騎都尉、賜紫金魚袋韋貫之本官同中書門下平章事。」《韋貫之傳》：「永貞中……轉右補闕。……元和元年……尋降爲左拾遺。……三年……遂出爲果州刺史，道中黜巴州刺史。俄徵爲都官郎中、知制誥。逾年，拜中書舍人，改禮部侍郎。凡二年，所選士大抵抑浮華，先行實，由是趨競者稍息。轉尚書右丞，中謝日，面賜金紫。」《新唐書·宰相表中》：元和十一年二月，「（韋）貫之爲中書侍郎。」岑仲勉《白氏長慶集僞文》謂此制以貫之入相後改官之中書侍郎當入相時官，又事在居易久出翰林後，《文苑英華》卷四四八、四四九另有貫之兩次相制乃真制，故斷此制爲僞作。按，此篇當爲擬制。制云「擢居諫司」、「出領符竹」，與貫之宦歷合。「煩之劇務」，謂貫之官禮部、吏部員外，徵爲都官郎中、知制誥，拜中書舍人、轉尚書右丞等。「訪之大政」，則謂元和十年憲宗已下詔伐鎮，貫之建言釋鎮養威，專力攻蔡，爲憲宗深然之。此制之擬，其在元和十一年貫之改官中書侍郎時歟？制題當從《文苑英華》作「授韋貫之中書侍郎平章事制」，確非貫之初入相之擬制。貫之政見蓋深爲居易贊許，故擬制亦不吝美詞。

〔二〕申甫：《詩・大雅・崧高》：「維嶽降神，生甫及申。維申及甫，維周之翰。」序：「《崧高》，尹吉甫美宣王也。天下復平，能建國親諸侯，褒賞申伯焉。」箋：「申，申伯也。甫，甫侯也。皆以賢知入爲周之楨幹之臣。」魏丙：魏相、丙吉。《漢書・魏相丙吉傳》贊：「孝宣中興，丙、魏有聲。是時，黜陟有序，衆職修理，公卿多稱其位，海内興於禮讓。」

〔三〕雖休勿休：《書・吕刑》：「雖畏勿畏，雖休勿休。」傳：「行事雖見畏，勿自謂可敬畏。雖見美，勿自謂有德美。」

除拾遺監察等制①

渭南縣尉庾敬休等②，咸文行清茂，士之秀者〔一〕。宜從吏列③，擢在朝行。各隨才

用，分命以職。司諫執憲，佇有可稱。（3182）

【校】

①題　《文苑英華》作「授拾遺監察等制」。《文苑英華》又收入卷三九五監察御史目下，題「授庾敬休監察御史等制」。《全唐文》卷六五七又據《文苑英華》以「授庾敬休監察御史等制」題重收。

②渭南　《文苑英華》其上有「勑」字。

③宜從　馬本作「官從」，誤。

【注】

〔一〕庾敬休：《舊唐書·庾敬休傳》：「旋授渭南尉、集賢校理，遷右拾遺、集賢學士，歷右補闕，稱職，轉起居舍人。」《元和姓纂》卷六載敬休官右拾遺。岑仲勉《白氏長慶集僞文》謂《姓纂》所載爲元和七年見官，未必爲六年四月以前授，故斷此文爲僞文。平岡武夫《杜佑致仕制札記》謂此制未言及庾敬休任集賢學士，當爲白居易擬作。按，此篇雖有敬休之名，但制題、行文更近不具主名之泛擬之制。自畿尉遷拾遺、監察，爲當時常例。《通典》卷二四《職官·監察侍御史》：「職條繁雜，百司畏懼，其選拜多自京畿縣尉。」《封氏聞見記》卷三「制科」：「宦途之士而歷清貴，有八雋者：一曰進士出身、制策不入；二曰校書正字不入；三曰畿尉不入；四曰監察御史、殿中不入；五曰拾遺、補闕不入；六曰員外、郎中不入；七曰中書舍人、給事中不入；八曰中書侍郎、中書令不入。言此八者尤爲俊捷，直登宰相，不要歷餘官也。同僚遷拜，或以此更相譏弄。」沈亞之《櫟陽兵法尉廳記》：「永貞前，諸畿自進士而得尉而昇班者十六七，他人入尉而昇者百一二。」《唐語林》卷五：「議者戲云：畿尉有六道，入御史爲佛道，入評事爲仙道，入京尉爲人道，入畿丞爲苦海道，入縣令爲畜生道，入判司爲餓鬼道。」礪波護《唐代政治社會史研究》第二部第一章《唐代の縣尉》認爲：「這説明唐代畿縣尉所期望的即是遷升監察御史，回到中央政府。」

除范傳正宣歙觀察使制①〔一〕

古之諸侯②，三載考績。選其賢者，命爲長率。所以勸功行而興理化也③。蘇州刺史范傳正，文學政事，二美具焉。選自郎署，出分符竹。江南列郡，連領者三。所至之部，悉心爲理。明諭朝旨，恭守詔條。謹身省事，以臨其下。政簡而肅④，意誠而明。吏不能欺，人是以息。而去思之歎，來暮之謡，往復有聲⑤，聞於人聽。雖古循吏，蔑以加之。朕以陵陽奧壤，土廣人庶〔二〕。其地有險⑥，所寄非輕。跡其前効，可當此選。況黟歙之遺愛尚在，吳興之新政方播〔三〕。升車便道，足慰人心。固當望風自安，計日而理。倚注於爾⑦，往宜欽哉⑧。（3183）

【校】

①題　《文苑英華》作「授范傳正宣歙觀察使制」。

②古之諸侯　《文苑英華》其上有「勅」字。

③勸功　《文苑英華》作「觀功」，校：「集作勸。」

④而肅　馬本作「而速」，誤。

⑤有聲　紹興本等作「有政」，據《管見抄》改。

⑥有險　《文苑英華》作「險要」，校：「集作有險。」

⑦倚注於爾　《管見抄》作「倚屬於是」。

⑧往宜欽哉　《管見抄》作「爾往欽哉」。《文苑英華》作「往欽哉可」，校：「集作倚注於爾往宜欽哉可。」

【注】

〔一〕范傳正：字西老。新舊《唐書》有傳。《舊唐書·憲宗紀》：「（元和七年八月）丙午，以蘇州刺史范傳正爲宣歙觀察使。」《范傳正傳》：「自比部員郎出爲歙州刺史，轉湖州刺史，歷三郡，以政事修理聞。」《吴興志》卷一四：「范傳正，元和四年八月，自歙州刺史拜；六年二月十一日，遷蘇州刺史。」岑仲勉《白氏長慶集僞文》以事在居易出翰林後，故斷爲僞作。按，此篇當爲擬制，敍事與范傳正宦歷合。

〔二〕陵陽：宣州。《元和郡縣圖志》卷二八宣歙觀察使宣州涇縣：「陵陽山，在縣西南一百三十里。陵陽子明得仙處。」

〔三〕黟歙：歙州。《舊唐書·地理志三》江南東道歙州：「黟，漢縣，屬丹陽郡。音同醫。縣南墨嶺山出石墨故也。縣置在黟川。」吴興：湖州。《元和郡縣圖志》卷二五江南道浙西觀察使：「湖州，吴興。上。……吴歸命侯置吴興郡。……隋平陳，廢吴興郡，仁壽十年於此置湖州。」

邊鎮節度使起復制〔一〕

執親之喪三年，禮也。聖人不得已而奪之。金革之事無避，權也〔二〕。忠臣不得已而從之。某官某①，握我兵要，守在塞門。忠勇威惠，合以爲用。師人悦附，戎虜畏服。迨彼諸部，聞其姓名。況歲廣屯田，日討軍實。載陳遠略，方集大勳②。自罹家艱，遽致公政。茹荼銜恤，已過旬時。而軍旅不可以無帥，疆埸不可以無主。且慮人慢，或生戎心。蓋臣節大於孝思，王事急於情禮。捨輕從重，徇公滅私。變而通之，正在於此。俾加戎秩，用護邊封。往服舊職③，無違朕命。（3184）

【校】

①某官某　《管見抄》作「某官某乙」。

②方集　郭本作「累策」。

③往服　郭本作「往復」。

【注】

〔一〕邊鎮節度使起復：《唐會要》卷三八《奪情》：「長安三年正月二十六日敕：『三年之喪，自非從軍更籍者，不得輒奏請起復。』至廣德二年二月二十一日敕：『三年之喪，謂之達禮，自非金革，不可從權。其文官自今以後，並許終制，一切不得輒有奏聞。』」唐代節度鎮將父死子代，起復繼任者爲常。此篇爲擬制。

〔二〕金革之事無避：《禮記・曾子問》：「子夏問曰：『三年之喪卒哭，金革之事無辟也者，禮與？初有司與？』孔子曰：『夏后氏三年之喪，既殯而致事，殷人既葬而致事。《記》曰：「君子不奪人之親，亦不可奪親也。」此之謂乎？』子夏曰：『金革之事無辟也者，非與？』孔子曰：『吾聞諸老聃曰：「昔者魯公伯禽有爲爲之也。」今以三年之喪，從其利者，吾弗知也。』」注：「伯禽，周公子，封於魯。有徐戎作難，喪卒哭而征之，急王事也」；「時多攻取之兵，言非禮也。」

除任迪簡檢校右僕射制〔一〕

《書》曰：「德懋懋官，功懋懋賞。」〔二〕此先王所以匡飾天下也。其有忠勞輸于國，惠澤及于人，高位厚賞，朕無所愛。某官任迪簡，頃以本鎮元戎來朝，俾佐師律，實掌留務。屬偏裨不軌，誘動軍部。亂行忤命，至于再三。而迪簡冒白刃於戎首，置赤心於人腹。挺身誓衆，罔不率從①。羣情既歸，因命爲帥。況閭閻蕩析，倉廩匱竭。野有餓殍，軍無見糧。又能推恩信以結衆心，率勤儉以勸生業。士旅悦附，流庸思歸。周月之間，泰然安堵。開置幕府，叶和親鄰。俾予無憂，時乃之力。夫爲將守，立功如斯。不加爵賞，何勸來者？建官惟百，端揆長之。自非勳賢，不在此選。以是加等之命，寵乃殊常之績。俾增威於閫外②，仍就拜於軍中。爾其欽哉，無替厥命。（3185）

【校】

①率從　紹興本等作「率逆」，據盧校、蓬左本改。

②增威　郭本作「宣威」。

【注】

〔一〕任迪簡：《舊唐書·任迪簡傳》：「初爲天德軍使李景略判官……及景略卒，衆以迪長者，議請爲帥。監軍使聞之，拘迪簡於别室，軍衆邊呼而至，發户扃而取之。……及張茂昭去易定，以迪簡爲行軍司馬。既至，屬虞候楊伯玉以府城叛，俄而衆殺之。迪簡兵馬使張佐元又叛，迪簡杖殺之，乃得入。尋加檢校工部尚書，充節度使。初，茂昭奢蕩不節，公私殫罄。迪簡至，欲饗士，無所取給，乃以糲食與士同之。身居戟門下凡周月，軍吏感之，請歸堂寢，迪簡乃安其位。三年，以疾代，除工部侍郎，至京，竟不能朝謝。改太子賓客卒，贈刑部尚書。」岑仲勉《白氏長慶集僞文》謂新舊《唐書》本傳均未著此加銜，殊可疑。按，據本卷編次，此篇當爲擬制。

〔二〕書曰：《書·仲虺之誥》：「德懋懋官，功懋懋賞。」傳：「勉於德者，則勉之以官。勉於功者，則勉之以賞。」

除常侍制①〔一〕

某官某②，往以强毅剛直③，見稱於時。擢在左曹，俾之駁議④。旋以言動⑤，小有過差。左遷遠藩，亦聞有政。雖經三黜⑥，僅歷二紀⑦。而堅直之氣，終然不渝。人之所難，亦足嘉尚。宜可束帶⑧，立之于朝。正色讜言，時有所取。俾登西掖，仍珥右貂⑨。從容前後，以備顧問。（3186）

【校】

①題　《管見抄》作「除某乙常侍制」。

②某官某　《管見抄》作「某官某乙」。

③剛直　馬本作「剛正」。

④駁議　郭本作「建議」。

⑤旋以　郭本作「偶因」。
⑥雖經三黜　郭本作「雖三謫任」。
⑦僅歷二紀　郭本作「已歷一紀」。
⑧宜可　《管見抄》作「可使」。
⑨仍珥　郭本作「仍服」。

【注】
〔一〕常侍：散騎常侍。見卷十一《孔戣可右散騎常侍制》(2945)注。此篇爲擬制。

除裴武太府卿制①〔一〕

聚九州之賦②，辯百貨之名。按其度程，謹其出納。孰爲主者？外府上卿〔二〕。務殷秩崇，不易其選。某官裴武，有通敏之識，有倚辯之才。以兹器用，早膺任使。小大之務，罔不勵精。累有勤績，存乎官次。而受藏之府，國用所資。若非使能，何以集事？俾昇顯列，仍委劇務。爾宜率其官屬，欽乃職司。會帑藏出入之要，修權量平校之法〔三〕。

以遵成式，無使改易。謹而守之，斯爲稱職③。（3187）

【校】

①題　《文苑英華》作「授裴武太府卿制」。

②聚九州　《文苑英華》其上有「勅」字。

③斯爲稱職　《文苑英華》此下有「可」字。

【注】

〔一〕裴武：《舊唐書·王承宗傳》載元和四年八月憲宗令京兆少尹裴武往成德軍宣諭。《新唐書·裴垍傳》：「京兆少尹裴武使王承宗還，得德、棣二州，已而地不入。或言『武還，先見垍，明日乃朝』。帝怒，召學士李絳議斥武。」《舊唐書·憲宗紀》：「（元和八年八月）丁亥，以司農卿裴武爲鄜坊觀察使。」「十二月庚辰朔，以京兆尹李銛爲鄜坊觀察使，以代裴武入爲京兆尹。」「（十年七月）乙未，以京兆尹裴武爲司農卿，以捕賊弛慢故也。」《册府元龜》卷九四五《總錄部·巧宦》：「裴武自釋褐以吏才稱，累遷至太府、司農卿、鄜坊觀察使，入爲京兆尹，復領大司農，及兼掌錢穀供饋之事，皆粗有勞績。然善俯仰，能交結權右，雅無清直之稱。」《新唐書·宰相世系表一》

下南來吴裴氏：耀卿孫、綜子，「武，太府卿。」然史不詳裴武何時官太府卿，或爲《世系表》所據《元和姓纂》編纂之元和七年見官。據本卷編次，本篇當爲擬制。

〔二〕外府上卿：《唐六典》卷二十太府寺：「卿一人，從三品。……至龍朔二年改爲外府正卿，咸亨元年復故。」

〔三〕會帑藏二句：《唐六典》卷二十太府寺：「太府卿之職，掌邦國財貨之政令，總京都四市、平準、左右藏、常平八署之官屬，舉其綱目，修其職務。少卿爲之貳。以二法平物：一曰度量，二曰權衡。……凡四方之貢賦，百官之俸秩，謹其出納，而爲之節制焉。」

白居易文集校注卷第十八①

翰林制詔二　擬制四十三道②〔一〕

杜佑致仕制〔二〕

勑：盡悴事君③，明哲保身。進退始終，不失其道。自非賢達，孰能兼之〔三〕？司徒、同平章事杜佑，以長才明略④，爲國元臣〔四〕。歷事四朝⑤，殆逾三紀。出專征鎮，爲諸侯師⑥〔五〕。入贊台衮，爲王室輔。嘉猷茂績，中外洽聞⑦。寵任既崇，勤勞亦至。頃以年登致仕⑧，退請懸車。方深倚注⑨，久未得謝〔六〕。勉就牽率，迨兹累年。今抗疏披誠，至于數四。敦諭頗切，陳乞彌堅。期於必遂，理不可奪。守沖知止，佑實有焉。賢哉大夫⑩，今古同歎⑪。宜從優異之命，式表褒崇之禮。尚資耆望，俾傅東朝。可太子太師致仕〔七〕。如天氣晴和，亦任朝謁〔八〕。昔祁奚、申叔，皆就請老⑫。國有大事⑬，入議否臧〔九〕。

忠臣愛君，豈必在位？永觀前事，期副兹懷。（3188）

【校】

①卷第十八　即《白氏文集》紹興本、馬本卷五十五，殘宋本五十六，那波本、金澤本卷三十八。金澤本署「太原白居易」。

②擬制四十三首　紹興本等作「凡四十三首」，據金澤本改。「首」那波本、金澤本作「道」。

③事君　金澤本、《管見抄》作「事國」。

④明略　紹興本等作「名略」，據金澤本、《管見抄》改。

⑤歷事　郭本作「歷仕」。

⑥諸侯師　紹興本等作「諸侯帥」，據金澤本改。

⑦洽聞　郭本作「浹聞」。

⑧致仕　金澤本、《管見抄》作「致政」。

⑨倚注　金澤本、《管見抄》作「倚賴」。

⑩大夫　金澤本作「丈夫」。

⑪今古　《管見抄》作「古今」。「同道」　金澤本、《管見抄》作「同歎」。

⑫皆就　金澤本、《管見抄》作「皆既」。

⑬大事　金澤本、《管見抄》作「大政」。

【注】

〔一〕擬制：見前卷卷題注。岑仲勉《白氏長慶集僞文》判本卷絶大部分作品爲僞作。然據金澤本卷題，本卷全部作品亦爲擬制。

〔二〕杜佑：字君卿。新舊《唐書》有傳。《舊唐書·憲宗紀》：「(元和七年六月)癸巳，以金紫光禄大夫、守司徒、同平章事、崇文館大學士、太清宫使、上柱國、岐國公杜佑爲光禄大夫，守太保致仕，宜朝朔望，佑累表懇請故也。」《舊唐書·杜佑傳》載有佑致仕詔制。岑仲勉《白氏長慶集僞文》謂此制稱司徒不稱守司徒，不提晉秩光禄，與《杜佑傳》致仕制無一語相同，故斷爲僞作。平岡武夫《杜佑致仕制札記》謂杜佑致仕爲當時頗引人注目之大事，權德輿《唐丞相金紫光禄大夫守太保致仕贈太傅岐國公杜公墓誌銘》：「初，公來朝之明年，年及懸車，抗章告老，三上不允。……後八歲，天子憫煩公以官職之事，恩遂堅請，禮優師臣。」《唐國史補》卷中：「高貞公致仕制云：『以年致政，抑有前聞。近代寡廉，罕由斯道。』是時杜司徒年七十，無意請老，裴晉公爲舍人，以此譏之。」白居易《秦中吟·不致仕》篇，論者亦謂暗諷其事。故平岡氏認爲此篇乃白居易有感而爲之擬作，行文亦頗耐尋味。

〔三〕盡悴事君六句：《舊唐書·杜佑傳》所載致仕制導入部分作：「宣力濟時，爲臣之懿躅；辭榮告老，行己之高風。況乎任重公台，義深翼贊。秉沖讓之志，堅金石之誠。敦諭既勤，所執彌固。則當遂其衷懇，進以崇名，尚齒優賢。斯王化之本也。」兩相對照，平岡氏謂此制不僅簡略，且「自非賢達，孰能兼之」，語頗有諷意。

〔四〕司徒同平章事：《舊唐書·憲宗紀》及《杜佑傳》致仕制所載杜佑正式具銜爲「金紫光禄大夫、守司徒、同平章事、崇文（《杜佑傳》作弘文）館大學士、太清宫使、上柱國、岐國公」。平岡氏謂居易擬制從簡。

〔五〕爲諸侯師：《左傳》昭公十二年：「寡君中此，爲諸侯師。」平岡氏謂用此。

〔六〕久未得謝：《禮記·曲禮上》：「大夫七十而致事，若不得謝，則必賜之几杖，行役以婦人。」注：「謝猶聽也。君必有命，勞苦辭謝之，其有德尚壯，則不聽耳。」

〔七〕可太子太師致仕：《舊唐書·杜佑傳》致仕制作「可光禄大夫守太保致仕」，岑仲勉謂此爲作僞之跡。太保爲正一品，較杜佑見官司徒品高。太子太師僅爲從二品，較司徒品秩低。平岡氏謂此擬銜説明了白居易對杜佑的評價態度。按，擬制之擬除官銜每有與實授出入者，蓋除官擬議中容有商量變動，致仕所授榮譽虚銜或更有上下伸縮之餘地，故每與最後實授不同。要之，若非乖違常制，即不足爲奇。

〔八〕如天氣晴和亦任朝謁：《舊唐書·杜佑傳》致仕制作「宜朝朔望」，岑氏謂此亦作僞之跡。按，

《唐會要》卷六七《致仕官》：「開元五年十月十四日敕：致仕官應（賜）物，令所由送至宅。三品以上，並聽朝朔望。」此爲常制。「天氣晴和亦任朝謁」者，蓋變通之文，無所謂待遇降格，或亦有優容寬待之意。

〔九〕祁奚：《左傳》襄公三年：「祁奚請老，晉侯問嗣焉。稱解狐，其讎也，將立之而卒。又問焉，對曰：『午也可。』於是羊舌職死矣，晉侯曰：『孰可以代之？』對曰：『赤也可。』於是使祁午爲中軍尉，羊舌赤佐之。君子謂：『祁奚於是能舉善矣。稱其讎，不爲諂。立其子，不爲比。舉其偏，不爲黨。』」申叔：申叔時。《左傳》成公十五年：「楚將北師。……申叔時老矣，在申，聞之，曰：『子反必不免。』」成公十六年：「過申，子反入見申叔時，曰：『師其何如？』對曰：『……子其勉之，吾不復見子矣。』」

鄭涵等太常博士制①〔一〕

某官鄭涵等②，並早以文行，久從吏職。輩流之間，頗爲淹滯。況雅有學識，進修不已。禮官方缺，宜當此選。凡朝廷禮制，或損益有疑③；中外謚議，或褒貶不決。爾爲博士，皆得正之。所任非輕，各敬乃事。並可太常博士④。（3189）

【校】

①題　《文苑英華》題前有「授」字。

②某官　《文苑英華》作「具官」，其上有「勅」字。

③有疑　馬本作「有宜」，誤。

④太常博士　《文苑英華》作「依前件」。

【注】

〔一〕鄭涵：餘慶子。後以避文宗藩邸時名改爲瀚（《新唐書》作「澣」）。傳附新舊《唐書·鄭餘慶傳》。韓愈《送鄭十校理序》：「（元和）四年，鄭生涵始以長安尉選爲校理，人皆曰：是宰相子。」舊注：「公以元和四年六月爲都官員外郎，分司東都，涵求告來寧，公於其行，作是序以送之，蓋五年春也。」岑仲勉《白氏長慶集僞文》謂五年春鄭涵尚爲集賢校理，其太常博士是否六年四月已前所遷，尚待考證。

除韓皋東都留守制〔一〕

國之都府，半在東周①。未遑時巡，方委留鎮。非位望崇盛，加之勤舊者，則不足以允僉屬而副重寄也。刑部尚書韓皋，名德之後，鬱然公才。正行通規，貫于終始。累遷臺府，連鎮藩維②。入修職業，出樹風聲。故事遺愛③，著聞中外。況一登朝序，殆三十年。舊德耆望，無居其右〔一〕。俾乂東夏，僉以爲然。乃加冢卿，以示崇寵〔二〕。敬服嘉命，永孚于休④。可檢校吏部尚書、東都留守。（3190）

【校】

①東周　馬本誤「東州」。

②連鎮藩維　金澤本作「連領藩鎮」。

③故事　馬本作「故多」，郭本作「故嘗」。

④永孚于休　郭本作「永年未休」。

【注】

〔一〕韓皋：《新唐書》有傳。《舊唐書·憲宗紀》：「（元和六年十月）戊辰，以户部尚書韓皋爲東都留守，判東都尚書省事。」此制韓皋見職作刑部，事在居易丁憂出翰林後，故岑仲勉《白氏長慶集僞文》斷爲僞作。按，此篇當爲擬制。

〔二〕舊德耆望二句：《册府元龜》卷五五〇《詞臣部·選任》：「韓臯字仲文，晉公滉之子，貞元初爲考功員外郎。丁父艱，德宗遣中人就第慰問，仍宣令諭，譔滉之事業。臯號泣承命，立成數千言，帝嘉之。及免喪，執政者擬考功郎中，御筆加知制誥，尋遷中書舍人。」卷七七七《總録部·名望》：「韓臯字仲文，夙負令名，而器質重厚，有大臣之度。後爲杭州刺史，再爲尚書右丞，遷武昌、鎮海、忠武三節度。所至皆有聲績，大率用簡儉爲理，及位高，益爲時人所重。」

〔三〕冢卿：吏部尚書。《唐六典》卷二吏部尚書：「周之天官卿也。……後周依《周官》，置大冢宰卿一人，正七命。隋復曰吏部尚書。然此官歷代班序常尊，不與諸曹同也。」

中書舍人韋貫之授禮部侍郎制①〔一〕

典郊祀之禮②，獻賢能之書，今小宗伯實兼二事③，非直清明正者，不足以處之〔二〕。中書舍人韋貫之，沈實堅峻④，文以禮樂。行成於内，移用於官。公直之聲，滿於臺閣。頃以詞藻，選登禁掖。秉筆書命，時稱得人。久積勤勞⑤，宜有遷轉。可使典禮，以和神人。可使考文，以第俊秀。儀曹之選，僉議所歸〔三〕。往修乃官，無替厥問。可禮部侍郎，餘如故。（3191）

【校】

①題　《文苑英華》作「授韋貫之禮部侍郎制」。

②典郊祀　《文苑英華》其上有「勅」字。

③兼二　《文苑英華》作「貳其」，校：「集作兼二。」

④堅峻　紹興本等作「賢峻」，據金澤本、《文苑英華》改。

⑤久積　《文苑英華》作「多積」，校：「集作久。」

【注】

〔一〕韋貫之：見卷十七《除韋貫之平章事制》(3181)。據《舊唐書·憲宗紀》，元和六年六月，命中書舍人韋貫之等詳定減省吏員俸額，是其時猶爲中書舍人。又《唐會要》卷七五《明經》：「(元和)七年十二月，權知禮部侍郎韋貫之奏試明經請停墨義」，《文苑英華》卷九八四鄭餘慶等《祭杜佑文》署「朝議大夫權知禮部侍郎韋貫之」，岑仲勉《白氏長慶集僞文》謂韋貫之自中書舍人初除禮部侍郎爲權知，非由中書舍人真除禮部侍郎，此制無權知字，故斷爲僞文。按，此篇當爲擬制，缺書權知或因減省或未確知。

〔二〕小宗伯：禮部侍郎。《唐六典》卷四禮部侍郎：「周之春官小宗伯中大夫也」；「禮部尚書、侍郎之職，掌天下禮儀、祠祭、燕饗、貢舉之政令。」

〔三〕儀曹：禮部。《唐六典》卷四禮部尚書：「後魏稱儀曹尚書。」

薛存誠除御史中丞制①〔一〕

庶官之政②，得人則舉。況中執憲準繩之司，所以提振紀綱，端肅内外〔二〕。蓋一職舉而百職修者③，其斯任之謂歟？給事中薛存誠，選自郎署，列于左曹。居必靜專，言皆讜正。章疏駁議④，多所忠益。可以執憲，立于朝端。況副相方缺，臺綱是領〔三〕。糾正百官⑤，爾得專之。夫直而不絞，威而不猛。不附上以急下⑥，不犯弱以違强。率是而行，號爲稱職。敬服斯命，往其懋哉。可御史中丞，餘如故。（3192）

【校】

①題　《文苑英華》作「授薛存誠御史中丞制」。

②庶官　《文苑英華》其上有「勑」字。「之政」　郭本作「之職」。

③舉而百職　四字紹興本等無，據金澤本補。

④駁議　郭本作「奏議」。

⑤百官　金澤本作「百度」。《文苑英華》校：「集作司。又作度。」

⑥以　《文苑英華》作「而」，校：「集作以。」下句「以違」同。

【注】

〔一〕薛存誠：字資明。新舊《唐書》有傳。據本卷《除孔戣等官制》(3196)推論，存誠除給事中在元和七年七月。《册府元龜》卷五一二《憲官部·選任》：「薛存誠爲給事中，瓊林庫使奏占工役太廣，存誠以爲比者奸人竄名以避征徭，不可許。……憲宗甚悦，命中使嘉慰之，由是擢拜御史中丞。未幾，再授給事中，數月，中丞闕，帝思存誠前效，謂宰臣曰：『持憲無以易存誠。』遂復爲御史中丞。」岑仲勉《白氏長慶集僞文》謂存誠擢拜中丞，約在元和七、八年間，故斷此文爲僞作。按，此篇當爲擬制。白居易諷諭詩有《薛中丞》(《白氏文集》卷一 0048)，約作於元和八年，於其人其事極推崇，此制亦頗加褒贊。

〔二〕中執憲：御史中丞。見卷十一《張徹宋申錫並可監察御史制》(2921)注。

〔三〕副相：御史大夫。見卷十一《張徹宋申錫並可監察御史制》(2921)注。

前長安縣令許季同除刑部郎中前萬年縣令杜羔除户部郎中制①〔一〕

前長安縣令許季同、前萬年縣令杜羔等②，頃自郎署，分宰京邑。而長吏待之，小乖常禮。雖同辭託故③，動未得中。然遠恥以退④，道不失正。各從免職，亦既踰時。況文行政能，皆推於衆。詢諸時議，宜有遷授。尚書郎缺，方選才良。憲部人曹，俾膺並命。季同可刑部郎中，羔可户部郎中。（3193）

【校】

①題　《文苑英華》作「授許季同刑部郎中杜羔户部郎中制」。

②前長安　《文苑英華》其上有「勑」字。

③託故　《文苑英華》作「託疾」，校：「一作故。」

④以退　金澤本作「易退」。

【注】

〔一〕許季同：傳附《新唐書・許孟容傳》。杜羔：見卷十五《故工部尚書致仕杜羔贈右僕射制》（3090）。《册府元龜》卷一五三《帝王部・明罰》：「（元和六年）十二月，敕萬年縣令杜羔、長安縣令許季同並宜停見任，京兆尹元義方宜罰一季俸禄。初，義方以兩縣納税逾程，繫縣吏。二令交救，抗詞辯列，督責不爲之釋，而獻酬之言厲。於是二令見執政，請移散員，因俱辭以府政細刻，力不能奉，故兩責焉。」岑仲勉《白氏長慶集僞文》謂二人入爲曹郎總在此後，又據《元和姓纂》、《唐郎官石柱題名考》，許季同元和七年官金部郎中；季同除刑部郎中、杜羔除户部郎中均可疑，故斷此文爲僞作。按，此篇當爲擬制。二人抗辯之事，蓋爲時議嘉尚。

京兆少尹辛秘可汝州刺史制①〔一〕

京兆少尹辛秘，頃守吴興，時逢擾亂。安人殄寇，節効可稱。出倅戎車②，入貳京輦。亦有政績，著于官常。今以汝墳③，軍郡之大〔二〕。方求良吏，委之分憂。詢事考能，爾當其選。往即乃土，以舒吾人④。可汝州刺史。（3194）

【校】

①題　「可」金澤本作「除」。

②出倅　金澤本作「移倅」。

③汝墳　紹興本、那波本作「汝汾」，馬本作「汝邠」，郭本作「汾汝」，據金澤本改。

④以舒　金澤本作「以紓」。

【注】

〔一〕辛秘：《舊唐書・辛秘傳》：「元和初，拜湖州刺史。未幾，屬李錡阻命，將收支郡，遂令大將監守五郡。蘇、常、杭、睦四州刺史，或以戰敗，或被拘執。賊黨以秘儒者，甚或易之。秘密遣衙門將丘知二勒兵數百人，候賊將動，逆戰大破之。……賊平，以功賜金紫，由是僉以秘材堪將帥。……尋召拜左司郎中，出爲汝州刺史。」牛僧孺《昭義軍節度使辛公神道碑》：「就拜左司郎中，更京兆、汝州刺史、本州防禦、諫議大夫。」岑仲勉《白氏長慶集僞文》謂其刺汝州是否爲元和六年四月以前，難以確知。按，據編次，本篇亦當爲擬制。

〔二〕汝墳：汝州。《詩・周南・汝墳》：「遵彼汝墳，伐其條枚。」傳：「汝，水名也。墳，大防也。」《舊唐書・地理志一》河南道汝州襄城：「武德元年，於此置汝州，領襄城、汝墳、期城三縣。貞觀元年，廢汝州及汝墳、期城二縣，以襄城屬許州。……（開元）二十六年，還屬許州。其年，改屬汝州也。」

除李遜京兆尹制①〔一〕

近歲京兆長吏數遷②，誠不便時，抑有其故〔二〕。或鈐鍵不謹，吏緣爲姦③〔三〕；或鉤距太煩，人受其弊〔四〕。既非中道，皆不得已而罷之。宜求恬智寬猛相濟者，親諭斯旨。使久於其職，以息吾人④。浙江東道觀察使、御史中丞李遜⑤，十年以來，連守四郡。或紛擾之際，或荒饉之餘。威惠所加，罔不和輯⑥。賞其殊績，擢在大藩。自臨會稽，一如舊政。況省科禁以便俗，通津梁以息征。動遵詔條，深副朝旨。江南列鎮，良帥則多。集課程功，爾爲稱首。而内史之選，久難其人〔五〕。今予所求，唯爾可使。雖表率州部，其委非輕；然尹正京師，所資尤急。宜輟材於廉察，俾试可於浩穰〔六〕。佇觀有成⑦，無替厥命。可權知京兆尹⑧。（3195）

【校】

①題　「除」《文苑英華》作「授」。

②近歲　《文苑英華》其上有「勅」字。「京兆」　金澤本作「京邑」。

③吏緣　紹興本等作「吏掾」，據金澤本、《文苑英華》、郭本改。

④以息　郭本作「以惠」。

⑤觀察使御史中丞　《文苑英華》作「觀察處置等使兼御史大夫」，「大夫」校：「集作中丞。」

⑥和輯　金澤本作「安輯」。

⑦廉察俾試可於浩穰佇觀　紹興本等作「浩壤佇觀政於輦轂望爾」，又「浩壤」《文苑英華》作「浩穰」。此據金澤本改。

⑧可權知京兆尹　《文苑英華》作「可依前件」。

【注】

〔一〕李遜：字友道，李建兄。《舊唐書·李遜傳》：「累拜池、濠二州刺史。……元和初，出爲衢州刺史。以政績殊尤，遷越州刺史，兼御史大夫、浙東都團練觀察使。……遜爲政以均一貧富、扶弱抑强爲己任，故所至稱理。九年，入爲給事中。……俄遷户部侍郎。元和十年，拜襄州刺史，充山南東道節度、觀察等使。……（十三年）遜還，未幾，除京兆尹，改國子祭酒。」據《嘉泰會稽志》卷二，遜元和九年九月追赴闕。岑仲勉《白氏長慶集僞文》謂遜是否自越州刺史除授京兆尹，未能確知，然此制斷非居易充翰林時所作。按，此篇當爲擬制。稱逐「連守四郡……罔不和輯」等語，均深合其人其事。唯擬除京兆尹事，或未即真。

〔二〕近歲京兆長吏數遷：白居易諷諭詩《贈友五首》之四（《白氏文集》卷二 0088）：「京師四方則，王化之本根。長吏久於政，然後風教敦。如何尹京者，遷次不逡巡。請君屈指數，十年十五人。科條日相矯，吏力亦以勤。寬猛政不一，民心安得淳。」此制蓋與其呼應。

〔三〕或鈐鍵不謹二句：《册府元龜》卷六九九《牧守部・譴讓》：「李銛爲京兆尹，坐縱獄罰一月俸。初，鄠縣人崔易簡與堂兄立數以財競。他日，陰使奴殺立而埋之。有發其事者。易簡，博陵右族，且多姻戚之援。銛因其殺立而不使窮究，罰推官而杖其典及縣尉。陳中師移攝法曹，重按之。帝命御史臺覆得其情，且言奴殺立而易簡酬以錢帛。具獄上奏，故罰之。」李銛为京兆尹在元和七年正月至八年十二月。此爲政不謹之例。

〔四〕或鉤距太煩二句：《舊唐書・李實傳》：「自爲京尹，恃寵强愎，不顧文法，人皆側目。（貞元）二十年春夏旱，關中大歉，實爲政猛暴，方務聚斂進奉，以固恩顧，百姓所訴，一不介意。因入對，德宗問人疾苦，實奏曰：『今年雖旱，穀田甚好。』由是租税皆不免，人窮無告，乃徹屋瓦木，賣麥苗以供賦斂。優人成輔端因戲作語，爲秦民艱苦之狀云……實聞之怒，言輔端誹謗國政，德宗遽令決殺……德宗亦深悔，京師無不切齒以怒實。」《册府元龜》卷一五三《帝王部・明罰》：「（元和六年）十二月，敕萬年縣令杜羔、長安縣令許季同並宜停見任，京兆尹元義方宜罰一季俸祿。初，義方以兩縣納税逾程，繫縣吏。二令交救，抗詞辯列，督責不爲之釋，而獻酬之言厲。於是二令見執政，請移散員，因俱辭以府政細刻，力不能奉，故兩責焉。」卷六九七《牧守部·苛細》：「元義方憲宗元和中爲福建觀察，徵拜京兆尹，歷鄜坊觀察使，皆著程能趣辦之績。然爲政稍務苛刻，人多怨之。」此皆爲政刻剝者。又《舊唐書·楊憑傳》：「元和四年，拜京兆尹，爲御史中丞李夷簡劾奏憑前爲江西觀察使贓罪及他不法事，敕付御史臺覆按。」此任京兆尹後得罪者。

〔五〕内史：京兆尹。見卷十一《柳公綽可吏部侍郎制》(2944)注。

〔六〕浩穰：謂京師。《漢書·張敞傳》：「京兆典京師，長安中浩穰，於三輔尤爲劇。」蘇頲《授宋璟兼京兆尹制》：「俾承彈糾之餘，仍綜浩穰之劇。」

除孔戣等官制①〔一〕

渾金璞玉②，方圭圓珠。雖性異質殊，皆國寶也。是故能官人者亦辯而用之。諫議大夫孔戣，静專貞白③，不涉聲利。執言守事，無所依違。駕部郎中薛存誠，廉潔直方，飾以詞藻〔二〕。中立不倚，介然風規。吏部員外郎王涯，端明精實，加之以敏〔三〕。懿文茂學，尤推於時。並歷踐朝行，恪勤官次。諫垣郎署，藹其休聲。宜加公獎，擢在近侍。左右禁闥④，可以同升。必能評奏臺議，發揚綸誥。臨事有立，屬詞可觀。各隨所長，分命以職。祇奉乃事，無替厥猷。戣、存誠並可給事中，涯可兵部員外郎、知制誥。

（3196）

【校】

①題　《文苑英華》作「授孔戣等給舍制」，金澤本同而無「制」字。

②渾金　《文苑英華》其上有「勑」字。「璞玉」　《管見抄》、金澤本所校本作「連璧」。

③靜專　郭本作「專靜」。

④禁闥　《管見抄》作「禁闈」。

【注】

〔一〕孔戣：見卷十一《孔戣可右散騎常侍制》（2945）。韓愈《唐正議大夫尚書左丞孔公墓誌銘》：「元和元年，以大理正徵，累遷江州刺史、諫議大夫。事有害於正者，無所不言。加皇太子侍讀，改給事中，言京兆尹阿縱罪人，詔奪京兆尹三月之俸。」《新唐書·孔戣傳》：「俄兼太子侍讀，改給事中。江西觀察使李少和坐贓，獄寢不下。博陵崔易簡殺從父兄，鞫，狀具，京兆尹左右三翻其情。戣慷慨論正，貶少和，殺易簡，奪尹三月俸。」據《册府元龜》卷七〇〇《牧守部・貪黷》，李少和犯贓事在元和七年。又據《册府元龜》卷六九九《牧守部・譴讓》，爲崔易簡獄三翻其情之京兆尹乃李銛。李銛任京兆尹在元和七年正月至八年十二月。孔戣改給事中在元和七年。

〔二〕薛存誠：見本卷《薛存誠除御史中丞制》(3192)。《舊唐書・薛存誠傳》：「改兵部郎中、給事中。」此作駕部郎中。

〔三〕王涯：字廣津。新舊《唐書》有傳。《舊唐書・憲宗紀》：「(元和七年六月)乙丑，以兵部員外郎王涯知制誥。」以上三人改官均在元和七年，故岑仲勉《白氏長慶集僞文》斷此制爲僞作。按，此篇當爲擬制。

除李建吏部員外郎制①〔一〕

六官之屬②，選部郎首之〔二〕。歷代以來，諸曹郎之中，擇其踐歷久、考第高，加以有器局律度者遷焉。今之選任，亦由是矣。兵部員外郎李建，文行才理，公勤課績，可謂具美，宜居厥官。歲調方殷，勉勤爾事。可吏部員外郎。(3197)

【校】

①題　「除」《文苑英華》作「授」。

②六官　《文苑英華》其上有「勑」字。

【注】

〔一〕李建：見卷四《有唐善人碑》(2855)。李建官兵部、吏部員外郎，見白碑及元稹《唐故中大夫尚書侍郎上柱國隴西縣開國男贈工部尚書李公墓誌銘》，時間殊難考證。

〔二〕選部：吏部。《唐六典》卷二吏部尚書：「漢末，又改吏部爲選部，專掌選舉事。……然此官歷代班序常尊，不與諸曹同也。」

除劉伯芻虢州刺史制〔一〕

給事中劉伯芻，以文雅才名，給事左闥。實掌駁議，再逾歲時。亦謂恪勤，宜從遷轉。而虢略近郡，黎人未康。藉爾良能，爲予撫字。懸賞佇効，勉哉是行。可虢州刺史①。（3198）

【校】

①可　紹興本等作「可授」，據金澤本改。

【注】

〔一〕劉伯芻：字素芝。《舊唐書·劉伯芻傳》：「以過從友人飲噱，爲韋執誼密奏，貶虔州掾曹，復爲考功員外郎。裴垍善其應對機捷，遷考功郎中、集賢院學士，轉給事中。裴垍罷相，爲太子賓客，未幾而卒。李吉甫復入相，與垍宿嫌，不加贈官。伯芻上疏論之，贈垍太子少傅。伯芻妻，垍從姨也。或譏于吉甫，以此論奏。伯芻懼，亟請散地，因出爲虢州刺史。」《册府元龜》卷四八《帝王部·從人欲》：「元和七年六月癸丑，以給事中劉伯芻爲虢州刺史，以疾求出故也。」岑仲勉《白氏長慶集僞文》推斷其事亦在元和六四月以後，故斷此制爲僞作。按，此篇當爲擬制。

除周懷義豐州刺史天德軍使制①〔一〕

西受降城，尤居邊要。西戎北虜②，介乎其間〔二〕。委之郡符，建以戎號。將守之選，宜乎得人。前汝州刺史周懷義，久列禁衛，嘗從征伐③。又領軍郡，率著勤功④。宜加奬用，可屬憂寄。況茲要鎮，實扼戎吭。掎角諸軍，扃鐍右地。牧人訓旅，兼領非輕。無替前勞，在申後効。可豐州刺史、天德軍使。（3199）

【校】

①題　紹興本、殘宋本無「制」字，據他本補。

②西戎　金澤本作「西夷」。

③征伐　金澤本作「征討」。

④勤功　金澤本作「功勤」。

【注】

〔一〕周懷義：《舊唐書·李吉甫傳》：「（元和八年十月）是月，回紇部落南過磧，取西城柳谷路討吐蕃。西城防禦使周懷義表至，朝廷大恐。」《憲宗紀》：「（元和九年六月）戊寅，以天德軍經略使周懷義卒，廢朝一日。」西城防禦使爲天德軍使兼職。李翺《故東川節度使盧公傳》：「（元和）八年，西受降城爲河所壞，城使周懷義上言宰相，議徙天德故城。坦以受降城張仁愿所作，城當磧石，得制北狄之要，若避河流，宜退三數里，其費不多。……上使品官强文彩覆之，文彩言與坦合。上召坦使條陳，將行之，竟爲宰相所奪，乃出坦爲劍南東川節度使。周懷義數月憂卒，燕重旰代其位，遂移天德故城，軍士歸怨，因殺重旰，屠其家。」《舊唐書・盧坦傳》記事與此稍異，謂：「及城使周懷義奏利害，與坦議同。事竟不行。」周懷義除天德軍使當在元和八年十月前。本書補遺《論周懷義狀》：「今者又命周懷義爲汝州刺史。懷義本是徐泗一小將，近入左軍，無大功能。忽與刺史，至於會解，與義通不殊。」約作於元和五年。

〔三〕西受降城：《舊唐書・地理志一》：「西受降城，在豐州北黄河外八十里，管兵七千人，馬千七百疋。」《張仁愿傳》：「時突厥默啜盡衆西擊突騎施娑葛，仁愿請乘虚奪取漠南之地，于河北築三受降城，首尾相應，以絶其南寇之路。……六旬而三城俱就。以拂雲祠爲中城，與東西兩城相去各四百餘里，皆據要津，遥相應接，北拓地三百餘里，于牛頭朝那山北置烽候一千八百所。」

除某王魏博節度使制①〔一〕

師長之選②，重難其人。况河上列城，鄴中雄鎮〔二〕。初喪良帥，思安衆心。若親與仁，方膺是命。某乙出忠入孝③，根乎至性。好學樂善，出於餘力。發自修己，施于爲政。可以守土，可以長人。今兩河之間，三軍乏帥。是用命爾，領兹大藩。澄清魏風，輯理相土④〔三〕。爲我垣翰，永孚于休。往其欽哉，無替厥職⑤。可魏博等州節度觀察使。
（3200）

【校】

①題　「某王」紹興本等作「某官王某」，《管見抄》作「某王某」，《文苑英華》作「王某」，據金澤本改。

②師長　《文苑英華》其上有「門下」二字。

③某乙　紹興本等作「某官王某」，《文苑英華》作「具官王某」，據金澤本、《管見抄》改。

④輯理　金澤本、《管見抄》、《文苑英華》作「疆理」，《文苑英華》校：「集作輯。」

⑤厥職　金澤本、《管見抄》、《文苑英華》作「厥問」，《文苑英華》校：「集作職。」郭本作「厥命」。

【注】

〔一〕某王：岑仲勉《白氏長慶集僞文》據刊本「某官王某」，謂元和一朝無王某任魏博之事，故斷爲僞作。按，此以某王遥領節度使，形式上屬不具主名之擬制，然其作蓋因時事。元和五年三月，曾以遂王宥爲彰義軍節度使。此授某王魏博節度，事同。《舊唐書·憲宗紀》：「（元和七年八月）戊戌，魏博節度使田季安卒。」制云「初喪良帥」，當即謂此。《舊唐書·田季安傳》：「子懷諫……及季安卒，元氏召諸將欲立懷諫，衆皆唯唯。懷諫幼，未能御事，軍政無巨細皆取決於私白身蔣士則，數以愛憎移易將校。衙軍怒，取前臨清鎮將田興爲留後，遣懷諫歸第，殺蔣士則等十餘人。田興葬季安畢，送懷諫于京師，乃起復授右監門衛將軍，賜第一區，芻米甚厚。田氏自承嗣據魏州至懷諫，四世相傳襲四十九年，而田興代焉。」當時或有以親王遥領魏博之舉措，唯史料未載。

〔二〕鄴中：魏州。《元和郡縣圖志》卷十六河北道：「魏州，魏郡。大都督府。……今爲魏博節度使理所。管州六：魏州、相州、博州、衛州、貝州、澶州。……後漢封曹操爲魏王，理鄴。前燕慕容暐都鄴，其魏郡並理於鄴中也。」

〔三〕相土：相州。《元和郡縣圖志》卷十六河北道：「相州，鄴郡。……隋大業三年，改相州爲魏郡。武德元年，復爲相州。」

除某節度留後起復制〔二〕

懋勳德者，慶鍾于嗣；襲忠順者，教本于親。於是乎有代及之恩，有賞延之命。所以光子道而激臣節也。兹惟舊典，可舉而行。某官某①，惟乃祖父②，勤勞王家。咸有忠功③，書于甲令。降及於爾，亦克負荷。早承義訓，久倅戎麾。自罹憫凶，能著誠敬④。

恭俟朝命，靖安人心。雖在幼沖，足可嘉獎。今屬元戎初喪，衆望顒然。宜選親賢，以爲統帥⑤。留府之事，俾爾專之。加戎秩以奪哀，遷冬卿以示寵。奉揚新命⑥，無忘前修。爾宜懋哉，懸賞佇効。可節度留後、檢校工部尚書⑦。（3201）

【校】

①某官某　金澤本、《管見抄》作「某官某乙」。

②乃祖父　郭本作「乃祖乃父」。

③忠功　郭本作「忠勤」。

④誠敬　紹興本、殘宋本、馬本作「成敬」，據那波本、金澤本改。

⑤統帥　金澤本作「驍帥」。

⑥奉揚　金澤本、《管見抄》作「式揚」。

⑦檢校　金澤本、《管見抄》無二字。

【注】

〔一〕某節度留後起復：憲宗朝節鎮世襲起復者有王士真子承宗、劉濟子總等，與此制所敍及撰寫時間皆不合。制云「雖在幼沖」，其指田季安子懷諫歟？然魏博節度後授田興。此篇或爲事未定之前所撰擬制。參前篇注。

除薛平鄭滑節度制①〔一〕

武牢以東②，至于白馬〔二〕。形制之地③，水陸之會。宜擇文武兼備者以爲守臣。右衛將軍薛平④，自司禁旅，爲我爪牙。訓整警巡，能宣其力。嘗使于絶國，可謂有勞。嘗牧于大都⑤，亦聞有政〔三〕。況忠厚爲質，通明爲用。秉吏道之刀尺，襲將門之弓裘。可以爲三軍之帥，可以理千乘之賦。俾輟才於北落，往節制於東方⑥。爾宜式遏四封，輯寧百衆。明簡稽以實軍旅，信賞罰以勸吏人。勉率乃職，無忝厥命。仍以冬卿副相，兼而寵之。可檢校工部尚書、兼御史大夫、充鄭滑節度等使⑦。（3202）

【校】

①題　《文苑英華》作「授薛平鄭滑節度使制」。

②武牢　《文苑英華》其上有「門下」二字。

③形制　馬本作「形勢」。

④右衛　金澤本作「某衛」。

⑤大郡　《文苑英華》作「大都」，校：「集作郡。」

⑥節制　金澤本、《文苑英華》作「按節」。

⑦充鄭滑節度等使　七字紹興本等無，據金澤本補。《文苑英華》作「鄭滑潁等州節度觀察處置等使」十三字。

【注】

〔一〕薛平：見卷十三《鄭絪烏重胤馬總劉悟李祐田布薛平等亡母追封國郡太夫人制》（2998）。《舊唐書·憲宗紀》：「（元和七年八月）辛亥，以左龍武大將軍薛平爲滑州刺史、義成軍節度使。」岑仲勉《白氏長慶集僞文》以事在居易出翰林後，故斷爲僞作。按，此篇當爲擬制。

〔二〕武牢：成皋。唐屬鄭州滎陽郡。《隋書·地理志中》滎陽郡：「汜水，舊曰成皋，即武牢也。」《元和郡縣圖志》卷八河南道鄭滑節度使：「鄭州，滎陽。……武德四年五月擒建德、王世充，東都平，其月置鄭州，理武牢。其年又於今鄭州置管州，貞觀元年廢管州。七年，自武牢移鄭州於今理。」白馬：滑州。《元和郡縣圖志》卷八河南道鄭滑節度使滑州：「今州城東北五里白馬故城，即衛之曹邑也」；「白馬縣，望。郭下。本衛之曹邑，漢以爲縣，屬東郡，因白馬津爲名。」

〔三〕嘗使于絶國四句：《册府元龜》卷三二四《宰輔部·薦賢》：「杜黄裳爲相時，薛平爲右衛將軍。在南衙凡一十一年，黄裳深器之，薦爲汝州刺史，兼御史中丞，治有能名。」

除盧士玫劉從周官制①〔一〕

君有舉②，左史得書之；政有闕，諫官得補之。二職者，歷朝之清選也。前侍御史盧士玫③，嘗在西川，時爲從事。亂危潛伏，能潔其身。前監察御史劉從周，頃佐宣城，奉公守正④。端士之操，終然不渝。時所稱論，並宜甄奬。況學術詞藻，見推於衆。並命清貫，僉以爲宜。記事盡規，各佇能効。士玫可起居郎，從周可右補闕。（3203）

【校】

①題　《文苑英華》作「授盧文玫起居郎劉從周補闕等制」，「文」校：「集作士。」正文同。

②君有舉　《文苑英華》其上有「勅」字。

③侍御史　紹興本等脱「史」字，據金澤本、《文苑英華》補。

④守正　紹興本、那波本、馬本作「守政」，據金澤本、《文苑英華》改。《文苑英華》校：「集作政。」

【注】

〔一〕盧士玫：見卷十五《京兆尹盧士玫除檢校左散騎常侍兼中丞瀛莫二州觀察等使制》(3056)。據裴度《劉府君神道碑銘》：「於時門生之在朝廷者，諫議大夫杜羔、中書舍人裴度、起居舍人盧士玫」，岑仲勉《白氏長慶集僞文》推斷士玫官起居舍人在元和八、九年間。又據《重修承旨學士壁記》，元和八年正月二十七日劉從周自左補闕入翰林，岑氏推斷此制約當元和七年底至八年初所行，故斷爲僞作。按，此篇當爲擬制。劉從周：《新唐書·宰相世系表一上》劉氏：餗孫、贄子，「從周，左補闕。」

張正一致仕制①〔一〕

前諫議大夫張正一，學行器用，爲時所稱。擢居諫官，冀効忠讜。雖年齒未暮，而衰疾有加。所宜頤養，不可牽率。俾移優秩，以從致政。可國子司業致仕。(3204)

【校】

①題　「正一」金澤本、《管見抄》作「正壹」，正文同。

【注】

〔一〕張正一：《舊唐書·韋執誼傳》載：「貞元十九年，補闕張正一因上書言事得召見。」《唐詩紀事》卷四五收其和武元衡《錦樓玩月》詩，謂：「正一時爲西川觀察判官。」《唐郎官石柱題名考》卷十二引石刻《蜀丞相諸葛武侯祠堂碑》陰題名「觀察判官、朝散大夫、檢校尚書户部郎中、兼侍御史、驍騎尉張正一」，刻於元和四年。

張正甫蘇州刺史制②〔一〕

浙右列城，吴郡爲大。地廣人庶，舊稱難理。多選他部二千石之良者轉而遷焉②。鄧州刺史張正甫，自領南陽，僅經三載。廉平清簡，以臨其人。人安政和，理行第一。宜以大郡，推而廣之。用旌前勞，且佇來効③。可蘇州刺史。（3205）

【校】

①題　金澤本所校本「張正甫」前有「除」字。

②他部　馬本作「他郡」。

③來効　《全唐文》作「後効」。

【注】

〔一〕張正甫：見卷十二《張正甫可同州刺史制》(2976)。《舊唐書·憲宗紀》：「(元和八年十月己巳)，以蘇州刺史張正甫爲湖南觀察使。」《姑蘇志》卷二古今守令表：「范傳正，元和六年二月十一日，自湖州遷。」張正甫當爲范傳正之後任。

崔清晉州刺史制〔一〕

左司郎中崔清①，以才良行敏②，補尚書郎。頗積公勤，宜加奬任。頃嘗爲郡，亦聞有政。平陽舊壤，時謂名藩〔二〕。得才與能③，方可共理。安人訓俗，佇有成績。可晉州刺史。(3206)

【校】

①左司　金澤本作「某司」，郭本作「右司」。

②才良行敏　金澤本作「良才敏事」。

③得才　金澤本作「若才」。

【注】

〔一〕崔清：《唐代墓誌彙編》元和一〇三盧雄《唐鄉貢進士盧君夫人博陵崔氏墓誌》：「夫人諱熅，姓崔氏，博陵安平人。曾父巘，皇秘書少監，贈左散騎常侍。大父清，皇晉州刺史。父朴，前左監門兵曹參軍。」誌撰於元和十二年。《新唐書·宰相世系表二下》博陵崔氏二房：鄧州刺史先意孫、滎陽郡長史巘子，「清，户部郎中。」即其人。

〔二〕平陽：晉州。《元和郡縣圖志》卷十二河東道河中府：「晉州，平陽。望。……《禹貢》冀州之域，即堯、舜、禹所都平陽也。……義旗初建改爲平陽郡。武德元年罷郡，置晉州。」

除柳公綽御史中丞制①〔一〕

中憲之設②，糾謬懲違。一引其綱，百職具舉③。非清與直④，不稱厥官。諫議大夫柳公綽，忠實有常⑤，文以詞學。介然端直，有古之遺風。頃居臺憲，累次郎位。持平守正，人頗稱之。擢首諫司，器望益重。今副相缺位⑥，中司專席〔三〕。惟有守者，可以執憲。惟無私者，可以閑邪。詢事審官，爾當是選⑦。光昭新命⑧，振起舊章。宜一乃心，以揚其職。可御史中丞⑨。（3207）

【校】

①題　「除」《文苑英華》作「授」。

②中憲　《文苑英華》其上有「勅」字。

③具舉　《文苑英華》作「其舉」。

④清與直　金澤本、《管見抄》作「清與正」。

⑤有常　金澤本、《管見抄》作「貞恒」，《文苑英華》作「有恒」。

⑥缺位　金澤本、《管見抄》、《文苑英華》作「虚位」，《文苑英華》校：「集作缺。」

⑦是選　郭本作「其選」。

⑧光昭　金澤本、《管見抄》其上有「庶乎」二字。

⑨御史中丞　《文苑英華》此下有「散官勳如故」五字。

【注】

〔一〕柳公綽：見卷十一《柳公綽可吏部侍郎制》(2944)。《舊唐書·憲宗紀》：「(元和五年十二月)壬午，以吏部郎中柳公綽爲御史中丞。」《柳公綽傳》：「(元和)五年十一月，獻《太醫箴》一篇……憲宗深嘉之……逾月，拜御史中丞。」此制書公綽見官爲諫議大夫，與史不合。其授御史中丞之時居易雖在翰林，然疑此制亦非真行。

〔二〕中司：御史中丞。楊憑《唐廬州刺史本州團練使羅珦德政碑》：「中司執法，外督州部。可兼御史中丞。」本書卷十一《張徹宋申錫並可監察御史制》(2921)：「舊制，副丞相缺，中執憲得出入御史。」參該篇注。

除田興工部尚書魏博節度制①〔一〕

馭下安人②，其道不一。或序能以次用，或因効以拔才③。所命雖殊，同歸共理。某職某官田興④，時屬本軍初喪戎帥，亂政或啓⑤，羣心不寧。而興列在偏裨，奮其義勇。謀成必中，事至能斷。智略所及，指麾所加。一軍獲安，百衆悦附⑥。連獻章疏，恭俟制命⑦。有節有禮，朕用嘉之。夫以將材如彼⑧，軍情若此。允膺不次之舉⑨，可責非常之功⑩。是用寵之冬卿，擢爲大將。仍以印綬，就拜軍中。行乎敬之哉⑪，無憚乃力。可檢校工部尚書、兼御史大夫、魏博等州節度觀察等使。（3208）

【校】

①題　《文苑英華》作「授田興工部尚書魏博節度使制」。

②馭下　《文苑英華》其上有「門下」二字。

③効　《文苑英華》校：「集作功。」

④某職某官　《文苑英華》作「具官」。

⑤或啓　馬本作「咸啓」，誤。

⑥悦附　馬本作「附悦」。

⑦制命　郭本作「命制」。

⑧將材　金澤本、《管見抄》作「將才」。

⑨允膺　紹興本、那波本、殘宋本作「元膺」，郭本作「先膺」，據金澤本、《管見抄》、馬本、《文苑英華》改。

⑩可責　馬本誤「可貴」。「非常」　郭本作「有成」。

⑪行乎　馬本作「其」。

【注】

〔一〕田興：後改名弘正。《舊唐書·憲宗紀》：「（元和七年）冬十月乙未，魏博三軍舉其衙將田興知軍州事。時田季安卒，子懷諫年十一，爲副大使、知軍府事，軍政一決于家僮蔣士則，數易大將，軍情不安。因田興入衙，兵環而劫請，興頓仆於地，軍衆不散。興曰：『欲聽吾命，勿犯副大使。』衆曰：『諾。』但殺蔣士則等十數人而止。即日移懷諫於外，令朝京師。甲辰，以魏博都知兵馬使、兼御史中丞、沂國公田興爲銀青光禄大夫、檢校工部尚書，兼魏州大都督府長史，充魏博節度使。」岑仲勉《白氏長慶集僞文》以事在居易出翰林後，又《全唐文》卷五七另有憲宗《授田興魏博節度使制》，意致詳盡，書職守均與《舊唐書》合，故斷此制爲僞作。按，此篇當爲擬制，其書職銜固較真行之制簡略。田興既主軍務，上表歸朝，憲宗優詔褒美。此擬制敍其事雖極扼要，然一筆不苟，亦極盡讚美，可謂有爲而作。

除鄭餘慶太子少傅制①〔一〕

東朝三少②，歷代重選。不必備位，在乎得人〔二〕。吏部尚書鄭餘慶，貞明儉素③，有古人風。發自修身，施於爲政。出入中外，多歷要重。咸有勤績，存于官次④。況動中

禮法⑤，學綜儒玄。是謂羽儀之臣，可居師傅之任。輔我元子，爾其勉歟！可太子少傅。（3209）

【校】

①題　「除」《文苑英華》作「授」。

②東朝　《文苑英華》其上有「勑」字。

③貞明　金澤本、《管見抄》、《文苑英華》作「貞恒」。

④存于　《文苑英華》作「存乎」，校：「集作于。」

⑤動中　金澤本、《管見抄》作「動循」。

【注】

〔一〕鄭餘慶：見卷十一《鄭餘慶楊同懸等十人亡母追贈郡國夫人制》（2935）。《舊唐書·憲宗紀》：「（元和七年）十二月丙戌朔，以吏部尚書鄭餘慶爲太子少傅。」岑仲勉《白氏長慶集僞文》以事在居易出翰林後，故斷此制爲僞作。按，此篇當爲擬制。

〔二〕東朝三少四句：《唐六典》卷二六太子三師三少：「太子少師一人，少傅一人，少保一人，並正二品。太子三少掌奉皇太子，以觀三師之道德而教諭焉。凡三師三少，官不必備，唯其人，無其人則闕之。」

除裴堪江西觀察使制①〔一〕

江西七郡②，列邑數十。土沃人庶，今之奧區。財賦孔殷③，國用所繫。茲爲重寄，宜付長才。同州刺史裴堪，素蓄器幹，久經任遇④。日者資其忠諒⑤，入爲諫議大夫。藉其良能，出爲左馮翊。曾未周歲，政立績成。區區一郡，未盡其用。鍾陵要鎮，可以委之。夫簡其條章，平其賦役。徇公率正，以臨其人。而人不安，未之有也。祇服厥命，往修乃官。仍兼中憲，以示優寵。可江西觀察使、兼御史中丞。（3210）

【校】

①題　「除」《文苑英華》作「授」。

②江西　《文苑英華》其上有「勑」字。

③財賦　金澤本作「財征」。

④久經　金澤本作「久膺」。

⑤忠諒　郭本作「忠良」。

【注】

〔一〕裴堪：《舊唐書·憲宗紀》：「（元和六年四月戊辰）以諫議大夫裴堪爲同州防禦使。」「（元和七年十一月）甲申，以同州刺史裴堪爲江西觀察使。」岑仲勉《白氏長慶集僞文》以堪任江西觀察使在居易出翰林後，又涖同州年半有餘，而制云「曾未周歲」，作僞顯然，故斷爲僞作。按，此篇當爲擬制。「曾未周歲，政立績成」，謂其政成之速，非遷官之具體時間。

贈杜佑太尉制〔一〕

生有爵祿，殁有褒贈。此王者所以崇哀榮之禮，厚君臣之恩。況有輔臣①，所宜加等。某官致仕佑，以通濟之才，公忠之節，逢時入用，爲國大臣。外領藩鎮，内參台鉉②。積勤盡悴③，迨過三紀。左右予位④，亦既八年。天不憖遺，奪我元老。憫然興歎，實軫于懷。永言褒榮，俾峻禮命。上公之秩，用賁幽靈。嗚呼！録舊旌勞⑤，知予不忘⑥。

可贈太尉。（3211）

【校】

①況有　金澤本、《管見抄》作「況在」。

②内參　郭本作「内領」。

③積勤　郭本「隕躬」。

④予位　紹興本等作「于位」，據金澤本改。

⑤錄舊　金澤本作「念舊」。

⑥知予　二字那波本作「于」，誤。

【注】

〔一〕杜佑：見本卷《杜佑致仕制》(3188)。《舊唐書・憲宗紀》：「(元和七年十一月)辛未，太保致仕杜佑卒。」岑仲勉《白氏長慶集僞文》以事在居易出翰林後，又新舊《唐書》本傳及權德輿《岐國公杜公墓誌銘》皆云贈太傅，而此制云贈太尉，故斷爲僞作。按，此篇當爲擬制。

除孔戣萬年縣令制①〔一〕

京邑令缺②，多擇尚書郎有才理者補之。兵部員外郎孔戣，自御史府遷夏官之屬，凡所莅職，一心奉公。在郎署間，稱有名實。加以文學，緣飾吏能。俾宰京劇，佇有成効。可萬年縣令③。（3212）

【校】

①題　「除」《文苑英華》作「授」。

②京邑　《文苑英華》其上有「勑」字。

③可萬年縣令　五字紹興本等無，據金澤本、《文苑英華》補。

【注】

〔一〕孔戣：見卷十五《李愬李愿薛平王潛馬總孔戣崔能李翺李文悦咸賜爵一級並迴授男同制》（3089）。《舊唐書·孔戣傳》：「轉侍御史、庫部員外郎……戣謂京兆尹裴武曰」。裴武官京兆尹在元和八年十二月後，岑仲勉《白氏長慶集僞文》謂戢縱出爲畿令亦非元和六年四月以前，故斷此制爲僞作。按，此篇當爲擬制。

除裴向同州刺史制〔一〕

馮翊之地，密邇郊畿。分内史之政，參京師之化〔二〕。俾善所職，其在得人。京兆少尹裴向，器藴利用，學通政事。久試吏治①，頗著良能。累守大郡，入亞天府〔三〕。奉上撫下，皆有可稱。左輔之重，爾膺其選。況征賦猶重，人庶未康②。實望良才，與之共治③。勉副所舉，往修厥官。可同州刺史制。（3213）

【校】

①吏治　金澤本作「吏理」。

②人庶　金澤本作「勞人庶」，校删「庶」字。

③共治　金澤本作「共理」，郭本作「同治」。

【注】

〔一〕裴向：遵慶子。傳附新舊《唐書·裴遵慶傳》。《舊唐書·憲宗紀》：「（元和七年十二月）戊戌，以京兆尹裴向爲同州防禦使。」「尹」當據《舊唐書》本傳作「少尹」。岑仲勉《白氏長慶集僞文》以事在居易出翰林後，故斷爲僞作。按，此篇當爲擬制。

〔二〕内史：京兆尹。參卷十一《柳公綽可吏部侍郎制》（2944）注。

〔三〕天府：秦中。參卷十二《李宗何可渭南令李玘可京兆府户曹制》（2966）注。

除武元衡門下侍郎平章事制①〔一〕

朕嗣守丕業②，行將十年③。實賴一二輔臣，與之共治④。故外鎮方域，則仗以爲將。内熙庶績，則倚以爲相。文武二柄，出入委之。心膂股肱，於是乎在。某官武元衡⑤，有絳侯厚重之質⑥，有邴吉寬大之風⑦。自登台司，克厭人望⑧。頃屬巴蜀，軍後人殘。權委節旄，俾往鎮撫。信及夷貊⑨，恩加疲瘵。每因利以施惠⑩，不易俗而修教。政無苟得⑪，人用便安〔二〕。惠兹一方，時乃之績。報政既久⑫，屬望益深。宜歸左輔，以參大政。夫坦然公道，可以敍衆才；曠然虚懷，可以應羣務⑬。弼違救失，不以尤悔爲

慮；進善懲惡⑭，不以親讎自嫌。用此輔君，足爲名相。欽率是道，往服乃官⑮。可守門下侍郎、同中書門下平章事⑯。（3214）

【校】

①題　「除」《文苑英華》作「授」。「武元衡」金澤本作「元衡」。

②朕嗣守　《文苑英華》其上有「門下」二字。

③行將　紹興本等無「行」字，據金澤本、《文苑英華》補。馬本作「迨將」。

④共治　金澤本、《文苑英華》作「共理」。

⑤内熙……武元衡　三十字紹興本等無，據金澤本補。

⑥之質　《文苑英華》作「之資」。

⑦邴吉　郭本作「邴相」。

⑧克厭　《文苑英華》作「克諧」，校：「集作厭。」

⑨夷貊　《文苑英華》作「夷獠」，校：「集作貊。」

⑩施惠　《文苑英華》作「施物」，校：「集作惠。」

⑪苟得　金澤本、《文苑英華》作「苟簡」。

⑫既久　金澤本、《文苑英華》作「已久」。

⑬羣務　《文苑英華》、郭本作「羣物」，《文苑英華》校：「集作務。」

⑭懲惡　金澤本、《文苑英華》作「紬惡」，《文苑英華》校：「集作懲。」

⑮往服　紹興本等作「往復」，據金澤本、《文苑英華》改。

⑯可守　紹興本等無「守」字，據《文苑英華》補。

【注】

〔一〕武元衡：字伯蒼。新舊《唐書》有傳。《舊唐書·武元衡傳》：「（元和八年二月）甲子，以劍南西川節度使、銀青光祿大夫、檢校吏部尚書、兼門下侍郎、同平章事、上柱國、臨淮郡開國公、食邑二千户武元衡復入中書知政事，兼崇玄館大學士、太清宫使。」岑仲勉《白氏長慶集僞文》以事在居易出翰林後，又此制不書兼銜，《文苑英華》卷四四七别出一制，敍散官階等均與史合，故斷此制爲僞作。按，此篇當爲擬制。

〔二〕頃屬巴蜀十句：《舊唐書·武元衡傳》：「先是，高崇文平蜀，因授以節度使。崇文理軍有法，而不知州縣之政。上難其代者，乃以元衡代崇文……元衡至，則庶事節約，務以便人。比三年，公私稍濟。撫蠻夷，約束明具，不輒生事。重慎端謹，雖淡於接物，而開府極一時之選。（元和）八年，徵還。」

除李夷簡西川節度使制①〔一〕

征鎮之大②，實惟蜀川。西距于戎，南漸于海。有重江複山之險，有長轂堅甲之旅。水陸交會，華夷雜居。疇能治之③？我有良帥。山南東道節度使某官李夷簡④，以正事上，以簡臨下。仗兹器用，累當任遇。執憲之難也，爾爲臺丞⑤，其職甚舉。司計之重也，爾調邦賦，其効可稱〔二〕。爰資長才，出領重鎮。自總符鉞，于漢之南。專奉詔條，削去弊政。均穀籍不一之賦，罷舟車無名之征。近悦遠來，歸如流水。俗用丕變，人迄小康。三載考功，爾爲稱首⑥〔三〕。宜進右秩⑦，遷于大藩。以均惠乎四方，以旌勸乎羣吏。昔文翁明於教化，种暠優於政能〔四〕。巴蜀之間，遺美猶在。不替前効，可以嗣之⑧。佇聞有成，用光厥命。可檢校吏部尚書、劍南西川節度等使。（3215）

【校】

①題　「除」《文苑英華》作「授」。

②征鎮　《文苑英華》其上有「門下」二字。「大」　《文苑英華》作「重」，校：「集作大。」

③治之　金澤本、《文苑英華》作「理之」。

④某官　《文苑英華》無二字。

⑤臺丞　郭本、《文苑英華》明刊本作「臺臣」。

⑥爾爲稱首　《文苑英華》校：「一作爲足稱道。」

⑦宜進　紹興本等作「進其」，據金澤本改。

⑧嗣之　馬本作「副之」，誤。

【注】

〔一〕李夷簡：見卷十一《裴度李夷簡王播鄭絪楊於陵等各賜爵並迴授男爵制》(2943)。《舊唐書・憲宗紀》：「(元和八年正月)癸未，以山南東道節度使李夷簡檢校户部尚書、成都尹，充劍南西川節度使。」岑仲勉《白氏長慶集僞文》以事在居易出翰林後，故斷爲僞作，又謂其改檢校户部尚書近是。按，此篇當爲擬制。

〔二〕執憲之難也六句：《舊唐書・憲宗紀》：「(元和四年四月甲辰)以刑部郎中、侍御史知雜李夷簡爲御史中丞。」「(元和五年三月)乙巳，以御史中丞李夷簡爲户部侍郎、判度支。」

〔三〕三載考功二句：《舊唐書·憲宗紀》：「（元和六年四月）庚午，以户部侍郎、判度支李夷簡檢校禮部尚書、襄州大都督府長史、山南東道節度使。」以上敍夷簡宦歷均與史合。

〔四〕文翁：《漢書·循吏傳》：「文翁，廬江舒人。……景帝末，爲蜀郡守，仁愛好教化。見蜀地辟陋有蠻夷風，文翁欲誘進之，乃選郡縣小吏開敏有材者張叔等十餘人，親自飭厲，遣詣京師，受業博士，或學律令。減省少府用度，買刀布蜀物，賫計吏以遺博士。數歲，蜀生皆成就還歸，文翁以爲右職，用次察舉，官有至郡守刺史者。……至今巴蜀好文雅，文翁之化也。」种暠：《後漢書·种暠傳》：「出爲益州刺史。暠素慷慨，好立功立事。在職三年，宣恩遠夷，開曉殊俗，岷山雜落皆懷服漢德。」

除袁滋襄陽節度制①〔一〕

漢以二千石之良者②，入爲公卿〔二〕。周以六官之賢者，出兼侯伯。内外之任，所命則殊。至於治軍國③，寵忠賢④，其致一也。户部尚書袁滋，奉上甚勤，臨下甚簡。安人附衆，尤是所長。頃資其能⑤，移鎮東郡。略其科禁，緩其征徭。政不滋彰，人用休息。在部七載⑥，績成課高⑦。璽書徵還，益聞遺愛。老幼遮道，事鄰古人〔三〕。朕方勤卹疲民⑧，褒奬循吏。累月再命，其有旨哉。舉鄭滑之政也，故旌武公之美，寵以司徒〔四〕；憂襄漢之人也，故仗叔子之才⑨，委茲征鎮〔五〕。類能而使，其在此乎！勉揚厥聲，無替前効。可某官山南東道節度等使⑩。（3216）

【校】

①題　「除」《文苑英華》作「授」，「節度」《文苑英華》、馬本、郭本作「節度使」。

②漢以　《文苑英華》其上有「門下」二字。

③治軍國　金澤本、《文苑英華》作「理軍國」。

④忠賢　郭本作「忠良」。

⑤頃　紹興本、殘宋本、馬本作「須」，據那波本改。

⑥在部　金澤本所校本、《全唐文》作「在郡」。

⑦績成　金澤本、《文苑英華》作「績茂」。

⑧疲民　金澤本、《文苑英華》作「疲氓」。

⑨仗　金澤本作「杖」。《文苑英華》作「拔」，校：「集作仗。」

⑩山南　《文苑英華》作「充山南」。

【注】

（一）袁滋：字德深。新舊《唐書》有傳。《舊唐書·憲宗紀》：「（元和八年正月癸未）以户部尚書袁滋檢校兵部尚書、襄州刺史，充山南東道節度使。」岑仲勉《白氏長慶集僞文》以事在居易出翰林後，故斷爲僞作。按，此篇當爲擬制。以上武元衡、李夷簡、袁滋三制均爲一時重要人事任命，擬制之作亦頗見用意。

（二）漢以二千石之良者入爲公卿：《漢書·循吏傳》：「及至孝宣，由仄陋而登至尊，興於閭閻，知民事之艱難。……常稱曰：『庶民所以安其田里而亡歎息愁恨之心者，政平訟理也。與我共此者，其唯良二千石乎！』以爲太守吏民之本也，數變易則下不安，民知其將久，不可欺罔，乃服從其教化。故二千石有治理效，輒以璽書勉厲，增秩賜金，或爵至關内侯，公卿缺則選諸所表以次用之。是故漢世良吏，於是爲盛，稱中興焉。」

（三）在部七載六句：謂袁滋任鄭滑節度使。《舊唐書·憲宗紀》：「（元和元年十月）庚辰，以吉州刺史袁滋爲御史大夫，充義成軍節度使。」「（元和七年十月甲辰）以鄭滑節度使袁滋爲户部尚書。」《册府元龜》卷八二〇《總録部·立祠》：「袁滋元和中爲義成軍節度，百姓立生祠禱祀之。」

（四）旌武公之美：《詩·衛風·淇奧》序：「《淇奧》，美武公之德也。有文章，又能聽其規諫，以禮自防，故能入相于周，美而作是詩也。」

（五）仗叔子之才：羊祜字叔子。《晉書·羊祜傳》：「帝將有滅吳之志，以祜爲都督荆州諸軍事、假節、散騎常侍、衛將軍如故。」

歸登右常侍制①〔一〕

近侍之列②，騎省爲貴。歷代迄今，選任頗重③。必詢望實，而後命之。工部侍郎歸登，朴中沈厚④，心無詭詐⑤。介圭不飾，止水無波。澹然自居，以致名稱。抱此素行，歷踐清貫。掌議左掖，貳職冬官〔二〕。歲時滋深，體望益茂。可以備顧問應對之選，列言語侍從之臣。冠附貂蟬⑥，立之于右。訪諸時論，僉以爲然。可右散騎常侍⑦。（3217）

【校】

①題　《文苑英華》作「授歸登右散騎常侍制」。

②近侍　《文苑英華》其上有「勅」字。

③選任　郭本作「遴選」。

④朴中　《文苑英華》、馬本作「朴忠」。

⑤詭詐　金澤本、《文苑英華》作「適莫」，《文苑英華》校：「集作詭詐。」

⑥冠附貂蟬　金澤本、《文苑英華》作「冠貂附蟬」。

⑦可　《文苑英華》作「可守」。

【注】

〔一〕歸登：新舊《唐書》有傳。《舊唐書·憲宗紀》：「(元和六年正月丙申)敕諫議大夫孟簡、給事中劉伯芻、工部侍郎歸登、右補闕蕭俛等於豐泉寺翻譯《大乘本生心地觀音經》。」又《元和姓纂》記元和七年見官歸登爲工部侍郎。岑仲勉《白氏長慶集僞文》謂其遷散騎常侍斷在元和六年四月以後，故斷此制爲僞作。按，此篇當爲擬制。

〔二〕掌議左掖二句：《舊唐書·歸登傳》：「貞元初，復登賢良科，自美原尉拜右拾遺。……轉右補闕、起居舍人，三任十五年。……後遷兵部員外郎，充皇子侍讀，尋加史館修撰。……遷工部侍郎。……久之，改左散騎常侍。……轉兵部侍郎，兼判國子祭酒事，遷工部尚書。元和十五年卒。」議左掖謂左補闕，與本傳作右補闕異。貳冬卿謂工部侍郎。

李程行軍司馬制〔一〕

隋州刺史李程，頃自周行，出分憂寄。漢南大郡，守之五年。頗著良能，宜當選獎①。況專習文學，通知兵事。西南重鎮，初委元戎。慎選副車，爾當此舉。三軍之重，俾往貳之。仍加憲職，以示優寵。可御史中丞、劍南西川行軍司馬。（3218）

【校】

①選獎　金澤本作「遷獎」。

【注】

〔一〕李程：見卷十七《除李程郎中制》(3175)。《舊唐書·李程傳》：「元和中，出爲劍南西川節度行軍司馬。」《新唐書·李程傳》：「李夷簡鎮西川，辟爲成都少尹。以兵部郎中入知制誥。」劍南西川行軍司馬與成都少尹爲兼銜，兩《唐書》本傳乃各書其一。岑仲勉《白氏長慶集僞文》以李夷簡充西川節度在元和八年正月，故斷此制爲僞作。按，此篇當爲擬制。

李翺虞部郎中制①〔一〕

金州刺史李翺②，雅有文藝，飾以政事。早從吏職，久領郡符。謹慎廉平，頗副所

任。虞曹郎缺，命以序遷。敬茲寵名，勉守厥位。可尚書虞部郎中。（3219）

【校】

①題 《文苑英華》「李翽」前有「授」字。「李翽」馬本作「李甑」，誤。

②金州 《文苑英華》其上有「勅」字。

【注】

〔一〕李翽：見卷十三《元公度授華陰令制》（2996）注。《新唐書·高祖諸子》鄭惠王元懿子璥，璥子察言：「生二子，曰自仙、翽。……翽爲陳留公，生宗閔。」

牛僧孺監察御史制①〔一〕

河南縣尉牛僧孺②，志行修飾，詞學優長。頃對策于庭，其言甚直。累從吏職，頗謂滯淹。訪諸時論，宜當朝選。俾升憲府，以觀其才。可監察御史。（3220）

【校】

①題　《文苑英華》「牛僧孺」前有「授」字。

②河南　《文苑英華》其上有「勑」字。

【注】

〔一〕牛僧孺：見卷十一《牛僧孺可户部侍郎制》(2929)。杜牧《唐故太子少師奇章郡開國公贈太尉牛公墓誌銘》：「元和四年應賢良直諫制，數强臣不奉法，憂天子熾於武功。詔下第一，授伊闕尉。以直被毁，周歲，凡十府奏取不下。伊闕滿歲，郄公士美以昭義軍書記辟，凡三上請，詔除河南尉，拜監察御史。丁母夫人憂，制終復拜監察御史。」朱《箋》據居易《代書》(本書卷六2877)稱「監察牛二侍御」，作於元和十二年，推斷僧孺入朝爲監察在元和十年前後，疑此制爲僞作。按，此篇當爲擬制。然僧孺丁母憂復拜監察，其初拜監察當在元和七年。《劇談録》卷上：「河南府伊闕縣前臨大溪，每僚佐有入臺者，即水中先有小灘漲出，石礫金沙，澄澈可愛。牛相國爲縣尉，一旦忽報灘出，翌日，宰邑者與同僚列筵於亭上觀之，因召耆宿備詢其事。有老吏云：『此必分司御史，非西臺之命。若是西臺，灘上當有鸂鶒雙立。前後邑人以此爲驗。』相國潛揣縣僚無出於己，因舉杯祝曰：『既能有灘，何惜鸂鶒。』宴未終，俄有一雙飛下。不旬日，拜西臺監察御史。」小説容有附會，然僧孺遷轉亦當時衆所矚目者。

裴克諒量留制〔一〕

華州刺史奏：華陰令裴克諒，在官清白①，奉法端直②。考秩向滿，其政如初。借留三年，用觀成績。朕方旌求良吏，俾養黎元。適副所懷，宜可其奏。（3221）

【校】

①清白　金澤本作「清廉」。

②端直　紹興本等無二字，據金澤本補。

【注】

〔一〕裴克諒：見卷十七《裴克諒權知華陰縣令制》(3176)。按，前制謂權知，此制謂量留，中缺正授。二制皆當爲擬制。

張聿都水使者制〔一〕

前湖州長史張聿，頃以藝文，擢升朝列。嘗求禄養，出署外官。名不爲身，志亦可尚。喪期既畢，班序當遷。俾領水衡，以從優秩。可都水使者。（3222）

【注】

〔一〕張聿：見卷十一《張聿可衢州刺史制》(2931)。《重修承旨學士壁記》：「張聿貞元二十年九月二十七日自秘書省正字充。二十一年三月十七日，遷左拾遺。元和元年十一月，加朝散大夫，賜緋魚袋。二年正月，出守本官。」其後，蓋出爲湖州長史。其任都水使者，當在元和八年前後。

薛伾鄜坊觀察使制①〔一〕

鄜畤延安②，抵于中部〔二〕。羌夷種落，散在其間。戎夏雜居，易擾難理。宜選寬明之使③，通知邊事者，委以符節而糾綏之④。右金吾將軍薛伾，服勤戎職，練達吏道。出入中外，綿歷歲年。能一乃心，以宣其力。自加寵遇，再執金吾。儌巡有嚴，夙夜匪懈。在公若是，何用不臧？況爲人沉靜，内肅外和。按俗守封，是其所善⑤。宜輟務於誰何，俾宣風於廉察。庶乎勞倈諸部，綱紀列城⑥。奉詔條以安人，參戎索以訓旅。欽承厥命，往服乃官⑦。仍踐冬卿，式光重寄。可檢校工部尚書、充鄜坊等州觀察使。（3223）

【校】

①題　《文苑英華》「薛伾」前有「授」字。

②鄜畤　《文苑英華》其上有「勅」字。

③使　金澤本作「吏」。

④符節　《文苑英華》作「節制」，校：「集作符節。」

⑤内肅外和……是其所善　《文苑英華》作「外肅内和守封按俗是其所能」，校文同紹興本等。金澤本「按俗守封」作「守封按俗」，「所善」作「所能」。

⑥綱紀　金澤本作「綱舉」。

⑦往服　紹興本等作「往復」，據金澤本改。

【注】

〔一〕薛伾：《舊唐書》有傳。《舊唐書·憲宗紀》：「(元和八年四月)辛卯，以將作監薛伾爲鄜坊觀察使。」岑仲勉《白氏長慶集僞文》以事在居易出翰林後，故斷爲僞作。按，此篇當爲擬制。

〔二〕鄜畤：鄜州。《元和郡縣圖志》卷三關内道鄜坊觀察使：「鄜州，洛交。……(後魏)廢帝改爲鄜州，因秦文公夢黄蛇自天降屬於地，遂於鄜衍立鄜畤爲名。隋大業初，復爲上郡。武德元年復爲鄜州。」延安：延州。屬鄜坊觀察使。《元和郡縣圖志》同卷：「延州，延安。……隋開皇八年廢總管，但爲延州。煬帝以爲延安郡。」中部：坊州。《元和郡縣圖志》同卷：「坊州，中部。……管縣四……中部縣，上。……後秦姚興於今縣南置中部縣。……武德二年置坊州，改爲中部。」

韓愈比部郎中史館修撰制①〔一〕

太學博士韓愈②，學術精博，文力雄健〔二〕。立詞措意，有班、馬之風。求之一時，甚不易得。加以性方道直，介然有守。不交勢利，自致名望。可使執簡，列爲史官③。記事書法，必無所苟。仍遷郎位，用示褒升。可依前件。(3224)

【校】

①題　《文苑英華》「韓愈」前有「授」字。

②太學　《文苑英華》其上有「勑」字。

③列爲史官　郭本作「爲史館官」。

【注】

〔一〕韓愈：見卷十三《韓愈等二十九人亡母追贈國郡太夫人制》(2987)。洪興祖《韓子年譜》引《實錄》：「(元和)八年三月乙亥，國子博士韓愈比部郎中、史館修撰。」岑仲勉《白氏長慶集僞文》以事在居易出翰林後，故斷此制爲僞作。按，此篇當爲擬制。

〔二〕太學博士：岑氏謂：「官制實名國子博士，不名太學博士，太學者祇普通文字所用之代稱，不應施於行制。」按，《唐六典》卷二一國子監：「國子博士二人，正五品上」；「太學博士三人，正六品上。」韓愈官國子博士，此制書太學博士，不合。然太學博士亦正式官名，非代稱。

李彙安州刺史制①〔一〕

宿州刺史李彙，勳閥之門，嗣生才略。久參戎衛，頗著勤勞。試守列城，觀其爲政。屬汴泗之右，創晝州居。府署城池，委之經始。一日必葺，三年有成。且聞公勤，宜有遷轉。重分憂寄，再佇良能②。往安吾人，無忝厥命。可安州刺史。（3225）

【校】

①題　「李彙」紹興本等作「李暈」，據金澤本改。正文同。

②再佇　金澤本作「載佇」。

【注】

〔一〕李彙：光弼子。《新唐書·李光弼傳附子彙》：「從賈耽爲裨將，奏兼御史大夫。元和初，分徐州符離爲宿州，光弼有遺愛，擢彙爲刺史。」顔真卿《武穆王李公神道碑銘》：「夫人薛國夫人太原王氏鼎長子太僕卿義忠，並先公而逝。次曰太府少卿太僕卿象、殿中丞彙等，皆保家克荷。」

《元和郡縣圖志》卷九河南道：「宿州，苻離。……本徐州符離縣也，元和四年，以其地南臨汴河，有埇橋爲舳艫之會，運漕所歷，防虞是資；又以蘄縣北屬徐州，疆界闊遠，有詔割符離、蘄縣及泗州之虹縣置宿州。」李彙自宿州創畫爲刺史，三年改遷，則此制當作於元和七年。

竇易直給事中制①〔一〕

前御史中丞竇易直②，器質識智③，厚重開敏④。文合法要，學通政經。累踐臺郎，擢司邦憲。寬猛舉措，甚得其中。官不易方，府無留事。前因病免，今以才遷。俾升瑣闈，以備顧問⑤。夫制令奏議，官獄典章。苟有依違，皆得駁正〔二〕。所任不細，宜敬乃官。可給事中。（3226）

【校】

①題　《文苑英華》「竇易直」前有「授」字。

②前御史　《文苑英華》其上有「勑」字。

③識智　金澤本作「智識」。

④厚重　金澤本作「端厚」。

⑤以備　金澤本、《文苑英華》作「用備」，《文苑英華》校：「集作以。」

【注】

〔一〕竇易直：字宗玄。《舊唐書·竇易直傳》：「元和六年，遷御史中丞……八年，改給事中。九月，出爲陝虢都防禦觀察使。」岑仲勉《白氏長慶集僞文》以事在居易出翰林後，故斷此制爲僞作。按，此篇當爲擬制。

〔二〕夫制令奏議四句：《唐六典》卷八給事中：「給事中掌侍奉左右，分判省事。凡百司奏抄，侍中審定，則先讀而署之，以駁正違失。凡制敕宣行，大事則稱揚德澤，褒美功業，覆奏而請施行；小事則署而頒之。凡國之大獄，三司詳決，若刑名不當，輕重或失，則援法例退而裁之。」

孟簡賜紫金魚袋制〔一〕

漢制：二千石有政績者，就加寵命，不即改移。蓋欲使吏久於官，人安其化也。常州刺史孟簡，簡易勤儉，以養其人。政不至嚴，心未嘗怠。曾未再稔，績立風行。歲課郡

政，毗陵爲最。方求共理，實獲我心。宜加命服，以示旌寵。庶俾羣吏，聞而勸焉。宜賜紫金魚袋。（3227）

【注】

〔一〕孟簡：字幾道。《舊唐書·孟簡傳》：「王承宗叛，詔以吐突承璀爲招討使。簡抗疏論之，坐語訐，出爲常州刺史。八年，就加金紫光禄大夫。簡始到郡，開古孟瀆，長四十一里，灌溉沃壤四千餘頃，爲廉使舉其課績，是有就加之命。是歲，徵拜爲給事中。九年，出爲越州刺史。」《册府元龜》卷六七三《牧守部·褒寵》：「孟簡憲宗元和中爲常州刺史，始到郡，開漕古孟瀆長四十一里，得沃壤四千餘頃。觀察使舉其課，故就賜金紫。」同一事而加賜有異，疑《册府元龜》「就賜金紫」得實，亦即本制所行。《唐會要》卷三一《内外官章服》：「（大中）三年五月，中書門下奏……准令：入仕十六考職事官、散官皆至五品，始許著緋。三十考職事官四品、散官三品，然後許衣紫。除臺省清要、牧守常典，自今已後，請約官品爲例……如已檢校四品官，兼中丞，先賜緋，經三周年已上者，兼許奏紫。」孟簡賜金紫當屬此類，非授其文散官正三品之金紫光禄大夫。岑仲勉《白氏長慶集僞文》推論其事亦在元和六年四月後，故斷此制爲僞作。按，此篇當爲擬制。

盧元輔杭州刺史制〔一〕

河南縣令盧元輔，早以學藝，列在周行。嘗守商都，頗聞有政。再領京縣，益見其才。江南列郡，餘杭爲大。征賦猶重，疲人未康。籍爾登車，往分憂矚。勞倈安輯，稱朕意焉。懸賞旌能，以佇報政。可杭州刺史。（3228）

【注】

〔一〕盧元輔：杞子。字子望。《舊唐書·盧杞傳附子元輔》：「特恩拜左拾遺，再遷左司員外郎，歷杭、常、絳三州刺史。」盧元輔《胥山祠銘》：「元和十年冬十月，朝散大夫使持節杭州諸軍事杭州刺史上柱國盧元輔視事三歲。」勞格《杭州刺史考》據此以爲元輔元和八年任。岑仲勉《白氏長慶集僞文》以事在居易出翰林後，故斷此制爲僞作。按，此篇當爲擬制。

錢徽司封郎中知制誥制①〔一〕

中臺草奏②，内庭掌文，西掖書命，皆難其人也〔二〕。非慎行敏識，茂學懿文，四者兼之，則不在此選。祠部郎中、翰林學士錢徽，藹然儒風，粲然詞藻。縝密若玉，端直如弦。自參禁司，益播其美③。貞方敬慎，久而彌彰。應對必見於據經，奏議多聞於削藁④。迨今六載，其道如初。嘉其忠勤，宜有遷擢。俾轉郎吏，仍參綸閣。兹乃榮獎，爾其敬承⑤。可依前件。（3229）

【校】

①題　《文苑英華》「錢徽」前有「授」字。郭本「司封」前有「可」字。馬本缺此制。

②中臺　《文苑英華》其上有「勑」字。

③其美　金澤本作「具美」。

④削藁　「削」《文苑英華》校：「一作焚。」

⑤爾其　郭本作「爾宜」。

【注】

〔一〕錢徽：字蔚章。新舊《唐書》有傳。《重修承旨學士壁記》：「錢徽，元和三年八月二十六日，自祠部員外郎充。六年四月二十五日，加本司郎中。八年五月九日，轉司封郎中、知制誥。」岑仲勉《白氏長慶集僞文》以事在居易出翰林後，故斷此制爲僞作。按，此篇當爲擬制。

〔二〕中臺：尚書省。《唐六典》卷一尚書都省：「龍朔二年改爲中臺，咸亨元年復舊。光宅元年改爲文昌臺，長安三年又爲中臺，神龍初復舊。」中臺草奏，謂尚書郎上奏。《唐六典》卷一尚書都省：「漢制：尚書郎主作文書起草，更直於建禮門内……《漢官》云：『尚書郎初從三署郎選詣尚書臺試，每一郎缺，則試五人，先試箋、奏。』」「凡都省掌舉諸司之綱紀與其百僚之程式，以正邦理，以宣邦教。凡上之所以逮下，其制有六……凡下之所以達上，其制亦有六，曰：表、狀、箋、啓、牒、辭。」内庭掌文：謂翰林學士。内庭，内朝。劉禹錫《唐故相國贈司空令狐公集序》：「適有旨選司言高第者視草内庭，宰臣以公爲首。遂轉本司郎中，充翰林學士。滿歲，遷中書舍人，專掌内制。」西掖書命：謂中書舍人。西掖，中書省。《唐六典》卷九中書舍人：「中書舍人掌侍奉進奏，參議表章。凡詔旨、制敕及璽書、册命，皆按典故起草進畫。既下，則署而行之。」

〔三〕奏議多聞於削藁：《漢書·孔光傳》：「時有所言，輒削草稿，以爲章主之過，以奸忠直，人臣大罪也。有所薦舉，唯恐其人之聞知。」

獨孤郁司勳郎中知制誥制①

考功員外郎、知制誥獨孤郁②，學識文行，時論所推。遷自外郎，擢居右闈。綸言樞命，既重且難③。委以發揮，甚聞稱職。而端諒忠謹，介然自居。爲臣若斯，足可嘉獎。官當滿歲，職亦逾年。宜從美遷，以光近侍。可司勳郎中、知制誥。

（3230）

【校】

①題　《文苑英華》「獨孤郁」前有「授」字，「司勳」前有「轉」字。馬本缺此制。

②考功　《文苑英華》其上有「勅」字。

③且難　紹興本、那波本、殘宋本作「且推」，據金澤本、《文苑英華》改。

【注】

〔一〕獨孤郁：見卷十七《獨孤郁守本官知制誥制》（3172）。韓愈《唐故秘書少監贈絳州刺史獨孤府君墓誌銘》：「（元和）七年，以考功知制誥入謝，因賜五品服。八年，遷駕部郎中，職如初。」此制作司勳郎中，不合。岑仲勉《白氏長慶集僞文》以爲作僞之證，又事在居易出翰林後，故斷此制爲僞作。按，此篇當是擬制，記獨孤郁見官合，唯擬授之官不確。